이 책에 쏟

KB208873

시각적으로 뛰어나다. 놀랍고 고통스러운 이야기에 솔직함으로 신선
함을 불어넣는다. _〈뉴욕타임즈〉

가슴이 아프다. _〈글래머〉

독자들은 넋을 빼앗길 것이다. 중년의 섹스에 대한 솔직함과 자신에게
어울리는 '새로운' 사람을 만나지 못할 것 같은 두려움이 잘 표현된, 여
름에 읽기 좋은 매력 넘치는 책이다. _〈USA투데이〉

무척이나 사랑했던, 죽은 남편의 외도를 알게 된 뒤 연적들과 정면대결
하는 한 여성의 매혹적인 고백록. _〈피플〉

서정적이고, 뇌리에서 떠나지 않고, 마음을 완전히 사로잡는다.

_〈레드북〉

여러분은 『내겐 너무 완벽한 남편』에 서술된 진짜 삶에 빨려 들어갈 것
이다. 죽은 남편이 기만적인 이중의 삶을 살았음을 알게 되는 한 여성
에 관한 매력적인 고백록. _〈리얼심플〉

메츠의 『내겐 너무 완벽한 남편』 연대기는 배우자의 죽음 후 자신의 인
생이 자신이 생각했던 것이 아니었다는 충격적인 인식을 하게 된 한 여
성이 행복을 찾아가는 과정을 정교하게 그리고 있다. 그 여정은 고통스

럽지만, 메츠는 끝내 살아남아 그것을 이야기할 만큼 강하다.
　　　　　　　　　　　　　　　　　　　_줄리 파월, 『줄리와 줄리아』의 저자

사랑, 상실, 그리고 기만에 관해 이야기하는 이 가슴 아픈 고백록은 솔
직하고 설득력이 있다. 행복한 '제2의 인생'을 추구하는 줄리 메츠를
응원하는 나 자신을 발견했다.　　　　_힐마 월리처, 『의사의 딸과 심장』의 저자

우리는 모두 갑작스러운 삶의 변화와 상실 전후의 순간들을 견뎌왔다.
그중에서도 줄리 메츠처럼 사랑하는 사람의 죽음 이후 인생이 흔들리
는 경험을 하는 사람은 그리 많지 않다. 남편이 갑자기 세상을 떠난 뒤
한 해에 관한 그녀의 고백록은 가슴 아프고, 강렬하게 마음을 사로잡
는다.　　　　　　　　　_크리스 보잘리언, 『조산사들』과 『곤경』의 저자

숨죽이며 읽었다. 세상을 떠난 남편의 외도에 관해 가감 없는 진실을
말해준 것에 대해 이 책의 저자에게 감사한다. 줄리 메츠는 행복하게
여겼던 결혼생활을 용감하고 매혹적으로 해부해 보여준다. 잊을 수 없
는 정서적 추리소설.　　　　　_엘리너 립먼, 『내가 최근에 겪은 고충』의 저자

메츠는 노라 에프론의 『속쓰림』의 현실 직시와 조앤 디디온의 『마술적
사고의 해』의 장점을 우리에게 제공한다. 마음을 사로잡고 가슴을 뛰
게 하는, 잊히지 않는 책.　　　　_제니퍼 벨, 『세심한 관리』와 『리틀 스토커』의 저자

서정적이고 감동적인 산문. 사랑, 부정不貞, 비탄을 경험한 뒤 삶을 다시
시작하는 강렬한 이야기를 마주할 것이다.　　　　　　_〈워킹마더〉

어둡고 충격적이다.   —《퍼블리셔스위클리》

사랑, 거짓말, 상실 그리고 앞으로 나아가기에 관한 줄리 메츠의 실화 『내겐 너무 완벽한 남편』을 손에서 내려놓기란 불가능하다. 그녀는 원초적이고 용감한 글쓰기와 아름다운 문장을 통해 자신의 인생을 다시 붙여놓으려고 애쓴다. 여러분은 그녀를 응원하고 싶어질 것이다.   —마리안 폰타나, 『한 미망인의 발걸음』의 저자

줄리 메츠의 고백록은 배우자의 죽음 후 자신의 결혼생활이 어떻게 흐트러지기 시작했는지를 이야기한다. 꿰뚫을 듯이 솔직하고, 잊히지 않고, 가슴을 저민다. 잘못된 관계에 처해본 적이 있는 사람이라면 무척이나 공감할 것이다.

—수전 샤피로, 『내 가슴을 무너지게 한 다섯 남자』와 『중독』의 저자

이 책은 극도로 용감하고 솔직하다. 매우 원초적인 감정들이 정제되어 사색적이고 회화적인 산문이 되었다.

—노엘 옥센핸들러, 『소원을 비는 해, 집, 남자, 나의 영혼』의 저자

『내겐 너무 완벽한 남편』은 놀라울 정도로 복잡한 결혼생활을 보여주는, 미묘하고 마음을 사로잡는 초상이다. 줄리 메츠는 문학적이고 술술 읽히는 책을 써냈다. 흥미진진하면서도 감동적이다.

—힐러리 블랙, 『사랑의 비밀 통용』의 편집자

내겐 너무 완벽한
남편

Perfection: A Memoir of Betrayal and Renewal

Copyright ⓒ 2009 Julie Metz

Korean Translation Copyright ⓒ 2024 by Nulmin Books

Korean edition is published by arrangement with Perseus Books, LLC,
a subsidiary of Hachette Book Group, Inc. through Duran Kim Agency, Seoul.

이 책의 한국어판 저작권은 듀란킴 에이전시를 통한 Perseus Books, LLC와의 독점계약으로
도서출판 눌민에 있습니다.
저작권법에 의하여 한국 내에서 보호를 받는 저작물이므로 무단전재와 무단복제를 금합니다.

내겐 너무 완벽한
남편

줄리 메츠 지음

최정수 옮김

독자에게 전하는 말

책에 등장하는 인물들의 이름(내 이름을 제외하고)과 세부들을 바꾸었다. 개의 이름은
바꾸지 않았다. 그 이름이 그 개와 나의 이야기에 완벽하게 어울렸기 때문이다. 때때로
현실의 세부는 픽션보다 더 놀랍다. 몇몇 대목에서는 사건들의 순서도 바꾸었다. 이런
변경들은 이야기의 사실성을 해치지 않으면서도 서술의 흐름에 도움이 되었다. 그
외에는 일어났던 모든 사건과 대화 들을 내가 기억하는 대로 이 책에 서술했다.

나의 침웸웨에게,

당신이 질문할 준비가 되었을 때

이 책이 당신에게 답변이 되기를 바라요.

그리고 클라크에게,

약속한 대로 다정하고 친절하게 대해주어 고마워요.

세상을 떠나신 용감했던 나의 어머니를 기리며.

차례

나의 아내

당신의 이름
허기진 내 귀를 채워주는 진수성찬

당신의 얼굴
내 눈에 사는 대大화가를 기쁘게 해주는 팔레트

당신과 함께하는 삶
내 마음에 영원히 족하네

—2002년 밸런타인데이에 헨리가

일러두기

1. 이 책은 줄리 메츠^{Julie Metz}가 짓고 퍼시어스북스^{Perseus Books}에서 2009년에 펴낸 *Perfection: A Memoir of Betrayal and Renewal*을 완역한 것이다.
2. 모든 주석은 옮긴이의 주석이다.

1부
안개

설명은 우리 모두가 곤경에 처하는 곳이다.

—리처드 포드, 『스포츠라이터』

1
2003년 1월 8일부터 1월 12일까지

그 일은 이렇게 일어났다. 오래된 나무 바닥재에 헨리의 발자국이 찍혀 있었다. 변기 물 내리는 소리가 들렸다. 계단에 발자국들이 더 보였다. 침묵. 그리고 쿵.

날이 지독히도 추운 수요일 오후였고, 나는 아래층 내 사무실에서 일하고 있었다. 거실에 면해 있는 유리창을 두른 베란다가 내 사무실이었다. 길 건너편 눈 쌓인 언덕이 내다보이는 삼면 벽은 작은 유리창 여러 개로 이루어져 있다. 나는 숄로 몸을 감싸고 털양말을 신은 채 컴퓨터 모니터를 바라보며 프로젝트를 연구 중이었다. 나는 마흔세 살이고, 20년 가까이 책 표지 전문 프리랜서 디자이너로 일해왔다. 오늘 작업할 책은 카우보이에 관한 소설이었다. 언제나 그렇듯, 실은 어제 마쳐야 했던 작업이다. 이런저런

서체 디자인을 살펴보며 마우스를 만지작거리던 나는 컴퓨터 시계에 흘깃 눈길을 던지고는 손을 멈추었다. 한 시간 뒤 밖으로 나가 차를 운전해 학교가 파하는 3시 10분이 되기 전에 도착해 여섯 살 반의 우리 딸 리자를 데려와야 했다. 헨리는 몸이 좋지 않아 오전 내내 침대에 누워 있었다. 매서운 추위 속에서 딸아이를 기다려야 할 테고, 매일 그러듯 다른 엄마들과 학교 운동장에서 떼를 지어 이야기를 나누며 서성거려야 할 것이다. 그런 다음 얼른 운전해 집으로 돌아와 일을 마쳐야 한다. 오늘은 새로 장만한 양가죽 코트를 걸친 채 별로 춥지 않은 날들을 떠올리며 그 코트에 쓴 비용에 대해 죄책감을 느낄 것이다. 다시 생각해보니 낡아 보이는 산세리프체가 가로장을 지른 나무 울타리에 기대어 선 카우보이의 쓸쓸한 사진 이미지와 더 잘 어울릴 것 같았다.

갑자기 방금 전에 일어난 일이 머릿속에서 날카롭게 다시 재생되었다.

아까 그건 UPS 직원이 택배를 떨어뜨리고 가는 소리가 아니었어.

사무실 전화가 울렸다. 본능적으로 전화를 받았다. 사진가였다. 그는 자신이 이메일로 보낸 사진 이미지들이 어떻더냐고 내게 물었다.

주방 조리대의 음식을 훔쳐 가는 고양이 소리도 아니었어.

"지금은 말씀 못 드리겠어요. 뭔가 좋지 않은 일이 일어난 것 같아서요." 나는 황급히 전화를 끊었다.

헨리의 이름을 부르며 계단을 뛰어 올라가보니 방들은 조용했다. 고양이 네 마리 중 두 마리가 나를 피해 발톱으로 나무 계단을 긁으며 재빨리 달아났다. 침실은 비어 있었고, 나는 계단을 다시 쏜살같이 달려 내려갔다.

헨리가 주방 바닥에 큰대자로 누워 있었다. 머리는 오븐에서 겨우 몇 센티미터 떨어진 곳에 있었다. 헨리는 아직 숨을 쉬고 있었다. 바다색으로 칠한 주방 바닥 위로 몸의 윤곽이 뚜렷이 드러났다. 경찰이 범죄 현장에 분필로 그려놓는 희생자의 윤곽이 떠올랐다. 내가 그런 현장에 있다는 느낌에 압도되었다. 마치 텔레비전으로 이 장면을 보는 것 같았다. 그해에 우리가 즐겨 본 TV 드라마 《식스 피트 언더》[01] 중 한 에피소드의 시작 장면 말이다. 대개 에피소드가 시작하고 5분 안에 단역 한 명이 죽는다. 헨리가 얄은 숨을 들이쉬었다. 입가에 침이 가늘게 흘러내려 있었고, 얼굴은 병색이 완연한 잿빛이었다. 그가 힘없이 한숨을 내쉬었다. 눈은 반쯤 감긴 채 깜박였다. 내가 곁에 있다는 걸 알리기 위해 말을 걸었다. 하지만 그는 우리가 함께 산 이후 처음으로 나에게 대꾸를 하지 못했다.

시간이 탄성이라도 있는 듯 길게 연장되다가 딱 소리를 내며 끊겼다.

이럴 때 사람들은 911에 전화를 거나? 아니면 어제 술에 취해 곯아떨어진 뒤 그랬던 것처럼 헨리가 갑자기 일어나 앉아 호들갑 떨지 말라고 말하려나? 틀림없이 이번에도 그럴 거야. 저번에 쓰

01　미국 HBO 채널에서 방송한, 장의사 집안인 피셔가家에서 일어나는 이야기를 그린 드라마.

레기를 버리러 나갔다가 들어와서는 바닥에 나자빠졌었지. 의사가 검사 결과 모두 정상이라고 말했고.

나는 911에 전화를 건 뒤 쓰러진 헨리 옆에 앉아 그가 숨 쉬는 것을 지켜보며 이마를 쓰다듬었다. 쉭쉭 소리가 나면서 그의 입술 사이로 침이 부글부글 흘러나왔다.

메모지와 연필이 있다면 좋을 텐데. 헨리는 내가 메모하기를 바랄 거야. 구급대원들이 와서 헨리를 살펴봐 주겠지. 헨리는 괜찮을 거야. 다음번 디너파티 때 헨리는 사람들에게 자기가 죽을 뻔했다고 말할 거야. "결국 내 사망보고서는 과장이었던 거죠." 이렇게 말하겠지. 사람들이 모두 웃을 테고 나는 지나치게 걱정했던 것을 한심하게 느낄 거야. 제발, 제발, 상황이 괜찮아지기만 한다면 나 자신이 한심하게 느껴져도 좋아.

확실히 하기 위해 911에 다시 전화를 걸었다. 에밀리에게도 전화했다. 에밀리는 우리 집에서 5분 거리에 살고 오후 2시에 대개 집에 있었다. 사실 애너가 더 믿음직했다. 애너는 오늘 무슨 일이 일어나더라도 겁에 질리지 않을 것이다. 그러나 애너는 12분 거리에 살았다. 그런 다음 헨리의 가장 친한 친구 매슈에게 전화했다. 그는 아내와 함께 이웃 도시에 살았다.

상황이 시시각각 변할 거야. 구급대원들이 오겠지. 산소통, 심장제세동기 그리고 링거백을 가져올 거야. 다 괜찮을 거야. 에밀리가 리자를 돌봐줄 베이비시터를 찾도록 도와준 다음 나와 함께 병원으로 갈 거야. 평소처럼 웃고 농담을 하며 헨리가 깨어날 때까지 함께 있어줄 거라고.

나는 파란색 주방 바닥의 헨리 옆에 다시 앉아 익숙한 주름들을, 한쪽 눈꺼풀 위의 상처를, 한쪽 광대뼈 위에 있는 작은 점을 쓰다듬었다.

들숨. 날숨. 파란색 거즈 커튼이 그의 몸 위로 넘실거렸고, 그의 피부가 밀랍처럼 변했다.

"숨을 쉬어! 숨을 쉬어보라고!" 내가 외쳤다. 나는 헨리의 가슴을 두들겼다. 그는 내 말을 듣지 못했다. 그의 입에 내 입을 갖다대고 호흡을 불어넣었다. 파랬던 낯빛이 잠시 희미해지더니 수채물감 같은 분홍색으로 변했다. 하지만 그 홍조는 다시 파란색으로 바뀌었다. 그는 움직임이 없었다. 16년 동안 나를 사랑한 남자, 나를 미치게 하고, 나와 싸우고, 나를 먹여주고, 나와 사랑을 나누고, 나와 아기를 만든 남자가 마지막 숨을 내쉬었다. 내가 폐 속으로 불어넣어 준 숨을.

천장을 올려다보던 나는 미닫이식 현관문에서 소리가 나고 차가운 바람이 휙 밀려들어 오는 것을 느끼고는 그쪽을 돌아보았다. 구급대원들이 바퀴 달린 들것과 장비를 가지고 도착해 부드러운 몸짓으로 나를 주방 밖으로 떠밀었다. 에밀리가 곧바로 뒤따라 들어왔다.

≡

알다시피 병원에서 보호자를 작은 대기실로 부르는 것은 상황이 나쁘다는 뜻이다. 에밀리가 내 왼팔을 붙잡았다. 얼굴이 창백했지

만 입술은 추위에도 아직 분홍색을 띠고 있었다. 검은 단발머리
가 낯익은 파란색 종 모양 모자 아래로 살짝살짝 보였다. 매슈가
내 오른쪽에 앉았다. 매슈는 키가 크고 나무처럼 체격이 좋았다.
젊은 의사가 슬픈 눈빛으로 우리에게 폐색전이라고 말했다. 다리
에 생긴 혈전이 위쪽으로 올라가 폐에 자리 잡고 심장마비를 일으
킨 것이다. 의료진은 헨리를 소생시키기 위해 할 수 있는 모든 일
을 했다. 하지만……

    내가 의사의 말을 접수하는 동안 모든 것이 슬로모션으로 움직
였다. 사실일 리 없었다. 헨리는 겨우 마흔네 살이었다. 우리가 함
께《식스 피트 언더》를 볼 때마다 주인공들은 다음 에피소드까지
무사히 위기를 넘기곤 했다. 나는 의자에서 미끄러져 바닥에 주저
앉아 외마디 비명을 질렀다.

"원하면 헨리 옆에 누워도 돼요." 에밀리가 말했다. 그녀는 놀라
울 정도로 차분한 태도로 들것 위에 누운 헨리의 생명 없는 몸을
바라보고 있었다. "어서요. 난 하나도 신경 안 쓰니까."

    나는 좁은 들것 위로 기어 올라가 헨리 옆에 누웠다. 헨리는 내
가 자기를 위해 모든 것—가슴이 아직 따뜻한지, 팔이 벌써 뻣뻣
하고 차가운지, 그리고 손가락이 굽고 시퍼런지—을 세세히 살펴
봐 주길 바랄 것이다. 얼굴 왼쪽에 멍이 있었다. 한쪽 팔로 그의 몸
을 끌어안고 익숙한 방식으로 그를 만지며 가만히 있으니 위안이
되었다. 말없이 가만히 있다 해도 동반자가 곁에 있다는 것은 다
행이었다.

그는 발이 예뻤다. 발가락들이 마치 그리스 조각상의 발처럼 우아하게 이어져 있었다. 가슴에 있는 특이한 흉터를 보려고 셔츠 자락을 걷어 올렸다. 10대 시절 농장에서 일하다가 옥수수 껍질에 쓸려 상처가 났고, 그 상처가 나으면서 2.5센티미터 길이의 켈로이드성 흉터가 생겼다. 나는 어둠 속에서 그 자국을 더듬는 것을 좋아했다. 왼쪽 어깨의 넓적하고 색이 진한 점을 만졌다. 아이였을 때 호놀룰루의 호텔에서 가족과 함께 창문 아래를 지나가는데 갑자기 유리창이 몰딩으로부터 분리되어 내려앉는 바람에 생겼다는(이 이야기를 할 때 헨리는 늘 프랭크 로이드 라이트[02]가 만든 호텔이라고 덧붙였다.) 오른쪽 눈 위의 흉터도 손으로 느껴보았다. 내가 너무나 잘 알고 있는 그의 모든 흉터와 점이 어두운 숲을 통과해 집으로 가는 길을 표시해주는 징검돌 같았다.

간호사 두 명이 들어왔고, 그중 한 명이 말했다. "일단 집으로 돌아가서 좀 쉬세요." 그녀는 내 어깨에 한 손을 얹고 부드럽게 주물렀다.

에밀리가 내 팔을 잡아끌었고, 우리는 형광등이 켜진 복도를 걸어 내려가 구름이 낮게 걸려 있는 잉크빛 황혼 속으로 발을 내디뎠다. 검은 새 떼가 하늘을 빠르게 가로질러 날아갔다. 새들은 일제히 날개를 움직였다. 비극적인 현수막이었다.

---

02   Frank Lloyd Wright(1867~1959), 미국의 건축가.

"마치 트럭에 치인 것 같은 기분이야." 죽기 2주 전 헨리는 이런 농담을 했다. 크리스마스 휴가를 맞아 시애틀 앞바다의 베인브리지 아일랜드로 헨리의 대학 시절 친구 가족을 만나러 간 때였다. 짧은 낮 시간 동안 아이들은 북서쪽에 구름이 끼고 내내 잿빛인 하늘 아래에서 놀며 핫초콜릿을 마시고, 우리 어른들은 식사 구상을 하고 크리스마스트리를 만들고 산타클로스를 맞을 준비를 했다. 모든 파티를 좋아하지만 크리스마스 파티는 좋아하지 않는 헨리는 소파에 앉아 그냥 지켜보았다.

나는 그의 재담에 익숙했다. 그는 열여섯 살 때 친구의 새 모터사이클을 빌려 타다가 다가오는 흰색 픽업트럭을 향해 직진했고 놀라서 급커브를 틀었다. 그는 그 이야기 하는 걸 좋아했다. 매번 새로운 윤색을 곁들여서.

"오른쪽 다리가 일곱 군데나 부러져 피를 흘리며 길에 누워 있었다니까. 친구 녀석은 울면서 죽지 말라고 나에게 애원했고. 내가 녀석을 진정시켜 이웃 사람들에게 도움을 청하러 보내야 했어." 헨리의 다리는 회복되었다. 그러나 늘 통증을 느꼈고 매일 애드빌[03]을 삼켜야 했다. 쉰 살이 될 때쯤엔 인공무릎을 삽입해야 할 거고 예순 살엔 휠체어를 타야 할 거라고 스스로 예언했다.

농담은 제쳐두고, 졸다가, 잡지를 읽다가, 노트북에 뭔가를 톡

---

03   소염진통제 중의 하나.

톡 두들기다가, 다시 졸고 있는 헨리를 보면서 나는 걱정이 되었다. 이 휴가 동안 그는 소파를 거의 떠나지 않았다. 괜찮으냐고 물으니 작년에 여행을 많이 해서 피곤한 것뿐이라고, 어서 집에 돌아가 책 집필을 시작하고 싶다고 대답했다.

그가 쓰려고 하는 책의 주제는 우마미^{旨味}였다. 일본어인데 "완벽"이라고도 번역되며 대개 음식과 관련해 쓰인다. 우마미는 "제5의 맛"이라고 번역되기도 한다. 서구인들에게는 "감칠맛"으로 가장 잘 알려져 있다. 다른 네 가지 맛은 단맛, 신맛, 짠맛, 그리고 쓴맛이다. 우마미는 맛이 좋아서 군침이 도는 느낌, 훌륭한 식사를 한 뒤의 완벽한 포만감이다. 우마미는 지방과 어우러진 단백질의 맛—고기스튜, 진한 소스, 혹은 크리미한 치즈의 기분 좋은 찐득한 맛—이다. 햇볕에 잘 익은 과일 한 조각이나 콤플렉스 와인 한 잔에도 우마미가 있다. 재미있게도 대형 식품회사들은 빅맥, 스낵칩, 냉장고 안에 있는 냉동식품 등 맛없는 식품에 우마미를 화학적으로 추가하기 위해 푸드 사이언티스트들을 고용한다. 우마미는 차이니스 레스토랑들이 좋아하는 악명 높은 화학조미료 글루탐산모노나트륨^{MSG}의 맛이기도 하다.

하지만 헨리의 소명은 진짜를 찾아내는 것이었다. 그는 신선한 식재료를 사용해 특별한 방식으로 음식을 만드는 서부 해안으로 이끌렸다. 일반적으로 동부 해안에서 많이 나는 덜 익은 토마토와 물기 적은 복숭아를 비철에 선적하는 것부터 시작해 완벽에 대한 아이디어를 구체화했다. 출판사와 계약을 맺고 선인세의 절반을 1차로 받아 2002년 내내 서부 해안을 위아래로 여행하며 농장에서 잘 익힌 과일, 이국적인 다양한 해산물과 해조류, 그리고 지역 와인들을 맛보았다.

적어도 여덟 번 서부로 3주 일정의 여행을 갔고, 그렇게 왔다 갔다 하면서 그해의 대부분을 보냈다. 나파밸리에 있는 "더프렌치런드리", 워싱턴 우딘빌의 "더허브팜" 같은 미식 레스토랑에서 식사를 했다. 오리건에서 갓 따낸 굴과 야생버섯을 맛보기도 했다. 서부 해안을 위아래로 다니며 와인 생산자와 전문가들을 만났다. 유명한 과일 전문가 데이비드 카프와 함께 여행하다가 워싱턴주 샌후안아일랜드의 작은 가족 농장에서 맛본, 이제는 귀해진 마셜 딸기에 관한 긴 이메일을 나에게 보내오기도 했다.

그는 메이어레몬 잼 몇 병, 집에서 만든 살사 소스, 그리고 과일의 당도를 측정하는 브릭스 굴절계라는 실용적인 도구를 가지고 여행에서 돌아왔다. 헨리가 시식을 위해 과즙이 나오게 하려고 넥타린 복숭아와 오렌지에 주머니칼을 찔러 넣자, 우리 지역 식료품점의 매니저는 깊은 인상을 받았다. 페덱스는 또 다른 보물—캘리포니아 브렌트우드의 프로그홀로 농장에서 온 유기농 복숭아 한 상자—을 배달해주어 우리를 놀라게 했다. 한입 베어 물 때마다 침이 줄줄 나와 침샘이 아파올 정도였다.

긴 여행으로 보낸 그해 5월에 리자와 나는 헨리와 한 번 합류했다. 우리는 브리티시컬럼비아의 밴쿠버아일랜드에 있는 호텔 레스토랑 "수크하버하우스"에 머물렀다. 리자는 아빠로부터 미식 유전자를 물려받았다는 징후를 벌써부터 보여주었고, 해산물과 특별한 음식 투어를 좋아했다. 헨리가 바닷속 생물들을 조사하기 위해 그곳 사장과 함께 심해 다이빙을 하러 간 동안, 리자와 나는 산책과 야외 활동을 즐기며 시간을 보냈다. 어느 날 오후, 그들은 산소통의 산소가 거의 바닥났다는 이야기와 아울러 커다란 문어와 접합부가 보라색인 가리비 몇 마리를 가지고 돌아왔다. 문어와 가리비는 그날 저녁 수프 재료로 생을 마감했다. 그 수프의 진하고 복합적인 향은 내가 그때껏 맛본 그 어떤 음식과도 달랐으며 우마미의 정수精髓였다.

아직 여섯 살도 되지 않은 리자는 식사를 마친 뒤 자기의 꿈은 호텔 레스토랑을 여는 것이라고 밝혔다. 그 호텔은 나를 위해 요가 수업을 개설할 것이고 고양이들을 위해서는 룸서비스를 준비할 것이다.

≡

12월 31일. 우리는 베인브리지아일랜드에서 크리스마스 휴가를 마치고 집으로 돌아왔다. 헨리가 주방 한가운데에 서서 오른손 집게손가락의 손톱을 잘근잘근 씹으며 연례 새해 전야 파티를 위한 마지막 요리들을 숙고했다.

그는 얼룩투성이 앞치마를 둥근 배에 두른 채 와인 잔을 집어 들고 꿀꺽꿀꺽 마셨다. 임무를 완수하기 위한 병력 증강 차원이었다. 그런 다음 왼손의 손톱들을 물어뜯었다. 우리가 고속도로를 타고 상점과 식당 들이 늘어선 번화가로 지루한 몇 킬로미터를 운전해 갈 때, 헨리는 때때로 차창을 내리고는 물어뜯은 손의 거스러미와 손톱 조각들을 생선뼈를 뱉듯 뱉어내곤 했다. 비슷한 에너지로, 그는 닭뼈 속의 연골을 기분 좋게 오도독오도독 씹어 먹고, 배가 고파 죽을 지경인 개처럼 스테이크를 하얀 갈빗대만 남을 때까지 날카로운 송곳니를 드러내며 벗겨냈다.

헨리는 와인 잔을 테이블에 내려놓고는, 접시 위에 놓아둔 양다리구이 윗부분을 조바심 내며 살피다가 손님들이 좋아할 거라고 스스로 만족하기 위해 한 조각 잘라내 먹어보았다. 그러고는 냉장고로 걸어가 집에서 가공한 연어살이 담긴 접시를 꺼냈다. 칼이 번쩍였고, 그는 코랄색에 호박처럼 반투명한, 얇게 슬라이스된 그 그래블랙스[04] 한 조각을 기름기 묻은 손가락으로 집어 나에게 건넸다. 생선 조각이 내 목구멍 안으로 미끄러져 내려갔다. 맛있었다. 한 시간 뒤 손님들이 도착했을 때 케이퍼와 잘게 썬 자색 양파와 함께 토스트에 얹어 먹으면 더 좋을 것이다. 그가 한 조각 더 내 입속에 넣어주었다.

13년 전 헨리는 똑같이 부주의하고 어린아이 같은 열광으로 우리의 웨딩케이크를 나에게 먹여주었다. 커다란 초콜릿케이크 뭉텅이를 크게 벌린 내 입안으로 밀어 넣은 것이다. 그때 나는 놀라고 당황했다. 그러나 그의 불손한 행동은 우리가 인습에 얽매이지 않고 열정적인 삶을 함께 만들어갈 거라는 비밀스러운 약속이었다. 그는 손가락에 남은 케이크를 핥아 먹고는 나를 향해 체셔고양이의 미소를 환하게 지어 보였다. 미드나이트블루 색깔의 빈

---

04 연어를 소금과 여러 가지 허브를 이용해 저장한 것.

티지 턱시도를 입은 그는 너무도 치명적으로 보였다. 가무잡잡한 피부, 아몬드 모양의 눈, 그리고 웨이브 진 머리칼이 빳빳한 흰 셔츠 때문에 더욱 돋보였다. 그가 내 허리를 감싸안고 얼마나 사랑하는지 귓가에 속삭였을 때, 나는 그날 밤을 위해 산 레이스팬티를 걷어내 버렸다.

헨리가 연어를 다시 냉장고에 넣은 뒤, 이전의 요리 어드벤처에서 비축해놓은, 송아지 뼈를 많이 넣고 오랫동안 우려낸 빌스톡이 담긴 작은 플라스틱 통을 꺼냈다. 통 안의 빌스톡을 작은 냄비에 따라낸 다음, 고기를 구운 로스팅팬 안에 남은 기름과 포트와인을 섞어 소스를 만들었다.

나는 그가 일하는 모습을 지켜보다가, 난장판이 된 주방을 치웠다. 하얀 앞치마를 두르고 손에 스펀지와 종이 타월을 든 채 흩어진 쌀알, 칠면조 내장, 조리대에서 파란 페인트를 칠한 나무 바닥으로 떨어져 내린 채소 껍질들을 훔쳐냈다. 나는 주방 바닥 색깔로 숨기거나 티 나지 않게 감춰주는 색상 말고 날카로운 대비로 모든 것을 잘 드러낼 수 있는 색상을 골랐다. 지금도 좁은 마룻장 틈새에 낀 조그만 연어 조각까지 잘 보였지만 그것들을 빼낼 수는 없었다.

내가 옆에서 난장판을 정리하며 솔질을 하고 있는데, 헨리가 얼굴을 찌푸리며 말했다. "제기랄, 좀 비켜봐. 나 지금 바쁜 거 안 보여?"

헨리와 나는 새해 전야 파티들에서는 단란한 모습을 보여주었지만, 서로에게 소리 지르지 않고 일주일을 보내는 일은 드물었다. 신혼 때는 정치 문제로 논쟁을 벌였고, 이제는 아이 키우는 일이나 집안일 같은 가정 문제로 싸운다. 한번은 꽤 열을 내며 싸우던 중 그가 옥스퍼드 영어사전을 나에게 던졌다. 다행히 빗나갔지만, 내가 모르는 수많은 단어들, 그의 모욕적인 말에 응수할 말로 떠올리지 못했던 영리한 단어들이 담긴 그 사전의 무게에 여전히 상처를 입은 기분이다. 나중에 그는 사과했다. 지금 한 것처럼 빠르고 상냥하게.

나는 플라스틱 샴페인 잔을 찾으러 창고로 달려 내려갔다. 술을 마시면 손님들이 부주의해져서 나는 우리의 예쁜 베네치아 유리 샴페인 잔이 걱정이었다. 하지만 헨리는 일찍 도착한 손님들용으로 그 유리잔을 상자에서 꺼내 쓰자고 항상 고집을 부렸다. 헨리는 그 유리잔의 화려함이 무척 마음에 들어서 깨질 위험이 있음에도 손님들에게 보여주기를 좋아하는 반면, 나는 그 물건을 매우 소중히 여겨서 아껴두었다가 좀 더 친밀한 사람들의 모임 때 쓰고 싶어 했다. 그 유리잔들은 후한 친구 하나가 우리에게 준 결혼선물인데 새것으로 다시 사기에는 너무 고가의 물건이었다. 플라스틱 잔들을 가지고 위층으로 다시 올라와 잔과 종이접시, 냅킨, 포크와 나이프 들을 곧 맛있는 음식들이 풍성하게 놓일 식탁 한쪽 면에 배치했다. 얼음과 껍데기가 벗겨질 준비를 마친 차가운 굴 수십 개가 담긴 큼직한 쿨러가 대기 중이었다. 그 굴이 얼마인지 나는 감히 헨리에게 묻지 못했다. 그가 우리의 디너파티를 위해 장을 보려고 내 체크카드를 가져갔을 때, 애써 영수증을 자세히 살펴보지 않았다. 헨리와 함께 산다는 것은 100그램에 500달러 하는 화이트트러플을 필수품으로 받아들이는 것을 의미했다.

주방으로 다시 들어가니 헨리가 빙긋이 웃고는 자기가 만든 묘약을 나에게 맛보게 했다. 그 정체 모를 소스는 벨벳처럼 부드럽고, 현재의 고기기름과 포트와인이 과거의 저녁 식사와 섞인 맛이 났다. 월계수 잎이 검은 액체의 표면 위를 항해하고 있었다. 나는 엉망이 된 주방 안을 둘러보았다. 나의 대걸레와 정리정돈은 그 허리케인을 잠재우는 데 아무런 도움이 되지 않았다.

"뭐 필요한 거 있어?" 헨리가 물었다.

"아니." 나는 그가 움직이는 모습을 다정하게 바라보았다. 소스를 만드는 건 그에게 무척이나 진지한 비즈니스였다. 존경심에 가득 차 따라다니며 치워주는 스태프를 거느린 직업 요리사가 되지 않은 것이 안타까울 뿐이었다.

헨리는 이리저리 움직이고 맛을 보며 법석을 떨었다. "소금을 좀 더 넣어야 할 것 같아."

"훌륭해. 완벽하다고. 정말이야." 내가 말했다. 하지만 그의 소스를 맛보고 좋아해줄 더 많은 사람이 필요하겠다는 생각이 들었다.

리자가 친구들을 찾아 계단을 달려 내려왔다. 여섯 살 반인 리자는 다른 시대와 장소에서 온 아이처럼 보였다. 리자의 얼굴은 사용 가능한 유전자 풀(헨리의 아시아-앵글로색슨 배경과 나의 동유럽 유대인 배경)의 특성들이 다양하게 조합되어 있었다. 리자는 헨리의 올리브색 피부와 분홍 장미꽃 봉오리를 연상시키는 활처럼 휜 입술을 물려받았다. 진한 꿀빛의 곱슬머리가 완벽한 나선형으로 구불거리며 어깨 위에 늘어져 있고, 커다란 아몬드 모양의 눈은 회색 화강암 속에 동그랗게 고인 바닷물 색깔이다. 단단한 턱과 끝부분이 뭉툭한 손가락은 나를 닮았다. 무척 작은 그 손가락들은 결의에 차 있고 매력적이다. 특히 오늘 저녁처럼 청록색 매니큐어를 칠했을 때 말이다.

우리의 첫 손님들이 차가운 눈바람과 겨울 뒤뜰의 퀴퀴한 낙엽 향과 함께 도착했다. 그들은 차가운 샴페인 몇 병을 가져왔고, 그무리 중 빵을 굽는 사람들은 집에서 만든 스웨덴 초콜릿쿠키와 아몬드토르테05를 가져왔다.

에밀리와 남편 저스틴이 일찍 도착했다. 나는 항상 에밀리를 의지해 약간의 자유분방한 화려함과 내가 등지고 온 도시생활의 경험을 제공받을 수 있었다. 동네 어느 레스토랑에서 가족과 함께 있는 에밀리를 보고 내가 그녀를 점찍었다. 귀여운 헤어스타일, 빨간 입술, 종 모양의 모자. *저 여자는 내 친구가 될 수 있을 거야.* 우리 동네의 많은 여자들이 그렇듯이 그녀는 일을 하지 않았고, 아이들이 학교에서 공부하는 동안 글을 쓰고 수공예품을 만들며 시간을 보냈다. 내 생활은 마감 시간을 지키는 일로 점철되어 있었다. 그러나 프리랜서가 된 이후로는 컴퓨터 앞에 앉아 일을 하면서 자주 에밀리와 책과 예술에 대해 이야기를 나누었다. 학교가 끝난 오후 시간에 리자를 에밀리의 집에 데려가는 일도 많았다.

---

05 스펀지 시트에 잼이나 크림을 발라 만든 동그란 모양의 케이크.

그녀의 둘째 딸 조가 리자의 좋은 친구가 되었다. 아이들이 노는 동안 에밀리와 나는 차를 여러 잔 마시며 이야기를 나누었다. 에밀리는 활기 넘치고 재미있는 사람이었으며, 나의 조용한 삶에 한 줄기 신선한 바람 같은 존재였다. 그러나 자신감 넘쳐 보이는 외양과는 대조적으로, 가끔 애정을 갈구하는 아이처럼 연약한 모습을 보이기도 했다. 지금은 레드카펫에서 행복한 미소를 짓는 신인 여배우 같은 파티 페르소나가 전면에 등장한 까닭에 주방으로 쳐들어와 준비된 요리를 보며 감탄을 터뜨렸다.

"세상에! 맛있는 음식이 너무 많아요!"

헨리가 에밀리의 어깨에 한쪽 팔을 둘러 다정하게 끌어안고 그녀의 장밋빛 뺨에 열광적으로 입을 맞췄다.

"당신은 *최고예요*, 헨리. 진짜로 *최고예요!*" 헨리가 경의를 표하며 에밀리에게 베네치아 유리 샴페인 잔을 내밀었고, 에밀리는 깔깔 웃고는 샴페인 잔 속에 올라오는 거품처럼 기분 좋은 홍조를 띠며 받아 들었다.

좀 더 최근에 사귄 친구 애너와 그녀의 남편 존 그리고 아들 리오가 쿵쾅거리며 복도로 들어왔다. 리오는 여자아이들의 마음을 사로잡을 생각에 기분이 좋아 스노부츠를 신은 발로 발길질을 하며 위층으로 뛰어 올라갔다.

생기 넘치고 밝은 파란 눈에 붉은색으로 염색한(그녀가 고른 색깔은 '코렉션correction'이라고 했다.) 긴 웨이브 머리를 한 애너는 진짜 뉴욕 여자 같은 차림새였다. 애너가 오하이오에서 자랐다고 말했을 때 나는 놀랐다. 그녀는 대학을 졸업하자마자 오하이오를 떠나 뉴욕으로 갔다. 그곳 소호에 있는 벳시 존슨 리테일숍에서 일했고, 밤에는 파트타임으로 이스트빌리지에서 일했다. 애너의 밝은 빨간색 머리를 보면, 나는 그녀가 1980년대에 겪은 팍팍했던 나날에 대해 하는 이야기는 무엇이든 믿을 수 있었다.

우리는 한 동료에게서 서로를 소개받았고, 임신 중 늘어난 체중을 줄이려고 오랫동안 피나게 노력하면서 우정이 더욱 깊어졌다. 우리는 지역 헬스클럽의 가혹한 미용체조 강좌에 등록했다. PT 체조, 팔굽혀펴기, 조깅을 하는 강좌였다. 매 시간이 고등학교 시절 체육시간처럼 힘들었다. 그러나 우리 둘 다 몸무게가 2.5킬로그램씩 빠졌다. 체조를 한 뒤 느끼는 심한 근육통에서 우리는 진정한 유대감을 느꼈다. 그렇게 8주 동안 극기훈련을 한 뒤, 우리는 좀 덜 힘든 운동으로 넘어가기로 했다.

이후 2년에 걸쳐 우리는 열성적인 요가 수행자가 되었다. 나는 일주일에 한 번 애너와 함께하는 운동 시간을 고대했다. 애너는 집에서 차를 몰고 우리 집 앞까지 와서 경적을 울렸다. 차 안에서 우리는 일의 고충을 털어놓고 아이들 교육에 관해 고민하고, 우리가 좋아하는 루신다 윌리엄스[06]의 CD를 들으며 시간을 보냈다.

우리는 서로의 실용주의에 고마워했다. 우리 둘 다 그래픽 디자이너로 일했다. 심지어 어시스턴트까지 공유하는 사이였다. 아이들이 동갑이기도 했다. 내가 운동 시간에 늦으면 애너는 투덜거

---

06 Lucinda Williams(1953~), 미국의 여성 록·포크 음악 가수.

렸다. 그녀가 점심 계획을 잊으면 나는 짜증이 났다. 그래도 서로를 이해했다. 우리는 바빴고, 일정이 30분 단위로 분할되어 있었다. 여가나 군더더기로 낭비할 시간이 전혀 없었다.

나이가 좀 더 어리고 결혼하지 않았고 아이도 없는 친구들 그룹에는 토마스와 그의 하우스메이트 닉이 있었다. 닉은 나의 어시스턴트이기도 했다. 길고 홀쭉한 손에 맥주를 든 토마스는 차분해 보였다. 나는 손님들을 맞으며 여기저기 뛰어다니다가 토마스를 향해 친근하게 웃어 보였다. 비로소 파티에 활기가 돌았다. 손님들이 움직이며 서로 어우러지고, 이야기를 나누고, 웃었다. 내가 음악을 다른 곡으로 바꾸려고 거실 쪽으로 걸어갈 때 토마스도 나를 향해 웃었다.

우리 부부는 몇 년에 걸쳐 토마스와 친구가 되었다. 함께 여행을 다녀온 뒤 더 친해졌다. 그 전해 겨울 그의 여자친구였던 린지와 친구들과 함께 코스타리카로 다녀온 여행이다. 토마스는 우리 집 북쪽 동네에 있는 자신의 새집을 리모델링하는 두 달 동안 우리 집 다락방에서 살았다. 토마스는 무척 잘생겼다. 180센티미터가 넘는 키에 머리는 엷은 갈색이다. 그는 헤어스타일을 자주 바꿨다. 그래서 그의 주기적인 변신에도 나는 별로 놀라지 않았다. 그는 1950년대에서 온 남자처럼 머리를 짧게 잘랐다가 몇 주 뒤에는 "3주 동안 야생에서 살다가 방금 돌아왔어요."라고 말하듯 턱수염과 텁수룩한 머리카락을 자랑스레 보여주곤 했다. 1960년대 초반의 팝 스타나 서품 받는 수도사를 연상시키는 뱅 스타일을 시도하기도 했다. 이렇듯 그의 성격에는 극단적인 면이 있었다. 밤에는 친구들과 즐겁게 맥주를 마셨지만, 낮이면 자기 집 뒤 언덕에 있는 스튜디오에서 커다란 구상 조각을 열심히 작업했다.

토마스는 우리에게 또 한 명의 좋은 가족이었다. 헨리는 이 또한 명의 가족, 무척 고마워하는 남성 가족을 위해 요리하는 걸 무척 좋아했고, 나는 두 남자가 주방에서 함께 맥주를 마시며 깊은 대화를 나누는 모습을 자주 보았다. 내가 거기에 끼면 불청객이되었다. 대화가 끊겼고, 그때마다 나는 은밀한 시간을 방해한 듯한 기분을 느끼며 서둘러 자리를 떴다. 토마스는 여자친구와 문제가 있었다. 잘 알려진 일이었고, 이 작은 타운의 가십거리이기도 했다. 여자친구가 전화로 이별을 통보한 날 밤에 그는 우리 집에 있었다. 그는 우리 침실에 들어와 침대에 앉아 울었다. 오랫동안 결혼생활을 한 우리 부부는 조용히 그를 위로하고 지지해주었다.

리자는 토마스의 어깨에 올라탄 채 계단을 달려 올라가는 것과 거실 러그 위에서 그와 레슬링하는 것을 좋아했다. 그가 몸을 간질이면 깔깔 웃으며 좋아했다. 리자가 학교에서 있었던 일들—누가 못됐는지, 누가 곤경에 처했는지, 쉬는 시간에 누구와 놀았는지—을 이야기하면 토마스는 너그럽게 귀 기울여 들어주었다. 리자는 우리 집 주방 테이블에서 그와 함께 그림 그리는 것도 좋아했다.

주위에 그런 아웃사이더가 있어서 헨리와 나는 사소한 일로 티격태격 다투는 일을 피할 수 있었다.

어느 날 저녁 빨래를 개고 있는데 토마스가 이상한 표정으로 나를 바라보더니, 나에게 예쁘다고 말했다. 배 속이 울렁거렸지만, 나는 고맙다고 대꾸하고 계속 빨래를 갰다. 일을 하고 아이를 키우면서 대부분의 시간을 집에서 보냈기 때문에 평소 나는 다른 남자들, 특히 젊고 잘생긴 남자들에게 보이지 않는 존재가 된 기분이었다.

새집 배관과 전기 공사가 끝나자 그는 우리 집 다락방에서 나갔다. 이후 내가 그와 함께하는 시간을 얼마나 그리워하는지 깨닫고 깜짝 놀랐다. 빨래를 개다가 그가 나를 칭찬했던 일을 떠올리고 빙긋이 웃었다. 그가 옆에 없어서 염려할 것이 없으니 다행이었다.

헨리는 토마스의 새로운 독신생활을 부러워했다. 어느 날 저녁 함께 주방을 정리하다가 그가 말했다. "만약 내가 토마스네 집에 가서 살고 주말에만 당신과 리자를 보러 오면 기분이 어떨 것 같아? 그러면 당신이 마치 여자친구 같겠지."

나는 더러워진 냄비와 프라이팬들이 담긴 싱크대에서 눈을 들어 그를 바라보고는, 그가 진지하게 한 말이 아님을 알고 있다는 걸 보여주기 위해 억지로 웃어 보였다. "아니, 꼭 그렇진 않을 거야."

"그리고 당신은 토마스와 사귀는 거야." 이 게임을 즐기는 건지 헨리가 계속해서 말했다. "그 친구 매력 있지 않아? 난 전혀 상관없어."

"토마스 참 잘생겼지. 하지만 지금 나는 당신과 결혼생활을 하고 있는데 왜 그런 말을 하는 거야?"

그래도 헨리는 포기하지 않았다. 마치 뼈다귀를 가지고 신이 나서 노는 강아지 같았다. "만약 내가 토마스의 섹시한 새 마피아 프린세스 여자친구와 데이트하면 당신은 기분 나쁠 것 같아?"

"당신이 마피아 프린세스와 데이트할 일은 절대 없어."

나는 더러운 소스 냄비를 평소보다 더 열심히 문질러 닦았다. 헨리는 가끔 사람을 정말로 미치게 한다. 자진해서 한계까지 밀어붙이는 그의 태도에 재미있는 뭔가가 있긴 하지만.

나는 새해 전야 파티의 여주인 모드로 돌아가, 토마스 옆을 스치듯 지나 플라스틱 잔을 더 가지러 주방으로 갔다. 토마스는 맥주를 꿀꺽꿀꺽 마시고는 다시 수줍게 미소 지었다. 그는 나와 비슷했다. 둘 다 혼자 조용히 있는 것을 좋아했고, 이렇게 많은 사람이 모여 있을 때는 조금 힘들어했다.

캐시와 남편 스티브 그리고 딸 에이미가 그들의 교회 친구 몇 명과 함께 도착했다. 스티브는 키가 크고 턱이 네모난 것이 아메리칸 스타일로 잘생겼다. 그는 손에 와인 잔을 들고 사전에 정한 대로 굴을 서빙하는 위치에 자리 잡았다. 사람들이 즉시 그의 주위에 모여들었고, 그는 원형의 작은 무대 한가운데에서 활짝 웃었다. 에이미는 리자를 찾으러 위층으로 쏜살같이 올라갔다.

캐시와의 우정은 준*교외 지역에 사는 학부모로서 자연스레 형성되었다. 아직 두 살도 되지 않은 아이를 데리고 새로운 동네로 이사 간다. 그 주 화요일에 쇼핑센터로 달려가 스프레이식 세정제, 세탁 세제, 대량으로 포장된 기저귀를 산 뒤 동네 놀이터에 간다. 아이가 거기서 제 또래의 다른 아이를 만난다. 아이들이 모래성을 쌓고 시소를 타며 친해지는 동안 그 아이의 부모를 살펴본다. 아마도 그들은 내가 친구로 삼고 싶은 유형에 딱 들어맞는 사람은 아닌 것 같다. 하지만 책임감 있고 교양도 있어 보이며 도끼 살인마는 아닌 것 같다. 성격이 다르긴 하지만 캐시와 헨리는 둘 다 작가였고 일적인 면에서 빠르게 유대감을 형성한 듯했다.

지난여름까지 캐시와 나는 거의 매일 서로의 집을 방문했다. 서로의 아이를 학교에서 데려온 것이다. 긴급한 일이 생기면 상대의 아이를 돌봐주었다. 아이들을 초대해 파자마파티를 열어주고, 넷이서 함께 식사를 하기도 했다. 서로의 집을 거의 바꿔 쓰다시피 했다. 캐시의 딸 에이미가 우리 리자와 가장 친한 친구여서 나도 캐시와 많은 시간을 함께 보냈지만, 실상 나는 캐시에 대해 아는 것이 별로 없었다.

캐시와 스티브 부부는 아이 교육에 약간 구식이었고, 정치 성향도 나보다 더 보수적이었다. 때때로 맥주를 마시는 파티 걸처럼 행동하기도 했지만, 캐시는 부유한 뉴욕 교외 지역에서 자랐다. 캐시와 스티브는 제대로 된 테이블 매너를 고집했는데, 나는 그것이 포크 쥐는 법을 아직 배우고 있는 서너 살짜리 아이들에게는 과하다고 생각했다(나는 그보다는 딸아이가 실제로 음식을 먹는가에 더 관심이 있었다). 크리스마스 시즌에 나는 캐시의 어머니가 손녀 에이미에게 보내준 단정한 옷―체크무늬 태피터 스커트와 격식을 차린 뻣뻣한 원피스, 합성가죽으로 된 메리제인 구두―을 보고 슬며시 미소를 지었다. 1960년대에 내가 입던 것과 비슷한 스타일로, 불편할까 봐 리자에게 사줄 생각은 한 번도 하지 않았던 옷이었다.

헨리는 캐시의 외모에 대해 자주 신랄하게 지적을 했는데, 나는 그것이 불쾌했다. 캐시는 나보다 2~3센티미터 키가 크고, 검은 머리에 작고 연한 색의 눈, 창백한 피부를 갖고 있었다. 매일 경보를 해서 출산 후에 생긴 군살을 성공적으로 없애고 남들이 부러워할 만한 슬림하고 균형 잡힌 몸매를 유지하고 있었다. 헨리는 그녀가 마귀할멈 같고 운동을 너무 많이 한 탓에 몸이 너무 야위었다고 말했다. 나는 그녀의 가늘고 강단 있는 다리가 부러운데.

내 친한 여자친구들은 캐시에 대한 판단을 보류 중이었고, 나는 그녀 편에 서서 변호하는 나 자신을 발견했다. 친구들이 캐시의 매너에 관해 불평할 때면 "수줍음이 많아서 그래."라고 말하곤 했다. 캐시는 좋아하는 책과 영화에 대해 나와 일대일로 즐거운 대화를 나누었지만, 파티 자리에서는 내성적이었다. 맥주를 든 채 구석에서 꼼짝 않고 있는 것이 편안해 보이지 않았다. 술기운이 자신의 냉기를 녹여주기를 기다리는 것 같았다. 그리고 맥주 한두 잔이 들어가면 어떻게 변할지 종잡을 수 없었다.

그 전해에 캐시는 우리 집 파티에 와서 코트를 벗으며 조용히 말했다. "나 오늘 코가 비뚤어지게 마실 거예요." 그러고는 자기가 한 말을 지켰다. 저녁 내내 지나치게 큰 소리로 웃으며 맥주를 마시고 또 마셔댔다. 그리고 2002년이 밝아오자마자 우리 딸들이 거실의 러그 위에 뒤엉켜 잠을 자는 동안 화장실에서 격하게 구토를 했다.

올해에는 똑같은 일이 반복되지 않기를 나는 진심으로 바랐다. 그녀의 외양 역시 작년과 반대되는 것을 암시했다. 높은 라운드 칼라가 달린 간결한 재단의 무릎 길이 보라색 원피스 차림이었고 스타킹에 검은 펌프스를 신고 있었다. 마치 주일예배에 참석한 사람처럼 보였다.

나는 최근의 트렌드인 주일예배 참석이 더 큰 힘을 지닌 존재와 연결되려는 진심 어린 시도라기보다는 사회적 수용에 대한 갈망의 소산이 아닌지 궁금했다. 헨리가 우리 딸들과 함께한 자동차 여행에 대해 나에게 이야기했다. 그때 에이미가 너무나 귀여운 손동작으로 끝나는 〈히스 갓 더 홀 월드 인 히스 핸즈〉를 신나게 불렀다고 말이다. 약간 유대식의 교육을 받은 불가지론자인 나도 성공회 여름캠프에서 그 노래를 부른 적이 있었다.

나는 리자를 다르게 키우고 싶었다. 캐시와 스티브는 자주 리자를 초대해 함께 주일예배에 데려갔다. 그러나 우리 딸 리자는 부모인 우리와 마찬가지로 무신론자가 될 소지가 다분했다. "보이지도, 냄새가 나지도, 소리가 들리지도 않는데 어떻게 신이 존재한다는 거예요? 그리고 왜 신은 남자예요?"

6월인가, 헨리가 불쑥 더는 캐시 부부와 함께 시간을 보내고 싶지 않다고 말한 적이 있었다. "캐시는 편협하고, 내가 아는 사람들 중 가장 인습적이야." 놀랐지만 한편으로는 안심이 되기도 했다. 나는 그에게 부담을 주지 않았다.

그런데 9월에 캐시가 학교 운동장에서 우리가 자기를 멀리하는 것에 당황해 울음을 터뜨렸다. 그녀는 에이미가 리자와 간절히 놀고 싶어 한다고 말했다. 나로서는 캐시와 함께 보내는 시간이 그렇게까지 소중하지는 않았다. 하지만 그렇게 잔인한 방식으로 그녀를 쳐내는 건 야박한 일로 보였고, 그녀의 딸 에이미에게 상처 주는 건 더욱 야박하게 느껴졌다. 그래서 두 아이를 다시 놀게 해주었고, 크리스마스 시즌이 다가오자 우리의 연례 디너파티에 캐시도 초대하자고 헨리를 설득했다. 그러면서도 마음속으로는 리자가 다른 친구들을 사귀기를 은근히 바랐다.

새해 전야 만찬이 떠들썩하게 계속되었다. 헨리는 그 어느 때보다 열심히 주인 노릇을 했다. 방들을 가로질러 다니며 샴페인 병을 가져오고 잔들을 채워주었다. 좋은 음식과 친구들로 인생을 즐기는 즐거움을 되찾고 있는 것 같았다.

어떤 가족이 망원경을 가져왔다. 헨리가 손님들을 접대하는 동안 나는 밖으로 나가 그 가족의 아버지와 별을 좋아하는 그의 아들과 함께 망원렌즈로 보름달을 보며 평화로운 시간을 보냈다. 아이가 달과 별들의 특이한 정렬에 관해 나에게 열심히 설명해주었다. 밤하늘은 맑았고, 달의 분화구들이 차가운 공기 속에서 반짝였다.

자정이 되어 건배를 한 뒤, 부모들이 아이들을 불러 모았다. 그들이 집에 돌아가기 위해 모자, 장갑, 스노부츠를 찾도록 돕는 동안, 우리는 학기가 다시 시작하기 전 마지막 방학을 위한 모호한 계획을 짜고 파티가 완벽한 성공이라고 선언했다.

≡

새해 전야의 활기찬 약속은 오래가지 못했다. 이어진 며칠 동안 헨리는 무기력 상태에 빠져들었고, 자주 잠을 잤으며, 천식과 관련해 일어나는 호흡 문제를 호소했다. 흡입기도 도움이 되지 않았다. 그가 병원에 진료 예약을 잡아놓았다고 말했다. 나는 놀랐다. 평소에는 병원에 가보라고 내 쪽에서 그를 독려해야 했기 때문이다.

1월 6일. 내 업무량이 줄어들고 리자가 다시 등교를 하자, 헨리는 오후에 함께 쉬는 시간을 갖자고 제안했다. 우리는 사랑을 나누기 위해 위층에서 배회했다. 우리는 늘 빛이 드는 침실에서 사랑을 나누었다. 침실 벽은 부드러운 머시룸그레이 색깔로 칠해져 있었다. 낮은 겨울 햇살이 창문의 먼지층을 뚫고 구겨진 침대 시트와 집안의 가보인 조각된 헤드보드까지 비쳐 들었다. 우리가 침대 안으로 들어가는 순간이 소중하고 고요하고 익숙하게 느껴졌다. 언제 절정에 다다를지 나는 알고 있었다. 발사 전 마지막 몇 초를 머릿속으로 카운트다운 할 수 있었다. 우리는 조용히 침대에 누웠다.

"당신은 아름다운 여자고, 난 당신을 무척 사랑해." 헨리가 말했다. 그의 옆에 누워 있는데 머릿속이 윙윙거렸다. 나는 그의 말을 믿었다.

다음 날인 1월 7일, 쓰레기 수거일 아침이었다. 내가 리자의 크림

오브휘트[07]를 준비하는데, 헨리가 장화를 신고 바깥의 눈과 자갈 속에서 뽀드득대며 움직이는 소리와 쓰레기로 버린 캔들이 아스팔트 도로를 긁는 소리가 났다. 그가 뒤쪽 현관에 다시 모습을 드러내더니 이상할 정도로 애를 쓰며 미닫이문과 씨름을 했다. 그런 다음 휘청거리며 집 안으로 들어왔고, 등을 구부린 채 비틀거리며 몇 발짝 걷다가 나무 바닥에 풀썩 엎어졌다.

내가 그에게 손을 뻗자 그는 내 쪽으로 움직였다. 하지만 나는 그의 시위를 무시하고 그와 리자를 차로 떠밀었다. 리자를 학교에 내려준 뒤 곧바로 차를 달려 약속 시간보다 일찍 병원에 도착했다. 헨리의 심전도와 혈압은 정상이었다. 의사가 6일 뒤인 다음 월요일로 심장병 전문의와 약속을 잡아주었다.

나는 날짜를 좀 더 당겼으면 했다.

"오, 줄리, 호들갑 떨지 마." 헨리가 내 염려를 무시하며 말했다. 나는 걱정하지 않으려 했다. 그러나 걱정하는 것이 내 천성이었다.

그날 아침의 충격이 헨리를 행동에 착수하게 만들었다. 그는 저녁에 자기 사무실을 청소했고, 나는 침대에서 작업할 책의 원고를 읽었다. 자정까지 그는 깔끔하게 정리한 종이들이 가득 든 서류함들과 함께 쓰레기 세 봉지를 사무실 문밖에 내다놓았다. 그는 피곤하지만 만족스러워 보였다. "내일이면 책 집필을 시작할 준비가 될 거야." 그가 지친 미소를 지으며 말했다.

---

07 아침 식사로 먹는 오트밀 형식 시리얼 제품의 상표명.

헨리를 들것 위에 놓아둔 채 에밀리가 차를 운전해 병원에서 집으로 나를 데려가는 동안, 나는 이 모든 일들을 빠짐없이 떠올렸다. 25년 전부터 헨리의 가족과 친하게 지내왔고 16년 전부터는 내 친구이기도 한 매슈가 헨리의 가족에게 이 소식을 전하기로 했다. 그는 그날 저녁 차를 몰고 와주었고, 병원에서 곧바로 출발했다. 앞으로 해야 할 일들이 두려웠다. 리자는 아직 친구 집에 있었고, 오후에 일어난 일은 아무것도 모르고 있었다.

주위가 어두워졌고, 애너가 우리 집에 도착했다. 나는 병원으로 가는 차 안에서 애너에게 전화를 했다. 애너는 우리 두 사람의 일을 다 봐주는 회계 담당자로부터 소식을 들어 이미 알고 있었다. 그 회계 담당자의 아들이 헨리를 구하러 온 구급대원 중 한 명이었던 것이다.

브루클린 출신의 친한 친구 이레나, 내 부모님, 오빠와 올케가 시내에서 차를 몰고 왔다. 동네 친구 몇 명도 소식을 듣고 와주었다. 애너와 이레나가 문가에서 나를 맞아주었다. 바쁠 텐데도 시내의 사무실에서 이렇게 빨리 빠져나와 우리 집까지 와준 이레나가 고마웠다. 평소 숱 많은 검은 곱슬머리를 묶고 다니는 머리끈에 그녀의 트레이드마크인 깃털 장식이 없었다. 나보다 머리 하나만큼 키가 큰 이레나는 나를 늘 자매처럼 대해주었다. 나는 모든 게 다 잘될 거라고 누군가 말해주기를 얼마나 바라는지 갑자기 깨달았다. 이레나가 나를 소파로 데려갔고, 나는 쓰러지듯 주저앉았다. 본격적인 이야기가 시작되기 전 모두가 벽난로 앞의 소파와 의자에 모여 앉아 야릇한 분위기를 이루었다. 심지어 나는 양가죽 코트를 그대로 입은 채 몸을 떨고 있었다. 소파 등받이에 걸쳐져 있는 담요를 집어 떨리는 다리에 덮었다.

저녁 8시가 막 지나자, 리자가 그날 오후 에밀리가 급히 마련한 놀이 모임에서 돌아왔다. 우리는 여전히 모든 것이 괜찮아지기를 바라고 있었다. 리자가 어색한 미소를 지으며 주위를 둘러보더니, 할아버지 할머니는 물론이고 이토록 많은 사람들이 왜 집에 와 있는지 의아해하며 아빠를 찾았다. 리자는 파티가 열렸나 보다고 생각했다. 하지만 음식은 어디 있지? 그리고 다른 아이들은? 리자가 소파로 다가와 내 무릎에 깡충 올라앉았다.

"엄마, 왜 집 안에서 코트를 입고 있어요?" 거실 안은 조용했다. 모두 잠자코 있었다.

"리지, 아빠가 요즘 몸이 좋지 않았던 거 알지? 요전 날 쓰러지셨잖아. 오늘 오후 네가 학교에 있을 때 또 쓰러지셨어. 엄마가 곧바로 앰뷸런스를 불렀고, 구급대원들이 아빠를 병원으로 데려갔어. 의사 선생님들이 아빠를 구하기 위해 할 수 있는 모든 일을 했어. 하지만 아빠는 끝내 돌아가셨단다."

리자는 내 말에 귀 기울였다. 완벽한 정적이 몇 초 동안 이어졌다. 그런 다음 리자는 내 품에 안겨 울었다. 오랫동안 울었다. 마음 깊은 곳에서 올라오는 가슴이 찢어지는 듯한 흐느낌이었다. 나는 진이 빠져 울 수조차 없었다.

이윽고 울음을 그친 리자는 내 무릎에 몇 분간 조용히 앉아 있다가 주위의 어른들을 둘러보았다. 그들 중 많은 이가 소리 없이 울고 있었다. 리자가 뭔가 생각하는 것을, 방 안을 찬찬히 훑어보는 것을 나는 알 수 있었다. 이제 리자는 그 사람들이 전부 우리 집에 모인 이유를 이해한 것 같았다.

갑자기 리자가 뭔가 생각났다는 듯이 내 무릎에서 뛰어내리더니, 세상을 떠난 고양이 체스터의 유골을 보관해둔 선반 쪽으로 걸어갔다. 그리고 그 작은 금속 상자를 선반에서 내려 뚜껑을 열고는 방 안을 돌아다니며 안에 담긴 유골을 모두에게 보여주었다.

"우리의 얼룩무늬 고양이 체스터는 많이 아팠어요. 어느 날 아침 우리가 일어나보니 체스터가 현관 앞에 누워 있었죠. 먹지도 마시지도 일어나려고도 하지 않았어요. 바로 병원에 데려갔지만 의사 선생님이 말하길 체스터는 너무 많이 아파서 살지 못할 거라고 했어요. 그러니 체스터를 포기해야 한다고, 주사를 놓아서 영원히 잠들게 해줘야 한다고 했어요. 주사를 놓으면 체스터는 하나도 아프지 않을 거라고요."

1년 전 있었던 체스터의 죽음이 매우 시적이고 교육적인 역할을 했다.

≡

이레나가 밤새 함께 있어주었다. 우리는 사춘기 여학생들처럼 나란히 누워 잠을 청했다.

매슈, 애너, 에밀리, 그리고 토마스가 장례 준비를 위해 다음 날 아침 일찍 와주었다. 내가 침대에 누워 있는 동안 이레나와 다른 사람들은 우리 침실 복도 건너편에 있는 헨리의 사무실에서 바삐 움직였다. 한순간 괴로워하는 소리, 터져 나오는 열띤 대화, 한 여자의 소리 죽인 외마디 비명이 들렸다. 나는 일어나서 비틀거리며 헨리의 사무실로 걸어갔다. 뭔가 문제가 생긴 것 같았다. 애너가 나를 다시 침실로 데려와 침대에 밀어 넣었다. 다시 눕게 되어 고마운 심정이었다.

잠시 후, 계단을 올라오면서 매슈를 부르는 캐시의 목소리가 들렸다. 캐시는 헨리의 사무실 문 뒤로 모습을 감추었다. 좀 더 소리 죽인 목소리들이 들렸지만, 무슨 말인지 알아들을 수 없었다. 헨리의 사무실 문이 다시 열렸다. 나는 침대에 앉아 복도를 내다보았다. 캐시가 계단을 황급히 달려 내려갔다. *왜 나를 보지 않고 그냥 가는 거지?* 오락가락하는 심정으로 다시 침대에 누웠다. 과부가 된 첫날은 그렇게 꿈속 같고, 안개 낀 듯 뿌옇고, 현실감이 없었다.

≡

리자가 아빠와 단둘이 시간을 보낼 수 있도록 장례식장에 일찍 도착했다. 리자는 성인 눈높이에 맞춰 받침대 위에 놓여 있는 관을 향해 씩씩하게 걸어갔다.

"엄마, 의자 갖다줄 수 있어요?"

우리는 높은 스툴 하나를 찾아냈다.

"엄마, 보세요. 아빠 손가락을 움직일 수가 없어요. 입술도 부르텄어요. 아빠 입술에 뭐 좀 발라주면 안 돼요?" 나는 가방 안을 뒤져 립밤을 찾아냈다. 리자가 그것을 받아 헨리의 입술에 정성껏 발라주었다. 캐시의 딸 에이미가 다가왔고, 우리는 그 애를 위해 스툴을 하나 더 가져왔다. 두 여자아이는 나란히 앉아 이야기를 나누고 헨리에게 손인사를 했다. 조의를 표하기 위해 방 안을 가로질러 다가오는 조문객들을 내가 바라보는 동안 두 아이가 보여준 편안한 우정이 나를 위로해주었다. 헨리의 가족이 도착해 망연자실한 표정으로 앞쪽 좌석에 조용히 앉았다. 시내 사람들도 도착했다. 몇몇은 그냥 얼굴만 아는 사이이고, 대부분은 전혀 모르는 사람들이었다. 헨리의 고등학교 시절 친구들이 함께 와서 나에게 조의를 표했다. 헨리의 옛 여자친구 하나가 슬픈 표정으로 악수를 청했다.

나는 관 옆에 있는 리자를 눈으로 좇았다. 캐시가 보였다. 캐시는 생명이 떠나간 헨리의 상반신을 향해 머리와 팔을 내민 채 히스테릭하게 울었다. 스티브는 엄격하고 불편해 보이는 표정으로 그녀 옆에 서 있었다. 고개를 들었을 때 캐시의 얼굴은 빨갛고 눈물에 젖어 있었다. 남편을 떠나보낸 나도 감정을 자제하고 있는데 말이다. 넓은 범위의 지인에 속하는 한 여자가 걱정 가득한 표정으로 황급히 걸어오더니, 우는 캐시 옆에서 스티브와 뭔가 이야기를 나누었다. 결국 스티브가 부드러운 몸짓으로 캐시를 관에서 떼어놓았다. 그 이상한 순간은 그렇게 지나갔다. 나는 악수를 하고 조용히 대화를 나누는 조문객들을 한결 편안한 마음으로 바라보았다.

다음 날 아침, 나는 잠에서 깬 채로 침대에 누워 있었다. 땀에 젖고 엉망으로 구겨진 침대 시트 속에서 내 마음은 여전히 연약하고 마치 꿈을 꾸는 것 같았다. 먼지 낀 창문 너머로 안개에 싸인 산과 강이 흐릿하게 보이고 햇빛이 비쳐 들었다. 헨리가 죽었고, 나는 과부가 되었다. 이레나가 내 옆에 누워 자고 있었다. 이레나의 규칙적인 숨소리가 작은 위로가 되었다. 그러나 이레나는 곧 시내로 돌아가야 하고, 나는 이곳에 리자와 단둘이 남겨질 것이다. 헨리는 세상을 떠났다.

내 몸 위에 구름이 모여들고, 수증기처럼 가벼운 손가락들이 펼쳐져 내 상반신을 어루만지며 내 은밀한 내부 공간으로 들어오는 것 같았다. 그가 내 입을 부드러우면서도 고집스럽게 벌렸다. 보이지 않지만 그가 여기에 있었다. 그의 영혼이 침대 위에서 나를 꼭 끌어안으려는 것 같았다. 나는 그가 나를 엄습하도록, 내 안에 들어오도록, 나를 다정히 감싸안도록 허락했다.

그는 내게서 뭔가를 원했다. 중요한 뭔가를 말하고, 내 몸과 함께하고 싶어 했다. 그러나 그에게는 몸이 없었다. 아마도 그것을 그는 아직 이해하지 못하는 것 같았다. 이레나가 몸을 뒤척이더니 눈을 떴다. 그때 나는 그를 붙잡으려고 팔을 위로 뻗고 있었다.

"왜 그래, 괜찮아?" 이레나가 중얼거렸다.

"헨리야. 그가 여기에 있어."

헨리가 왜 여기에 있단 말인가? 나에게 무슨 말을 하고 싶어서?

그는 몸이 필요했다. 하지만 몸 없이 공중을 떠다니고 있었다. 그가 자기 몸에 무슨 일이 일어났는지 깨닫지 못하는데 내가 그에게 말을 걸어 설명할 수 없으니 비통했다. 갑자기 나 역시 공중을 떠다니는 것 같았다.

최초의 이 경험 이후 매일 아침 그가 나를 찾아올 때마다 침대 속의 내 몸이 공기처럼 가볍게 느껴졌다. 방문의 강도는 점차 부드러워졌다. 나는 한동안 그렇게 둥 떠다녔다. 사람들이 나에게 말을 걸었지만, 나는 실제로 내가 그 자리에 존재하지 않는다는 것을 깨달았다. 딸아이 곁을 떠나긴 싫었지만, 헨리의 세계 속으로 들어갈 수 있기를 바라며 차가운 바람 속을 떠다녔다. 어떤 면에서 나는 중간 지대에, 눈보라로 천지가 온통 하애져 지평선이 사라진 꿈 같은 풍경 속에 있었다.

≡

1월 12일에 추도식이 열렸다. 나는 친절하게도 추도식 장소를 제공해준 지역 교회의 성서 낭독대 옆에, 넘쳐나는 군중 앞에 서 있었다.

"헨리는 제 인생의 사랑이었습니다." 내가 군중을 향해 말했다. "그러나 그는 정말 괴상망측한 사람이기도 했죠." 불안한 웃음이 터졌다. 나는 청중이 과도함에 대한 헨리의 사랑을, 그의 트레이드마크인 자제를 모르는 성격을 알 거라 짐작했다. 이 교회를 가득 채운 수백 명의 친구, 가족 그리고 지인 중 일부는 분명 내 말의 의미를 알 터였다. 헨리는 그 어떤 일도 대충 하는 것을 싫어했다. 낭만적인 청혼에서 디너파티 메뉴에 이르기까지 모든 것을 격식을 갖춰 행했다. 그를 만났을 때 나는 내성적인 스물일곱 살의 아가씨였고, 그런 충일함과 강력한 사랑에 이끌렸다. 그 어떤 남자에게서도 그런 저돌적인 사랑을 받아본 적이 없었고, 그 사랑을 열렬히 받아들였다.

예전의 기억들이 스냅사진처럼 머릿속에 떠올랐다. 16년 전 겨울 어느 파티에서의 첫 만남, 우리가 함께 보낸 첫 봄날 그가 나를 벚나무 아래 세워두고 사진을 찍어준 일, 우리 아파트의 보잘것없는 레인지에서 나를 위해 놀라운 저녁 메뉴를 요리해준 일, 따뜻한 조명이 밝혀진 레스토랑 테이블에서 세번째 결혼기념일을 축하하면서 루비 반지를 건네준 일, 파리의 어느 레스토랑에서 식사하면서 처음으로 블린[08]을 맛보게 해준 일, 이탈리아 여행에서 자기가 만든 토끼고기 스튜의 맛에 감탄하던 일과 친구들과 함께 빌린 토스카나 지방의 농가에서 따뜻한 오후의 낮잠을 즐기던 일. 이미지들이 더 떠오른다. 병원 분만실의 환한 형광등 불빛 속으로 우리 아기 리자가 나왔을 때 그가 내 손을 꼭 쥐어주던 일, 갓 태어난 리자와 함께 프로스펙트파크를 걷던 일. 그리고 최근의 이미지들. 내 마흔 번째 생일을 맞아 여자 열 명을 위한 세 개 코스로 이루어진 런치—판체타[09]로 감싸 구운 무화과, 트러플오

---

08 러시아식 팬케이크의 일종.

09 이탈리아식 베이컨의 일종.

일을 넣은 신선한 완두콩 수프, 석류 소스를 넣은 삶은 메추라기 요리—를 어느 때보다 더 잘 만들어주던 헨리, 스무 가족과 그 아이들이 우리 집 수영장 둘레에 모였던 리자의 생일파티 때 헨리가 자기가 좋아하는 앞치마를 두르고 그릴 앞에서 요리를 도맡아 하며 자부심에 차서 환하게 웃던 일, 헨리가, 리자와 즐거워하는 다른 아이들을 물속에 던지고는 한배에서 태어나 빽빽 울어대는 원기 왕성한 강아지들과 노는 골든리트리버처럼 즐거워하며 그 아이들을 뒤쫓아 헤엄치던 일. 레인지 앞에서 리자에게 소스 젓는 법을 가르쳐주던 또 다른 이미지도 떠올랐다.

헨리는 어린아이처럼 취미 활동에 열중할 때가 많았다. 새로운 것이라면 무엇이든 열광적으로 시도했다. 우리가 함께했던 가장 좋은 시절에, 나는 비슷한 열정으로 사랑받고 소중히 여겨진다고 느꼈다. 강단에 서 있을 때, 나는 선천적으로 주의 깊고 조용한 사람인 나에게 그가 무엇을 가져다주었는지를 똑똑히 깨달았다. 교회 안은 그가 즐겁게 해준, 그와 나를 좋아하고 마음을 써준 수백 명의 사람들로 가득했다. 나는 손님들에게 참석해주셔서 감사하다고 말한 뒤 다른 연설자들에게 마이크를 넘기고 리자와 이레나 사이의 내 자리로 돌아왔다. 그들은 시와 편지를 읽었다. 헨리를 향한 깊은 사랑을 표현하는 다른 헌사들도 있었다. 사람들은 차례로 헨리의 충실한 우정, 삶에 대한 지칠 줄 모르는 호기심, 그리고 리자와 나에 대한 헌신에 관해 이야기했다. 나는 리자의 손을 꼭 쥐었다.

이제 무릎 길이의 검은 원피스를 입은 캐시가 차분한 목소리로 익숙한 딜런 토머스[10]의 시를 낭독했다. 그녀의 얼굴은 피곤하고 창백해 보였다. 그녀가 몸을 숙이고 눈물을 흘릴 관은 이제 없었다. 헨리의 시신은 이미 화장되었다.

타는 듯한 붉은 곱슬머리에 뺨이 불그스레한 남자가 강단으로 걸어 나왔다. 그 남자가 헨리가 자주 가던 지역 주류상점의 세일즈맨임을 생각해내기까지는 시간이 조금 걸렸다. 그는 정말로 슬픔을 느끼는 듯 목멘 소리로 그들이 길게 대화를 나누며 보낸 오후 시간, 헨리의 흠 잡을 데 없는 미각, 짓궂은 유머감각에 대해 이야기했다. 그는 전날 아침에 쓴 시를 낭송했다. 나는 헨리가 그 남자와 진정한 우정을 맺고 있었음을 알아차리고 놀랐다. 나는 잘 알지 못하는 남자였다. 그 남자는 우리 집 디너파티에 온 적이 없었다. 와인 한 병을 사기 위해 그 상점 안으로 달려 들어갈 때 어쩌다 공손한 인사말 몇 마디를 나눈 것 말고 나는 그와 변변한 대화조차 나눠보지 않았다. 어떻게 헨리는 낯선 사람이나 다름없는 이 남자와 의미 있고 지속적인 우정을, 애도시를 써야겠다는 진심 어린 시도를 하게 할 정도로 강력한 우정을 맺어왔단 말인가.

참석한 사람이 400명까지는 아니더라도 100명쯤은 되는 것 같다고, 나는 군중을 응시하며 생각했다. 헨리는 농담으로, 이야기로, 요리 한 접시로 모든 사람이 특별하게 느끼도록 만드는 재능이 있었다. 그가 예쁘게 플레이팅 한 요리 접시를 내갈 때 사람들

---

10 Dylan Thomas(1914~1953), 영국 웨일스 출신의 시인. 평생 인간의 삶과 죽음의 근원적 문제를 다루어 "통찰력의 시인"이라 불린다. 가수 밥 딜런이 그의 시를 사랑해 이름을 "딜런"으로 바꾼 것으로도 유명하다.

의 얼굴에 어리던 황홀한 표정이 떠올랐다. 그는 바로 그 방법으로 내 마음을 사로잡았다. 별것 아닌 파스타 한 접시도 내가 왕족이라도 되는 양 대접해주었다. 이 추도식은 헨리만이 아니라, 기진 맥진한 적이 많았지만 스릴도 넘쳤던, 요리와 지적 모험으로 이루어진 그의 삶을 함께한 나에게 보내는 작별 인사였다.

나는 리자와 함께 집으로 돌아왔다. 집 안은 분홍 카네이션, 흰 백합, 그리고 줄기를 살짝 염료에 담가 염색한 데이지 꽃다발들로 가득했다. 꽃들은 장식 없는 유리 화병에 꽂혀 있었다. 밸런타인 데이에 혹은 우리가 심하게 싸우고 나서 헨리가 집에 가져오곤 했던 사치스러운 배합의 꽃다발과는 거리가 멀었다. 카네이션이 시든 뒤, 나는 화병을 씻어 앞으로 다시 사용할 일이 없으리라 확신하며 식당의 식기장 밑에 넣어두었다.

2
2003년 1월부터 2월까지

친구들과 가족들이 일상으로 돌아가고 집 안은 조용해졌다.

나는 새로운 고독에 겁이 났다. 아이와 단둘이 사는 것은 내가 계획한 인생이 아니었다.

친구들, 가족, 그리고 헨리와 내가 몇 년 전부터 부부 상담을 받아온 상담치료사 헬렌이 고맙게도 장례식 후의 흐릿한 몇 주 동안 리자와 내 곁에 있어주었다. 내가 여력이 없을 때는 친구들이 딸아이를 돌봐주었다. 집으로 음식을 갖다주었고, 식기세척기에 설거짓거리를 넣거나 비워주었고, 헨리가 하던 것처럼 재활용할 쓰레기들을 길가에 내다 버려주었다. 내가 울 때 이야기를 들어주고 안아주었다.

2주가 지나자 리자를 다시 학교에 데려다주고 일을 조금 하고 빨래도 할 수 있을 것 같았다. 다시 유능한 인간이 되어 내 앞에 놓인 새로운 삶을 책임 있게 살아가고 싶었다.

오빠 데이비드가 내 재정 상황을 재정비해주고 헨리의 유언도 처리해주었다. 올케 수전은 데이비드 오빠와 함께 주말마다 찾아와 집 안 정리를 도와주었다. 부모님은 매일 전화를 걸어주었다.

다른 친구들은 우리 모녀가 단둘이 보내는 저녁 시간의 외로움을 잠시나마 잊도록 집에 초대해 식사를 함께했다. 그러나 친구들 집을 방문하는 것은 때때로 견디기 힘들었다. 우리가 고마움을 표하며 떠날 때, 그들은 현관 앞 따뜻한 백열등 조명 속에 서서 손을 흔들어 작별 인사를 했다. 가정생활이란 참으로 복잡하며 그들의 삶 또한 완벽하지 않음을 내가 알고 있다는 건 별개의 문제였다. 그들은 완벽함에 대한, 따뜻한 가족의 느낌에 대한 환상을 갖고 있었다. 우리가 가진 환상은 무엇이든 사라지게 마련이지만, 그들이 나를 동정한다는 것을 알 수 있었다. 그런데 삶이 엉망이긴 해도 나는 동정을 바라지 않았다.

우리 집이 너무 크게 느껴졌다. 내가 길을 잃었다는 것을 깨달았다. 보조 요리사이자 주말 파티의 여주인이라는 내 역할은 끝났다. 나는 리자와 방 몇 개만 사용하며 조용히 생활했다. 리자의 친구들이 우리 집에 와서 놀기보다는 리자가 가서 친구들과 놀도록 캐시나 에밀리의 집에 태워다주었다. 헨리의 사무실 문은 데이비드 오빠가 들어갈 때 말고는 닫아두었다. 식당은 사용하지 않았다. 일주일에 한 번 가사도우미가 와서 테이블과 접시들을 치우고 새해 전야 파티 후 내가 정리한 타원형 모양으로 똑같이 쌓아놓았다.

≡

어느 날 저녁 나는 리자와 함께 주방에 앉아 있었다. 내가 그릇에 담긴 수프를 숟가락으로 빙글빙글 저었다. 리자는 평소보다 열성적으로 먹더니, 숟가락을 테이블에 내려놓았다.

리자가 물었다. "우리가 영화에 나오는 사람이 아니라는 걸 어떻게 알아요?"

나는 뭐라고 대답해야 할지 몰라 리자를 바라보았다.

"엄마." 리자가 고쳐 말했다. "이 상황이 진짜라는 걸 어떻게 알아요?"

맙소사. 우리 집에 꼬마 실존주의자가 있네.

"글쎄." 내가 말했다. "우린 모른단다. 그저 우리가 진짜라고 생각하는 것이 진짜이기를 바라야겠지."

"어떻게 아느냐고요." 리자가 고집스레 물었다.

아, 과학자네, 실증적 증거를 원하는.

"우린 알지 못해. 그저 그러길 바랄 뿐이야."

"엄마." 리자가 다시 말했다. "이 상황이 꿈이 아니라는 걸 어떻게 알아요? 왜 가끔 삶이 꿈처럼 느껴지죠? 엄마도 그래요?"

"그래, 리자. 항상 그렇게 느껴."

≡

나는 앞에 물잔이 놓이지 않으면 물 마시는 것조차 잊었다. 얼굴이 수척해지고 입술은 바싹 말라 껍질이 벗어졌다. 이웃과 친구들이 음식을 가져왔다. 포일로 감싼 캐서롤, 근처의 고급 식품점에서 사 온 로스트치킨, 집에서 만든 라자냐였다. 나는 그 음식들을 전부 냉장고에 넣었다.

물론 리자는 먹여야 했다. 음식을 데워 접시에 담아 파란색 주방 테이블 위에 놓았다. 그리고 리자가 먹는 모습을 물끄러미 바라보았다. 내 접시에는 조금만 담고 몇 번 씹어 삼킨 다음, 단호하게 보이길 바라며 남은 음식을 포크로 쿡쿡 찔렀다.

리자는 속지 않았다. 어느 날 저녁 리자가 애니스[11]의 박스 포장된 마카로니앤드치즈를 한 그릇 더 퍼서 숟가락으로 뜨면서 신중한 어조로 말했다. "우린 이제 진짜 가족이 아니에요." 나는 우리 둘이서 가족을 만들어가는 것에 대해 되는대로 중얼거렸지만, 그 말은 거짓으로 느껴졌다. 저녁 식사 시간은 우리 세 사람이 헨리가 정성 들여 만든 음식을 함께 먹는 시간이었다. 음식은 가족이었다. 그런데 이제 리자만 먹고 나는 보고 있었다. 식사가 끝난 다음 나는 기계적으로 접시들을 모아 문질러 닦았다.

나는 항상 잘 먹어왔다. 음식이 곧 사랑인 유대인 가정에서 태어났으니까. 버터와 딜을 넣어 부드럽게 만든 삶은 감자를 곁들인 스튜, 오이 샐러드를 곁들인 슈니첼, 그리고 타라곤과 레몬으로 향을 낸 로스트치킨을 먹으며 자랐다. 내 사춘기는 방과 후 주방 찬장에서 쿠키를 하나씩 몰래 훔쳐낸 일들로 채워졌다. 성인이 된

---

11   제너럴밀스 소유의 미국 유기농 식품회사.

이후 마른 몸매를 가진 적이 한 번도 없었다. 하지만 과부가 되자 저절로 다이어트가 되었다.

≡

우리 집 바로 북쪽 동네에 사는데도 나는 애너를 그다지 자주 만나지 않았다. 장례식 이후 둘 다 사무실에 틀어박혀 이메일과 전화를 주고받으며 디자인 일에 몰두했다. 1월 말에 애너가 전화해 잠시 들를 테니 차 한잔 마시자고 했다. 애너는 얼굴이 경직되어 있고 피곤해 보였다. 화려한 빨간 머리는 차분한 장식끈으로 땋은 모습이었다. 두피에 검은 머리뿌리가 올라오는 모습이 보였다. 그녀의 삶이 어수선하다는 의미였다. 물론 내 머리에도 새치가 올라오고 있었다.

"나 존과 헤어질 거예요." 그녀가 말했다.

내가 마음을 추스르는 동안 세상의 나머지 부분은 그대로 유지되기를 바랐다. 그러나 나와 가까운 다른 사람들의 삶에도 혼돈과 비극이 행진해 들어오고 있었다. 애너와 나는 작업 마감, 숙제, 세탁, 식료품 저장고 채우기, 아이들의 놀이 일정 짜기에 쫓기는 삶을 살아왔다. 그런데 주의 깊게 제어되던 상황이 혼란 쪽으로 기울었다.

헨리는 늘 내가 순간의 재미를 충분히 즐기지 못하고 지나치게 조심한다고 말했다. 헨리는 기차 출발 시각 1분을 남겨두고 숨이 턱까지 차서 역에 도착하는 것을 좋아했다. 하지만 내 삶을 통제할 수 있다는 환상을 갖고 있던 당시의 나는 그런 행동이 만족스럽지 못했다. 엔진에 결함이 있는 곧 부서질 듯한 작은 비행기에서 체커판처럼 생긴 도시 외곽지역을 내려다보는 느낌, 승강구를 붙잡은 손을 놓을 때 낙하산이 제대로 펼쳐지기를 필사적으로 기도하며 밖으로 용감하게 몸을 내밀고 있는 느낌을 받는 것이 싫었다.

"언제 그렇게 됐어요?" 나는 말문이 막혀 더듬거리며 물었다. 어떻게 애너와 존이 헤어질 수가 있지? 그들은 헤어질 수 없었다. 얼마 전 강 위의 일몰이 바라다보이는, 햇볕이 잘 들고 눈부시게 아름다운 주방의 리모델링까지 마치지 않았는가.

"크리스마스 휴가 때 존이 정말 이상한 행동을 했어요. 휴대폰을 들고 방 밖으로 나가 통화를 하더라고요. 통화목록 맨 위에 있는 번호로 전화를 걸어보니 여자가 받더군요. 발신자 이름도 확인했어요."

애너는 떨리는 손가락으로 땋은 머리의 삐죽빼죽한 끝부분을 만지작거렸다.

"줄리였어요, 존의 학생들 중 한 명! 빌어먹을, 믿어져요? 그 아이는 몇 달 전 우리 집에 와서 저녁도 먹었다고요."

줄리라면 어렴풋이 기억났다. 검은 머리의 아가씨인데, 나는 그녀가 존이 가르치는 청년들의 여자친구 중 한 명이라고 생각했다. 그 저녁 식사 때 나는 간식을 야금야금 먹고 음료를 따라주면서 존의 학생들과 함께 상판이 점판암으로 된 산뜻한 새 흰색 수납장에 감탄했다. 레드와인을 홀짝이며 창밖의 풍부하고 따뜻한 색조와 주방 벽에 새로 칠한 올리브그린색의 기분 좋은 그늘의 대비를 즐기며 해가 지는 모습을 바라보았다.

"애너, 믿어지지 않아요. 그렇게 끔찍한 방식으로 결혼생활을 끝내다니." 우리는 조용히 포옹을 나누고 함께 눈물을 흘렸다.

적어도 나는 이런 문제를 처리하지 않아도 돼. 적어도 남편과의 좋은 기억들을 간직할 수 있어.

"우리가 길동무가 된 것 같네요." 애너가 말했다.

"우리 서로를 돌봐주기로 해요." 내가 대답했다. 전에는 애너에게 이런 종류의 위로를 건넨 적이 없었다. 이제 우리의 관계가 균형을 이룬 느낌이었다. 혼란에 싸여 앞으로 나아갈 때 내가 그녀에게 도움이 될 수 있기를 바랐다.

≡

일주일이 지난 어느 날 오후, 나는 토마스를 찾아갔다. 토마스와 나는 그의 조각 스튜디오가 있는 집 뒤의 작은 벽돌 건물을 향해 길을 함께 걸어 올라갔다. 아래쪽에는 강물이 세차게 흘렀고, 얼음층 밑에서는 물 흐르는 소리가 약하게 들렸다. 눈 덮인 길을 터벅터벅 걸어가는 동안 소음을 뚫고 토마스의 목소리를 알아듣느라 안간힘을 썼다. 그가 육중한 문을 당겨 열었고, 우리는 냉기가 도는 어두운 스튜디오 안으로 들어갔다. 토마스가 불을 켜고 히터를 작동하는 동안, 나는 입김이 안개처럼 떠다니다가 위로 올라가는 모습을 보며 기분전환을 했다. 그가 우정을 담아 따뜻한 포옹으로 나를 감싸주었으면 했다. 그의 손이 무척 건조하고 터 있었다. 그는 추위에 크게 신경 쓰지 않는 것 같았다.

토마스는 상냥하고 주의 깊었다. 헨리의 죽음 이후 매일 나에게 전화를 걸었으며, 내 전화를 받아주고 이메일도 잘 확인했다. 나의 상실 말고 다른 무언가에 대해 그와 이야기할 수 있어서 고마웠다. 그가 자신의 삶과 앞으로의 야심 찬 계획에 대해 하는 이야기를 듣고 있으면, 나 자신에 대해서도 조금은 희망이 느껴졌다.

그의 기술은 놀라웠다. 비틀린 자세로 누워 있는 남자 조각상은 십자가에서 내려진 그리스도를 연상시켰다. 나와는 다르고 그와는 비슷한, 몸을 길게 뻗은 채 흐느적거리며 뒤엉켜 있는 커플은 거의 양성兩性처럼 보였다. 그들은 인체의 현실을 거스르는 방식으로 서로를 감싸안고 있었으며, 그 결과 시선을 사로잡고, 우아하고, 자극적이었다. 나는 그 조각들에 감탄하며 잠시 조용히 서 있었다. 남자의 몸을 보는 것을 즐기기는 했지만 부끄러운 기분이 들었고, 동시에 토마스의 페니스가 그가 조각한 또 다른 자아의 그것과 같은 사이즈인지 궁금했다. 그리고 나의 그런 무례한 추측이 당황스러웠다.

"여기요. 이걸 당신에게 주고 싶어요." 토마스가 어색한 침묵을 깨고 말한 뒤, 요가 자세로 앉은 조그만 여자 조각상을 건넸다. 그 차가운 금속이 내 손안에서 따뜻해졌고, 그 덕분에 나도 따뜻해졌다.

우리는 스튜디오에서 나와 작은 목초지로 통하는 좁은 길을 걸어 내려갔다. 거기서 그는 가을에 심은 나무 한 그루를 자랑스럽게 보여주었다. 그 근처에 다른 큰 조각들이 설치되어 있었다. 베지 않은 풀 속에서 눈을 맞으며 등을 맞대고 서 있는 두 개의 남자 조각상은 집에 있는 것처럼 편안해 보였다. 그중 하나는 약간 쭈그리고 앉은 채 팔을 머리 뒤로 구부리고 있었고, 다른 조각상은 가슴을 내밀고 두 팔을 머리 위로 올린 채 당당하고 의기양양하게 서 있었다.

토마스가 새로 심은 나무는 제멋대로 자란 풀 속에서 외로워 보였다.

"봄이 되면 우리 정원에서 꺾꽂이순을 만들어줄게요." 내가 말했다. 나는 우리 정원에 자부심이 있었고 친구들에게 초목을 주는 것을 좋아했다. 토마스는 대답하지 않았고, 나는 선물을 주겠다고 제안한 것이 후회되었다. 그래도 그가 준 작은 조각상을 장갑 낀 손에 여전히 들고 있었다. "언젠가 저녁도 만들어주고 싶어요. 나는 요리를 시작해야 하거든요."

이 제안은 받아들여졌다.

나는 자신 없는 기분으로 한때는 헨리만의 영역이었던 주방에서 냄비와 프라이팬들을 시험해보았다. 사기를 북돋기 위해 줄리아 차일드[12]와 나이젤라 로슨[13]의 요리책을 받쳐놓았다. 헨리 같은

---

12 Julia Child(1912~2004), 미국의 요리 연구가.

13 Nigella Lawson(1960~), 영국의 요리 연구가.

경험과 자신감이 없었기 때문에 노력하고 연구했다. 레시피를 읽고 마스터했다는 느낌이 들 때까지 같은 요리를 여러 번 만들어보았다. 양고기스튜와 코코뱅. 어릴 적 엄마와 함께 본 TV 프로그램에 나오던 줄리아 차일드의 쾌활하고 음조 높은 목소리가 귓가에 들리는 것 같았다. 로스트치킨과 미네스트로네.[14] "냉장고에 있는 재료 아무거나"라는 나이젤라의 속 편한 태도가 나를 위로하고 안심시켜 주었다.

내가 레인지 앞에서 음식을 만드는 동안, 거실에서는 토마스가 리자와 어택ᴬᵗᵗᵃᶜᵏ을 하며 놀고 있었다. 어택은 리자와 헨리가 고안한 간단한 규칙의 게임이다. 리자는 무서운 이야기를 좋아했다. 마지막에 모든 것이 좋게만 끝난다면. 그래서 헨리가 "나는 끔찍하고 무서운 식인귀다. 내가 너를 잡으러 갈 거다……. 너를 찾아내면 빨대를 꽂아 뇌를 뽑아낼 거야!" 같은 말을 해줘야 했다. 그러면 리자 그리고 때로는 함께 있던 리자의 친구들이 으르렁거리는 식인귀의 손아귀에서 빠져나가려고 소리를 지르며 집 주위를 뛰어다녔다. 결국 식인귀는 사냥감을 찾아내지만, 마지막 순간에 전세가 역전되어 아이들에게 우위를 넘겨주었다. 그것은 어린아이들의 철학—한 번 재미있으면 백 번도 재미있다.—을 제대로 설명해주는 게임이기도 했다.

한바탕 신나게 게임을 한 뒤, 토마스는 차려놓은 음식을 전부 기분 좋게 먹어 치웠다. 내가 음식을 휘젓고 볶는 동안 그가 주방

---

14 이탈리아의 전통 수프. 특별히 정해진 조리법이나 재료는 없으며, 주로 제철에 나는 채소와 파스타 등을 이용해 잡탕처럼 끓인다.

에서 의자에 등을 기대고 앉아 맥주를 마시고 있으니 마음이 편안했다. 그는 천장 조명등의 전구를 갈아주는 일 같은 자질구레한 집안일을 기꺼이 도와주었다. 키가 190센티미터인 그는 발판 사다리 꼭대기에 올라가 비틀거리지 않고도 그 일을 할 수 있었다.

그런 저녁 중 한번은 내가 그릴에 스테이크를 요리하고 있는데 헨리가 주방 안에 있는 것이 느껴졌다. 그의 목소리가 내 머릿속에 울려 퍼졌다. "스테이크에 소금 뿌리는 거 잊지 마!"

2월쯤엔 요리 솜씨가 향상되어, 토마스와 친구 몇 명을 불러 소박한 디너파티를 열어도 되겠다는 느낌이 들었다. 헨리가 만들어주던, 간단한 육수에 넣고 끓인 한국식 손만둣국을 대접하기로 했다. 벽난로 앞에서 대접할 수 있는 식사였다. 친구들이 모였고, 내가 난로에 통나무 장작을 더 넣었고, 모두 자리에 앉았다. 내 자리는 소파의 토마스 옆이었다. 나는 빗질하지 않은 긴 머리를 리자의 머리끈으로 질끈 묶고 있었다. 청바지에 털양말을 신고 즐겨 입는 보풀이 일고 해진 회색 스웨터를 걸친 나는 편안했다.

토마스의 슬개골이 캔버스 천 바지를 당겨 뼈와 근육이 만나는 곳이 드러났다. 나는 용기를 내 그의 가까이에 앉았다. 우리 넓적다리 사이의 신중한 몇 센티미터 간격에서 자석과도 같은 끌림이 느껴졌다. 나는 가슴속에 전기가 통하는 것 같은 느낌과 폐의 팽창과 수축 운동이 갑자기 과하게 의식되는 것이 무엇을 뜻하는지 궁금해하며 그 좁은 간격을 내려다보았다. 내 작은 손이 우리 사이의 격앙된 공간 안으로 향했고 그의 크고 따뜻한 손을 찾아냈다. 그의 길고 우아한 손가락이 내 손가락을 부드럽게 움켜쥐었다. 내 몸 한가운데에서 고통스러운 맥박이 치솟았다. 오랜만에 느껴보는 감각이었다.

1976년 7월 뉴욕시의 눈부시게 뜨거웠던 색채들이 기억났다. 내 티셔츠는 축축했고, 성능이 시원찮은 선풍기가 덜거덕거리며 얼굴에 더운 바람을 불어댔다. 황갈색 머리의 한 소년이 내 어린 시절의 침대에서 나와 뒤엉켜 눈을 반쯤 감은 채 나에게 키스하려고 불편한 자세로 몸을 기대고 있었다. 그 아이의 벌어진 입술에서 나오는 숨결에서 마리화나 냄새와 술이 들어간 초콜릿칩 쿠키 냄새가 났다.

그 절박한 욕망의 감각.

헨리가 죽은 지 한 달이 지났고, 나는 성적으로 굶주려 있었다. 무서웠다.

≡

어느 날 저녁 잠을 자려고 함께 위층으로 올라가는데 리자가 말했다. "엄마, 엄마한테 말하고 싶은 게 있어요. 기분 나쁜 일인데, 말하면 엄마가 화낼 것 같아요."

나는 계단에 앉았고, 리자도 나를 따라 앉았다. 계단은 우리가 즐겨 이야기를 나누는 장소, 중립적인 장소가 되었다. 리자는 울음을 터뜨렸고, 나는 그 따뜻하고 사랑스러운 존재를, 내 결혼생활에서 남은 유일한 존재를 꼭 안아주었다. 헨리가 그리웠고, 화가 났다. 왜 그렇게 갑자기 우리 곁을 떠나버린 거지?

"아니야, 리지. 엄마는 화내지 않을 거야. 그러니 뭐든 말해봐."

"정말 화 안 낼 거예요?"

"그럼."

리자가 망설이며 말했다. "음, 아빠가 가끔 나한테 못되게 굴었어요."

리자는 상실감을 표현하는 일이 거의 없었고, 그래서 나는 어떤 식으로든 물꼬를 트게 되어 고마웠다. 하지만 이런 이야기는 예상하지 못했다.

"가끔 내가 아빠 사무실에서 놀고 있으면, 아무 이유 없이 나가라고 소리를 질렀어요." 리자가 계속 말했다. "그러면 난 슬퍼졌어요. 아빠가 나에게 소리친 것이 화가 났고요." 리자는 울었고, 나는 아이를 토닥여 위로해주었다. "난 잘못한 게 하나도 없는데, 아빠가 이유 없이 소리를 질렀어요."

리자가 무슨 이야기를 하는지 알 것 같았다. 나도 내 몫의 고함을 질렀다. 어린아이를 양육하는 일은 힘들고 리자가 주방 바닥에 놓아둔 장난감에 내 발이 걸려 넘어졌을 때, 심지어 리자가 주방 테이블에 우유를 엎질렀을 때도 내가 리자에게 얼마나 잔소리를 퍼부었는지 차마 인정하기가 부끄럽다. 하지만 헨리가 갑자기 리자를 사무실 밖으로 내보냈던 일들이, 그때 내가 느낀 분노가 떠올랐다. 리자는 그림 그리기, 색종이 잘게 조각내기, 늦은 오후나 저녁에 내가 사무실에서 일하고 있으면 사무실 바닥에서 스컬

피[15]를 주물러 고양이 모형 만들기를 좋아했다. 하지만 헨리는 리자를 자기 사무실 밖으로 내쫓고 문을 닫아버리는 일이 잦았다. 내가 포기한 일종의 프라이버시를 계속 고집한 것이다.

"넌 잘못한 게 아무것도 없어." 내가 말했다. "아빠가 왜 그랬는지는 모르지만, 가끔 아빠가 너에게 고함을 쳤던 것은 기억나. 가끔 그렇게 못되게 굴긴 했지만, 그래도 아빠는 너를 무척 사랑했단다."

그는 여기에 머물 만큼 리자를 충분히 사랑하지 않았던 거야.

그가 죽음을 피할 수 있기라도 했던 것처럼 다시 분노가 치밀었다. 그다음에는 슬퍼졌다. 아마도 그는 그런 식으로 삶을 마감하고 싶지는 않았을 것이다. 우리의 갈등과 그 자신의 참을성 없는 성격에도 불구하고, 헨리는 자랑스럽고 헌신적인 아빠였다.

"엄마 생각에는 우리가 아빠를 용서하도록 노력해야 할 것 같아. 이제 우리 둘뿐이잖아. 그러니 네 기분이 어떤지 항상 엄마에게 말해주렴."

우리는 계단에 조용히 앉아 서로를 포옹했다. 이제 잠자리에 들 시간이었다. 우리는 누비이불 아래 웅크리고 누웠고, 나는 리자가 잠이 들어 손에 힘이 풀릴 때까지 리자의 손을 꼭 잡고 있었다.

---

15 조소 재료로 사용하는 찰흙의 상표명.

내 사회적 위치에 변화의 스위치가 켜졌다. 나는 더는 유부녀가 아니었다. 새로운 위치가 정확히 어떤 것인지는 아직 확신하지 못했다. 전에는 동네나 학교 운동장에서 마주쳐도 주위를 맴돌기만 하던 여자들 무리에게서 새로운 위로를 받았다. 바로 싱글맘들이었다. 우리 동네에서 싱글맘은 극히 소수였다. 내가 늘 호감을 갖고 있던 한 여자—리자의 학교 친구 중 하나의 엄마인 타니아—가 있었다. 아이들이 교실에서 만난 뒤 타니아와 나는 두 아이를 함께 놀게 했다. 타니아는 조용한 성격이었고, 목소리는 거의 속삭이는 것 같았다. 그녀는 찰랑거리는 팔찌 여러 개를 손목 가득 차고, 귀에 달랑거리는 귀걸이를 했으며, 목에는 곰 발톱 펜던트가 달린 가죽끈 목걸이를 걸고 공기처럼 가벼운 숄을 걸치고 있었다. 그녀는 날씨가 따뜻한 계절에 동네를 맨발로 걷기를 좋아했는데, 그럴 때 보면 발톱이 주홍색으로 칠해져 있었다. 어떤 사람들은 그녀가 맨발로 다니는 것을 이상하게 생각했지만, 나는 그녀가 자기 좋은 대로 행동하는 것이 내심 마음에 들었다.

그녀의 집은 짧은 가로수길에 있는 예스러운 분위기의 크림색 판잣집이었다. 하지만 집 안으로 들어가면 구스타프 클림트의 그림으로 이루어진 마법의 세계 같았다. 거실 벽에는 이집트인의 황금빛 눈이 어른거렸고, 욕실 벽은 잡지에서 오려낸 수많은 여자들의 사진이 데쿠파주[16] 기법으로 장식되어 있었으며, 주방 싱크대 뒤쪽 벽에는 춤추는 인어들의 모습을 형상화한 색유리 모자이크가 있었다. 테이블과 선반에는 색색의 조약돌과 조개껍데기들이 담긴 볼과 바구니들이 가득했다. 천장에서 늘어뜨려 놓은 실을 엮어 만든 자유로운 형태의 구조물에도 조개껍데기들이 담겨 있었다. 고양이 두 마리가 집 안과 마당을 돌아다녔고, 꼭 안아주고 싶은 잿빛 토끼 한 마리가 깡충깡충 뛰어다녔다. 주방의 어항 안에는 화려한 색의 물고기들이 원을 그리며 천천히 헤엄쳤다.

나는 그녀 집의 느슨한 소파에 몸을 파묻고 그녀가 건넨 커다란 잔에 담긴 김이 피어오르는 차를 마셨다. 그녀 집과 비교하자면 우리 집은 좀 재미없고 구식이었다. 가사도우미와 말끔히 정리된 가구가 딸린 이 아름다운 집 안에 내가 있다니! 마치 이 집에, 타니아의 집에 속해 있는 느낌이었다.

≡

그동안 친숙하게 지내온 사교 세계로부터 빠져나오는 느낌이었다. 하지만 내가 하루하루 해야 할 일(리자를 학교에 데려다주고, 오후에 다시 데려오고, 식료품점에서 장을 보고)을 하며 지내는 것을 지켜본 친구들은 경계신호를 울렸다. 어느 날 아침 에밀리, 캐시, 그리고 다른 두 친구 루이즈와 다이앤이 우리 집 주방 테이블에 모여앉아 조심스럽게 개입했다.

캐시가 내가 너무 야위었다고 말했다. 나는 먹어야 했다. 그녀

---

16 나무 따위의 재료에 종이를 오려 붙이고 여러 번 니스 칠을 하는 기법.

는 프로틴 음료 한 캔과 칼슘 정제 한 병을 가져왔다. 또한 체중을 유지하는 것의 중요성을 강조하고, 스트레스를 받을 때의 뼈 밀도와 관련한 좋은 의도에서 나온 염려의 말을 했다. 나는 헨리라면 좀 더 신랄하게 평가했을 거라 생각했다. "줄리, 당신 정말 좆같아."

나는 울음을 터뜨렸다. 캐시 말이 맞다는 것을 알고 있었다. 나는 먹어야 했다. 하지만 아무것도 목 안으로 넘길 수가 없었다. 식욕부진이 나를 겁먹게 했다.

다이앤은 튼튼한 캔버스 백에 집에서 만든 라즈베리파이를 선물로 담아 가져왔다. 층층이 얇게 벗겨지는 예쁜 갈색 크러스트에 잘 익은 빨간 과즙이 줄줄 흘렀다. 버터가 든 페이스트리와 따뜻한 베리 향에 갑자기 입맛이 돌았다. 나는 파이를 작게 한 조각 잘라서 먹었다.

캐시가 자신이 다니는 교회 목사님과 상담을 해보면 어떻겠냐고 말했다.

"좋아요, 괜찮을 것 같네요." 탐구하듯 파이를 조금씩 씹으며 이렇게 대답하는 내 목소리가 들렸다. 목사님과 무슨 이야기를 해야 할지도 모르면서 말이다. 나는 목사님들에게 관심이 없었다. 오로지 파이에만 관심이 있었다.

배 속이 충격으로 요동쳤다. 위경련과 이후의 욕지기가 지나가자 나는 한 조각을 더 잘랐다. 시간이 좀 더 지나 오후에 한 조각을 더 먹었다. 그리고 저녁으로 한 조각을 먹었다. 다음 날 아침으로도 먹었다. 파이가 다 없어지자 다이앤에게 전화를 걸어 파이를 한 판 더 만들어주겠냐고 물었고, 그녀는 그렇게 해주었다.

≡

며칠 뒤 캐시가 전화해 교회 목사님과 만날 약속 시간을 정하자고
했다. 나는 그 제안을 잊고 있었지만 목사님을 만나기로 했다. 커
피 한잔하는 건 해로울 것 없어 보였다.

목사님이 도착했고, 나는 그를 주방 테이블로 안내했다. 그는
체격이 건장했으며, 사심 없고 상냥한 얼굴에 연한 색의 맑은 눈
을 가지고 있었다. 동네에서 그를 여러 번 본 적이 있었고, 캐시가
겨울 콘서트와 크리스마스 연극에 초대해서 교회에서도 한 번 본
적이 있었다. 에이미가 그 연극에 출연해서 리자가 무척 가보고
싶어 했다.

캐시가 나를 위해 특별히 주선한 만남이었다. 나는 목사님들과
이야기를 나누는 것이 몹시 불편했고 캐시에게 그렇게 말했다. 하지
만 기껏 생각해서 주선해준 만남을 거절하는 건 무례한 일 같았다.

목사님이 마음껏 이야기하도록 내버려두면 곧 끝날 거야.

그는 죽음에 관한 기독교적 시각에 관해 열심히 그리고 사려
깊게 이야기했다. 영혼은 영생한다는 것, 우리가 상실을 어떻게
받아들일 수 있는지 등등. 내가 그의 말을 귀담아듣고 있지 않다
는 걸 깨달았다. 전부 백색소음처럼 들릴 뿐이었다. 왠지 모르지
만 그의 친절한 메시지가 나를 화나게 했다. 심지어 나에게 그런
일이 일어났다는 사실에 분노가 끓어올랐다. 그건 정당하지 않았

다. 아이들이 하는 핸드게임의 손가락처럼(이건 교회고 이건 첨탑이 야. 문을 열고 사람들을 봐!) 내 마음이 기꺼이 열리길 바랐지만 경청할 수가 없었다. 그러다가 갑자기 이 모든 것이 말이 된다는 걸 깨달았다. 그렇다면 나는 교회 예배에 얼마든지 갈 수 있을 테고, 어딘가에서 환영받는다고 느낄 것이다.

이 사람은 헨리가 아침에 찾아오는 것에 대해 어떻게 생각할까?

트위드 재킷, 옅은 청색의 버튼다운 셔츠, 카키색 바지, 끈 달린 구두 차림의 분별 있고 건장한 갈색 머리의 남자, 나는 헨리의 영혼과의 성적 접촉을 나 혼자만의 비밀로 간직하기로 마음먹었다.

≡

캐시는 이메일을 통해 목사님보다 더 성공적으로 나를 위로해주었다. 절망하지 말라고, 시간이 지나면 상황이 좀 더 수월해질 거라고, 내가 삶을 다시 추스를 능력이 있는 강한 사람이라고 믿는다고 말했다. 거리를 두던 사람으로부터 위로를 받는 것이 낯설게 느껴졌다. 하지만 나는 위로를 받아들일 준비가 되어 있었다. 어디서 온 것이든 간에.

≡

데이비드 오빠가 금요일마다 와서 헨리의 사무실에 틀어박혀 무수히 많은 파일들을 살펴보았다. 그리고 하루가 끝나갈 때쯤 매번 해야 할 일의 목록을 건네주었다. 은행과 보험회사에 전화할 것, 봉투에 주소를 쓰고 스탬프를 찍어둔 서류들에 사인하고 사망확인서를 첨부해 우편으로 보낼 것. 자동차를 내 명의로 바꾸고 은행 계좌와 투자금도 내 명의로 이전되도록. 하지만 그 서류들을 보려고만 해도 눈앞이 흐릿해지며 눈물이 나왔다.

오빠 말이, 헨리가 빚을 좀 남겼다고 했다. 내가 모르는 신용카드들에 재산이 정리되는 대로 갚아야 하는 대출이 있었다. 4만 달러 정도였다. 나는 무슨 빚이냐고 묻지 않았다. 화를 내기엔 너무 늦었고, 돈 생각을 하면 걱정만 될 뿐이었다. 헨리에게 빚이 있었다는 사실이 놀랍지는 않았다. 그는 물건 사는 것을 좋아했다. 책 집필을 위해 서부에서 사전조사를 하던 기간에 쓴 호텔 숙박비, 식사비, 와인값, 렌터카 비용일 거라고 짐작했다. 새로 구입한 여행가방과 새 노트북 컴퓨터도 있었다. 하지만 4만 달러라고? 헨리는 문장 하나 쓰지 않고 자기 책 선인세 전체를 통으로 날려버린 것이다. 화이트트러플 때문이었다. 100그램에 500달러나 하는.

≡

헨리의 빚 문제에도 불구하고, 나는 쇼핑을 하고 싶은 맹렬한 충동을 느꼈다. 자포스닷컴에서 부츠 한 켤레를 구입했다. 모래시계처럼 호리호리하고 발등에 지퍼가 달린, 굽이 높은 갈색 스웨이드 쇼트 부츠였다. 상자가 도착했고, 나는 가격으로 인한 죄책감과 씨름하며, 내가 이 부츠를 정말 신기는 할지 궁금해하면서 부츠를 신어보았다. 이런 부츠는 어떤 삶의 일부일까? 이 동네에 사는 비탄에 빠진 젊은 과부의 적막한 삶은 아닐 것이다. 이 부츠는 도시에 살고 멋진 사무실에서 일하는, 파티와 시내 레스토랑에 가고, 어두운 나이트클럽에서 음악을 들으며 다채로운 색의 칵테일을 홀짝거리는 사이사이 젊은 애인들과 열렬하게 딥키스를 하는 젊은 싱글 여성의 삶의 일부였다.

클로이가 시내로 쇼핑하러 가자고 나를 설득했다. 그녀는 내가 아는 유일한 젊은 과부로, 힘든 몇 해를 보낸 뒤 삶을 헤쳐가고 있는 듯했다. 심지어 남자친구도 있었다. 소호의 상점들을 돌아다니면서, 나는 늘 그랬듯이 나이를 거스르는 그녀의 얼굴에 감탄했다. 마흔여덟 살인데도 얼굴에서 빛이 났다. 입술에는 와일드비치로즈색 립스틱이 칠해져 있었다. 처음 들어간 옷 가게의 원피스 코너 앞에 서 있는데, 클로이가 내 어깨에 한쪽 팔을 두르더니 남편이 죽은 직후 옷을 많이 샀다고 털어놓았다. 그녀의 남편이 그리웠다. 그는 마지막 남은 진정한 영국 신사였는데, 4년 전 쉰다섯 살 나이에 림프종으로 세상을 떠났다.

나는 동네에서는 절대 입지 않을 원피스 한 벌을 샀다. 호리호리해진 내 몸에 꼭 맞게 감기는, 나뭇잎 문양이 프린트되어 있고 끝단에는 주름장식이 달린, 실크처럼 부드러운 재질의 적갈색 원피스였다. 내 몸은 열여섯 살 때처럼 호리호리해져 있었다. 성인이 된 후 처음으로 내 몸이 마음에 들었다. 클로이 앞에서 빙그르르

도는데 내 엉덩이가 마치 소녀처럼 보였다.

"당신 참…… 멋져 보여요!" 클로이가 미소를 지으며 중얼거렸다.

2주 뒤 나는 기차를 타고 다시 시내에 가서 소호에 있는 다른 상점에서 뮬 한 켤레를 샀다. 세일 중인데도 가격이 비쌌다. 이탈리아제로 탄성이 있는 소재로 꼬아 만들어서 발에 착 감겼으며(발에 물집이 생길 것 같기도 했다.) 굴곡지게 조각된 굽에는 해변가 오두막집의 차양을 연상시키는 녹색·황토색·회색의 가는 줄무늬가 있었다.

집으로 돌아온 나는 벽장 바닥에 놓인 화려한 상자 속 구두에 감탄했고, 그것을 꺼내어 신고 욕실 문에 달린 전신거울 앞에서 한 바퀴 돌아보았다.

이탈리아 북부 예쁜 해변 마을의 고풍스러운 포석이 깔린 보도 위를 또각또각 구두 굽 소리를 내며 걷는 모습을 상상해보았다. 20년 전 나는 리구리아 지방의 한 마을과 그곳의 한 남자와 사랑에 빠졌다. 늦은 오후의 은빛 바다, 로즈핑크·세이지그린·황토빛 색조로 칠한 집들, 그리고 실안개 속에서 납작해 보이던 연보랏빛의 먼 산들도 기억났다. 갓 잡아 노천시장에 진열한 신선한 생선 냄새, 간조 때 자갈 해변을 따라 널브러져 있던, 모래진드기가 아직 살아서 폴짝폴짝 뛰던 해초들도 기억났다. 저녁 파사지아타[17] 때 내 옆을 지나가던 남자들의 "케 벨라!"[18]라는 감탄이 그랬

---

17 "산책"이라는 뜻의 이탈리아어.

18 "아름다워라!"라는 뜻의 이탈리아어.

던 것처럼 태양이 내 맨팔과 맨다리를 덮혀주었다.

≡

헨리의 유골은 나무 단지에 담아 내 사무실에 보관해두었다. 리자가 봐도 되느냐고 물었다. 나무 단지의 뚜껑은 쉽게 열렸고, 안에 철끈으로 묶인 두꺼운 비닐백이 보였다. 내가 철끈을 풀었다. 리자와 나는 킁킁거리며 코를 대보았다. 재 비슷한 냄새가 났다. 하지만 나무와 연기 냄새가 섞인 우리 집 벽난로의 재 냄새와는 달랐다. 그 재에서는 바비큐에서 남은 까맣게 탄 뼈와 비슷한 냄새가 났다. 리자는 혐오스러워하거나 무서워하지 않았다. 오히려 흥미로워하는 것 같았다.

"엄마, 숟가락이 있어야겠어요!"

나는 주방으로 뛰어가 서랍에서 티스푼 하나를 꺼내고 찬장에서 작은 그릇 하나를 가져왔다. 유골에서 재 한 스푼을 퍼내 그릇에 담았다. 재 속에 작은 금속 조각들이 섞여 있는 것이 보였다. 아마도 치아에 박은 보철이나 그가 열여섯 살 때 모터사이클 사고로 부러진 오른쪽 다리를 치료하느라 박았던 금속핀의 흔적 같았다. 우리는 화장용 오븐의 열기에도 소각되지 않은 그 뼛가루를 손가락으로 쿡 찔러보았다.

"엄마, 바깥에 있는 꽃들한테 이걸 조금 줘도 돼요? 체스터의 유골도 조금 가져가고요."

헨리와 늙은 얼룩 고양이 체스터가 그릇 안에서 조심스럽게 섞였고, 우리는 그것을 뒤뜰로 가져갔다. 겨울 추위 속에 아직 잠들어 있는 클레마티스 덩굴, 도라지꽃, 장미가 다 같이 그 양분을 받아들였다.

리자가 유골을 조금 가져도 되는지 물었다. 내가 끈이 달린 작은 빨간색 실크 보석 주머니를 찾아냈고, 리자는 체스터와 헨리의 유골을 조금씩 떠내 주머니 안에 담았다. 리자는 다음 날 학교에 그 실크 주머니를 가지고 가겠다고 했다. 나는 이해심 많은 선생님 앞으로 메모를 써 보냈다.

헨리가 삶에서 청중을 필요로 했던 것처럼, 외로운 유골 단지는 책상 위에서 우정을 필요로 했다. 우리는 유골 단지 주위에 물건들을 가져다놓았다. 한국에서 온 유연한 24K 금반지(그의 어머니의 선물), 금색 플라스틱 부처님이 들어 있는 플라스틱 스노볼(헨리의 책상에서 가져온 것), 메인주 여행에서 가져온 조개껍데기와 돌, 그가 내 생일에 써준 메모, 작년 밸런타인데이 때 그가 쓴 세 개의 대구가 있는 시였다.

작가치고 그는 편지를 많이 쓰지 않았다. 함께 산 16년 동안 우리는 떨어져 지낸 적이 거의 없었다. 그가 서부 해안으로 자료조사 여행을 갔을 때 이메일을 몇 번 받긴 했다. 하지만 그때도 그는 전화하는 것을 선호했다.

지금은 그의 조각들이, 그가 글을 써준 종잇조각들이 더 많이 있었으면 하는 생각에 아쉬웠다.

≡

에밀리는 매일 나에게 전화했다. 우리 집에 와서 주방 바닥에 쓰러져 있는 헨리를 발견한 1월의 오후 이후, 그녀는 모든 면에서 주의 깊게 행동했다. 그녀의 우정이 고마웠지만, 결코 갚지 못할 일종의 정서적 빚을 진 것 같아 마음이 쓰였다. 이런 걱정과 아울러, 그날 내가 애너에게 전화하지 않은 것에 대한 후회의 물결이 처음으로 몰려왔다. 애너와 나의 우정에는 항상 균형감이 있어서 언제 보답할지 걱정하지 않고 도움이든 공감이든 요청할 수 있었다. 그때는 에밀리에게 전화하는 것이 합리적인 행동으로 보였고, 약간의 시간 차이가 너무도 중요하게 느껴졌다. 이런 결과는 미처 예상하지 못했다.

몇 번 에밀리의 집 혹은 우리 집에서 찻잔을 앞에 놓고 마주 앉은 적이 있는데, 에밀리가 서글픈(혹은 초조한?) 표정으로 나를 바라보더니 물었다. "언제 내 친구로 돌아와줄 거예요?" 뭐라고 대꾸해야 할지 알 수가 없었다. 그녀가 그리워하는 친구는 사라져 버린 것 같았다.

나는 가끔 에밀리 가족을 방문해 함께 식사를 했다. 리자가 함께 가서 놀고 즐거움을 느낄 수 있어서 고마웠다. 에밀리의 집은 가족 간의 평범한 갈등들이 감춰져 있는지는 몰라도, 따뜻하고 활기와 에너지가 넘쳤다. 반면 우리 집은 조용해서 숨이 막힐 것 같았다. 헨리의 성격이 집 안을 얼마나 완벽하게 채워주었는지 전에는 알지 못했다.

주말이 되면, 리자와 나는 아침으로 먹고 남은 스크램블드에그를 커피 테이블에 놓아둔 채 담요로 몸을 감싸고 소파에 웅크린 자세로 《비키니시티 청록색 열대 불빛 속 스펀지밥의 대모험》이나 《요정 대부모와 함께하는 티미 터너의 모험》을 보았다. *나에게 필요한 게 바로 저거야, 요정 대부모.* 함께 있으니 위로가 되었다. 리자의 뺨에서 복숭아와 갓 구운 비스킷 냄새가 났다.

3
2003년 2월부터 5월까지

헨리가 죽고 몇 주 뒤, 우리 동네의 마사지 치료사인 마야가 공짜 마사지를 해주겠다는 뜻을 전해왔다. 나는 그녀를 만나본 적이 한 번도 없었지만, 그녀에게 전화해 약속을 잡았다. 낯선 사람에게서 도움을 받는다고 생각하니 이상하게 위로가 되었다. 다음 날 오후, 나는 석양이 비치는 그녀의 치료실에 있었다.

　마사지 테이블에 조용히 누워 새소리와 부드러운 파도 소리가 나오는 CD를 듣는 동안, 그녀가 아로마오일을 바른 손가락을 움직여 확신에 찬 몸짓으로 내 앙상한 등을 파고들었다. 그러고는 부드럽게 느껴지는 내 등 한가운데에 자리를 잡고 내 슬픔 속으로 연결된 버튼을 눌렀다. 정말이지 울고 싶었지만, 이 낯선 사람에게 내 비참한 삶을 전부 노출한다는 건 너무 당황스러운 일이었다. 긴 침묵이 흐른 뒤, 새소리와 파도 소리 그리고 오일을 바른 그녀의 손이 내 피부 위를 휙휙 움직이는 소리만 들렸다. 치료받는 동안 이야기를 해도 된다고 그녀가 말했다. 어디서부터 이야기를 시작할지 알 수 없었지만, 다행히도 처음부터 시작할 필요는 없었다. 나는 이 동네의 젊은 과부였고, 거의 모든 사람들이 내 사정을 알고 있었다.

다음 주에 다시 그녀를 찾아갔고, 이야기를 했다. 사실 이야기하고 우는 것을 멈출 수가 없었다. 안타까움을 느끼지만 나를 불쌍히 여기지는 않는 누군가에게 보살핌을 받는 것이 얼마나 위안이 되던지. 치료실을 떠날 때는 몸이 더 건강해진 기분이었다.

세번째로 갔을 때는, 주근깨 박힌 얼굴에 호기심 어린 눈을 크게 뜨고 있으며 즐거운 목소리와 힘센 손을 가진 작지만 강단 있는 여자 마야가 정말로 마음에 들었다. 우리에겐 다른 사회적 연결점이 없어서 그 어두운 치료실이 안전하게 느껴졌다. 넷째 주에 돈을 내고 치료를 받겠다고 말했다. 이제 관계의 균형이 맞춰졌다.

마야는 내가 토마스에 대해 처음으로 이야기한 사람이었다. 헨리의 방문에 관해서도 말했다. 그가 너무 갑작스럽게 몸을 잃어서 들어가 있을 몸을 원한다고 내가 마음 깊이 느꼈다는 것을, 토마스가 그 몸이 되어주면 어떨까 하는 생각을 했다는 것도. 이런 생각을 입 밖에 내어 말하다니, 나 자신이 미친 사람처럼 느껴졌다. 나는 그렇게 해주겠냐고 토마스에게 물어보고 싶다고 마야에게 말했다.

"괜찮은 계획 같네요." 마야가 대답했다. 내가 구직 전략이라도 말한 것처럼. "당신이 미쳤다고 생각하지 않아요. 내가 따르는 티베트 불교도 지금 헨리가 있는 자리, 즉 중간계를 아주 잘 설명하거든요."

≡

토마스가 자신의 따뜻한 주방에서 차 한 잔을 만들어주었다.

"헨리가 매일 아침 나를 찾아와요." 내가 말했다. "그가 찾아오면 느낄 수가 있어요. 미친 소리처럼 들리겠죠. 하지만 난 물리적인 방식으로 그를 느껴요." 토마스를 똑바로 쳐다볼 수가 없어서 도자기 머그잔을 응시했다. 유약에 윤기가 흘렀다. 따뜻한 녹색이었다.

지금 물러서선 안 돼.

"헨리가 나와 함께 있을 몸을 필요로 하는 것 같아요. 그는 당신을 무척 좋아했어요. 믿기도 했고요. 나도 당신을 믿어요. 그래서 당신에게 부탁하고 싶어요."

나는 울었다. 마침내 토마스에게 이야기를 하고 나니 안도감이 폭포처럼 몰려왔고, 내가 제정신이 아니라고 토마스가 생각할 것 같아 부끄러웠기 때문이다. 토마스는 조용히 듣다가 나를 안아주더니, 묘하게 웃으며 생각해보겠다고 대답했다.

토마스는 다음 날 어머니를 만나러 코스타리카로 2주간 여행을 떠날 예정이었다. 헨리와 내가 함께 여행한 적이 있는 곳이었다. 나도 가고 싶었다. 리자를 데리고 토마스와 함께 2주간 해변에 누워서 파란 하늘과 파도를 보고 따뜻한 바닷물에 발을 담그고 싶었다. 집으로 차를 운전해 가면서, 다음 날 내가 바보짓을 했다고 느끼지 않기를 바랐다.

≡

헨리는 늘 내가 조바심이 많고 감정 기복이 심하다고 말했다. 그 말을 부정할 수는 없었다. 1989년 4월 우리가 결혼한 해의 음울했던 가을 이후 나는 우울증으로 고생했다. 프로작, 졸로프트와 씨름한 후 웰부트린에 정착했다. 웰부트린은 부작용도 덜하고 효과가 좋았다. 헨리가 죽기 1년 전 의사가 항불안제 셀렉사를 추가해주었다. 헨리는 내가 그 약을 꼭 먹어야 한다고 고집했다. 나의 분노가 "통제 불능"이라면서.

나는 약을 끊고 싶었다. 언젠가 토마스와 섹스를 하고 실제로 뭔가를 느낄 수 있도록. 헨리와는 약물 부작용 속에서도 노력해왔지만, 토마스는 아직 젊었다. 그러니 이해하거나 인내심을 갖지 못할 것이다. 약장 선반에서 호박색 플라스틱 병에 든 색색의 알약들이 거부당한 친구처럼 나에게 항변했다. 그들은 나의 충실한 동반자들이었다. 사실이다. 그러나 나는 젊은 여자의 말초신경을 가지고 다시 젊은 여자처럼 느낄 필요가 있었다.

약 복용을 중단했다. 내 마음의 표면은 구름으로 뒤덮인 희부연 하늘 아래 고요하게 남아 있었다. 나는 어리둥절한 채 엄청난 우울과 불안이 다시 찾아오기를 기다렸다. 그러나 아무 일 없이 조용하기만 했다. 슬펐지만 차분했다. 나는 한쪽 발을 다른 쪽 발 앞으로 내디디며, 아이를 보살피며, 조금 먹으며, 일하며, 그리고 청구서를 지불하며 앞으로 나아가고 있었다.

토마스는 곧 돌아올 것이다. 그 생각을 하니 흥분되었다. 별것 아닌 일에 흥분하다니 어리둥절했다. 그의 이메일을 읽은 뒤, 나는 짧았던 내 여행의 기억에 기초해 코스타리카에서의 그의 생활을 상상해보았다. 따뜻한 바다, 야자나무 아래로 불어오던 미풍, 열대우림. 그곳에서는 이국적인 새들이 지저귀고, 파란 모르포나비들이 색색의 꽃에서 꿀을 빨면서 섬세한 날개를 천천히 파닥였다.

차가운 바람에 사무실 창문이 덜컹거렸다. 마치 밖에서 누가 내 주의를 끌려고 두들기는 것처럼. 늦은 겨울 오후의 햇빛이 비쳐 드는 창문 앞에 놓인, 나무로 된 헨리의 유골 단지를 흘깃 바라보았다. 나는 유골이 되어 단지에 담긴 그 남자를 사랑했다. 비록 사람 진 빠지게 하는 동반자이긴 했지만.

다음 순간, 원기를 회복시켜 주는 긴 잠에서 깨어나기라도 한 듯 내 눈이 커졌다.

이제 이해가 돼.

내 불안의 이유가 이해되었다. 내 우울증의 본질이 이해되었다. 유대인의 신경증을 물려받긴 했지만, 내 차분함의 원인은 헨리의 부재였다. 내 몸속에 단단하게 감긴 노끈 똬리가 천천히 풀리고 있었다. 나는 이 이야기를 아무에게도 하지 않고 상담치료사에게만 말했다. 그녀는 생각에 잠겨 고개를 끄덕였다.

≡

토마스가 여행에서 돌아오자, 나는 운전을 해서 그의 집에 갔다. 다시 그의 집 주방에 앉아 되는대로 이야기를 시작했다. 그는 헨리의 죽음 이후 우리가 어떤 목표 아래 서로 가까워지는 느낌이라고, 그리고 우리 사이에 무슨 일이 일어날지 궁금하다고 말했다. 그가 의자에 앉은 채 내 쪽으로 몸을 기울여 키스했다. 2주 전 내가 한 특이한 제안을 수락하는 그의 방식이었다.

　며칠 뒤 실행 계획을 세우기 위한 이메일을 숨 가쁘게 교환한 후, 토마스와 나는 우리 집 거실 러그 위에 앉았다. 리자는 신이 나서 타니아 집에 하룻밤 자러 갔다. 토마스와 나는 내가 줄리아 차일드의 레시피대로 만든 양고기스튜를 먹었다. 나는 헨리가 주방 한구석에서 동의의 표시로 고개를 끄덕이는 모습을 상상했다. 고기를 굽기 전에 소금 뿌리는 것도 잊지 않았다. 우리는 붉은 머리의 세일즈맨이 일하는 주류상점에서 내가 사 온 레드와인을 마셨다. 나는 토마스 옆에 가까이 앉았다. 그가 미소를 짓더니 나를 포옹하기 위해 팔을 뻗었다. 내 몸의 세포 하나하나가 두려움에 전율했다.

　내가 얼마나 겁먹고 긴장했는지 그에게 말해야 했다. 그 역시 긴장된다고 했다. 긴장이 조금 이완되었다. 그가 잊지 않고 콘돔을 가져왔기를 바랐다. 그가 다시 몸을 기울여 나에게 키스했다. 그의 부드러운 입술에서는 젊고 싱그러운 모든 것의 맛이 났다. 나의 내면이 폭발했다. 난 이걸 할 수 없어.

"당신 모습을 좀 봐요." 그가 내 티셔츠를 벗기며 말했다. 그가 내 40대의 몸을 보고 몸서리치지 않기를 조용히 기도했다. 내 배는 납작했지만, 몸을 구부리면 임신 후 생긴 주름을 숨길 수 없었다. 몸을 구부려선 안 돼.

우리는 다시 키스했다.

위층의 우리 침실에 헨리의 존재가 있는 것이 느껴졌다. 의자에 비스듬히 기대어 앉아 나를 보고 있는 것 같았다. 그가 이해해주기를 바랐다. 옷을 벗고 이불 속으로 미끄러져 들어갔을 때, 토마스가 자기도 헨리를 느낄 수 있다고 말했다. 내 몸이 공중에 떠오르는 느낌이었다. 새로운 남자가 침대 속에서 내 몸을 만지고 있었다. 내 몸은 침대에 누워 있었지만, 의식은 몸에서 나와 침대 위를 떠다니고 있었다. 나는 내 몸 위쪽 높은 곳에서 그 장면을, 그 남자가 나라는 여자와 사랑을 나누는 모습을 지켜보았다. 나는 절정에 다다랐다. 토마스가 한숨을 내쉬었다. 내 뇌가 머릿속으로, 그리고 침대 위 내 몸속으로 돌아와 다시 자리를 잡았다. 따뜻한 침대 시트와 내 옆에 누운 토마스의 따뜻한 몸이 느껴졌다. 나는 안도감에 울음을 터뜨렸다. 흐느끼고 헐떡거렸다. 토마스가 상냥하게 나를 안아주었다. 살아 있다는 것이 느껴졌다.

함께 지낸 첫날 밤 이후 우리는 사랑스러운 방식으로 매일 편지를 주고받았다. 다른 사람들이 보면 연애편지라고 할 만했지만, 나는 그런 표현을 쓰기가 망설여졌다. 토마스는 내 상대가 되는 동시에 안 된다는 것이 확실했기 때문이다. 지나치게 몰두하면 그가 겁을 먹고 달아날 것이기에 나는 그가 주고 싶어 하는 것 이상을 요구하지 않겠다고 그를 안심시켰다. 지금으로서는 그와 함께하는 시간이 깜짝 놀랄 만큼 행복했다.

몇 주 뒤, 시내에 사는 한 친구가 큰 파티를 열었다. 토마스와 나는 우리가 하는 일에 대해 신중하게 굴려고 무척 노력 중이었기에 각각 따로 차를 타고 파티 장소에 도착했다. 나는 진흙투성이지만 아직 멋지고 히터가 들어오는 가죽 시트가 구비된 와인색 스테이션왜건을 타고 갔고, 그는 새 픽업트럭을 타고 왔다.

실용적이진 않지만 멋진, 굽 높은 새 갈색 스웨이드 부츠를 신은 나는 현관에서 맥주를 마시며 큰 소리로 웃어대는 흡연자 무리와 얼른 헤어져 내가 바라던 캐주얼한 방식으로 토마스와 인사했다. 직접 와인 한 잔을 따른 뒤 벽에 붙어 있는 의자를 선택했다. 거기라면 방해받지 않고 천천히 와인을 홀짝일 수 있고, 소란스러운 사람들을 구경하는 기쁨도 누릴 수 있을 터였다. 토마스는 조금 떨어진 곳에 조용히 서 있었는데, 나와 눈이 마주치자 빙긋이 웃었다. 우리의 비밀은 부인할 수 없을 만큼 재미있었다.

키가 큰 젊은 여자 한 명이 뾰족한 하이힐을 신고 걸어와 토마스에게 인사했다. 질투가 나지는 않았다. 토마스를 "내 것"이라고 생각하지 않았기 때문이다. 그는 선물이라기보다는 대여품 같은 존재였다. 그녀가 미소 짓고, 예쁘게 수다를 떨고, 뾰족한 발가락을 이런저런 방식으로 젖히고, 청바지에 감싸인 귀엽고 젊은 엉덩이를 옆으로 흔들면서 몸을 조금씩 움직여 그에게 다가가는 동안 매혹되어 바라보기만 했을 뿐이다. 그의 전 여자친구도 약간 이런 스타일이었던 것이 떠올랐다. 그렇다면 이 여자가 다음 여자친구가 될 수도 있겠네, 그 장면이 펼쳐지는 것을 보며 나는 확신했다. 그에게 나는 짧은 경험, 독특한 사건으로 남을 것이다.

나의 일부는 토마스와의 관계가 잘 풀리기를 바랐다. 우리는 공통점이 많았고 관심사와 기질도 비슷했다. 그러나 나이 차는 우리가 쉽게 헤쳐 나가지 못할 터무니없는 장애물이었다. 내 가장 중요한 의무가 아이 양육이라는 점은 말할 필요도 없었다. 반면 토마스는 자유롭게 사람을 사귈 수 있는 젊은 사람의 삶에 너무도 익숙했다. "과도기적 관계." 정중하면서도 직설적인 상담치료사 헬렌은 이렇게 표현했다. 내 일부는 그녀가 틀리기를 바랐다. 그러나 내 안의 더 현명한 여자는 헬렌의 말이 옳다는 것을 알고 있었다.

토마스가 어색하고 조금 불편한 표정으로 내 쪽을 돌아보았다. 나는 미소를 지어 보였다. "긴장 풀어요, 난 괜찮으니까. 당신은 아름답고, 모든 사람이 그런 아름다움을 원해요." 이런 의미의 미소였다.

토마스가 우리 집 다락방에서 지낼 때, 우리는 그의 개인적·예술적 미래에 관해 많은 대화를 나누었다. 그리고 지금 토마스와 나는 가장 다정한 방식으로 그 대화를 계속 이어가고 있었다. 그는 전 여자친구처럼 키가 크고 예쁜 여자친구, 그의 작업에 영감을 줄 뮤즈가 생기면 좋겠다고 말하곤 했다. 하지만 실체가 없고 피상적인 여자를 만날까 봐 걱정했다. 나는 그의 순진함에, 젊고 잘생긴 청년의 천진함에 한숨을 쉬었다. 나 역시 잘생긴 헨리와 결혼하는 것을 황홀해할 만큼 과거에 너무 순진했지만 말이다.

"헨리는 너무 잘생겼어." 우리가 결혼할 때 친구들은 앞다투어 이렇게 말했다. 사람들은 우리가 잘 어울린다고 말했고 나는 자부심을 느꼈다. 젊은 여자로서 그것이 중요하게 느껴졌다.

"헨리와 결혼하다니 너는 운이 좋아. 헨리는 너를 많이 사랑하는 것 같아." 나는 운이 좋고 사랑받는다고 느꼈다. 그 두꺼운 사전이 나를 향해 날아오기 전까지는.

토마스와 나는 육체적으로 그리 잘 맞는 한 쌍은 아니었다.

키스할 때면 내가 발끝으로 서야 했다. 다른 사람들과 함께 있는 자리에서는 열여섯이라는 나이 차 때문에 우리의 키 차이가 부각되지 않았지만, 단둘이 있을 때면 나 자신이 작게 느껴졌다.

≡

어느 날 아침 애너가 전화해서 울었다. 애너가 찾아와 남편과 헤어지게 되었다고 말한 후, 나 자신도 안개 속에서 완전히 길을 잃은 형편이지만 애너의 상황을 놓치지 않으려고 최선을 다했다. 우리 두 여자에게는 일이 정신적 지주이자 위안이었다. 우리가 공유하는 어시스턴트가 나와 함께 일할 때면, 나는 망설이며 그에게 애너가 어떤지 물었다. 남편과 헤어질 거라는 이야기를 한 이후 그녀를 자주 보지 못했기 때문이다. 야위었어요, 어시스턴트가 대답했다. 그 역시 존의 학생 중 한 명이었다. 자기 멘토에게 얼마나 실망했는지 그가 내게 넌지시 말했다. 전화로 이야기할 때 애너의 목소리는 항상 피곤하고 지친 기색이었다. 때로는 울기 직전처럼 들리기도 했다. 하지만 오늘 아침에는 자신을 통제하려는 겉치레가 없었다. 그녀는 히스테릭했다.

"존이 아직 집에 있어요." 그녀는 흐느껴 울었다. "존의 물건들도 전부 있고. 창고에서 잠을 자는데, 나가려고 하질 않아요. 난 더는 견딜 수가 없고요." 집에서 잔디밭을 건너가면 나오는 그 창고는 그들이 함께 쓰는 작업 공간이었다.

"그래서 하루 종일 존과 함께 스튜디오에서 일해야 하는 거예요? 존은 뭐래요? 결혼생활을 유지하고 싶대요, 아니면 나가서 그 여자애랑 살고 싶대요?" 우리는 그 여자애를 이름으로 언급하지 않았다.

"분명하게 말을 안 하네요. 아직 생각 중인 것 같아요. 하지만 내가 알기론 아직 그 여자애를 만나고 있어요. 빌어먹을, 내 인생이 거지 같아요."

애너가 좀 더 울었다. 나도 그들의 피할 수 없고 지저분한 이혼을 생각하며 함께 울었다. 점잖은 이혼 같은 건 없어 보였다.

"애너, 내 생각엔 곧장 창고에 가서 존에게 당장 나가라고 말하는 게 좋겠어요. 그리고 그의 염병할 물건들 때문에 화가 난다면 집 밖에 내다 버려요. 존도 원하는 걸 양손에 다 쥐고 있을 순 없잖아요. 당신과 결혼생활을 유지하든지 아니면 그 여자애와 살든지 둘 중 하나를 선택해야지. 가서 당장 존에게 말하는 게 좋겠어요. 혹시 도움이 필요하다면 내가 가서 대신 말해줄게요. 당신이 직접 말할 수 있겠지만."

몇 시간이 지난 뒤 애너에게 다시 전화를 걸어보았다. 그러자 그녀가 말하길, 존의 옷들을 검은 쓰레기봉투에 넣어 눈 쌓인 잔디밭에 버렸다고 했다. 며칠 뒤 존은 창고를 정리하고 시내에 아파트를 얻었다. 애너의 기분이 한결 나아졌지만, 새로운 싸움이 시작되었다. 그녀는 이혼 전문 변호사를 찾고 있었다. 더 기다려봐야 좋을 게 없었다.

≡

3월에 영국에 사는 사라가 일주일 일정으로 다니러 왔다. 사라는 내 대학 시절 친구인데, 헨리의 물건 정리를 돕겠다고 약속했었다.

"너에게 주는 내 선물이야." 사라가 말했다. 사라가 잘 해내리라는 걸 나는 알고 있었다. 사라는 직업적으로나 기질적으로나 천생 사서司書였다. 그러니 인정사정없는 동시에 연민 어린 태도를 보여줄 터였다. 우리는 20년 넘게 우정을 쌓아왔다. 서로를 친구로 선택했지만, 사라는 꼭 내가 잃어버린 자매 같았다.

"네가 헨리의 결혼반지를 찾아낼 것 같아." 사라가 헨리의 사무실 파일들을 살펴볼 때 내가 희망을 품고 말했다. "온갖 데서 그걸 찾고 있거든."

1981년 미래학 강의에서 처음 만난 뒤 스미스대학의 위풍당당한 건물 현관 지붕 밑에 서 있을 때, 사라와 나는 강력한 힘(1학년 첫날 저녁 억수처럼 쏟아부은 폭우)에 압도되었다. 나는 쏟아지는 거센 빗줄기를 바라보았다. 그 비는 늦여름 정원사의 급수기 호스 끝에서 나오는 부드러운 물줄기가 아니라 배관 사고, 밑 빠진 양동이에서 끊임없이 쏟아지는 물줄기에 가까웠다. 멀리 떨어진 내 기숙사 방까지 가는 길은 이미 발목 높이 넘게 물에 잠겨버렸다. 바짓자락을 걷어 올리고 신발을 벗어 기숙사로 걸어갈 준비를 하는데 누가 내 어깨를 두드렸다. 뒤를 돌아보니 연한 갈색 단발머리와 통통한 입술, 발목에 짤랑거리는 은발찌를 한 여자아이가 서 있었다.

"너 내가 고향에서 알고 지내던 친구랑 많이 닮았다." 그녀가 말했다. 아마도 약간의 향수병을 앓고 있는 것 같았다. 처음에는 내 개성을 주목받지 못해서 화가 났지만, 나중에는 사라에게 선택받았다고 느꼈다. 사라와 룸메이트가 되기 위해 기숙사를 바꿨다. 3학년을 해외 교환학생으로 보내고 캠퍼스에 돌아와서는 사라가 사는 셰어하우스에서 지냈다. 사라가 그곳에 나를 위해 해가 잘 드는 예쁜 방을 잡아놓았다.

1970년대 후반과 1980년대 초반 대학 캠퍼스는 급진적 페미니즘 정치 논쟁의 온상이었다. 우리 셰어하우스의 저녁 식사 자리 대화는 우리 학교의 남아프리카 투자금 회수 정책, 채식, 여성 동성애, 그리고 문학비평에 관한 소란스러운 논쟁으로 발전했다. 토론은 자주 위층에서까지 이어졌다. 우리는 창의적인 요리 파트너였지만 항상 최고의 하우스메이트는 아니었다.

대학 졸업 후 사라와 나는 캠퍼스를 떠나 편지를 쓰기 시작했고, 우리 우정의 완벽한 매개체를 찾아냈다. 사라가 아프리카에서 평화봉사단원으로 일하고, 결혼하고, 아이를 낳은 20여 년 동안 우리가 주고받은 손편지는 이제 이메일로 바뀌었다. 내가 사라를 필요로 하면 사라가 와주리라는 것을 나는 알고 있었다. 그리고 지금 그녀가 와서 내 옆에 있었다.

그녀는 일주일 동안 헨리의 사무실에서 시간을 보냈다. 간간이 나를 불러 서류 더미와 정기간행물들을 살펴보게 하기도 했다.

"이것들은 갖다 버려." 그녀가 헨리가 아끼던 것이지만 삭아가는, 잡지에서 오려낸 종잇조각들 더미를 손가락으로 가리키며 조용하고도 단호한 목소리로 말했다. 나는 준비가 되어 있었고, 그것들을 밖으로 내가니 속이 후련했다.

"너, 토마스와의 관계를 잘 생각해야 해." 어느 날 오후 서류 더미들을 살펴보며 사라가 말했다. "충동적이고 너무 성급해 보여. 지금 넌 누구와도 진지한 관계를 맺을 준비가 되어 있지 않아." 반론을 제기할 수 없었다. 그러나 사라가 돌아가자마자 내가 토마스에게 전화하리라는 것을 알고 있었다.

나와 함께 지내는 마지막 날, 사라가 헨리의 수많은 여행가방

중 하나의 안쪽 주머니에서 잃어버린 결혼반지를 찾아냈다. 그는 더는 반지를 끼고 싶지 않다고 말했었다. 나는 열린 마음을 가지려고 노력했다. 결혼반지를 계속 끼고 다니긴 했지만 나에게 반지는 그렇게 중요하진 않았다. 하지만 그가 왜 여행 갈 때 반지를 가져가서 귀찮은 상황을 만들었는지 궁금했다.

≡

에밀리와 나는 토마스 집에서 열린 파티에 와 있었다. 최근에 나는 토마스와의 관계를 에밀리에게 이야기했다. 그녀는 논평은 하지 않고, 너무 많은 정보를 알고 싶지는 않다고 명확히 말했다. 그녀는 나와 함께 그 파티에 가게 되어 즐거워했고, 우리 모두 토마스와 친해졌다. 에밀리는 파티를 좋아했고, 자주 하지는 못하지만 아이들 없이 하는 밤 외출을 좋아했다.

나는 토마스가 자기 친구들과 웃는 모습을 바라보았다. 내가 결코 그 세계의 일부가 되지 않으리라는 건 알고 있었다. 20대 청년들과 지나치게 많은 시간을 보내는 건 부조화스러운 일일 것이다. 내가 구식으로 느껴지기 시작했다. 아이 하나가 딸린 나의 판에 박힌 생활의 일부가 되는 것은 토마스도 원치 않을 것이다. 계획을 짜고 마음대로 바꾸기를 좋아하는 젊은이에게는 지나치게 큰 책임을 요하는 삶이니까. 결국 그는 얼마 지나지 않아 젊은 여자와 함께하길 원할 것이다.

그는 아름다웠다. 하지만 가끔 나는 우리의 은밀한 만남들이 성급하다고 느꼈다. 함께하는 그 시간이 금속판처럼 무거운 다른 의무들—내 아이, 내 일, 그의 예술—사이에서 짜부라진 것처럼. 우리의 예술적 삶에 관해 그리고 장래 목표에 관해 토마스와 이야기하는 것이 좋았다. 그런 주제들을 이야기하노라면, 내 앞에 펼쳐져 있는 삶이 아직 가능성으로 가득 차 있다는 희망을 느꼈다. 비통함이나 질투를 견뎌야 할 만큼 오랫동안 토마스와 함께하기를 원하지는 않았다. 나에게는 합리적 이성이 남아 있으므로, 우리 관계에서 장기적으로 갈 만한 것은 아무것도 없음을 납득했다.

그 파티에서 가장 연장자인 에밀리와 나는 같이 앉아 있었다. 그곳에 꽤 오래 머물렀지만, 다음 날 아이들에게 아침 식사를 차려줘야 했다. 자정이 가까웠을 때 토마스의 친구들이 악기를 가져오더니 음악을 연주했고, 사람들이 모여들어 음악을 듣고 춤도 추었다. 에밀리와 나는 내 차로 걸어갔다. 집 밖으로 나오니 세차게 흐르는 강물 소리 때문에 웃음소리, 기타 소리, 드럼 치는 소리가 점점 희미해졌다.

우리는 에밀리 집 앞에 주차하고 따뜻한 차 안에 앉았다.

"헨리가 그리워요." 에밀리가 말했다. "헨리가 열던 흥분되는 디너파티, 그의 재담, 장난이 그리워요."

나는 그녀를 바라보았다. 그녀는 울고 있었다.

나도 헨리에 관한 많은 것이 그리웠다. 하지만 에밀리가 말한 것들이 그립지는 않았다.

토마스와 나는 그의 픽업트럭을 타고 음악을 큰 소리로 들으며 눈이 녹아 진창이 된 길을 달려 근처의 멕시코 레스토랑에 갔다. 그가 레스토랑 사장에게 스페인어로 말을 걸었고, 내가 분위기에 매혹되고 흠뻑 빠진 사이 따뜻한 수프가 나왔다. 모국어를 말할 때 그의 손은 표정이 더 풍부해졌다. 집과 헨리의 주방을 떠나면 내가 다시 음식을 즐길 수 있다는 사실을 깨달았다. 코스 요리가 나오는 동안 토마스가 내 손을 잡았고, 나는 잠시 소중히 여겨진다는 느낌을 받았다. 우리가 조심스럽게 동네를 벗어나 내가 아는 레스토랑에 간 다른 저녁 시간에는 그가 자발적으로 그러지 못했다. 계산하려고 신용카드를 꺼냈을 때 어색한 기분이 들었다. 레스토랑 안의 다른 손님들은 어떻게 생각했을까? 내가 그의 누나라고 생각했을까? 엄마라고 생각했을까? 아니면 나를 그보다 훨씬 연상의 애인으로 여겼을까? 그 순간 토마스가 나이 많은 여자와 사귀는 "원조교제남"이 된 느낌이었겠다는 확신이 들었다. 나역시 마음이 불편했다. 그가 의무감이나 부담을 느끼는 것은 바라지 않았다. 동정도 원치 않았다. 동정이라면 선의를 지닌 내 친구와 이웃 들로부터 넘치도록 받았다.

어느 날 밤, 우리는 저녁을 먹고 집으로 돌아와 그의 작은 침실의 침대에 배를 깔고 나란히 엎드렸다. 그렇게 이야기를 나누는 동안, 나는 직사각형의 작은 구식 창문을 통해 보이는 달빛 비치는 밤을 기쁜 마음으로 바라보았다. 토마스가 이야기를 하면서 내 등을 부드럽게 어루만졌다. 그의 하우스메이트 닉이 여자친구와 함께 위층으로 올라가다가 열려 있던 문으로 잠시 들여다보며 밤 인사를 했다. 토마스는 계속 내 등을 쓰다듬었고, 잠시 모든 것이 꽤나 정상적으로 느껴졌다. 이 남자의 집에서 잠자리에 들 준비를 하며 함께 있는 것이.

아침에 그가 나를 위해 달걀 요리를 해주었고, 그것이 기분 좋게 느껴졌다. 간단한 음식, 젤리 병 모양의 유리잔들, 다양한 디자인의 도자기 머그잔에 담긴 뜨거운 차, 짝이 맞지 않는 식기들. 그때 우리는 동등했다.

월요일에 토마스에게 전화를 걸어 주말에 만날 시간 약속을 잡자고 했다. 우리의 막간극을 위해 아이를 돌봐줄 곳을 찾아야 했다.

"아, 줄리." 그는 이렇게 서두를 시작했다. "뭘 하고 싶은지 아직 모르겠어요. 생각할 시간을 좀 줘요. 생각한 다음 알려줄게요." 나에게는 아이가 있고 내 생활은 모든 일정이 짜이고 계획되어 있으며 캘린더에 표시되어 있다는 것을 일깨워도 소용없었다. 내가 느끼는 짜증은 내 또래 남자와 좀 더 분명한 관계를 맺었을 때 정당화될 것이다. 그런 상황에서나 이해를 기대할 수 있을 터였다. 토마스로부터는 아무것도 기대할 수 없었다. 이런 대화를 한 뒤 나는 거부당한 느낌, 사라져 버리고 싶다는 기분을 느끼며 전화를 끊었다.

우리의 관계는 성적인 것이었으므로, 나는 리자가 있을 때는 토마스가 우리 집에서 시간을 덜 보내도록 의식적으로 행동했다. 유달리 직관이 뛰어난 아이인 리자에게 우리 관계를 숨기려면 약간의 책략이 필요하다는 것을 우리 둘 다 느꼈던 것 같다. 이 변화가 후회되었다. 가치 있는 뭔가를 리자에게서 빼앗고 있다는 기분이 들었다. 몇 주 동안 보지 못하자 리자는 토마스를 찾았다. 마침내 토마스가 저녁을 먹으러 오자 리자는 그를 다시 보게 되어 기뻐했다. 그리고 두 사람은 편안한 관계로 돌아갔다. 토마스는 이메일에서 리자와 나와 함께 있으면 좀 더 가정적인 삶을 사는 것은 어떨지 고려해보게 된다고 말했다. 그 이메일을 읽고 흥분되었지만, 감히 현재 상태 이상의 것을 바라지는 못했다. 이 이메일을 받고 며칠 되지 않아 그의 기분이 다시 달라지자 그가 조심스럽고 멀게 느껴졌다.

우리는 그렇게 오락가락하고 혼란스러운 방식으로 만남을 계속했다. 친한 몇몇 친구에게 우리 관계를 말했고, 그 또한 친한 친구 몇 명에게 말했다. 그러나 누가 어떤 자동차를 모는지까지 아는 작은 동네에서 비밀을 유지하기란 어려운 일이었다.

어느 날 아침, 토마스의 픽업트럭이 우리 집 앞에 멈춰 섰다. 그 전날 밤 나는 그가 자기 차를 큰길에 면한 길 한가운데에 세워놓은 것을 보았다. 그래서 그에게 조금 신중하게 행동해달라고 부탁하려 했지만 곧 자제했다. 그에게는 마음대로 행동할 자유가 있었다.

소문은 최근 몇 달의 우리 관계에 대해 아는 친구들 무리를 넘어 빠르게 퍼져 나갔다. 반응이 모두 우호적이지는 않았다. 우리가 오랫동안 친구 사이였음을 모르는 몇몇 사람들은 토마스가 과부가 된 내 상황을 이용해 나이 많은 여자와 성적 모험을 한다고 생각했다. 어떤 사람들은 우리 관계가 헨리가 죽기 전부터 시작되었을 거라고 추측했다. 사실이 아니라 해도 그런 가십의 대상이 되니 고통스러웠다.

공공연히 알려지니 어떤 면에서는 마음이 편했다. 아마도 우리는 모두 마지막에는 우리의 비밀이 드러나기를 바라나 보다.

≡

데이비드 오빠가 법적 문제들의 서류 처리를 도와주었다. 헨리는 모든 것을 나에게 남기는 4페이지짜리 유언장을 써두었다. 하지만 묶여 있는 자산과 지불되지 않은 청구서들을 처리하는 것이 문제였다. 마지막 장애물이 목전에 있었다. 유언 집행 법원에서는 관선 변호인, 즉 법원이 임명한 소송 후견인이 카운티 법원에서 리자를 단독으로 인터뷰하겠다고 했다. 이 인터뷰를 통해 리자가 한부모가 된 나의 적절한 보살핌을 받고 있는지 확인하는 것이다.

인터뷰 전 일주일 동안, 나는 불안의 소용돌이에 휘말렸다. 이유는 알 수 없지만 리자나 내가 무심코 뭔가를 잘못 말하면 그들이 리자를 내게서 빼앗아 갈 것 같았다. 오빠에게 전화를 걸어 울었다. 오빠는 그 문제에서 내게는 선택의 여지가 없지만 다 잘될 것으로 확신한다고 차분히 나를 안심시켰다. 그럼에도 나는 걱정이 되어 잠을 이루지 못했다. 리자가 놀라지 않도록 인터뷰 준비를 시키기로 했다. 리자는 내가 자기와 함께 인터뷰실에 들어가지 못한다는 사실을 못내 탐탁지 않아 했다.

4월 초 인터뷰 날짜가 되었는데 계절에 맞지 않게 눈보라가 몰아쳤다. 학교로 리자를 데리러 가려고 준비하는데, 에밀리가 휴대폰으로 전화해 자기 딸 조도 데려올 수 있는지 물었다. 눈이 와서 그녀가 시내에서 타고 오는 기차가 연착했다고 했다. 에밀리에게 도움을 줄 수 있어서 기뻤다. 산더미 같은 정서적 빚을 조금이나마 덜어낼 수 있으니까. 조는 리자가 비교적 최근에 사귄 친구로, 리자보다 나이가 조금 많고 보살피기 수월한 아이였다. 눈앞을 가로막는 눈보라를 헤치고 카운티 법원으로 40분 동안 운전해 가는 동안, 조의 우정은 뜻밖의 횡재 같았다.

변호사가 지각해서 우리는 추운 복도에서 기다렸다. 조가 아이 스파이 게임과 스무고개로 다정한 대화를 이어가 줘서 도움이 되었다. 나는 이 시련이 어서 지나가기를 바라며 조용히 앉아 있었다. 마침내 변호사가 도착했다. 깔끔한 감색 수트를 입고 검은 머리를 타이트하게 틀어 올린 쉰 살 정도의 여자였다. 그녀는 우리를 데리고 위층으로 올라가 여러 개의 사무실이 있는 긴 복도를 걸어갔다. 자신의 사무실 문 앞에서 걸음을 멈추고 조와 나에게 복도에 놓인 나무 벤치를 가리켜 보인 뒤, 리자를 데리고 안으로 들어갔다. 그리고 문이 닫혔다.

나는 긴장한 채 벤치에 앉아 귀를 기울였다. 하지만 문이 너무 두꺼워서 아무 소리도 새어 나오지 않았다. 내가 불안해하는 걸 느꼈는지, 조가 그날 학교에서 있었던 일들을 말해 내 침묵을 열심히 메워주었다. 조의 말이 하나도 귀에 들어오지 않았지만 그

애의 노력이 고마웠다.

몇 분 뒤, 나는 기적이 일어나고 있음을 깨달았다. 웃음소리, 성인 여자의 웃음소리가 들렸다. 무엇이 필요한지 리자가 이해했음을 알 수 있었다. 내성적일 때가 많은 리자가 엄청난 능력을 펼치고 있었다.

"그 여자분이 뭐 때문에 그렇게 웃었니?" 우리 차로 돌아가면서 내가 리자에게 물었다.

"아, 그냥 아빠 이야기였어요. 엄마도 알잖아요, 아빠가 했던 재미있는 일들요."

이 일로 나는 1,200달러짜리 청구서를 받았다. 하지만 마침내 끝이 났다. 유언 내용이 결의되었고, 청구서들도 지불되었다. 리자와 내가 굳건한 한 팀임을 알게 되자 긴장이 조금 풀렸다. 헨리도 자랑스러워할 터였다.

≡

4월 말의 어느 날 저녁 토마스의 침대에 함께 누워 있는데, 그가 더는 관계를 가지지 않는 게 좋겠다고 말했다.

"당신한테 뭔가 잘못하고 있는 기분이 들어요."

"넌 잘못한 거 없어. 하지만 그러는 게 좋겠다면, 그래, 그렇게 하자. 그게 좋을 거야." 여러 면에서 그렇게 하는 편이 낫다는 걸 나도 알고 있었다.

"고마워요, 고마워요." 토마스는 내가 믿을 수 있는 진심 어린 따뜻함과 친밀한 태도로 내 가슴 여기저기에 입을 맞추며 중얼거렸다. 이상하게도 이것은 내가 그와 공유한 가장 에로틱한 경험으로 남았다.

그렇게 우리는 침대에서 서로를 껴안고 있었다.

그게 나에게도 더 좋았다. 헨리의 몸이 되어달라고 그에게 요청한 것이 결과적으로 현명한 생각이었을까. 그런 전위轉位가 정말로 일어난 것 같지는 않았다. 그러나 주저하면서라도 토마스와 가까이 지내는 것은 내가 내 몸에 다시 서식하는 데 도움이 되었다. 나는 더는 헨리의 죽음 직후 그랬던 것처럼 둥둥 떠다니지 않았다. 좀 더 단단하게 땅에 발을 디뎠다.

우리의 새로운 합의에 익숙해지고 있던 어느 날 오후, 토마스가 예고 없이 우리 집에 찾아왔다. 그를 보는 것은 언제나 반가웠다. 나는 돌계단 위에 서 있었고, 그가 열정적으로 키스했다.

"위층으로 올라가요." 그가 말했다. 혼란스러웠지만 흥분되었다. 남자들은 항상 나를 혼란스럽게 했다. 내가 이해했다고 느낀 남자는 헨리뿐이었다. 침대에 토마스와 함께 있으면서 이 모든 것이 무엇을 의미하는지 생각하지 않고 그냥 즐기는 것이 기분 좋았다. 우리가 침대에 누워 있을 때 이웃집 아들이 도착해 우리 잔디밭의 잔디를 깎았다. 이제 봄이어서 주위는 화려한 녹색으로 생기가 넘쳤으며 잔디가 일주일에 2~3센티미터씩 자랐다. 아래층에서 그 청년이 큰 소리로 외쳐 묻는 소리가 들려왔다. "아주머니, 깎아낸 잔디 부스러기는 어디에 갖다 버릴까요?" 토마스와 나는 예상보다 일찍 귀가한 부모님에게 발각된 10대 청소년처럼 이불 밑에서 소리 죽여 키득거렸다.

그날 이후 일주일 정도 토마스를 보지 못했다. 어느 날 오후, 나는 마음이 불안해져서 친구와 놀라며 리자를 애너 집에 태워다준 뒤 토마스에게 전화를 걸었다. 원래는 일정이 몇 시간 비어서 미뤄둔 볼일을 보러 갈 생각이었다. 토마스는 스튜디오에서 일하는 중이었지만 나에게 오라고 했다.

그의 집 앞에서 30분을 어정거리다가 마음을 정하고 들어갔다. 오래 머물 생각은 없었다. 그냥 현관에서 잠시 그와 이야기를 나누고 탄산수를 마실 생각이었다. 하지만 그는 옆에 앉아 너무도 사랑스럽게 나를 바라보았고, 리자는 애너의 집에서 안전하게 놀고 있었다. 안에서 30분 더 머물며 재빨리 섹스를 해치운다 한들 뭐 어떻겠는가? 나는 늘 책임감 있어야 하는 엄마가 아니라, 어리석은 스무 살 아가씨 같은 기분을 느끼고 싶었다.

가장 고약한 것은 내가 일종의 거짓말을 했다는 것이다. "음, 곧 도착할 거예요, 애너." 스커트의 지퍼를 잠그면서 전화로 애너에게 말했다. "미안해요. 5분 정도 걸릴 것 같아요. 시간이 이렇게 된 걸 미처 몰랐네요." 애너는 짜증을 냈다. 안 속네, 나는 확신했다. 다시는 이래서는 안 된다는 걸 알고 있었다.

≡

5월 초에 이레나가 함께 시내에 가자고 했다. 우리는 지역 미술관에 가기로 계획을 세웠다. 이레나는 루비색 보아털 코트에 검은 머리를 보티첼리 컬 스타일로 손질하고 짤랑거리는 금귀걸이를 달고 있었다. 이레나는 화려하지만 실용적이지는 않은 핸드백 안을 뒤적여 블랙베리폰을 꺼냈다.

토마스가 픽업트럭을 몰고 도착했다. 이레나는 생각에 잠겨 그를 유심히 뜯어보았다.

"굉장히 젊네, 그렇지?" 이레나의 목소리에 뭔가를 판단하는 기미는 없었다. 그저 관찰한 것을 그대로 말했을 뿐이었다.

"그래, 너무 젊어." 내가 대답했다.

"너도 알겠지만, 저 남자가 젊다는 게 문제는 아니야. 난 그냥 네가 또 다른 자기몰두형의 예술가와 엮이는 게 걱정될 뿐이야."

이레나의 솔직함에 감탄했다. 헨리와의 결혼생활이 내가 아니라 그의 예술적 야망을 우선시하며 이어져 온 것은 사실이었다. 나는 헨리가 수년 동안 그의 밥줄이 되어준 상업적인 대본 작가 일을 그만두는 데 동의했다. 그래서 그가 첫 책을 쓸 수 있었고 그다음에는 우마미 책도 쓰게 되었다. 그러는 동안 나는 할 수 있는 한도 내에서 많은 일을 맡았고 재정적 부담도 떠안았다. 당시에는 그것이 가능성 있는 도박처럼 보였다. 많은 사람이 우리 같은 결혼생활을 한다. 지원군 같은 아내가 되는 것이다.

토마스 같은 열성적인 예술가와 시간을 보내다 보니, 나 자신의 욕구가 다시 일깨워졌다. 그는 내 일에도 열성적인 관심을 보였다. 그림을 그리도록 항상 나를 격려해주었다. 그는 자신의 예술을 위해 살고 타협하지 않는 남자였다. 이런 두 사람이 관계를 맺으면 더 협조적인 사람이 다른 사람의 성공을 위해 지원자가 된다는 것을 나는 경험으로 알고 있었다. 이제 가족 안에 리자와 나 둘만 남았으니 내가 자기몰두형 예술가가 될 기회였다.

4
2003년 5월 말부터 7월까지

토마스와 나의 관계가 알려지자, 동네가 더욱 작게 느껴지기 시작했다. 내 폐쇄된 세계로부터 일종의 탈출을 하고 싶은 마음이 굴뚝같았다.

헨리의 죽음 이후 받은 많은 문상 편지 중 어느 이메일 하나가 그런 탈출에 대한 희망을 불러일으켰다. 파리에서 "화이트디너"라는 음식 행사를 주최하는 프랑스 남자에게서 온 이메일이었다. 1년에 하루 저녁, 수천 명의 사람들이 테이블, 의자, 음식이 가득 찬 피크닉 바구니를 들고 파리의 한 장소에 모인다. 이 행사는 열리기 직전까지, 휴대폰들이 갑자기 울리기 시작할 때까지 비밀에 부쳐진다. 참가자들이 모여들고, 접이식 테이블들이 설치되고, 음식이 놓이고, 식사가 시작된다. 참가자들은 모두 하얀 의상을 입는다. 이 집회는 불법이지만—사전 허가를 받지 않는다.—동지애와 삶의 즐거움이 플릭들les flics(욕먹는 것으로 유명한 파리 경찰을 뜻한다.)의 뜨뜻미지근한 불평을 제압한다. 웹사이트에서 얇은 드레스에 화려한 모자를 쓴 매력적인 파리 여성들과 하얀 리넨 바지와 재킷 차림의 남성들을 볼 수 있다. 모두가 하얀 냅킨을 생기 넘치게 흔들고, 웃고, 환호하고 있다. 헨리는 6월에 열리는 화이트디너에 참가할 계획이었고, 우리가 함께할 수 있는 일—유럽에 가기 위한 핑계, 그의 책에 자료를 제공해줄, 세금 공제가 되는 여행—로서 그것을 나에게 언급했었다. 화이트디너는 두말할 것 없이 우마미가 있는 것으로 보였다.

겨울이 지나고 봄이 오면서 어디론가 떠나고 싶은 마음이 간절했다. 토마스를 만나려고 주말 일정을 재조정하는 나 자신이 싫었다. 하지만 평일 동안 그 우정이라도 기대하지 않으면 미래의 단조로운 과부 생활이 내 앞에 공포스럽게 펼쳐졌다. 미래를 생각하고 싶지 않았다. 동물원의 따분해하는 동물처럼 집 안을 서성거리노라면 내 마음은 무서운 곳들을 배회했다.

헨리가 쓰려던 책에 관해 이야기를 나누기 위해 헨리를 담당했던 편집자 및 에이전트와 약속을 잡았다. 어떻게 쓸지 확신이 서진 않았지만, 내가 대신 책을 완성하겠다고 제안했다. 파리에 가서 화이트디너에 참석하겠다는 아이디어도 제시했다. 모험을 하게 될 거라는 예상에 마음이 한껏 들뜬 채 기차를 타고 집으로 돌아왔다.

리자와 나의 비행기표를 예약했다. 그런데 화이트디너에 참석하는 모든 여성은 남성의 에스코트를 받아야 했다. 그래서 프랑스에 있는, 새로운 소통 수단을 사용하지 않는 옛 애인 장에게 편지를 보냈다.

이탈리아에 있는 친구 스테파노에게도 이메일을 보냈다. 나는 생각했다. 지금까지 우리가 여행한 패턴에 따르면 파리에 갔다가 이탈리아로 갈 수도 있었다. 스테파노가 답장을 보내왔다. 우리가 피렌체에 있는 그의 가족 아파트에서 지낼 수 있을 거라 했다. 리자가 태어난 후 몇 년 동안 나는 파리나 피렌체에 가지 않았다. 프랑스어 실력이 예전 같지 않았지만, 화이트디너에 참가해 프랑스어로 유창하게 말할 수 있기를 꿈꾸고, 그동안 손을 놓았던 이탈리아어도 조금은 기억해낼 수 있기를 바랄 뿐이었다.

마침내 6월이 되었다. 날씨가 따뜻해졌고, 꽃나무의 봉오리가 벌어졌다. 우리 집의 파란 시베리아붓꽃도 피어났고, 장미들은 완전히 개화했다. 우리는 짐을 쌌다. 돌아왔을 때 상황이 어떻게 변해 있을지 궁금해하며 불편한 마음으로 토마스에게 작별 인사를 했다.

≡

나는 비행기 타는 것을 좋아하지 않는다. 비행기 안에 편안히 앉아 있기에는 현상의 물리학에 대해 늘 회의적이었다. 쾌활한 승무원의 조언에 따라 좌석 앞 시트 포켓에 꽂힌 안전책자를 잠시 읽고 있었다. 신발을 벗고 공기주입식 래프트를 타고 미끄러져 나가라고 차분히 가르쳐주는 부분까지 포함해 책자의 모든 섹션을 읽었다. 우리는 대서양 한가운데에서 비행기 잔해와 시체 조각들에 둘러싸인 채 깐닥거릴 거야(운이 좋아서 몸이 갈기갈기 찢기지 않는다면). 상어들이 그 아수라장 주위를 빙빙 돌겠지. 6미터 높이의 파도가 덮쳐올 거야. 내 운으로는 허리케인 정도는 되겠지. 쓸데없는 일인데도 승무원은 단념하지 않고 계속 시범을 보였다. 어투에 프랑스어 악센트가 있어서 조금은 마음이 놓이는 것 같았다.

리자를 훑어보았다. 비행기 타는 걸 좋아하는 리자는 편안하게 책상다리를 하고 앉아 책을 무릎에 펼쳐놓고 우리가 뚫고 나아가는 구름을 응시하며 가리키기도 했다. 리자 옆 좌석의 승객은 필시 괴짜처럼 보였는데, 리자가 심술 맞고 시끄럽고 전자기기를 좋아하는 아이라기보다는, 뭐랄까, 책 읽는 걸 좋아하는 미국 아이라는 것을 알자 리자와 이야기를 나눌 준비가 되었다. 그는 어깨길이의 하얗게 세어가는 머리에 빨간색과 금색의 수가 놓인 컬러풀한 페즈[19]를 쓰고 있었다. 얼굴에는 세로 주름이 있고, 내가 자기를 프랑스인으로 보아주길 바라는 것 같았지만 외모로 볼 때 뉴잉글랜드 출신임을 알 수 있었다.

좌석벨트 착용을 알리는 불빛이 꺼지자, 우리의 이웃(그의 이름은 제임스였고 뼛속까지 미국인이었다.)은 레드와인을 마시고는 거의 비행 시간 내내 수다를 떨었다. 나는 압축공기와 엔진 소음 그리고 구명보트에 관한 걱정 때문에 비행기 안에서 잠을 자지 못해

---

19 일부 이슬람 국가에서 남자들이 쓰는 챙 없는 모자.

서 이야기 나눌 상대가 있다는 것이 좋았다. 리자가 책을 읽고 식사를 하고 영화를 보고 잠을 자는 동안, 그는 자신의 일(그는 번역가로, 뉴욕의 한 출판사와 회의를 마치고 집으로 돌아가는 중이었다.), 로댕 미술관 바로 옆에 있는 멋진 아파트, 그리고 여자친구(그보다 나이가 어린 프랑스 여자)에 대해 이야기했다. 나는 그 여자친구가 그만큼이나 담배를 많이 피울 거라고 상상했다. 초조해하는 긴 손가락과 옷에 찌든 담배 냄새로 그가 흡연자임을 알 수 있었다.

"따님을 꼭 그 미술관에 데려가셔야 합니다." 그가 자기 전화번호를 알려주며 격식 차린 어조로 말했다. "그 미술관 정원에 무척 훌륭한 카페가 있어요." 그 만남이 과연 이루어질지 의심이 가긴 했지만 즐거운 발상이었다. 그의 이름과 전화번호를 이번 여행을 위해 쓰기 시작한 노트에 적어두었다. 첫날 그 미술관에 가야겠어, 나는 결심했다. 제임스와 함께든 아니든.

제임스는 수화물 찾는 곳 밖에서 담배에 불을 붙이고는 친절하게 우리를 위해 택시를 불러주었다. 담배를 물고 있는데도 너무나 정중해 보여서, 프랑스에서 모두 그렇듯이 나도 담배를 피우고 싶어졌다. 담배를 끊은 많은 사람들이 그렇듯이 담배 연기에 즉각적으로 숨 막히는 기분을 느끼지만 않는다면 말이다. 제임스는 공항을 벗어나 도시 외곽의 우중충한 산업지대를 통과해 파리 중심가로 가는 내내 담배를 쥔 왼손을 차창 밖으로 예의 바르게 내밀고 담배를 피웠다. 마침내 친숙한 19세기식 건물 옥상들이 여름날의 실안개 사이로 모습을 드러냈고, 우리는 도시의 경계 안으로 들어갔다. 오빠가 추천해준 7구의 작은 호텔까지 좁은 도로를 따라 내려가라고 제임스가 택시기사에게 지시했다.

"알로, 아 드맹!²⁰ 미술관에서 만납시다!" 택시가 다시 움직이기 시작하자 그가 손을 흔들며 진심을 담아 말했다.

기진맥진한 우리는 호텔 방에 들어가 옷을 벗고 더블베드에 깔린 사각거리는 하얀 시트 안으로 기어 들어가, 파리에서 나는 평일의 소리와 냄새를 자장가 삼아 잠이 들었다. 모페드²¹들이 좁은 도로를 천천히 지나가고, 일하는 날의 대화 속에서 소식들이 들리고, 우아한 유럽인의 또각또각하는 구두 굽 소리가 돌로 된 오래된 보도 위에 울려 퍼지고, 바게트와 버터 그리고 누군가가 갓 내린 *카페*²² 냄새가 희미하게 났다.

"생일 축하해요, 엄마." 리자가 시트 아래로 내 손을 잡고 졸린 목소리로 중얼거렸다. 이제 나는 마흔네 살이었고, 리자는 일곱 살을 석 달 앞두고 있었다. 우리는 함께였고 행복했다. 괜찮은 생일선물 이상으로.

≡

리자와 나는 카루젤 다리를 건너 보주 광장까지 내처 걸었다. 센강 우안을 따라가다가 커다란 펫숍이 나오자 걸음을 멈추고 창문

---

20   그럼 내일 봐요!
21   모터 달린 자전거.
22   프랑스어로 커피.

을 발로 열심히 긁고 있는 토끼와 강아지들을 구경했다. 좁은 골목길을 계속 걸어 내려가 오래된 작은 광장에 마침내 도착했다. 그 광장 주변의 잔디밭에는 대칭을 이루는 네 개의 커다란 분수가 있었는데, 그 주위에서 백 명의 파리 사람들이 이례적으로 더운 여름의 열기를 피할 곳을 찾고 있었다. 우리는 분수 하나 옆에 자리를 잡은 뒤 부드럽고 시원한 물안개를 즐겼다. 리자가 샌들을 벗더니 얼굴에 물을 끼얹었고 나에게도 끼얹었다. 그러고는 우리의 점심이 포장된 비닐백을 유심히 살펴보더니 그것으로 작은 배를 만들기 시작했다. 분수의 소음과 사람들의 이야기 소리가 리자의 작은 목소리를 덮어버렸지만, 나는 노래를 흥얼거리는 리자의 입모양을 보고 대꾸할 수 있었다. 마치 무성영화를 보는 것 같았다. 리자가 배 만들기에 몰두하며 만족하고 있는 덕분에 나도 주위를 둘러보며 느긋이 쉴 수 있었다.

특별히 잘생기진 않았지만 인상 좋은 내 또래의 프랑스 남자가 잔디밭 한 지점에 자리를 잡고 앉았다. 그는 꺾어진 길들을 따라 기대에 찬 표정으로 이리저리 시선을 옮겼다.

잠시 후 리자가 음료와 간식을 먹으라고 나에게 권했다. 걸음마를 배우는 아이가 옷을 벗고 속옷 차림으로 분수대에 기어오르는 것을 보고 우리는 함께 웃었다. 리자가 비닐 배를 가지고 분수로 갔고, 나는 잔디 위의 프랑스 남자를 바라보았다. 여자 한 명이 도착했다. 검은 앞머리를 일자로 잘랐고, 예쁘지는 않지만 아마도 프랑스 여자만 소화할 수 있는 엄격하거나 지나치게 단호해 보이지 않는 스타일을 한 눈길을 끄는 여자였다. 두 사람은 다정한 분위기로 잔디밭에 앉아 있다가 미친 듯이 서로를 애무했다.

프랑스 사람들! 깊은 감탄과 부러움으로 내 심장박동이 빨라졌다. 나는 부끄러움도 모르고 그들을 응시했다. 그들은 바빴고 나를 의식하지 않았다. 배에 주름이 간 마흔네 살의 엄마이긴 하지만, 언젠가는 나도 나와 함께하는 것을 진정으로 행복해하는 누군가의 팔에 안겨 있기를 조용히 기도했다.

나와 내 아이를 사랑해주는 진짜 성인 남자가 필요했다. 이제 리자와 나는 하나를 사면 하나가 더 따라오는 패키지 상품이었다. 그 남자는 잘생길 필요는 없고(이제 외모에 대한 미련은 없어졌나 보다.) 우리 집 뒤에 있는 차 두 대가 들어가는 차고만큼 마음이 넓고 친절한 사람이어야 했다.

≡

내 옛 애인 장이 비 내리는 파리의 겨울을 10~20년은 견뎌낸 듯 보이는 녹슨 자전거를 타고 우리가 묵는 호텔에 도착했다. 하얀 셔츠와 황갈색 바지 차림이었다. 그는 하얀 바지 같은 것으로 야단법석을 떨기에는 관습에 얽매이지 않고 절약하는 사람이었다.

나는 스무 살, 대학교 3학년 때 스미스대학을 벗어나 해외에 가서 그를 만났다. 우리 둘 다 14구에 있는 건물 1층의 출력 스튜디오에서 일했다. 당시 그곳은 예술가들이 거주하는 지역이었지만, 지금은 투자은행들이 들어서 있다.

그때 그는 키가 크고 영양부족인, 붉은빛이 조금 도는 부스스한 금발 곱슬머리의 스물여덟 살 청년이었다. 그에게는 19세기를 연상시키는 어떤 면이 있었다. 일하다가 잠시 쉴 때면 그는 건물 안뜰에서 파이프 담배를 피웠다. 나는 젊은 남자의 그런 구식 습관 혹은 잇자국이 생긴 파이프대를 입술에서 떼고 미소 지을 때 드러나는 벌어진 앞니의 매력에 저항할 수 없었다. 담배를 피우지 않을 때나 일할 때, 그는 생살이 드러나도록 손톱을 물어뜯었다. 하지만 말을 걸기는 겁이 나서 몇 달 동안 그를 관찰하기만 했다. 그는 자기 일에 무서울 정도로 헌신적이었다. 그에 비하면 나의 노력은 유치하게 느껴졌다. 내 프랑스어 실력은 여전히 미숙했고, 그가 영어로 이야기하는 것을 편안하게 여길지는 확신하지 못했다.

스튜디오 사장 마리안은 자질구레한 일들을 맡기는 걸 좋아했다. 나는 푸벨(쓰레기통)이나 발레예(비로 바닥을 쓸다) 같은 유용한 프랑스어 단어들을 그녀를 통해 배웠다. 마리안은 몸매가 풍만했고, 목소리와 성격도 그와 어울렸다. 나는 귀여운 미국 아가씨였다. 그녀는 독재적이고, 정이 많았으며, 내가 근무를 빼먹으면 창피를 주었지만, 늘 내가 음식을 좀 더 먹어야 한다고 주장했다.

"티앵, 튀 두아 데죄네 아베크 누."[23] 한낮에 근처의 비스트로로 무리를 이끌면서 그녀는 식사를 강권했다. 나는 여윳돈이 별로 없었지만 장이 점심을 먹으러 다른 사람들과 함께 나가는 것을 보았고, 지갑 속에 20프랑이 있는 걸 확인한 뒤 충동적으로 그들

---

23 자, 넌 우리랑 같이 점심을 먹어야 해.

과 합류했다. 나는 오믈렛을 주문했다. "*망팽, 튀 망주 트로 푀, 마 프티트, 사 바 파!*"[24] 마리안이 잔소리를 늘어놓았다. 나에게는 그 것도 진수성찬이었지만, 그녀는 그런 간단한 점심 메뉴를 못마땅 하게 여겼다. 그들은 모두 감자튀김을 곁들인 스테이크를 열심히 먹어댔다. 레드와인을 마시는 동안, 나는 장이 유려하고 음악적인 악센트로 영어를 유창하게 구사하는 것을 보았다.

그날 오후부터 장과 나는 친구가 되었다. 하지만 불행하게도 나 에게 특별한 관심을 가진 것처럼 느껴지지는 않았다. 내가 그에게 느끼는 것과 같은 열렬한 감정은 확실히 없었다. 나는 그가 하루 일과를 마칠 때까지 평소의 근무 시간을 넘겨 스튜디오에 자주 머물면서 참을성 있게 때를 기다렸다.

내 열렬한 감정이 절정에 달했던 어느 봄날 오후, 장이 일어나 스튜디오를 나섰다. 나는 잠시 기다리다가, 내 일을 내려놓고 그 를 따라 걸어갔다. 내가 바란 것은 문밖으로 나가 거리에서 가벼 운 산책을 하는 것이었다. 그는 내 스무 발짝 앞에서 걷고 있었다. 나는 그가 그 블록 끄트머리에 있는 지하철역에 도착하기 전에 따라잡기 위해 달리기 시작했다.

"장!"

그가 걸음을 멈추었고, 나를 보고는 깜짝 놀랐다. 자기가 뭔가 흘렸나 보다고 생각하는 것 같았다. "*케스 킬 리 아?*"[25]

---

24 그런데, 너 너무 조금 먹는다, 얘. 그러면 안 돼!

25 무슨 일이에요?

"장, 영어로 이야기해도 될까요?" 나는 이렇게 말한 뒤 잠시 가만히 있었다. 그는 급할 것 없어 보였다. 그래서 나는 용기를 내 호흡을 가다듬고 계속 말했다.

"짧은 연애 한번 해볼래요?"

그가 다정하게 웃었다. 그러자 벌어진 앞니 두 개가 나에게 윙크를 하는 듯했다. "나에게 뭘 바라는 거예요? 당신도 알다시피, 나는 사는 게 굉장히 복-잡-한 사람이에요." 그는 네덜란드에 있는 여자친구에 관해 말했고, 파리에 있는 또 다른 여자친구 가브리엘에 대해서도 말했다.

"흠, 나는 곧, 5월에 여길 떠나요." 내가 대답했다. "그러니까 당신 인생을 그렇게 오랫동안 복잡하게 만들진 않을 거예요."

"알로, 온 이 팡스."[26] 그가 웃었다. 그는 우호적이지만 경계하는 미소를 보냈고, 우리는 헤어졌다. 나는 스튜디오로 돌아가 한시간 동안 일하는 척했다. 마리안은 바보가 아니었기 때문에, 방을 가로질러 날카로우면서도 뭔가 아는 듯한 눈길을 던졌다.

그 1년 동안 나는 전쟁 때 강제수용소에 수용되었고 레지스탕스 운동에 가담한 죄로 투옥된 적이 있는 60대의 우아하고 신비로운 귀족 여인 마담 P의 집에서 살고 있었다. 그녀는 이브생로랑의 크림색 실크블라우스를 백조 같은 목까지 단추를 채워 입었다. 백발의 프렌치트위스트 머리[27]에, 호리호리한 펜슬스커트를 입

---

26 그러면, 생각해보죠.

27 머리칼을 뒤로 묶은 뒤 원기둥 모양으로 감아올린 머리 모양.

고, 샤를주르당 하이힐을 신었다. 오후가 되면 마담 P는 정체를 알 수 없는 애인을 우아한 16구에 있는 그녀의 널찍한 아파트에 드나들게 했고, 그러는 동안 그 아파트에 사는 또 다른 학생인 내 친구 케이티는 마담 P의 딸과 짧지만 스릴 넘치는 연애를 즐겼다. 또 다른 오후 시간들에.

알로,[28] 나는 그 큰 모험에 가담했다. 장을 몰래 아파트로 데려가서는, 거실의 성가신 앵무새 새장을 담요로 덮은 뒤, 내가 무서워하면서도 아주 좋아하는, 만물을 꿰뚫어 보는 스페인인 가정부 호세파의 눈을 지나쳐 갔다. 새장에서는 끊임없이 짹짹거리는 소리가 났지만 우리의 사랑에 방해가 되지는 않았다. 저녁 식사 때 호세파의 치켜 올라간 눈썹이 내 노력에도 불구하고 그녀가 우리의 행동을 간파했음을 나에게 말해주는 듯했다.

대학의 마지막 학년을 마치기 위해 미국으로 돌아온 후, 나는 장의 커다랗고 고풍스러운 스펜서체로 주소가 쓰여 있고 그가 겨울을 보내고 있는 말리, 세네갈, 그리고 모로코의 기념 스탬프로 장식된 갈색 봉투를 고대했다. 2년 뒤 나는 그를 보러 다시 프랑스에 갔고, 한 친구의 아파트 바닥에서 그와 사랑을 나누었다.

우리는 수년간 불규칙하게 연락을 주고받았다. 때로는 1년에 겨우 한 번 편지를 주고받기도 했다. 내가 헨리와 사귀기 시작한 후에도 그 우정은 지속되었다. 몇 번 더 파리를 방문했고, 이제는 순수한 관계가 되었다. 그는 파리에 있던 여자친구 가브리엘과 결

---

28 그리하여.

혼했고, 지금은 그녀와의 사이에 딸 하나를 두었다.

장은 더 야위었고, 머리칼이 시나몬토스트 색깔로 세웠다. 얼굴이 볕에 그을렸고, 헤이즐넛색 눈가에는 삼각형의 주름이 져 있었다. 코가 더 날카로워졌고, 부드럽게 굽은 입술은 더 얇아졌다. 파이프 담배를 수년간 피워서 치아가 착색되었다. 앞니 두 개는 착색되지는 않았지만 사이가 더 벌어져 있었다. 여전히 매력적이었고 친숙함이 느껴졌다.

반면 나는 더 젊어 보였다. 피부관리 제품, 화이트닝 치약, 40대에 접어든 이후 구입한 염색약, 자기보존에 대한 미국적 집착 그리고 노년과 죽음에 대한 부인 때문이라고 나는 결론 내렸다.

"부 제트 텔망 시크."[29] 장이 유쾌한 냉소로 우리의 흰색 옷차림에 감탄했다. 리자와 나는 하얀 드레스 차림으로 빅토리안 티 파티에 갈 준비가 되어 있었다.

내 카메라가 유명한 팡테옹 앞 자갈 깔린 광장에서 다음과 같은 장면을 포착했다. 여자들의 모자와 스카프가 석양이 지는 하늘을 배경으로 나부꼈고, 제이 개츠비처럼 1920년대식 하얀 수트를 입고 각반을 찬 남자가 식사가 진행되는 동안 하얀 냅킨들의 흔들림과 보조를 맞춰 활기차게 움직였다. 경찰들이 나타나 격려와 조롱을 보냈다. 그러자 하얀 냅킨들이 더 많이 흔들렸다. 축제 분위기 속에서 리자는 다정한 개와 함께 테이블 밑에서 놀았다.

---

29 당신들 정말 멋지네요.

나는 리자가 이 모든 소동과 새로운 사람들에 압도되었는지, 혹은 장난꾸러기 테리어를 닮았고 애정 어린 순간에 때때로 내 얼굴을 핥곤 했던 아빠를 그리워하고 있는지 궁금했다. 장이 함께 있어줘서 기뻤다. 저녁 시간이 끝나고 테이블들이 비었을 때 그의 손을 잡고 걸은 것도 좋았다.

자정에 장이 우리를 다시 호텔로 데려다주었다. 다음 날 아침 오스테를리츠역에서 만나기로 했다. 프랑스에서의 마지막 주말을 그가 딸아이와 함께 살고 있는 시골 마을에서 함께 보낼 것이다.

우리가 탄 기차가 평평한 전원지대를 가로질러 빠르게 달렸고, 장은 도시생활의 폐해, 인터넷·휴대폰·컴퓨터 그리고 현대 사회의 절망적인 물질주의에 대해 화를 냈다. 나는 휴대폰과 노트북을 집에 두고 온 것에 안도하며 미소를 지었고, 장과 비교해 내가 현대의 신기神技의 추종자인 것을 재미있어했다. 나는 집에서 컴퓨터를 비롯해 온갖 기술적인 것들과 애증의 관계를 맺고 있으니 말이다. 장이 계속 이야기하고 풍경이 은은해지는 동안, 나는 우리가 삶을 함께하려고 시도했다면 서로를 얼마나 불행하게 만들었을지 생각했다. 여전히 존경스럽고 애정 어린 20년 우정이 얼마나 좋은지.

장의 집은 담쟁이와 꽃이 핀 덩굴식물로 뒤덮인 멋진 시골집이었다. 딸아이의 방이 안락해 보였다. 얼마 지나지 않아 우리 딸아이들은 언어 장벽에도 불구하고 함께 노는 방법을 찾아냈다. 장이 나를 데려가 집 뒤뜰을 구경시켜 주었고, 나무 계단을 올라 위층의 자기 스튜디오도 보여주었다. 완벽한 예술가의 다락방이었다. 테이블에 서류와 노트들이 깔끔하게 정리되어 있었고, 벽에는 식물 표본, 돌멩이와 조개껍데기들, 작품 샘플 몇 개가 액자에 담겨 걸려 있었다. 의자는 오래되고 허름했지만 편안했다. 인생을 보내기에 좋은 곳이었다. 자신이 스스로 발견해내야 하는 것들.

우리는 파리로 돌아갔을 때 기차역에서 장의 아내 가브리엘을 만났다. 그녀는 그곳의 작은 아파트에 살고 있었다. 프랑스 남자 장은 동거와 결혼생활에 대한 무척 흥미로운 견해를 가지고 있었다. 체구가 자그마하고 진한 갈색의 긴 머리에 앞머리를 반듯하게 자른 가브리엘은 스타일리시하고 도시적이었다. 바스락거리는 하얀 블라우스에 진한 색 스커트 차림이었다. 그리고 모던한 검은색 플랫폼 샌들을 신어 나보다 살짝 키가 커 보였다. 우리는 유럽 전체를 불태우고 있는 기록적인 혹서에 정신을 못 차리고 땀을 흘리면서 파리 식물원 근처에서 파리식 핫도그를 먹었다.

가브리엘을 부러워한 적은 없지만, 나 자신이 헨리와 결혼하면서 비슷한 선택을 했기에 그녀의 선택을 이해할 수 있었다. 그녀는 자신의 예술을 딸아이를 제외한 그 무엇보다 우위에 두는 남자와 결혼해 1년의 절반을 혼자 지냈다. 나 역시 자신에게만 몰두하는 또 다른 예술가를 사랑했고, 여전히 사랑하고 있었다. 토마스가 그러듯이, 헨리도 항상 창의적인 인생을 살도록 나를 격려해주곤 했다.

우리는 지독히 더운 보도 위에서 헤어졌다. 리자와 나는 택시를 불러 호텔로 돌아갔고, 다음 날 아침 이탈리아로 떠나기 위해 짐을 쌌다.

≡

수년 전부터 친구 사이인 스테파노가 피사의 공항에 마중 나와 우리를 차에 태워 피렌체의 포르타로마나 바로 외곽에 있는 그의 가족이 사는 아파트로 데려갔다. 우리는 거기서 일주일간 머무를 예정이었다. 리자와 나는 무겁고 짓누르는 듯한 더위 속에 다음 날 아침 늦게 일어나 그 지역의 카페 겸 젤라테리아에 가서 위안을 얻었다. 그곳에서는 스무 가지가 넘는 맛의 수제 아이스크림을 팔았다. 아침 10시지만 아이스크림을 먹지 않을 이유를 생각해낼 수 없었다.

뜨거운 도로를 떠나, 프라 필리포 리피, 프라 안젤리코, 마사초의 유명한 프레스코화들이 있는 브란카치 경당으로 들어갔다. 그 그림들에서 친숙한 얼굴들을 볼 수 있었다. 파르메산 치즈 한 조각을 잘라주는 남자, 신발 한 켤레를 파는 친절한 가게 주인, 르네상스 시대 이후 유전자풀이 변하지 않은 듯했다.

몇 년 전 이곳을 방문했을 때 헨리와 나는 카페에 들어가 바텐더의 얼굴에 대해 의견을 나눴다. 길고 진한 갈색 머리, 매부리코, 커다란 갈색 눈. 프라 안젤리코의 초상화 속 인물이 현실로 튀어나온 듯한 외모였다. 바에서 캄파리 칵테일을 마신 뒤, 헨리와 나는 가까운 레스토랑에서 거대한 비스테카 알라 피오렌티나[30]와

레드와인 한 병을 먹어 치우고는 그 일주일을 위해 빌린 모터사이클을 타고 친구 집으로 음주 여행을 했다. 엔진이 부르릉거리는 동안 나는 헨리의 허리를 껴안았고, 헨리는 자갈 깔린 거리를 달려갔다. 나는 영화 《8과 1/2》에 나오는 젊고 글래머러스한 여자 클라우디아 카르디날레[31]가 된 기분이었다.

≡

10년 전 나는 헨리와 함께 그 특별한 레스토랑에서 점심을 먹었고, 이제 리자와 함께 여기에 와 있었다. 기억 속의 장소를 찾아내려고 애쓰는 동안, 나는 좁은 골목길들에서 길을 잃었다. 지금까지 아이로서는 드물게 노련한 배우처럼 행동하던 리자가 마침내 불평을 했다. 나는 미술작품들을 보기 위해 리자를 끌고 미술관과 성당 등 피렌체 곳곳을 돌아다녔다. 자주 멈춰 젤라토를 사주어 달래가면서.

"엄마, 우리 언제 도착해요?" 리자가 녹초가 되어 칭얼거렸다.

"갈 만한 가치가 있는 곳이야, 리지. 엄마가 약속할게. 너도 좋아할 거야." 나는 리자를 야단치지 않았다. 우리 둘 다 기력이 떨어지고 있었다. 시원한 음료를 마시고 맛있는 음식을 먹게 해주겠

---

30 피렌체 지방의 전통요리로 이탈리아식 티본 스테이크.

31 Claudia Cardinale(1938~), 이탈리아의 배우. 이탈리아 영화를 중심으로 활동했으며 1950~1960년대에 메릴린 먼로, 브리지트 바르도와 함께 영화계의 섹스심벌 중 한 명으로 꼽혔다.

다는 약속이 가장 가까운 피자 가게에 들어가 앉지 않고 길 찾기를 중단하지 않게 해주는 유일한 해결책이었다. 마침내 내가 기억하고 있는 작은 광장이 나타났고, 리자와 나는 햇볕을 막아줄 피난처를 찾아 레스토랑 차양 아래 작은 테이블에 자리를 잡았다.

지난번에 헨리는 콜리 디 폴로 리피에니를 주문했다. 속을 채운 닭의 목이 수직으로 놓이고, 머리와 볏은 주름 깃 모양처럼 장식한 구운 채소들 한가운데에 놓여 있었다. 마치 닭 머리와 깃털로 덮인 어깨가 하얀 접시를 뚫고 나온 것 같았다. 그 모습이 으스스한 느낌을 자아냈고, 우리와 점심을 함께할 채식주의자 동료들의 얼굴에 어린 공포는 헨리의 예상을 넘어설 정도로 컸다. 혐오스러웠지만 나는 아내다운 자부심을 느끼며 마음껏 웃었다. 헨리역시 전에 없이 잘해냈다. 채식주의자 친구들이 놀라서 움찔하는 동안, 접시 위의 닭 머리를 이리저리 움직이면서, 꼬꼬댁 소리를 내면서 무척 즐거워했다.

오늘 닭 모가지는 없었다.

"우리 둘 다 포모도로 인 젤라티나를 먹을 거야. 그다음엔 폴페토네를 먹고." 토마토 젤라틴이 이 레스토랑의 시그니처 메뉴였다. 거꾸로 뒤집힌 원뿔 모양의 진한 빨간색 젤라틴이 연녹색 올리브오일에 잠겨 부르르 떨고 있는 하얀 접시가 도착했다. 리자와나는 포크로 그 젤라틴을 건드려 흔들리게 하면서 음식을 가지고즐겁게 놀았다. 여섯 살짜리 미식가와 함께 식사하는 여러 즐거움 중 하나였다. 소금을 넣지 않은 토스카나 지방의 흰 빵이 토마

119

토와 오일을 흡수했다. 우리는 그것을 손가락으로 들고 전부 으깬 다음 그 흠뻑 젖은 스펀지를 입안에 넣었다.

다음 코스인 폴페토네는 영어로 미트로프로 번역할 수 있는 요리였다. 미국 레스토랑에서 파는 미트로프(큼직한 머스터드 한 덩이와 함께 나오는 내가 좋아하는 음식)와는 달랐다. 이 요리는 파테와 더 비슷했다. 우리는 그 풍미 좋은 조각들을 조용히 그리고 경건하게 먹었다.

배불리 먹고 나자 리자는 흔치 않게 허락된 콜라 한 잔으로 점심 식사를 마무리하고, 색연필로 종이 테이블보에 자기가 먹고 남은 음식 정물화를 그렸다.

우리가 디저트로 나온 부드럽지만 진한 초콜릿케이크를 한입 크기로 자르는 동안, 옆 테이블에서는 태슬이 달린 우아한 황갈색 스웨이드 로퍼를 신은 남자가 여자를 유혹하고 있었다. 그 스웨이드 로퍼를 보니 헨리가 가지고 있던 스웨이드 로퍼가 생각났다.

"우린 멧돼지 소시지는 절대 안 먹었어!"

리자와 함께 레스토랑을 떠날 때 갑자기 이 말이 기억났다. 헨리가 즐겨 인용하곤 했던, 일본 영화《담포포》[32]에 나오는 대사였다. 그 영화에 나오는 야쿠자가 울고 있는 애인에게 이 유언을 소리 내어 말한다. 그들은 둘 다 하얀 옷을 입었고, 야쿠자의 재킷은 총을 맞아 생긴 많은 상처에서 흘러나온 피로 얼룩져 있다.

---

32 일본 영화감독 이타미 주조 감독이 1985년에 발표한 코미디 영화.

갑자기 헨리로 인한 슬픔이 솟구쳐 올랐다. 그는 이 식사를 결코 할 수 없게 되었다. 소스를 맛보기 위해 집게손가락으로 훑지도, 내 접시에 남은 음식을 집어 가지도 못하게 되었다.

≡

일주일 뒤, 스테파노가 우리를 다시 공항에 데려다주었다. 우리는 게이트에서 작별 인사를 나누었다. "알로라 차오, 줄리에티나."[33] 스테파노가 나를 힘주어 끌어안고 양쪽 뺨에 입을 맞추며 말했다. 그는 리자를 안아서 높이 올려주었다. 리자가 좋아하는 놀이였다. 나는 우리를 초대해줘서 고맙다고 말하고 마지막 순간에 여자친구에 관해 조언을 조금 했다. 우리가 탈 비행기의 탑승 시간이 지연되는 것이 반가웠다. 집에 돌아가는 것이 두려웠기 때문이다.

≡

냉장고는 텅 비어 있었다. 우리가 집에 돌아온 것을 환영하고 집이 빈 동안 우리 수영장을 사용할 수 있게 해준 데 대해 고마움을 표하는 캐시의 메모가 붙은 과일 샐러드 한 그릇이 들어 있었을 뿐이었다. 나는 과일 샐러드를 작은 그릇에 덜어 조금씩 먹으면서

---

33 그럼 안녕, 줄리에티나.

우리 집에 다시 익숙해졌고 우편물 더미도 꼼꼼히 살펴보았다.

다음 날 토마스에게 전화를 걸어 함께 시간을 보낼 계획을 세웠다. 여행에서 돌아와 피곤했지만 평화로운 기분이었고, 다른 방식들로 기운을 회복했다. 타니아도 에밀리도 리자를 하룻밤 재워줄 수가 없었다. 그래서 캐시에게 전화를 걸었다. 과일 샐러드는 별도로 하고, 그녀가 3주 동안 우리 수영장을 사용했으니 나에게 신세를 졌다고 생각했다.

내가 찾아갔을 때 그녀는 현관의 해먹에서 책을 읽고 있었다. 내가 리자가 하룻밤 지내는 데 필요한 물건을 넣은 가방을 가지고 그녀의 집 현관 계단을 걸어 올라가는데 그녀가 다가와 나를 포옹했다. 나는 캐시의 포옹이 늘 불편했다. 어쨌거나 지금은 그녀가 가장 손쉽게 구할 수 있는 베이비시터였다. 나는 그녀의 집 현관에서 오래 미적거리고 싶지 않았다.

"일을 쉬고 토마스를 만나기로 했어요. 집을 비운 동안 마음이 더 애틋해졌기를 바라야죠." 내가 농담을 했다. 캐시가 한 번 더 나를 포옹했고, 나는 차로 돌아갔다.

산과 강의 풍경을 즐기고 올맨브라더스밴드의 노래를 들으며 철로 옆의 도로를 운전해서 올라가는데 기분이 좋았다. 토마스가 갓난아기였을 때인 1970년대 중반 내 사춘기를 떠올리게 하는 노래 〈스토미 먼데이〉를 허밍으로 따라 불렀다. 노래 가사만큼이나 가슴 아픈 두에인의 짧은 기타 곡조를 들으면서, 아직 시간이 있는 동안 비합리적인 기대는 무의미하다는 것을 스스로에게 상기시켰다.

얼마 후 우리는 어둠 속에 누워 있었다. 앰뷸런스 한 대가 소리는 들리지만 모습은 보이지 않은 채로 1킬로미터 정도 떨어져 있는 간선도로의 나무들을 통과해 지나갔다. 앰뷸런스의 사이렌 소리가 즉시 헨리가 죽은 그날 오후의 기억을 상기시켰다.

"여전히 그가 무척이나 그리워서 견딜 수가 없어. 이런 상태가 얼마나 더 계속될까?"

"헨리에 관한 모든 것이 그리워요?" 토마스가 부드럽게 물었다.

나는 잠시 시간을 두고 생각했다. 이 남자는 나에게 정직한 질문을 했어. 그러니 나도 이 남자에게 정직한 답변을 해야 해. "아니, 그렇진 않아. 하지만 그런 식으로 생각하면 죄책감이 들어."

"죄책감 느낄 필요 없어요."

"그게 무슨 뜻이야?"

토마스가 천장을 응시했다. 내 머릿속에 균열이 생기고 있었다. 그는 뭔가 할 말이 있는 것 같았다.

"토마스, 제발 말해주면 좋겠어. 부탁이니 말해줘."

"그는 캘리포니아에 여자가 있어요." 토마스가 말했다. "난 당신이 아는 줄 알았어요. 언젠가 내가 헨리와 함께 주방에 있는데 헨리가 그녀에 관해 이야기했어요. 그때 당신이 들어왔고, 당신의 얼굴 표정을 보고 당신이 안다고 생각했어요. 당신들 둘이 그 문제를 잘 풀고 있다고요. 하지만 지금 보니 당신은 아무것도 모르고 있었네요."

그 여자가 누구인지 나는 알고 있었다. 헨리가 여러 차례의 서부

여행 중 하나에서 막 돌아왔을 때였다. 여행가방을 풀면서 그가 그곳에서 한 식사들과 만난 사람들에 대해 이야기했다.

"어떤 여자를 만났는데, 당신도 그녀를 좋아하게 될 거야. 그녀는 아이 둘과 함께 포틀랜드에 살고 있어. 꼭 당신처럼 몸집이 자그마해. 심지어 뜨개질도 좋아하고. 집은 완전히 엉망진창이야. 내 생각에 이혼하면 당신도 그렇게 될 것 같아."

"그 여자하고 무슨 일이라도 벌어지고 있는 거야?" 나는 싸한 기분을 느끼며 헨리에게 물었다. 충격적으로 느껴지는 그 질문을 입 밖에 내어 말하는 걸 스스로에게 허락하면서.

"아니, 아무 일도." 그가 대답했다.

"내가 알아야 할 것이 더 있어?" 토마스에게 물었다. 방 안이 점점 어두워지고 있었다.

"네, 있어요." 토마스가 대답했다. "난 당신이 다른 사람들에게도 물어볼 필요가 있다고 생각해요. 더 많은 것들이 있지만 내가 모든 걸 알지는 못하니까요."

침묵의 순간이 잠시 흘렀다. "토마스, 내가 무척 어두운 어떤 것들을 발견할 것 같은 느낌이 들어, 맞아?"

"네."

놀랍게도 얼마 뒤 우리는 잠이 들었다.

다음 날 아침, 나는 토마스의 침대에서 빠져나와 휴대폰을 가지고 욕실로 들어갔다. 환한 아침 햇살이 화분에 심어진 열대식물의 커다란 초록빛 잎들을 통과해 새어 들어왔다. 나는 변기 뚜껑 위에 앉아 에밀리에게 전화를 걸었다. 지난 몇 달 동안 내가 느껴 온 긴장이 그녀가 나와 함께 헨리의 마지막 순간을 목격했다는 사실보다 더 큰 어떤 부담감과 관련 있을지 모른다는 직감이 들었다. 내가 알고 있는 것을 말하자 에밀리는 울기 시작했다. 나는 그녀가 준비되지 않았다는 걸 알아차렸다. 그녀로부터 진실을 끌어내려면 약간의 구슬림이 필요했다. 그녀는 비밀들을 가득 채워 넣고 코르크 마개로 밀봉한 병이 된 기분을 느껴왔을 것이다.

"상대는 캐시예요." 에밀리가 말했다. 목이 메어 목소리가 잘 나오지 않았다. "캐시와 헨리는 적어도 2년 동안 바람을 피웠어요. 헨리가 죽은 다음 날 아침 우리가 헨리의 컴퓨터에서 두 사람 사이에 오간 이메일들을 전부 발견했어요."

에밀리가 헨리가 죽은 다음 날 아침—그날 아침 헨리의 사무실에서 여자 비명이 들렸다.—겁에 질려 내린 결정들을 설명하는 동안 나는 귀 기울여 들었다. 누가 그렇게 비명을 질렀을까? 짧은 시간 동안 내린 결정에 따라 매슈가 헨리의 컴퓨터에 있던 증거들을 숨겼고, 그래서 내가 그 취약했던 시간 동안 그 증거들을 발견하지 못한 것이다. 헨리의 사후 관련 일이 한창 진행될 때 캐시는 좋은 인상을 주었다. 그녀는 장례식 준비를 돕고 싶다고 말했다. 그리고 매슈와 마주치자 자리를 떴다. 나중에 그녀는 헨리의 편지함에서 자신이 쓴 이메일들을 삭제하도록 소환되었다.

나는 주의 깊게 들었다. 뇌가 활짝 열린 대문 같았고 마음은 차분했다. 나는 침착하게 들었고, 내 안의 관리인이 그 이야기를 어떻게 받아들여야 할지 생각하고 있었다.

처음에 든 생각은 이랬다. *가서 내 아이를 데려와야 해.* 내 딸 리자가 세상을 떠난 내 남자와 오랫동안 바람을 피운 여자 집에 있었다. 그녀는 자기 딸을 이용해 매일같이 내 집에 드나들었고 어물쩍 내 삶 속으로 들어왔다. 내 음식을 먹고, 내 수영장 옆에서 우쭐거리고, 내 친구인 척했다. 내 냉장고 안에 빌어먹을 과일 샐러드를 넣어두기까지 했다.

총은 너무 신속하고 자비롭다. 나는 칼로 그녀를 몸 끝에서 끝까지 주욱 베고 싶었다. 그런 다음 백 번을 더 자르고 싶었다. 그녀의 몸을 작은 조각들로 다져서 피부와 근육이 부들부들 떨리는 피투성이 상태로 놓아두고 싶었다. 영혼이 떠나간 내장들을 그녀의 집 앞뜰 잔디밭에 섬뜩한 주홍글씨처럼 죽 늘어놓고 싶었다.

헨리는 죽일 수가 없었다. 그는 편리하게도 이미 죽었으니까.

2부
폭풍우

나는 『제인 에어』에 동반되는,
마음을 불안하게 하는 인식의 감각
(다른 수많은 독자들이 공유해야 하는)
으로부터 도망칠 수가 없다. 내가 이 소설에서
나 자신을 인식했다는 뜻이 아니라,
거기서 다른 어떤 것을, 비밀들과 광기 그리고
다른 몇몇 사람들의 자아만큼이나
자신의 진정한 자아를 발견하는 법을 배워야 하는
여주인공을 인식했다는 뜻이다.

—저스틴 피카디, 『내 어머니의 웨딩드레스』

5
2003년 7월

불가능한 모든 것을 제거한 뒤

무엇이 남든, 그것이 얼마나 희한하든,

그것은 틀림없이 진실일 것이다.

—셜록 홈스

눈앞의 아스팔트 도로에서 열기가 물결처럼 피어올랐다.

이런, 제기랄.

핸들을 지나치게 힘주어 움켜잡은 탓에 코스에서 이탈했다.

그 여자를 콱 죽이고 싶어.

길은 철로를 따라 화살처럼 곧게 뻗어 있었다.

그 여자를 머리에서 **까지 쫙 갈라버리고 싶어.

완벽하게 멀어지는 소실점 부분을 응시하는데 현기증이 덮쳐왔다.

2년 전 어느 여름날이었다.

캐시의 옆집인 제니 집에 잠시 들렀다. 그녀의 집 베란다에 놓인 옥외용 의자에 앉았고, 레모네이드 한 잔을 감사히 건네받았다. 그녀의 나이 어린 아이들이 뜰 주변에서 뛰어놀고, 맏아들이 동생들을 감독했다. 숨 막히는 더위에도 에너지가 넘치는 아이들을 보니 놀라웠다. 덤불 속에서 장미 꽃잎이 시들어가고, 잔디도 갈색으로 변하고 있었다. 그늘에 앉아 있었지만 이마의 땀을 닦아내야 했다.

"알고 있는지 모르겠지만, 그가 항상 저기에 와 있어요." 제니가 턱짓으로 캐시의 집을 가리키며 말했다. 진저브레드가 연상되는 캐시의 집 지붕이 울타리 너머로 살짝 보였다. 제니가 또 다른 의자와 자기 몫의 레모네이드를 가져다놓았다. "저기서 무슨 일이 일어나고 있는 것 같지 않아요?" 제니는 그런 생각을 입 밖에 내어 말한 것이 당황스러운 듯 나를 바라보았다.

캐시가? 헨리가 "오버사이즈 가슴에 경사진 어깨를 가진 말라빠진 할망구"라고 불렀던 여자가? 그런 것들은 헨리의 미적 기준에서 심각한 결함이었다. 굵은 발목 한 단계 위에 위치할 만큼. 캐시가 평범하면서도 이상하고 쌀쌀맞다는 사실은 언급할 필요도 없었다. 내 얼굴에 놀란 기색이 어렸다.

캐시와 친한 친구 사이로 추정되는 제니가 내 표정을 보고 말했다. "에이, 그럴 리 없을 거예요, 그렇죠?"

아니, 정반대였어.

1년 전, 그러니까 헨리가 죽기 6개월 전의 일이다.

그날 저녁 나는 장황하게 통화를 하는 헨리를 부르러 그의 사무실을 몇 번 들락거렸다. 그는 중요한 대화인 듯 달래는 태도로 캐시의 이름을 부르며 통화하고 있었다. 마침내 그가 전화를 끊었다.

"캐시의 온갖 바보 같은 문제들을 왜 당신이 나서서 해결해줘야 해?" 내가 화가 나서 물었다. "캐시와 이야기를 할 게 아니라 당신 가족과 함께 시간을 보내야지."

당시 헨리와 나는 더는 중요한 대화를 나누지 않고 있었다. 뒤쪽 복도에 노출된 오래된 배선을 고치기 위해 전기기사를 부를 것인지, 그날 우리 둘 중 누가 리자를 일일 캠프에서 데려올 것인지, 그 주 주말에 누가 저녁 식사를 하러 오는지, 메뉴는 무엇으로 할건지, 그날 저녁에는 무얼 먹을지 같은 이야기만 했다. 음식이 우리의 친밀함을 이어주는 마지막 연결고리였다.

머릿속에서 생각들이 연결됨에 따라 나는 입을 다물고 헨리를 응시했다. 내 입 밖으로 나온 말에 나 자신도 충격을 받았다.

"당신 캐시랑 바람이라도 피우는 거야?"

헨리는 부드럽게 미소 지었다. 그리고 잠시 후 이렇게 대답했다. "아니, 그렇지 않아."

그는 빌어먹을 거짓말쟁이였어. 나는 바보 멍텅구리였고.

에어컨이 돌아가는 차 안에서 목덜미가 쭈뼛 곤두섰다. 바로 코앞에서 그런 지저분한 일이 일어나도록 방치한 셈이었다. 그런 일을 보고 싶지 않았지만 그 일은 줄곧 일어나고 있었다. 그녀의 꺼림칙한 태도와 그녀에 대한 불편한 느낌이 이제야 이해되었다. 나의 어떤 부분이 그녀를 결코 신뢰하지 않았던 것이다. 나는 왜 귀 기울여 듣지 않았을까?

캐시가 갑자기 종교에 지나치게 열심이던 것도 이해가 되었다. 미리 하는 참회 같은 것이었겠지. 나는 그 뒤틀린 논리에 어둡게 미소를 보냈다. 교회에 출석하고, 선한 의도를 지닌 목사님의 비위를 맞추고, 성가대에서 노래를 하고, 아이를 주일학교에 등록시키고. 나중에 너의 간통에 대해 모두가 알게 되면, *그리고 네가 얼마나 비열한 거짓말쟁이 년인지* 알게 되면 상황이 그렇게 쉽게 풀리지는 않을 거야. 위선에는 그와 대칭을 이루는 고유의 우아함이 있는 법이다.

그들이 비밀리에 바람을 피우는 동안 우리가 함께했던 여러 식사 자리를 떠올리니 몹시 고통스러웠다. 햇볕에 화상을 입어 머리가 화끈거리는 것 같았다. 헨리가 자랑스럽게 바비큐 그릴에 스테이크를 굽는 동안 우리 네 사람은 우리 딸들 그리고 우리의 일과 관련된 바람에 관해, 우리가 좋아하는 책과 음악에 관해, 우리의 장래 계획들에 관해 진정성 있는 대화를 나누었다.

심지어 몇 번 안 되긴 했지만 남편들을 떼어놓고 캐시와 단둘이 시간을 보내기도 했다. 그녀가 내 생일을 축하하고 싶다고 고집을 부려서 그녀의 이웃 제니와 함께 셋이 시간을 보낸 적도 있었다. 그때 멕시코 레스토랑에서 웨이터가 찍어준 폴라로이드 사진이 지금도 내 사무실에 있다. 내가 커다랗고 우스꽝스러운 솜브레로[34]를 쓴 채로 가운데 있고 셋이 얼싸안고 있는 사진이다.

일하지 않는 평일 오후에 캐시와 함께 쇼핑몰에 가서 올드네이비 매장에서 옷을 사기도 했다. 거기서 티셔츠와 바지를 샀다. 재미있을 것 같았지만, 그녀의 옷 사이즈가 나보다 더 작았기 때문에 결국 나는 괴로워졌다. 대부분의 사람들이 경험하는, 자신이 뚱뚱하게 느껴지는 고등학교 시절의 운수 나쁜 날 같았다. 그 후 다시는 그녀와 함께 쇼핑을 가지 않았다.

그녀가 그토록 열심히 운동을 한 것도 자신을 위해서가 아니라 헨리의 마음에 들기 위해서였던 것 같다. 헨리는 자기 여자들이 날씬한 것을 좋아했다. 헨리와 결혼생활을 하는 동안 내가 뚱뚱하다고 느껴져서 자기혐오에 빠진 적이 얼마나 많았는지. 불만스러운 내 불룩한 신체 부위에 직접 수술이라도 할 수 있으면 싶었다. 중년이 되어 헨리의 배가 서서히 나오는 것을 봐도 그런 느낌은 누그러지지 않았다.

나를 미친 여자처럼 느끼게 만들다니, 헨리는 망할 놈의 개자식이었어. 항상, 빌어먹을 주말마다 그들을 초대해야 한다고 고집을 부렸지. 그녀는 빌어먹을 포르노스타처럼 가슴이 깊이 파인 비키니 톱을 입고 여왕 같은 태도로 수영장 가장자리에 앉아 멋진 시간을 보냈고 말이야.

언젠가 헨리의 사무실을 살펴보다가 손님용 트윈베드의 침대 시트에 구김이 많이 간 것을 발견한 적이 있다. 축축한 작은 얼룩도

---

34 멕시코·페루 등 라틴아메리카 국가에서 쓰는 챙이 넓고 높이 솟은 모자.

있었다. 중년 남자가 낮잠을 자다 흘린 침 자국처럼 보였다. 내가 그 시트를 세탁소에 맡기자고 하니 헨리는 그러지 말라고, 자기가 직접 세탁하겠다고 했다. 바보 같으니. 그나마 우리 침대가 아니라 헨리의 사무실에서였다. 그 시간에 내가 집 안에 있었는지, 아니면 아래층의 내 사무실에서 일을 하고 있었는지 궁금했다. 무엇이든 가능했다.

1월 이후 그녀는 젠장맞게도 나에게 너무나 친절했어.

헨리가 세상을 떠나고 최근 몇 달 동안 나는 캐시와 자주 식사를 했다. 그녀가 내주는 미트로프와 매시드포테이토, 너무 오래 찐 브로콜리를 먹으면서 그녀가 추천하는 책 이야기를 경청했다. 그런 다음에는 그녀의 소파에 앉아 차를 홀짝거리며 영화를 보았다. 말 없는 증인인 그 소파는 의심할 여지 없이 많은 행위를 목격했을 것이다.

캐시의 집 앞 조용한 도로에 도착했다. 그녀의 집 앞에, 진저브레드가 연상되는 장식이 가장자리에 둘린 빅토리아 양식의 아담한 집 앞에 차를 세웠다. 베란다의 해먹에서 편안하게 책을 읽고 있는 그녀의 모습이 보였다. *헨리가 줄곧 저기에 있었겠지.* 말문이 막히는 혐오감과 함께, 스티브가 일을 하고 캐시와 헨리가 캐시의 집 소파에서, 여분의 침실에서, 그것도 아니면 어디서든 상관없이 그 짓을 하는 동안 내가 학교를 마친 에이미를 돌봐줬다는 걸 깨달았다.

독일제의 차 문이 탁 하는 만족스러운 소리를 내며 닫혔다. 나는 그녀의 집 베란다를 향해 걸어갔다. 그녀가 책을 내려놓고 미소를 지었다. 이윽고 그녀의 입꼬리가 밑으로 처지고 표정이 걱정스럽게 변했다. 내 얼굴이 돌처럼 딱딱하게 느껴졌다.

"이리 와봐요." 내가 이를 악물고 말했다. "우리 이제 이야기 좀 해야죠." 그녀가 해먹에서 몸을 일으켰고, 나는 그녀를 근처 건물의 빈 주차장으로 데려갔다. 내가 생각을 정리하는 동안 우리는 거기에 한동안 말없이 나란히 서 있었다. 그녀가 기대하는 눈빛으로 나를 바라보았다.

"당신이 헨리와 바람피웠다는 이야기를 들었어요."

"줄리, 난 좀 앉아야겠어요." 그녀가 썩어가는 나무 그루터기에 털썩 주저앉았다. 이미 창백해진 그녀의 얼굴에 남아 있던 핏기마저 싹 빠져나갔다.

망할 갈보년. 손이 씰룩거렸다. 내 손은 그녀의 얼굴을 후려치고 싶어 했다. 하지만 그녀의 피부에 손이 닿는다는 생각만 해도 소름이 끼쳤다. 그녀를 다시는 만지고 싶지 않았다. 이렇게 가까이 서 있는 것조차 싫었다. 하지만 이 정도는 견뎌야 할 것 같았다. 이런 내밀한 상황에서 내가 바란 것은 이 담판이 마지막이었으면 하는 것이었다.

혼란스러운 분노로 긴장한 채 내가 물었다. "대체 무슨 짓을, 무슨 짓을 한다고 생각했어요?"

그녀가 대답을 우물거렸다. 자신은 힘이 없었고, 헨리가 너무 설득력 있게 요구해왔다고. 미안하다고, 정말 미안하다고.

죽은 사람을 비난하는군. 좋네. 그게 쉽지.

"당신이 우리 집 냉장고에 넣어둔 과일 샐러드 말이에요. 나에게 정말로 잘해주면 모든 걸 알았을 때 내가 당신을 용서할 거라고 생각했나요?"

그녀가 희미하게 고개를 끄덕였다.

"당신은 망할 갈보년이야." 다른 여자의 면전에서 한 번도 써본 적이 없는 단어였다. 내 입이 추하게, 더럽게 느껴졌다. 나는 내면의 어두운 심연에 도달했고, 끈적끈적한 늪에 사는 짐승을 끄집어냈다.

"당신에 대한 내 애정은 진짜였어요." 그녀가 입을 열었다.

"진짜라니, 그게 무슨 뜻이에요? 당신한테 진짜는 아무것도 없어요. 친구 남편과 그 짓을 하면서 어떻게 친구에게 애정을 느낄 수가 있어? 어떤 여자가 그렇게 행동하면서 친구라고 생각하는데요? 그런 여자가 있다면 정신병자겠죠. 역겨워. 당신은 독약 같은 여자야."

캐시가 자기 발을 내려다보았다. "당신도 알겠지만, 헨리는 절대 나를 사랑하지 않았어요. 정말로 나에게 전혀 마음을 쓰지 않았어요. 그는 당신을 사랑했어요. 항상 당신을 사랑했어요."

"그게 무슨 사랑인데요?"

내가 앞으로 12년 동안 빌어먹을 약물치료를 받는다 해도 이상할 게 없어.

다른 여자가 얼마나 더 있었는지 궁금해.

틀림없이 다른 여자들이 더 있어. 비명을 지른 여자도 그중 한 명이겠지.

나는 눈을 마주치려 시도하며 그녀를 뚫어져라 바라보았다. "그럼 이렇게 하기로 해요. 일주일간 시간을 줄 테니 당신 남편에게 말해요. 아니면 내가 말할 거예요. 남편에게 말해요. 그럴 거죠?"

"말할게요." 캐시가 무슨 사랑이냐는 내 질문에는 대답하지 않고 조용히 대꾸했다. 그녀의 머리가 더 아래로 수그러졌다. 그녀는 꾸지람을 들었지만 여전히 곤경에서 벗어나길 바라며 꼼지락대는 슬픈 아이 같은 표정으로 나를 바라보았다.

"그런데 줄리, 부탁이 있어요. 우리 아이들은, 그 아이들은 아직……"

이 여자는 내 말을 전혀 알아듣지 못하고 있어. 칼. 나에겐 칼이 게 필요해. 백번 베어서 죽이는 건 너무 너그러울지도 몰라.

"난 앞으로 내 아이가 행여라도 당신이나 당신 아이와 한자리에 있게 되는 걸 원치 않아요. 그러니 그 부분에 대해 나를 비난하지 마요. 당신과 헨리가 이렇게 만든 거예요. 당신들이 저지른 빌어먹을 잘못 때문이라고. 이제 내 아이를 데리고 가야겠어요."

나는 뒤로 돌아서 그녀의 집 쪽으로 다시 걸어갔다. 그녀는 나무 그루터기에 그대로 앉아 있었다.

헨리, 이미 저세상으로 가버렸으니 당신은 참 운도 좋아.

헨리는 기가 막힌 타이밍 감각을 타고난 영리한 남자였다. 7개월 전에 헨리의 죽음은 무작위로 발생하는 의학적 재앙, 리자와 나에게 너무나도 큰 고통을 안겨준 비극이었다. 그의 장례식에서도 수백 명이 슬퍼했다. 그런데 이제는 그의 죽음이 절묘한 탈주처럼 보였다.

캐시의 집 안은 바깥만큼이나 예스럽고 친숙한 냄새가 났다. 커피, 토스트, 그날 아침 자《뉴욕타임스》, 그녀가 좋아하는 브랜드 주방용 세제의 희미한 암모니아 냄새.

리자를 데리러 갔다. 리자는 내 급한 마음을 이해하기라도 한 듯 에이미와 함께 곧장 2층 층계참에 나타났다. 리자가 평소와 달리 서두르며 계단을 종종걸음으로 걸어 내려왔다. 리자의 짐가방은 말끔하게 꾸려져 난간에 걸려 있었다. 나는 그 가방을 낚아챈 뒤 리자의 손을 꽉 잡고 보도로 통하는 문 밖으로 끌어당겼다. 길을 건너 자동차로 걸어갔다. 리자가 조용히 차에 올랐고, 나는 차문을 탁 소리 나게 닫았다.

캐시는 여전히 길 건너편 빈 주차장의 나무 그루터기에 앉아 있었다.

≡

뒤에서 웬 정신 나간 운전자가 낡아빠진 빨간 픽업트럭을 타고 따라왔다. 그 픽업트럭은 커스텀숍에서 맞춰 끼운 듯 문들이 짝짝이였고, 머플러가 타버렸는지 배기가스를 잔뜩 내뿜었다. 맥주를 퍼마신 그 운전자는 얼룩투성이 언더셔츠 차림으로 핸들 앞에 퍼질러 앉아 속도를 냈다. 그가 컵홀더에 꽂힌 맥주캔에 손을 뻗어 그 안에 남은 것을 들이켜고 털이 숭숭 난 손등으로 입을 닦았다. 그런 다음 빈 맥주캔을 길에 던졌다. 환경운동을 지지하는 내 영혼을 열받게 하는 행동이었다. 던져진 캔이 달가닥거리며 굴러갔고, 내 머릿속도 쨍그랑거렸다. *내가 정말로 미쳐가나 봐.*

핸들 위에 놓인 손이 떨렸지만 내 차는 똑바로 나아갔다. 우리는 신호등이 있는, 타운에 하나뿐인 교차로에 접근했다. 빨간 신호가 떨어지자 브레이크를 밟고 가까스로 멈췄다.

"엄마, 왜 그렇게 슬퍼 보여요?"

"방금 캐시 아줌마하고 안 좋은 일이 있었어. 캐시 아줌마가 못된 행동을 했거든. 그 아줌마를 다시는 믿지 못할 것 같아. 정말 미안한데, 에이미와도 더는 함께 놀 수 없을 것 같구나."

리자가 울음을 터뜨렸다. 리자와 에이미는 두 살 때부터 친구였다. 나도 울었다. 화가 나고 미칠 것 같았다. 내가 리자에게 무슨 짓을 하고 있는 거지? 하지만 달리 어떻게 할 수 있겠는가? 신호등이 녹색불로 바뀌었다.

어서 집으로 가자, 안전하게 그리로 가자. 그런 다음 바리케이드를 치는 거야. 집으로 가서, 창문들을 닫고 무거운 가구로 문들을 막아 뒤에서 따라오는 저 미친 녀석이 들어오지 못하게 하자.

헨리가 나를 보며 웃고 있을까? 그가 우리 두 여자를 미쳐버리게 만들었어. 망할 갈보년 캐시와 나를. 아마 헨리는 그걸 즐겼겠지. 정말로 즐겼을 거야. 그건 게임이었어.

"엄마, 캐시 아줌마가 무슨 행동을 했는데요?"

"지금은 말해줄 수가 없어. 하지만 언젠가는 말해줄게. 어쨌든 지금은 말해줄 수가 없구나."

"캐시 아줌마가 미안하다고 사과하면 괜찮아질까요?"

"아니. 캐시 아줌마가 한 행동이 너무 나빠서, 엄마는 그 아줌마를 다시는 믿을 수가 없어. 그 아줌마를 믿고 너를 돌봐달라고 부탁할 수도 없고."

"그 아줌마가 엄마한테서 뭘 훔쳐 갔어요?"

리자가 뭔가 아는 게 아닐까 하는 생각에 나는 잠시 시간을 두었다.

"응, 그랬어. 그 아줌마가 그랬어."

집 안으로 들어가자 시간이 너무 늦었다는 것을 알 수 있었다. 방충문을 통해 더운 7월의 공기와 광기가 미끄러져 들어와 방마다 스며들고 곳곳에 떠다녔다.

내 결혼생활은 죽어버렸다. 리자를 주방에 세워둔 채 계단을 올라 침실 서랍장으로 가서 결혼반지를 빼 보석함 안에 넣었다. 내 결혼생활의 대부분이 착각에 불과했던 것처럼 느껴졌다.

최근 몇 년 동안 헨리와 섹스를 하고 싶지 않은 적이 자주 있었던 것이 기억났다. 그가 역겨웠다. 진실되지 못한 어떤 것, 뭐라 정의할 수 없는, 지나치게 상냥한 어떤 느낌이 있었다. 내가 16년 동안 알아온 남자의 몸속에 낯선 사람이 거주하는 것 같았다. 심지어 그와 키스를 하는 것도 침해하는 것처럼 느껴졌다. 나는 성적으로 후퇴했다. 내 몸이 이해하는 기만으로부터 나 자신을 보호하기 위해. 이제는 솔직해질 수 있다. 나는 그를 증오했다. 그를 혐오했다. 그리고 여전히 그를 사랑했다.

그 일이 있고 나흘째 되던 날 캐시에게 전화를 걸었다. 마치 통신이 연결되지 않은 허공에 대고 말을 하는 기분이었다. 내가 대답하라고 재촉했지만, 그녀는 아무 말도 하지 않았다. 나는 큰 소리로 다그쳤다.

"당신이 다니는 교회에서는 간통을 금하지 않나 보죠?"

"이젠 그 짓이 어디서든 금기가 아닌 건가요?"

"그래, 헨리가 최면술사 같던가요?"

"당신 설명에 따르면 둘이서 거의 3년 동안 관계를 가져온 거네요?"

"2년, 3년 동안 '안 돼, 이건 잘못된 일이야. 우리 멈춰요 해요.'라고 말할 순 없었나요?"

"그게 뭐죠, 자유의지가 죽은 건가요?"

"그 빌어먹을 과일 샐러드로 상황을 바로잡을 수 있을 것 같았어요?"

못마땅하고 미칠 노릇이었다. 내 분노는 상처받고 몸부림치는 짐승 같았다. 그것은 붉은 고기를 원했다. 그것은 복수를 원했다. 그러나 어디에도 이빨을 박아 넣을 수가 없었다.

헨리에게 "노"라고 말할 수 없었던 모든 시간들이 생각났다. 그가 새 노트북을, 노트북을 넣어 가지고 다닐 새 가방을, 새 모터사이클용 신발을, 새 모터사이클을 사고 싶어 했을 때, 돈이 많이 드는 디너파티를 또 열고 싶어 했을 때.

결국 캐시는 내가 전화기에 대고 고래고래 화를 내는 중에 전화를 끊어버렸다.

좋아, 이런 대화도 끝을 내야겠지. 캐시가 반격하지 않는다면, 나는 분노로 파괴되고 말 거야. 약간의 자존심을 유지해야 해.

≡

처음 며칠 동안 거의 잊고 있던 캐시의 남편 스티브가 전화를 해왔다. "우리 이 일을 비밀로 할 수 없겠습니까? 아이들을 위해서요."

그건 나의 아프고 약한 부분이었다. 내 아이. 나는 동의했다. 그렇다. 일리가 있는 말이었다. 모든 사람이 알아야 할 이유가 무엇인가? 나 자신의 창피함 때문에라도 모든 걸 비밀로 해두고 싶은 마음이 컸다.

이후에 벌어질 일들을 상상해보았다.

우리가 사는 타운은 매우 작았다.

우리는 1킬로미터도 떨어지지 않은 곳에 살았다.

학교에서 행사가 있을 거고, 타운에서 음악회가 열릴 거고, 우리는 식료품점과 약국, 세탁소, 내가 오후에 리자를 위해 쿠키를 사는 작은 고급 식료품점, 우리가 토요일에 산책하는 중심가에 있는, 타운 모든 아이들의 할머니이자 지나칠 정도로 친절한 주인이 있는 장난감 가게에서 마주칠 것이다.

디너파티도 열릴 것이다. 이 일이 알려지지 않을 경우 사람들은 캐시와 스티브를 저녁 식사에 계속 초대할 것이다. 그들도 우리 사교 모임의 일원이니 말이다. 나 역시 캐시와 한 식탁에 혹은 바비큐 파티의 야외용 의자에 함께 앉게 될 것이다. 억지로 그녀를 바라보고, 억지로 그녀에게 인사를 하고, 억지로 즐거운 대화를 나눌 것이다. 이런 시나리오에서 어떻게 두 아이를 갈라놓을 수 있겠는가?

난 마모될 거야.

분별을 잃을 거야.

완전히 거짓된 삶을 살아야 할 거야.

난 괜찮은 척할 수가 없어. 그런 상황을 견뎌낼 비위가 없어. 난 줄곧 지독한 거짓말쟁이였어. 하지만 더는 거짓말하기 싫어.

≡

1월 이후 비밀을 유지해온 작은 그룹의 멤버들 사이에 혼란이 일어났다. 그 그룹은 매슈와 그의 아내, 에밀리와 그녀의 남편, 이레나, 애너, 토마스와 그의 전 여자친구였다. 모두 1월 9일 아침에 헨리의 장례식 준비를 도와주러 온 사람들이다. 그들은 당분간 입 다물고 있기로, 내가 헨리의 죽음이라는 충격에서 회복하도록 돕기로 결정했다. 매슈가 슬픔, 충격 그리고 엄청난 실망감을 감당하며 가장 친한 친구의 장례식 계획을 세웠다. 매슈와 그의 아내는 수년 동안 우리의 친구였다. 그 그룹에서 토마스가 나에게 그 일에 관해 말할 거라고 생각한 사람은 아무도 없었다. 하지만 인생의 많은 부분이 항상 계획한 대로 흘러가지는 않는다.

에밀리가 이제 다른 친구들에게 말해도 되냐고 물었다. 최근
몇 달 동안 그 비밀을 지키는 것이 감정적으로 힘들었다고 했다.
거짓말쟁이가 된 기분이었다고. 그녀의 말이 이해가 되었다.

그리고 물론 복수라는 사소한 문제가 있었다.

에밀리는 최근 몇 달 동안의 상황에 대해 화를 냈다. 입 다물고
가만히 있는 것, 타운에서 캐시와 마주쳤을 때 억지로 예의를 차
려야 했던 것에 대해.

붉은 머리만큼이나 밝은 성격의 애너는 격분해서 이제 주홍글
씨를 위한 때가 되었다고 말했다.

소문은 신속하게 효력을 발휘했다. 이제 캐시가 한 행동이 우리의
작은 커뮤니티에 낱낱이 드러났다. 그녀는 학교 운동장에서 혼자
서 있었고, 슈퍼마켓에서 사람들이 기피하는 대상이 되었다. 그
러나 나 역시 굉장히 수치스러웠다. 준비되지 않은 상태에서 채찍
질을 당하는 기분이었다. 최근에 내가 겪은 비극에 대해 동정하
는 표정, 에둘러 유감을 표하는 말들. 나는 모욕감을 느꼈고, 모든
사람이 내 인생에 일어난 그 추문에 대해 떠들어대고 있음을 확
신했다. 내 인생이 완전한 파탄 난 것처럼 느껴졌다. 이 작은 타운
이 바로 지옥이었다.

소문이 퍼지자 스티브가 전화를 했다. "당신 나에게 거짓말을
했군요. 그 일을 비밀에 부칠 거라고 했잖아요. 정말 우리 아이들
이 이 일에 관해 알게 되길 원하는 겁니까?"

"마음을 바꿨어요." 내가 날카롭게 대꾸했다. "그러기로 했어

요. 그리고 그 일은 사적인 문제에 그치는 것이 아니에요. 헨리와 당신 아내는 모든 사람에게, 우리의 모든 친구들에게 거짓말하는 것으로 그들의 비밀을 유지했어요. 하지만 난 이제 거짓말하지 않을 거예요."

"당신은 거짓말쟁이예요." 스티브가 거듭 말했다.

"네, 맞아요. 그런데 당신 집에도 거짓말쟁이가 있잖아요? 수년 동안 당신에게 거짓말을 해온."

스티브는 이미 방어태세를 갖추고 있었다. 그는 캐시와 계속 함께 살 작정이었다. 그의 결혼서약은 신성했다. 나는 캐시가 그 신성한 서약에 관해 별로 생각하지 않았음을 지적했다.

스티브가 말했다. "난 그녀를 용서하려고 노력할 겁니다. 그리고 당신도 그래야 한다고 생각해요."

"난 당신이 해야 한다고 말하는 일 따위엔 신경 안 써요. 그녀를 용서할지, 용서한다면 언제 할지 결심이 서면 그때 용서할 거예요."

캐시가 이메일을 보내왔다. 어쨌든 캐시는 작가였다, 그것도 훌륭한 작가. 그녀는 자신과 헨리가 저지른 끔찍한 일에 관해 직접 사과하고 싶다고 청했다. 남편의 사랑과 신뢰를 되찾기로 결심했으며, 다시 남편과 아이에게 헌신하는 데 전념할 거라고 했다. 또한 내가 타운에서 자신의 평판을 실추시켰다고 비난했다.

우리는 분리된 참호 안에 각자 웅크리고 있었다.

내가 이곳을 떠나야 해.

헨리를 담당했던 정신과 의사 레슬리 번스에게 전화를 걸었다. 헨리는 인생의 마지막 1년 반 동안 그녀에게 진료를 받았다. 불안 증세 때문이라고 말했었다. 그는 일을 할 수가 없었다. 공황발작이 일어났고 수면장애도 있었다. 의사가 내 것과 다른 약을 처방해주었다. 우리 집은 마치 약국 같았다.

레슬리 번스는 나와의 만남을 수락했다. 하지만 단지 내가 헨리의 유산 집행자라는 이유 때문이었다. 그녀는 문서로 확인할 필요가 있었을 것이다.

한낮에 그랜드센트럴역에 도착했다. 삶에 큰 변화가 일어난 1월 이후 나는 스스로에게 박하게 굴지 않았다. 그래서 손을 흔들어 택시를 세웠고, 뒷좌석에 편안히 자리를 잡았다.

그런 다음 택시기사에게 목적지를 말했다. 택시기사는 무척 매력적인 사람이었다. 윤기 나는 갈색 머리칼을 한쪽으로 빗어 넘겼고, 진한 갈색의 커다란 눈은 졸려 보였다. 올리브색 피부, 높이 솟은 광대뼈. 택시 면허증을 보니 그가 최근에 동유럽에서 이주해왔음을 알 수 있었다. 그의 우아한 양손이 지루한 두 명의 아름다운 패션모델처럼 핸들에 얹혀 있었다. 토마스의 손은 더 부드러웠고 거친 일에 익숙하지 않았다. 내가 기사에게 어퍼이스트사이드의 주소를 말했을 때, 우리의 눈이 백미러 안에서 마주쳤다.

갑자기 택시 안의 공기가 후끈하게 느껴졌다. 그와 이야기를 나누고 싶었다. 그가 길 한쪽으로 차를 빼고 뒷좌석에 함께 앉아 주위를 바라보았으면 했다. 그가 백미러를 통해 나를 바라보았다. 불편할 정도로 오랫동안. 나는 지갑을 찾아, 그리고 립스틱을 찾아 핸드백을 뒤졌다. 눈을 들었을 때 그의 눈과 내 눈이 다시 마주쳤다.

헨리가 죽던 날 그의 마지막 5분이 길게 늘여졌던 것처럼 시간이 죽 늘어나는 기분이 들었다. 그 여정은 완전히 조용했다. 차로 가득한 도시의 막히는 도로 위에서 오래된 차체가 덜커덩거리는 소리 말고는.

결국 오래지 않아 그가 이스트 70번가 우아한 가로수길의 어느 브라운스톤 건물 앞에 차를 세웠다. 나는 할 수 있는 대로 시간을 끌면서 택시비를 지불했다. 차 밖으로 걸어 나가자 택시기사가 나를 바라보았고, 나도 그를 바라보았다. 어딘가의 호텔 방에서 이 남자와 딱 한 시간만 같이 있고 싶었다. 그와 이야기를 하거나 그의 이름을 알고 싶지는 않았다. 헨리도 여자를 뒤쫓을 때 이런 기분을 느꼈을까.

나는 핸드백을 정리하면서 필요 이상으로 오랫동안 바깥에 서 있었다. 택시기사도 길 위에서 시간을 끌었다. 차가 공회전하는 동안 그는 또다시 백미러를 통해 나를 보았다. 나는 몸을 돌려 의사의 사무실 문 쪽으로 향했다. 마지막으로 뒤를 돌아보았을 때 그는 천천히 그곳을 떠나고 있었다.

사무실 안은 기계에서 나는 백색소음과 잡지 뒤적이는 소리만날 뿐 조용했다. 나는 호텔 방에서 시간을 보내는 것처럼 스커트

자락을 가볍게 두드리고 탱크톱과 머리칼을 만지작거렸다.

레슬리 번스는 검은색 가죽의자에 앉아 발 받침대에 두 발을 얹은 채 편안히 몸을 젖히고 있었다. 몸매가 통통했고 작업복 차림이었다. "아시겠지만 헨리는 당신을 사랑했어요." 그녀가 나를 안심시켰다. "헨리는 당신과의 결혼생활을 끝낼 생각이 없었어요. 당신과 리자를 사랑했고, 자기 인생 중 그 부분에 정말로 큰 가치를 부여했어요."

그녀가 내 기분을 좋게 해주려고 거짓말을 하는지도 모른다는 생각이 들었다.

"하지만 캐시나 다른 여자들과 함께한 다른 부분에 대해서는 어떻게 생각하세요?" 내가 물었다. "언젠가 나에게 고백할 생각이었을까요, 아니면 그런 일이 계속 되풀이되었을까요?"

"저는 헨리가 캐시 일에 관해 당신에게 말하고 싶었을 거라고 믿어요. *저에게* 캐시에 관해 말하는 데도 여섯 달이 걸렸어요. 처음에 그 일에 관해 이야기했을 때는 잘못했다고 말하지 않았지만요." 레슬리가 통통한 몸을 움직여 의자에서 자세를 바꾸었다. 그녀가 입은 작업복에서 눈을 뗄 수가 없었다. 수년 동안 여러 차례 정신과 상담을 받아봤지만, 고상하고 사무적인 옷차림이 아닌 그런 옷차림을 한 정신과 의사는 한 번도 본 적이 없었다.

"시간이 흐르면서 캐시와의 관계가 그의 삶을 파괴하고 있다는 사실이 명확해졌어요. 그는 그 관계를 끝내고 싶어 했지만, 당신에게 말하는 걸 두려워했죠. 당신이 자신을 떠날까 봐, 리자를 데리고 멀리 갈까 봐 두려워했어요."

당신으로선 내가 그를 떠났을 거라 믿는 편이 낫겠지.

나는 사무실의 벽들을 둘러보았고, 아이비리그 대학들에서 받은 신뢰 가는 학위증들을 발견했다. 이 여자의 말을 끝까지 들어보리라.

"몇 명 있던 다른 여자들은 '과도기적'인 상대, 캐시와의 관계를 끝내고 당신에게 돌아가기 위한 수단이었을 거라고 생각해요. 저도 그가 그렇게 하도록 도우려 했고요."

그녀는 헨리가 자기애성 인격장애 징후를 보였다고 말했다. 캐시에 대해서는 경계성 인격장애가 의심된다고 말했다. 경계성 인격장애가 있는 여자들은 정서적으로 불안하고 애정에 몹시 굶주려 있으며, 타인의 사랑과 관심을 얻기 위해 드라마틱한 제스처를 자주 한다고 했다.

내 입이 벌어졌다. *이런, 제기랄.*

레슬리는 그 두 가지 인격장애 모두 낮은 자존감과 관련이 있다고 했다. 보통 어린 시절에 생긴 특별한 정서적 트라우마의 결과라고 설명했다.

"헨리는 어머니와의 관계의 어려움에 관해 자주 이야기했어요." 레슬리가 말했다. "어머니는 그를 우상처럼 숭배했고, 그가 가족의 행복을 위해 많은 책임을 맡기를 기대했어요. 전형적인 케이스죠."

레슬리는 자기애성 인격장애가 있는 사람들이 성인으로서 얼마나 사교적이고 카리스마가 있는지 설명했다. 그러나 그들은 내면적으로는, 사적인 순간에 자신의 거짓된 사회적 페르소나를 인식한다고 했다. 그들이 보여주는 자신감 넘치는 태도와는 대조적으로, 사실 그들은 자기혐오로 가득 차 있다고 했다. 외로워지면 수면 아래 감춰진 진정한 자아를 마주하게 되기 때문에 그런 사람들은 외로움을 견디지 못한다고. 그래서 어쨌든 많은 친구, 섹스 파트너, 성공적인 커리어를 획득한다고 했다.

"그리고 슬프게도 우리의 문화는 그런 행동에 흔히 보상을 주죠." 레슬리가 한숨을 쉬며 말했다. "기만적인 행동이 매우 흔해요." 그녀가 계속 말했다. "저에겐 그런 상황에 처한 다른 환자도 있어요. 그런 환자들은 자신이 정말로 사랑하는 사람들을 시험하는 수단으로 바람을 피워요. 자신이 사랑받을 가치가 없는 사람이라는 걸 증명하려는 거죠."

처음 만났을 때 헨리가 얼마나 매력적이고 정중했는지 생각났다. 처음에 나는 의심스러웠지만 그가 나를 설득했다. 캐시 그리고 다른 여자들과의 관계에서도 같은 전략이 통했을 것이다.

헨리의 어린 시절 경험이 성인이 된 뒤의 비도덕적인 짓거리를 정당화해주지는 않아. 내가 그에게 얼마나 더 동정심을 가져야 해? 나도 행복하지 못한 청소년기를 보냈지만, 그렇다고 해서 거짓말하고 부정행위를 하고 남의 것을 훔쳐도 된다는 면허가 생긴 것은 아니잖아.

레슬리가 계속 말했다. "경계성 인격장애 혹은 자기애성 인격장애를 가진 성인들은 모두 애정에 몹시 굶주려 있고, 감정 기복이 심하고, 현실을 왜곡하는 경향이 있지요."

"당신은 나에게 충분한 관심을 주지 않아." 헨리가 자주 하던 불평이다. "당신은 나에게 더 많은 관심과 시간을 할애해야 해. 리자 걱정은 적당히 하고 말이야."

정말로 엉망진창인 두 사람이 서로를 찾아내고 서로를 먹여 살렸군. 헨리에게 캐시는 준비된 숭배자였어. 그리고 캐시에게 헨리는 끊임없이 관심을 필요로 하는 사랑의 대상이었고.

레슬리가 내 쪽으로 몸을 기울였다. "줄리, 괜찮다면 이런 질문을 해도 될까요? 만약 헨리가 캐시와의 일을 털어놓았다면 당신은 어떻게 했을까요?"

"그가 돌았다고 생각하고 곧장 이혼했을 거예요." 내가 날카롭게 대꾸했다. 하지만 말이 그렇다는 것뿐이었다. 사실 내가 어떻게 했을지 알지 못했다.

"그렇게 말씀하시니 안타깝네요." 레슬리가 말했다. 그녀는 한동안 눈을 내리깔고 있었다. 그녀가 정말로 안타까워한다는 것을 알 수 있었다. 그녀는 헨리를 응원했고, 그가 인생을 바로잡을 수 있기를 바랐다.

나는 그의 죽음이 무작위로 일어난 의학적 사건이 아니라 그가 한 선택들의 직접적인 결과는 아닌지 궁금했다. 헨리와 캐시에 대해 새로운 기분을 느끼며 레슬리의 사무실을 나섰다. 나는 그들을 용서할 기분이 아니었다. 내 분노가 아직 다 타지 않았으니까. 하지만 놀랍게도 헨리에 대한 연민이 느껴졌다. 그는 손해를 보상할 기회를 얻기 전에 죽은 것이다.

헨리가 세상을 떠난 후 매슈가 매일 나에게 전화를 걸어왔다. 늘 위안이 되는 어조로 "그냥 무슨 일 없는지 확인하려고" 전화한 거라고 말했다. 캐시와 대면한 뒤, 나는 헨리의 컴퓨터 하드드라이브에 무엇이 남아 있는지 알아보려고 매슈에게 전화를 했다. 다시 필요해질 거라고는 상상도 못 하고 헨리의 컴퓨터를 사실상 매슈에게 넘겨준 상태였다. 매슈는 모든 것을 백업해놓았고, 헨리의 개인적 일기, 우마미 책 관련 메모, 그리고 편지들을 CD 세 개에 담아 나에게 건네주었다. 이전 몇 달 동안 매슈에게 그 자료를 내 하드드라이브에 복사할 수 있는지 몇 번 물어보았다. 하지만 그때마다 매슈는 내가 그 문제를 잊어버리기라도 바라는지 해주겠다고 대답만 하며 모호한 태도를 취했다. 나는 자료가 많을 거라 기대하며 전날 복사가게에 그 CD들의 프린트를 맡겼다. 더 나아가, 프린트물을 찾아와 열어보지 않고 내 상담치료사인 헬렌에게 우편으로 보낼까 하는 생각도 했다. 안전한 공간에서 그녀와 함께 내용을 검토할 수 있도록 말이다. 봉투에 주소까지 적어서 차 안에 준비해놓았다.

타운의 그 복사가게는 드나드는 사람이 한정적이어서 손님들이 서로 잘 알았다. 그 가게는 (커피가 훌륭하고 참치 샐러드가 최고인) 조그만 고급 식료품점과 내가 자동차 수리를 맡기는 정비소 사이에 끼어 있었다. 차가 갑자기 작동하지 않던 어느 2월 아침 나는 곤경에 빠진 여자 역을 연기했고, 정비소 주인 토니가 배터리 충전용 케이블을 가지고 곧바로 와주었다. 같은 타운 중심가에 식료품점, 우체국, 약국, 그리고 내가 실을 사느라 많은 돈을 쓴 편물가게가 있었다.

복사가게에 들어가자 에어컨 바람 때문에 긴장이 일시적으로 누그러졌다. 친숙한 재잘거림, 짹짹거림, 새장 안에 갇혀 모든 손님에게 인사하는 알록달록한 잉꼬 두 마리가 은제 서랍장에 발톱을 올려놓고 달그락거리는 소리가 들려왔다. 나는 새장 안 새들의 집요하게 이어지는 짹짹거림을 좋아하지 않았지만, 이 가게에서는 그 소리가 복사기 윙윙거리는 소리나 에어컨 소리와 섞여 마음을 진정시키는 백색소음이 되었다.

가게 벽은 고객들의 스냅사진으로 뒤덮여 있었다. 수백 장의 사진들이 자유로운 콜라주 형태로 덕지덕지 붙어 있었다. 넘쳐흐르는 사진들이 세탁소에 줄줄이 걸린 옷들처럼 공간을 가로질러 줄에 매달려 있었다. 어떤 커플들은 머리와 몸을 자르고 바꾸어 유머러스한 효과를 내면서 자기들의 스냅사진들로 우아한 시체Exquisite Corpse35 게임을 해나가기도 했다.

나는 그 사진 속 얼굴들을 많이 알고 있었다. 친숙한 흔적을 찾아 배회하던 내 눈이 오른쪽 벽에서 헨리의 얼굴을 찾아냈다. 그는 자신이 좋아하던 겨울 파카 차림에 모자를 쓰고 매력적인 미소를 띤 채 나를 응시하고 있었다. 서둘러 걸어가 그 사진을 벽에서 떼어냈다. 가게 점원이 내 계산서를 작성할 때, 나는 내가 맡긴

---

35 한 사람이 그림이나 문장을 만들면 다음 사람이 이어서 나머지를 완성하는 방식의 연상기법.

CD가 프린트되고 제본되는 동안 누군가 그 페이지들을 넘겨보지는 않았을지 궁금했다.

헨리는 친구에게 참 끔찍한 임무를 맡겼어. 가장 친한 친구를 잃은 마당에 매슈는 우연히라도 내 눈에 띄지 않도록 다음 날 아침 친구의 쓰레기를 청소해야 했지. 지금 그 쓰레기가 이 봉투 안에 들어 있어.

가게 벽에 내 사진이 없는 것에 안도감을 느끼며 그 꾸러미를 가지고 문으로 향했다. 내 사생활이 아직 침범되지 않고 남아 있는 것이 갑자기 몹시도 소중하게 느껴졌다.

서늘한 가게 밖으로 걸어 나가자 열기가 훅 끼쳐왔다. 나는 차 문을 열고 운전석에 앉았다. 복사가게에서 보낸 몇 분 동안 차 안이 더워져 있었고, 그 축축하고 뜨거운 기운에 머릿속이 흐물흐물해졌다. 빈 주스팩, 과자 봉지, 쿠키 부스러기로 어수선했지만, 내 차 안에 있으니 안전하고 긴장이 풀리는 느낌이었다. 헨리는 차 안을 엉망으로 만들어놓는다고 자주 나를 나무라곤 했다.

그래, 엿먹어라, 이 바보야. 지금 이게 내 빌어먹을 차 안의 모습이야. 내가 차를 엉망으로 만들고 싶은데 네가, 이미 죽어버린 망할 녀석이 어쩔 건데?

나는 헨리의 개인적 일기가 담긴 꾸러미를 바라보다가 끔찍한 현기증을 느끼며 봉투를 열었다. 투명한 플라스틱 커버 너머로 글자들이 있는 첫 페이지가 보였다. 땀이 나서 손가락이 끈적거리고 혀가 바짝 말라왔다. 커버를 열고 내용을 읽기 시작했다. 1999년 8월 초의 일기였다. 우리가 이 타운에 이사 와 1년 조금 넘게 살고

있을 때였다.

1999년 8월 4일

우리는 정말로 맹렬히 덤벼들었다. 아니, 아니다. 처음에 내가
들어가서 물 한 잔 달라고 했고, 그녀가 나에게 물을 가져다
주었다. 주방에서 그녀에게 키스하면 어떨까 생각했다. 하지
만 주방 일은 다 끝났고, 거기에 계속 있는 것이 지루했다. 그
녀를 보고 있는데, 그녀가 나에게 무슨 생각을 하느냐고 물었
다. 나는 우리가 단둘이 어딘가로 떠나면 얼마나 멋질까 생각
하고 있다고 말했다. 시골집에서 보내는 휴가. 섹스를 하고 서
로에게 책을 읽어주며 보내는 시간. 그런 생각이 그녀를 행복하
게 해주는 것 같았다. 우리는 식탁에 앉았다. 나는 그녀 바로
건너편에 앉았고, 키스해도 되냐고 물었다. 그녀가 좋다고 했
다. 우리는 키스하기 시작했다. 잠시 쉬는 동안 그녀에게 무슨
생각을 하느냐고 물었다. 그녀는 얼굴을 찡그리고는 아무 생각
도 안 해요, 내가 좀 미쳤나 봐, 비슷한 말을 했다. 당신이 오니
이 빌어먹을 집이 다 열린 것 같아요. 마치 시내 대로변에서 몸
을 비벼대는 기분이에요. 지금 당장 페덱스 직원이 올 것 같아
요. 이렇게 말하고 그녀는 좀 더 편안한 곳으로 자리를 옮기자
고 제안했다. 그래서 우리는 TV방으로 갔다. 소파에서 그녀의
등 위에 올라타 몸을 숙이고 그녀의 사타구니에 내 것을 대고
비벼댔다. 그녀가 놀라서 잠시 위를 올려다보다가 집중하기 시
작했다. 그녀가 내 몸을 홱 뒤집어서 이제 나는 등을 대고 똑바

로 누워 있었다. 그녀가 나에게 자기 몸을 비벼댔다. 옷의 마찰 때문에 무엇인지 알 만한 것의 아랫면이 화끈거리는 느낌 말고는 기분이 아주 좋았다. 위층으로 올라가는 게 어떠냐고 물었다. 그녀는 조금 불편해 보였다. 나는 밀어붙여야겠다고 작정했다. 결국 그녀가 그러자고 했다. 우리는 위층으로 올라갔다. 그녀가 왼쪽, [남편]과 함께 잠을 자는 자신의 침실 쪽을 보았다. 그리고 아이의 침실을 보았다. 나는 그녀의 신성한 감각에 감탄했다. 그녀가 두 침실 중 어디로도 들어가지 않으리라는 것은 명백했다. 나는 그녀를 그들이 사무실로 써온 빈방으로 이끌었다. 우리는 키스를 시작했다. 그녀가 내 발치에 무릎을 꿇고, 내 바지 지퍼를 내리고, 내 것을 입안에 넣었다. 와우, 10대 때 느낀 숙취 비슷한 기분이 들었다. 전기가 통하는 느낌, 귀두에 전극이 연결된 듯한 느낌이었다. 나는 바지를 벗었고, 그녀의 바지도 벗겼다. 우리는 딱딱한 바닥에서 몇 분 동안 더듬거렸다. 내 40년 된 엉덩이와 그 딱딱한 목재 마룻바닥 사이에는 낡아빠진 오래된 러그 말고는 아무것도 없었다. 그 방은 처마와 가까워서 창문들이 내 엉덩이 높이에 있었다. 창문을 통해 옆집이 보였다. 나이 든 부인이 주방에서 쿠키를 굽고 있었다. 맙소사, 저 사람 누구예요? 내가 말했다. 오, 케틀 부인이에요. 그녀가 꽉 찬 입으로 말했다. 이런, 케틀 부인이 우리를 살펴보고 있네요. 걱정하지 마요, 케틀 부인은 거의 장님이나 다름없어요. 그녀는 이 세상에서 일어날 수 있는 별의별 일을 다 걱정했다. 내 엉덩이를 올려다보고 있는 그 나이 든 부인을 제

외하고. 나는 케틀 부인을 볼 수 있었다. 케틀 부인은 안개가 낀
듯 흐릿한 눈으로 나에게 미소 짓고 있었다. 나는 절정에 다다
르지 못했다. 하지만 우리는 잠시 노닥거렸다. 마침내 딱딱한
마룻바닥에서의 포옹을 마쳤다. 나는 클라크 게이블처럼 그녀
를 안아 들었다. 우리는 꺼안고 키스했다. 그런 다음 딸들을 데
리러 갔다.

숨을 들이마시며 프린트물을 덮었다. 내 입이 벌어져 있었다. 허파
속에 공기가 조금 들어찼고, 나는 머리가 아플 때까지 울었다. 가
슴이 헨리가 좋아하던 요리용 나이프에 의해 두 개로 쪼개진 것처
럼 아팠다.

　휴대폰으로 토마스에게 전화를 걸었고, 겨우 말을 했다.

　"줄리, 그중 무엇도 사실이 아니라는 걸 명심해요. 헨리가 글로
쓴 것들은 사실이 아니었어요. 지금도 사실이 아니고요."

　나는 토마스가 하는 말의 의미를 이해했다고 생각했다. 캐시
와 바람을 피우는 동안 헨리가 쓴 글과 그가 한 생각 그리고 행동
은 일종의 판타지였다는 의미였다. 그들 사이에 일어난 일은 게
임의 일부였다. 하지만 어떤 일이 일어났고, 그들은 함께 그 일을
했다.

　일기 속의 헨리는 내가 전혀 모르는 사람, 허구적인 캐릭터였
다. 로맨틱한 레스토랑에서 샴페인을 시켜놓고 나에게 프러포즈
하던 남자가 아니었다. 우리가 결혼할 때 나를 아껴주겠다고 약속
하던 남자도 아니었고, 나에게 다정한 사랑의 메모를 써주던 남

자도, 오랫동안 산고를 겪을 때 기다려주던 남자도, 큰 소리로 울다가 잠을 자는 아기를 업어주던 남자도 아니었다. 심지어 나와 싸우던 남자도 아니었다. 그는 절대 그렇게 냉담하지 않았다. 어떤 남자가 진짜일까? 내 결혼생활은 진짜였을까?

"아직도 나를 사랑해?" 헨리가 물었다. "당신이 나를 사랑하는 것 같지 않아. 아직도 내가 잘생겼다고 생각해?" 나는 늘 그렇다고 대답했다.

나는 대시보드의 불빛들에 넋을 잃고 엔진과 에어컨 윙윙거리는 소리에 위안을 받으며, 프린트물을 다시 펼칠 만큼 마음이 진정될 때까지 차 안에 앉아 있었다. 나는 페퍼리지팜 밀라노 쿠키 한 상자를 먹듯이 프린트물을 밑바닥까지 읽었다. 다 읽었을 때는 희미한 욕지기가 느껴졌다.

헨리 밀러의 소설을 읽는 것 같네. 헨리의 일기를 읽은 뒤 충격으로 머리가 어지러웠음에도, 밀러의 소설에 나오는 비슷한 문단을 떠올리지 않을 수 없었다. 성적 정복에 대한 밀러의 이야기들은 확실히 남성적 판타지가 가득한 허튼소리다. 하지만 스릴이 넘친다. 『섹서스』의 그로브 페이퍼백 무삭제판 484페이지가 나에게 일종의 위안이 되었음은 인정해야 했다.

하지만 헨리 밀러가 자기 인생을 작품의 출발점으로 사용한 것처럼, 헨리의 일기도 모든 세부에서 진실성이 느껴졌다. 나는 캐시의 집 빈방에서 일어난 일들을 눈앞에 그려볼 수 있었다. 그 방에 가본 적이 있었고, 그 방 창문으로 그 나이 든 부인의 집을 내다본 적이 있었다.

심호흡을 하자.

헨리의 이메일들로 옮겨 갈 준비가 되었다.

6
2003년 7월 14일부터 18일까지

더위가 수그러들지 않았다. 사람들이 더위로 죽어가고 있었다. 땀에 젖은 피부에 선풍기의 더운 바람이 불어왔고, 헨리가 남긴 이메일 무더기를 읽는 나의 일부도 죽어가고 있었다.

2002년 1월 25일 9:32 A.M.
오케이, 30분쯤 후에 말할게. 내가 그리로 건너갈까, 아니면 당신이 나에게 이메일을 보낼래?

헨리가 캐시에게 이메일을 보낸 그 1월 아침에 내가 무엇을 하고 있었는지 기억나지 않았다. 아마 우유와 달걀을 사러 상점에 달려 갔거나, 우체국에 들렀다가 몇 분 뒤 일주일 동안 쓸 현금을 인출

하러 은행에 갔을 것이다. 아니, 9시 32분이면, 헨리가 세상을 떠난 날 그랬던 것처럼 이미 그 모든 일을 마치고 사무실에 앉아 컴퓨터 화면을 응시하고 있었을 것이다. 나는 헨리가 캐시와 함께 창조한 그 대체 현실의 이미지를, 보고 싶지 않았던 신호들을 떠올려보려 했다.

나는 마치 외부 세계에 알레르기 반응이 있어서 평생을 대형 비닐 풍선 안에서 살아야 하는 버블보이 Bubble Boy 같았다. 내 결혼 생활에 알레르기 반응이 생겼다. 엄마로서 아이를 돌보고, 일하고, 세탁을 하고, 뒤뜰을 가꾸고, 아이의 학교에 가는 등 가장 기본적인 가정생활과 관련된 세계 말고는 아무것도 보이지 않을 때까지 풍선의 벽을 두껍게 만들었다.

그들의 간통은 작은 타운에서, 평범한 생활 속에서 일어났다. 헨리는 아침에 캐시에게 이메일을 보내고, 샤워를 하고, 신문을 읽고, 자기 사무실에 틀어박혔다. 그런 다음 나에게 음식을 사러 간다고 말한 뒤 자주 점심시간에 밖에 나가 주변을 돌아다녔다. 때로는 캐시네 집에 커피 마시러 간다고, 그런 다음 학교에 가서 리자를 데려오겠다고 말하기도 했다. 나는 캐시를 위협으로 여기지 않았기 때문에 그런 시간을 환영했다. 캐시의 남편 스티브는 평일에는 대부분 점심때 기차를 타고 도시에 나가 일했다. 덕분에 내가 학교로 아이들을 데리러 갈 경우, 헨리와 캐시에게는 아이들 학교가 파하는 오후 3시까지 세 시간이라는 긴 시간이 주어졌다.

일어나서 작은 사무실 안을 서성거렸다. 백색소음과 공기의 흐름 속에서 편안함을 느끼며 선풍기 앞에 서 있었다. 눈을 감고 최근 몇 년 동안의 하루하루를 떠올려보았다. 그러나 그 세부들은 더운 날씨만큼이나 흐릿했다. 열기를 피해 뒤뜰로 나갔다. 거기서 향기롭고 햇빛에 바랜 만개한 마지막 장미꽃들을 바라보면서 분노를, 헨리와 함께 보낸 몇 년이 남긴 소중한 모든 것을 찢어발기고 싶은 분노를 가라앉히고 싶었다.

무엇이 진짜지? 나는 뭘 간직해야 하지? 헨리가 써준 사랑의 메모와 시들은? 앨범에 보관된 사진들은? 그 일들 중 하나라도 정말로 일어났을까? 그 일들 중 어느 하나라도 뭔가 의미가 있을까?

리자라는 의미가 있었다. 나의 모든 것. 아마도 리자가 유일하게 진짜일 것이다. 거기서부터 시작하면 된다. 어떻게 그리고 언제 내가 이걸 리자에게 설명할 수 있을까? 아버지가 자기를 사랑했다는 것, 하지만 곁에서 옳은 일을 할 만큼 충분히 사랑하지는 않았다는 것을. 그는 경솔했고, 심지어 우리에게 난폭하게 굴었다. 나는 눈부신 햇빛을 피해 다시 집 안으로 들어갔다. 집 안은 어두운 동굴이었고, 나에게 완벽하게 어울렸다.

≡

책상으로 돌아가 이메일을 계속 읽었다. 헨리와 캐시는 스티브가 타는 기차 시간표에 대해, 내 요가 수업 시간과 아이 돌보는 시간에 대해 이야기했다. 그들은 섹스용 윤활제 구입을 논의했다. 캐시가 우리 부부의 정신과 상담에 관한 의견을 제시했고, 이웃 제니가 그들의 비밀을 알아차릴까 봐 걱정했다. 헨리는 내가 불같이 화를 내는 것에 대해 불평했다. 캐시는 우리 가족이 보내는 수수한 휴가와 레스토랑에서의 저녁 식사들을 질투했다. 그녀는 세금 문제에 관해 헨리에게 조언을 구했다. 남편이 언젠가부터 자기 컴퓨터 주위를 맴돈다고 불평했다. 헨리는 이런 답장을 보냈다. "남편에게 오럴섹스를 해줘요. 그러면 당신을 귀찮게 하지 않을 거예요."

저녁에 보낸 이메일들에서, 헨리와 캐시는 앰비엔, 자낙스, 클로노핀 같은 불면증과 불안 때문에 복용하던 약들의 효과를 비교했다. 그들이 농담 섞인 잠자리 수다에서 유리한 고지를 점하려고 경쟁하는 것을 내가 잘못 간파했다고는 생각하지 않는다. 그들은 전날 나눈 섹스가 얼마나 황홀했는지 침 튀기며 쏟아냈고, 그것에 비하면 결혼생활 안에서의 섹스는 얼마나 시시한지 이야기했다.

2002년 2월 11일에 헨리는 이렇게 썼다.

우리 부부는 올바른 목적(나는 그 기준을 갖고 있어.)을 달성하는 즐거운 섹스를 하고 있어. 하지만 더는 "흥분"되지는 않아. 내 생각에 대부분의 부부와 비교하면 훌륭한 섹스일 것 같긴 해. 하지만 당신과 나의 섹스와 비교하면 그냥 서로를 잘 아는, 아마도 너무 잘 아는 부부 사이의 섹스일 뿐이야. 당신과 내가 함께하는 경계를 넘나드는 섹스는 스릴이 넘치고 뼈가 삐걱거린다고. 관계가 계속된다면 더 좋아질 일만 있을 거야.

이 이메일은 전혀 상상해보지 못한 방식으로 상처가 되었고, 단어 하나하나가 가슴을 쿡쿡 찔렀다. 나는 그가 죽기 오래전에 이미 그를 잃은 셈이었다. 한때는 내 인생의 중심이었던 사랑을 잃은 것이다. 영화 《라이언 일병 구하기》의 오프닝 디데이 전투 장면에 나오는, 주위를 둘러보며 또 폭격이 일어나 완전히 사라지기 전에 파편에 날아가 버린 팔을 찾아 헤매는 군인이 된 기분이었다.

이건 내가 물려받은 재산의 일부야. 이걸 어떻게 해야 하지? 이걸 어떻게 해야 해? 풍선이 터지고 있었어. 나 자신과 리자를 지키기 위해 내가 만들어낸 풍선이.

이 타운에 사는 사람들 중 아무도 그 엄청난 일을, 헨리와 캐시가 바람을 피우고 있다는 사실을 알지 못했다. 우리가 친하게 지내던 부부들도 그런 눈치조차 채지 못했다. 캐시의 이웃 제니와 내가 그 여름날 그녀의 집 뒤뜰에서 한가하게 짐작해보긴 했다. 하지만 우리 둘 다 그런 짐작을 농담으로 일축했다. 헨리는 만나는 모든 여자에게 추파를 던졌으니까. 타운의 내 모든 친구들은 정말로 충격을 받았다.

"하지만 헨리는 당신을 무척 사랑했어요. 헨리 자신이 늘 그렇게 말하기도 했고요. 정말 이해가 안 되네요." 친구 한 명이 당황해서 말했다. 그들이 느끼는 혼란이 위로가 되었다. 바보가 된 느낌이 좀 덜했다. 그런 느낌이 약간 줄어들었다. 트럭에 치인 듯한 기분은 여전했지만.

≡

나는 리자가 애너의 아들 리오와 함께 가까운 일일 캠프에 갔던 그날 오전 9시에서 오후 3시 사이에 느낀 분노를 계속 유지하려고 필사적으로 노력했다. 항상 성공적이지는 않았다. 내가 사무실에서 울고 있는 모습을 리자가 보게 되는 저녁이 많았다. 알다시피 초등학교 1학년 아이가 위로해주려고 애쓰면 최악의 상태에 도달하는 법이다.

나는 계속 읽어나갔다. 멈출 수가 없었다. 혐오감이 들고 화가 났다. 또한 엄청난 허기가 느껴졌다. 나는 이해해야 했고, 최근 몇 년 동안 헨리의 삶이 어땠는지 알아야 했다. 그런 엄청난 짓을 저지른 남자가 나의 어떤 매력에 반했는지 이해하고 싶었다. 나는 쓰레기 같은 타블로이드 잡지가 제공할 법한 저항할 수 없는 간접적인 스릴을 경험했다. 식료품점 계산대에서 《피플 앤드 어스 위클리》의 표지를 몰래 훔쳐보고 가끔 미용실에 갔을 때 실컷 읽기를 기대하는 나의 일부가 그것에, 내가 사는 작은 타운의 셀러브리티 호러쇼에 싫증을 내지 않았다. 얼마나 더 나빠질까? 얼마나 더 큰 모욕을 받게 될까? 이 모든 일이 과연 어떻게 끝날까?

≡

그리고 그는 이 모든 것을 어떻게 곡예하듯 해냈을까? 그가 죽지 않았다면 나는 절대 알지 못했을 것이다. 그런 것에 대해 정말로 많이 생각했다 해도, 힌트들이 곳곳에 있었다 해도, 나는 무시하는 쪽을 선택했을 것이다. 어쩌면 그는 모든 증거를 자기 컴퓨터 폴더에 이름까지 붙여 정리한 상태로 남겨둠으로써 나에게 제발 알아차리라고 애원한 것일까. 그런 경우 대부분의 남편들은 좀 더 조심한다. 그리고 불륜 커플들은 자기들 사이에 오간 편지들을 감추지도 않고 주방 바닥에서 넋을 빼놓고 섹스에 몰두하지 않는다.

정신과 의사가 나에게 털어놓으라고 설득할 때까지 그 일은 지속되었을 것이다. 그가 계속 바람을 피우며 한 번만 기회를 달라고 나를 설득하는 데 성공할 때까지 우리는 부부 상담을 받았을 것이다. 그리고 아마 나는 풍선 안으로 더 깊이 들어갔을 것이다. 완전히 격분해 탈출구를 마련하고 그에게 대들기 전까지.

풍선은 형편없는 아이디어였어.

≡

헨리가 나하고 그랬던 것처럼 캐시와도 자주 싸웠다는 사실을 알게 되자 이상하게 위로가 되었다. 그 싸움들은 캐시의 집 안이나 차 안에서 일어났을 것이다. 그들이 싸웠던 일에 대해 언급하고 있는 이메일들은 짧고 퉁명스러웠다.

2002년 2월 11일 나중의 이메일에 헨리는 이렇게 썼다.

당신이 나에 대한 자연스러운 애정을 공개적으로 혹은 다른 사람들 앞에서 잘 표현하지 못한다는 것 때문에 괴로워. 때때로 당신이 나와의 관계를 끊었거나 마음이 변한 것처럼 느껴져.

그는 정확히 어떻게 캐시가 자기에 대한 "자연스러운 애정"을 공개적으로 보여주기를 기대했을까? 정말로 그녀가 파티에서 친구들에게 둘러싸인 채 자기에게 달라붙길 기대했을까?

또 내가 정말로 괴로운 것은 당신 기분을 존중하지 않는다고 나를 나무라는 당신의 성향 때문이야. 내가 문제를 회피한다고 비난하며 한창 싸우다가 내가 잠깐 시간을 갖자고 해도 받아들이지 않잖아. 그리고 당신 맘대로 무슨 일이든지 스스로를 내 희생양으로 여기며 나를 붙들어 맨다고.

헨리가 16년 동안 나와 함께 살면서 싸울 때마다 늘 하던 공격이었다. 정말이지 기묘한 평행세계가 따로 없었다. 분노, 캐시의 불안, 지적 우월감으로 자신의 불안을 감추려는 헨리의 태도.

섹스에 관한 것도 문제야. 요즘 왜 당신과 스티브가 섹스를 훨씬 더 많이 하는지, 그리고 당신이 왜 그걸 그렇게 즐기는지 난 이해가 안 돼. 당신, 스티브와 섹스를 더 많이 하지? 그게 우리가 하는 섹스와 비슷해?

물론 아니지, 캐시는 이렇게 답장했다. 하지만 헨리는 몇 번이고 되풀이해 답변을 듣고 싶어 했다. 자신이 가장 스릴 넘치고 완벽한 애인이라는 것을, 그리고 다른 두 파트너와는 그들이 함께하는 것을 도저히 경험하지 못한다는 것을.

내가 집에서 일하고, 엄마 노릇을 하고, 청구서를 지불하고, 그의 빌어먹을 빨래를 하는 동안. 때로는 내가 그 여자의 아이를 돌봐주는 동안.

나는 이메일 더미를 버려둔 채 다시 벌떡 일어나 걸어 다녔다. 수영장 주변을 하염없이 서성거렸다. 정원 일을 해서 정신을 다른 데로 돌려보려고 했다. 장미덤불을 침범한 민들레를 뽑아내려고 몸을 낮게 웅크렸다. 너무 초조해서 모종삽으로 깊이 박힌 뿌리를 캐냈다. 주먹을 꽉 쥐고 힘껏 잡아당겨 뿌리의 겨우 절반을 뽑아냈다. 그러다가 장미가시에 손가락을 세게 찔리는 바람에 남아 있던 꽃잎들을 관목숲에 흩뿌렸다.

캐시의 놀라운 위선이 이제 더 잘 이해되었다. 그렇게 서투르고 애정에 굶주리고 절박하게 인정을 원하는 여자가 성가대에서 노래를 부르고 매일 속여가며 오랫동안 바람피운 일을 합리화한다는 건 완벽하게 말이 되는 이야기였다. 나는 혐오감을 느끼며 민들레를 잔디밭에 던졌다.

그런 다음 처음으로 어두운 기분을 느끼면서도 소리 내어 웃었다. 어느 시점에서는 웃을 수밖에 없었다. 울음에서 억지로 짜내는 웃음이었다.

에밀리는 토마스의 폭로가 가져온 좋지 못한 결과에 큰 충격을 받은 것 같았다. 이렇게 되고 보니 헨리가 죽은 날 그녀에게 가장 먼저 전화를 한 것이 깊이 후회되었다. 토마스의 집에서 그녀에게 전화해 허를 찌른 것도 후회가 되었다. 그녀는 비밀을 지키느라 많이 심란했을 것이다. 그 비밀을 풀어놓는 것은 이미 약해진 댐에서 중요한 마지막 통나무를 제거하는 것과 같았다. 혼란스러운 감정이 급류처럼 밀려들어 부서진 날카로운 바위들을 덮쳤다.

헨리가 죽은 날 그리고 그 후 여러 달 동안 나는 에밀리를 강한 여자로 보아야 했고 그렇게 보고 싶었다. 하지만 이제는 다른 것이 보였다. 그녀가 취약하고 불안정해 보였다. 내가 했던 그리고 지금도 여전히 하고 싶은 모든 부탁들이 후회되었다. 그녀를 위해 뭔가 해줄 수 있으면 싶었다. 이 모든 일이 일어나기 전처럼 그녀에게 힘을 주는 더 기분 좋은 친구가 되고 싶었다. 나는 구명정이 아니었다. 사실 내 배는 물속으로 빠르게 가라앉고 있었다. 나는 리자와 나 자신을 위해 하는 일 이상의 많은 일을 할 능력이 없었다. 그리고 나는 혼자인 반면, 에밀리에게는 그녀를 무척 잘 보살펴주는 남편 저스틴이 있었다.

"언제 내 친구로 돌아와줄 거예요?" 빈도가 좀 뜸해지긴 했지만 에밀리는 여전히 이렇게 물었다. 헨리가 죽기 전 그녀와 함께 시간을 보내던 친구, 풍선 속의 여자는 영원히 사라졌다고 말할 용기가 없었다. 풍선 없이 혼자 힘으로 서는 건 무서운 일이었다.

그녀가 얼마 남지 않은 아트쇼가 걱정되어 한밤중에 잠에서 깼을 때 남편과 대화를 하며 마음을 가라앉혔다고 말하자, 나는 한밤중에 잠에서 깨어나면(거의 매일 밤 그랬다.) 혼자이고 자고 있는 아이를 바라본다고 조용히 일러주었다.

에밀리는 정화를 하기 위해 우리 집에서 세이지를 태우고 싶다며 예쁘게 묶은 세이지 다발을 가져왔다. 최근의 뉴멕시코 여행에서 가져온 선물이었다. 나는 세이지를 태우는 것보다는 차라리 퇴마 의식이 낫겠다고 생각했다.

이 집의 구매 희망자들에게 뭐라고 말해야 할지 궁금했다.

음, 한 남자가 바로 여기서, 당신이 지금 서 있는 이 주방 바닥에서 넋을 빼놓고 뒹굴었어요. 하지만 걱정할 필요는 전혀 없어요. 그 남자는 지금 영혼이 되었고 전혀 해롭지 않으니까요. 가끔 요리에 관한 조언을 하고, 배관을 엉망으로 만들어놓고, 창문들을 흔들어 덜커덩거리게 할 뿐이죠. 그냥 그 정도뿐이에요.

세이지를 태우는 것도 괜찮았다. 우리 집에 있으면서 에밀리의 기분이 나아지게 만들어주는 거라면 무엇이든 좋았다. 에밀리는 서서히 타들어가는 세이지를 전복 껍데기에 담아 들고 방마다 들어가 손을 내저으며 뭔가를 쫓아내는 몸짓을 했다. 마치 그 연기를 이용해 헨리를 창밖으로 불어 내쫓으려는 것처럼. 뉴멕시코의 가장 신성한 마을에서 가져온 가장 강력한 세이지라도 그를 밖으로 쫓아낼 수 있을 것 같지는 않았다. 헨리는 좀 이상한 연옥에 있었다. 우리 집에 갇혀 자신이 소중히 여긴 대외적 이미지를 포함해 모든 것이 흐트러지는 모습을 지켜볼 수밖에 없었다. 언젠가 나는 이 집을 떠나야 할 것이다. 상자들을 봉인하고, 헨리가 뒤에 남아 있는지 확인한 뒤, 할 수 있는 한 빠르게 뛰어서 달아나야 할 것이다.

나는 에밀리의 기분이 편안해지기를 원했다. 앞으로도 그녀와 함께 시간을 보내고 싶었다. 그녀의 침울한 기분과 연약함이 삶에 대한 나의 미약한 이해를 일깨우는 탓에 두려웠던 날들도 있었지만, 그녀는 나의 친구였고 나는 그녀를 사랑하고 의지했다.

≡

주방에서 저녁 식사를 준비하는데, 늘 그랬던 것처럼 헨리가 옆에서 이를 닦고 있는 기분이 들었다.

"썩 꺼져, 이 바보야." 나는 끓는 물 속에 국수를 넣고 휘저으며 작은 소리로 투덜거렸다. "날 좀 내버려둬. 해야 할 일이 있다고." 리자와 나는 이런 식으로 끼니를 해결하고 있었다. 매일 포장 음식의 종이 상자를 뜯을 에너지를 간신히 끌어모을 수 있었다. 그래도 유기농이었다. 나는 어떤 기준들을 유지하고 있었다. 적어도 우리는 먹고 있었다. 지난겨울에 나는 헨리에 대해 어떤 느낌을 갖고 있었지? 그는 나에게 경고하려 했을까? 글쎄, 빌어먹게도 너무 늦었어. 난 당신이 남긴 커다란 똥덩어리를 떠안았다고. 이제 만족해? 내가 휘저어 소용돌이로 만들어놓은 냄비 속 끓는 물에서 작은 기포들이 솟아올라 움찔했다. 당신이 나를 떠나 그 뒤틀린 나쁜 년과 함께 가버렸다면 좋았을 텐데. 그게 그 여자가 원했던

거잖아.

아니, 잠깐만. 당신은 죽는 게 더 나아.

틀림없이 캐시는 헨리와의 진정한 관계를 바랐을 것이다. 그녀가 쓴 이메일들에는 그녀의 집 근처 주차장에서 나와 대면했을 때 그녀가 말하지 않은 강렬한 사랑이, 깊은 헌신에 대한 바람이 묘사되어 있었다. 그때 그녀는 헨리가 자신에게 진정으로 신경 쓰지 않았다는 걸 깨달았다는 말만 했다. 그녀는 바람피운 것을 남편을 비롯해 가까운 친구들에게 감추었고, 헨리가 우유부단한 마음을 다잡기를 기다리며 모든 위험을 무릅썼다. 나는 다시 어두운 표정으로 킬킬거렸다.

저녁 식사를 기다리던 리자가 주방으로 들어와 말했다. "왜 국수를 보며 웃고 있어요, 엄마?"

≡

캐시가 그 관계를 장기적인 것으로 여기는 듯 보였음에도, 헨리가 쓴 편지들은 생활 방식을 바꿀 계획이 전혀 없음을 암시하고 있었다. 사실 인생의 비밀들은 그를 흥분시켰다. 원하는 모든 것을 가지는 것이 내면에 혼돈을 가져와 시간당 200달러를 내고 정신과 의사를 찾아가게 되었음에도 그는 그런 느낌을 좋아했다.

캐시가 자신에 대한 사랑을 분명하게 보여달라고 몰아세웠을 때, 헨리는 이런 반응을 보였다.

2001년 12월 29일

　난 그냥 내가 돌아온 이후에도 당신에 대한 감정이 줄어들지 않았다는 걸 당신이 이해해주면 좋겠어. [...] 당신에 대한 내 감정은 아주 좋아. 우리가 함께하는 것, 우리의 생활, 우리의 삶이 멋지다고 느낀다고. 내 삶에 당신이 없는 것은 상상할 수 없어. [...] 우린 함께할 운명이었어. 난 당신을 생각하고, 귀걸이를 고르고, 당신을 위한 크리스마스 선물(아직 도착하지는 않았어.)을 사러 다니는 일 같은, 나에게 큰 기쁨을 주는 일들을 하며 많은 시간을 보내고 있어.

이메일들을 읽어감에 따라, 나는 2002년 새해 전야 파티(당시 캐시가 나에게 자신은 오늘 밤 "고주망태가 될"거라고 말했었다.) **후에 또 다른 비밀 드라마가 있었다는 사실을 알게 되었다.**

2002년 1월 2일

　당신의 그 놀라운 질투심을 좀 억누르면 좋겠어. 내 개인적 세계는 매우 중요하고, 그 안에서 당신이 가장 중요한 사람이긴 하지만, 내가 맺고 있는 우정들을 언급하며 통제하거나 위협하려는 당신의 시도는 정말로 부담스러워.

　당신 때문에 너무도 힘든 시간을 보내고 있어. 즐겁게 생활하기가 힘들어. 우리는 그 파티 내내 이야기를 나누며 친밀한 관계를 즐길 수 있었을 거야. 그런데 당신이 너무 공격적이고 통제가 안 돼서, 당신이 모든 것을, 예를 들면 우리가 관계를 맺고 있다는 사실을 누설해버릴 것 같다는 생각이 들 정도였어.

　당신이 나를 무척 사랑한다는 사실이 좋고, 내가 당신을 무척 사랑한다는 사실이 좋아. 우리 둘 다 그 사랑을 표현할 수 있을 때도 참 좋고. 당신이 비이성적으로, 그리고 감당하지 못할 정도로 질투하고 화를 내서 나를 통제하려고 하는 것이 싫을 뿐이야. 그래봤자 소용없고 시간만 더 걸릴 뿐이잖아. 이게 우리 관계가 당신이 바라는 대로 발전하지 못하는 유일한 이유라고.

캐시는 빗발치는 자기비판 속에서 뒤따라올 헨리의 평가를 기다렸다. 자기가 그들 관계의 모든 것을 망쳤을까 봐 걱정했다. 그녀는 과음한 것에 대해 사과했다. 수치심을 느꼈고, 파티에 온 다른 손님들이 그녀의 행동을 어떻게 생각했는지 염려하고 궁금해했다. 그날 늦게 헨리가 그녀를 위로했다.

　당신이 우리의 일을 망친 건 아니야. 그 자리에 있었던 다른 사람들은 걱정할 필요 없어. 당황스러워할 일은 아무것도 없었어. 사람들은 당신이 취했다는 걸 알았고, 당신 기분이 좋다고 여겼지. 그들은 누군가가 자제력을 잃었다는 사실을 즐겼을 거야.

　며칠 쉬면서 당신 자신을 돌보길 바라. 사랑해.

새해 전야 파티 때 캐시는 거실 소파에서 취했고, 나중에는 아래층 욕실에 구토를 했다. 기분이 좋아서 자제력을 잃은 것처럼 보이지는 않았다. 당시에 나는 그녀가 왜 일부러 스스로를 아프게 하는지 이해가 되지 않았다.

하지만 지금은 그녀가 필름이 끊길 정도로 취했던 이유를 안다. 분명 그녀는 비참하고, 외롭고, 혼란스럽고, 갈등에 시달렸을 것이다. 그리고 죄책감마저 느꼈는지도 모른다. 헨리를 독차지하려는 시도를 멈출 만큼 죄책감을 느끼지는 않았다 해도. 아마도 헨리가 자기에게 관심을 기울이고 자기를 위해 삶을 재조정하게 만들고 싶었을 것이다. 그녀가 더 많이 상처를 받았다면 그는 나를 버리고 그녀를 돌보았을 것이다.

매우 불행한 두 여자라는 짐을 졌던 헨리. 그건 과한 일이었다.

몇 달 뒤 그들의 관계는 서로 간의 집착과 질투로 되돌아갔다. 캐시가 그들의 에너지를 너무나 상호 보완적인 것으로 묘사해서, 마치 그들이 서로를 먹여 살리는 것 같았다. 일종의 식인 잔치 같은 그 이미지에 소름이 돋았다. 그런 종류의 관계는 소설에서도 실제 삶에서도 결코 결과가 좋지 않다.

헨리는 질투한다고 그녀를 비난하는 것으로 자신의 비이성적인 질투를 표현했다. 그리고 몇 주 뒤, 그들은 그들 관계의 성격과 미래에 관한 또 다른 싸움 한복판에 있었다. 헨리는 자기 인생의 명백한 갈등들을 무시하고 분노에 휩싸였다.

2002년 3월 15일

당신에게 깊은 분노를 느끼고 있다는 걸 지금 당장 말해야

겠어. 어째서 내 기분이 결코 받아들여지지 않는지 계속 생각하고 있어. 당신은 내가 무엇을 원하는지 절대 묻지 않고, 우리 관계를 지속하고 싶다고 나를 안심시키려는 노력조차 하지 않잖아. 난 정말이지 속은 기분이야.

캐시에 대한 헨리의 불평이 곧 헨리에 대한 캐시의 불평이라는 점에 주목하지 않을 수 없었다. 그것은 우리의 잦은 다툼의 근원이던 그에 대한 나의 불평이기도 했다.

대부분의 경우 우리는 그의 방식으로, 그의 일정에 따라 일을 처리했다. "내 아이디어는 다 좋잖아." 그는 이런 농담을 즐겨 했다. 나에겐 결코 농담으로 느껴지지 않았지만.

그들의 다툼은 메일을 주고받은 뒤 몇 주 동안 강도가 더 세졌다. 그리고 그런 갈등 때문에 침울하고 우울해졌다. 같은 기간에 나 역시 불안하고 우울한 상태였다. 헨리와 나는 계속 싸웠다. 헨리는 내가 과민반응을 보이고 지나치게 감정적이라고 했다. 나에게 약이 더 필요하다고 했다. 목청을 높인 몇 번의 다툼 끝에 나는 결국 굴복했다. 내 잘못이라고 인정했다. 의사에게 다른 약물을 요청하기로 했다. 헨리는 캐시에게 보낸 이메일에 이 사적인 문제를 언급했다.

2002년 4월에 내가 불안 증세로 동요하고 불면증으로 고통받은 것은 사실이었다. 헨리와 함께 시내로 정신과 의사를 만나러 갔던 일이 기억난다. 그때 헨리가 얼마나 진심 어린 태도로 내 담당 의사와 이야기했는지도 기억난다. 그가 얼마나 배려하고 사려 깊게 행동했는지도. 심지어 정신과 의사의 마음을 사로잡고 기만하기까지 했다.

이제 나는 거의 6개월 동안 약을 복용하지 않고 있다. 헨리의 죽음 이후 그가 꼭 복용해야 한다고 주장했던 항우울제 없이 지독한 시간을 근근이 버텨왔다. 상황이 끔찍하긴 하지만, 머릿속이 지금보다 더 또렷한 적이 없었다.

≡

대학 시절 친구 사라가 영국의 집에서 나에게 전화를 했다. 몇 주 뒤 미국에 온다며, 내가 매년 여름 여행을 가는 메인주의 섬에서 만나자고 했다. 애너와 리오가 우리 렌트하우스를 함께 쓸 예정이었다. 나는 여름휴가를 간절히 기다리고 있다고 말한 뒤 최근에 일어난 재앙을 요약해서 이야기해주었다.

"헨리가 너를 가스라이팅 했네." 사라가 딱 꼬집어 말했다.

나는 영화 《가스등》의 줄거리를 떠올려보았다. 몇 년 전 아버지와 함께 그 영화를 봤던 것이 희미하게 기억났다. 영화에서 잉그리드 버그먼은 다락방에 숨겨진 보석을 찾는 잘생기고 매력적인 남편 샤를 부아예에게 광기라 할 만큼 잔인하게 조종당한다. 물건들이 사라지고, 가스등은 뭔가에 홀린 것처럼 이유 없이 깜빡거린다.

나는 정신과 의사를 만나러 갔던 일과 내가 복용했던 약들에 관해 씁쓸한 기분으로 다시 생각했다. 그리고 옆집 개가 짖어대는

것에 대해 헨리와 싸우다가 자포자기의 심정을 느꼈던 것을 기억
해냈다.

≡

그 조그만 테리어의 이름은 하필이면 리벨^{Rebel}이었다.

그날 우리는 집을 보고 있었고, 리벨이 짖었다.

"헨리, 이 집 멋지다." 내가 말했다. 개는 뜰 안을 정신없이 뛰어
다녔다. "멋진 집이긴 하지만 이건 지금 당장 말해야겠어. 저 개 짖
는 소리 때문에 미칠 것 같아."

"오, 걱정하지 마. 우릴 알게 되면 짖지 않을 거야."

우리가 이 집에 이사 온 날부터 그 테리어는 주인들이 각자 일
하러 가느라 집을 비우면 여덟 시간 동안 내리 짖어댔다. 수일 또
는 수주 동안, 일종의 광기가 장악할 때까지. 그건 마치 중국의 물
고문 같았다.

반려동물을 제대로 훈련하지 않아 다른 사람들에게 여러 방식
으로 괴로움을 끼치는 사람들에 관해 우리는 많은 것을 말할 수
있다. 나는 그 개의 주인, 즉 케인 부부에게 큰 기대는 하지 않았
다. 그들이 배려심 없고 사려 깊지 못한 사람들, 나름의 수정헌법
제2조 아래에서 망할 공익 따위는 신경 쓰지 않고 이웃이 리벨에
게 시달릴 권리가 있다고 느끼는 사람들일 것 같다는 생각이 들
었다. 헨리는 작고 보수적인 타운에서 성장했다. 그래서 나는 그
가 최선의 대처법을 알 거라고 생각했다. 나는 그들 부부와 이야

기를 좀 해보라고 헨리에게 부탁했다.

헨리는 거절했다. "왜 우리가 이사 온 새 타운에서 기분 좋게 시간을 보낼 수 없는 거지? 우린 여기로 이사 온 지 얼마 안 됐잖아. 당신은 제대로 이해하지 못하고 있어. 우릴 알게 되면 저 개는 짖지 않을 거라고. 당신이 과잉반응하는 거야."

"헨리, 난 견디지 못할 것 같다고 말했잖아. 다시 한 번 말하는데, 저 소리 때문에 미칠 것 같다고."

헨리는 내가 기다려야 한다고 했다. 나는 기다렸다. 하지만 내 사무실 문을 닫아놓아도 개 짖는 소리가 끊임없이 들려왔다.

우리 집에 살던 여자에게 전화를 걸었다. 그녀가 짜증을 내며 한숨을 쉬었다. "오, 그 바보 같은 이웃 케인 씨 때문이에요!" 그녀는 큰 소리로 불쑥 내뱉었다. "그 개는 절대 짖는 걸 멈추지 않아요!" 자신이 제발 개를 집 안에 들여보내 달라고 여러 번 요청했지만 그 이웃은 무례한 태도로 아무 대처도 하지 않았다고 했다. 그래서 이 집을 판 거냐고 그녀에게 묻지는 않았다. 하지만 전화를 끊고 내가 가장 먼저 한 본능적 행동은 우리 물건들을 꾸리고 그 집을 팔기 위해 내놓는 것이었다.

몇 달 뒤, 리벨이 여전히 짖어대는 가운데 나는 살기 어린 분노를 품게 되었다. 한순간 내가 그 짐승을 남몰래 독살할 수 있을지 생각했다. 초콜릿 브라우니를 미트볼로 감싸서 먹이면 발각되지 않을지도 몰랐다. 이런 생각들로 고통스러웠다. 나는 항상 동물들을 좋아했는데. 이성이 돌아오자 책임질 존재는 그 외로운 개가 아니라 주인들임을 깨달았다.

내가 전화했을 때, 예상대로 그들은 성마르고 무례한 태도를 보였다. 다른 이웃이 중재를 제안했다. 그는 여러 해 동안 케인 부부와 알고 지냈다고 했다. 하지만 그의 노력도 별 도움이 되지 않았다.

가을이 되고, 겨울이 되었다. 추운 계절이라 리벨은 대부분의 시간 동안 집 안에 있었다. 봄을 기다리며 헨리와 나는 그들에게 좀 더 강력하게 이의를 제기할 방안을 두고 계속 언쟁을 벌였다. 날씨가 따뜻해지기 무섭게 리벨은 다시 짖기 시작했다.

2000년 초여름의 어느 주말, 이레나가 주말을 보내기 위해 시내에서 찾아왔다. 이레나가 우리의 이사를 결코 좋은 선택이었다고 받아들이지 못한다는 것을 알고 있었다. 나는 우리의 새로운 삶을 가능한 한 가장 좋은 모습으로 보여주고 싶었다. 우리가 갖게 된 집은 적당한 크기의 수영장이 있고 강이 보이는, 남들이 선망할 만한 집이었다. 내 정원 일도 성과가 나기 시작했다. 개가 짖어대는 위험에도 불구하고 바깥에서 시간을 보내는 것이 매우 기분 좋았다. 바깥에서는 집의 모습이 전체적으로 보이니 말이다. 우리는 돌로 된 테라스에 타월을 깔아놓고 내가 바라던 편안한 오후 시간을 함께 보냈다. 리자는 캐시 집에서 에이미와 놀고 있었다.

리벨이 갑자기 케인 부부 집에서 뛰쳐나와 짖어댔다. 짖고 또 짖었다. 몇 분 뒤, 이레나가 의아하다는 표정으로 나를 바라보았다. 나는 난처함을 느꼈고, 점점 회의가 몰려왔다. 우리가 이러려고 도시를 떠나왔나? 이 끊임없는 소음으로 고통받으려고, 상대적으로 견딜 만한 도시의 사이렌 소리나 카스테레오 소리가 간간이 섞여드는 교통 소음을 떠나왔나? 개 짖는 소리를 무시하고 대화를 계속하려 했다. 그렇게 한 시간이 흘렀지만 개 짖는 소리는 계속되었다.

결국 이레나가 물었다. "항상 이래?" 걱정으로 그녀의 미간에 주름이 생겼다.

대답할 수가 없었다. 진실—이 집에 이사 온 것은 내 인생에서 성인으로서 저지른 가장 끔찍한 실수이고 저 지긋지긋한 개가 그 실수의 강력한 상징이라는 것—을 감당하기가 너무 고통스러웠다. 나는 안락함을 버리고 거의 10년 동안 꾸준히 내 용기를 북돋워준 가장 친한 친구를 떠나왔다. 이곳에는 길고 의미 있는 역사를 함께해온 이레나 같은 친구가 없었다. 절망감이 몰려왔고, 눈물이 나올 것 같았다. 개 짖는 소리가 주위의 모든 것—강의 풍경, 반짝거리는 수영장, 만개한 장미들—을 완전히 가리면서 내 머릿속에서 가장 중요한 사건이 되었다. 침착하려고 노력하느라 정신이 너무 산만해져서 이레나가 하는 말에도 내가 하는 대답에도 집중할 수가 없었다. 모욕감과 분노가 폭발해 불똥을 일으키며 눈알까지 치밀어올랐다. 극심한 스트레스를 받을 때 나를 괴롭혔던 편두통의 전조증상인 쨍그랑 소리와 세차게 뛰는 맥박이 느껴졌다.

"저 망할 놈의 개!" 내가 외쳤다. "더는 못 견디겠어. 저게 내 인생을 망치고 있다고! 미쳐버릴 것 같아!" 나는 집 앞 진입로를 쿵쿵대며 걸어 내려갔고, 이레나는 어리둥절해서 서 있었다. 그녀가 나를 쫓아 차도까지 달려왔을 때, 나는 케인 부부의 집 진입로로 이어지는 모퉁이를 돌아 그들의 집 현관 앞까지 올라가 있었다. 초인종을 누르고 또 눌렀다. 하지만 아무런 응답이 없었다. 나는 가슴을 들썩이며 울었다. 이레나가 나를 달랬다. 나는 계속 현관 초인종을 눌렀다. 그러다가 패배를 인정하고 돌아갔다. 집으로 돌아가는 동안에도 개 짖는 소리는 계속되었다.

그날 오후로 예정된 바비큐파티에 필요한 것들을 사러 나갔던 헨리가 돌아왔다.

"저 망할 놈의 개!" 내가 그에게 외쳤다. "저놈이 이레나와 내가 바깥에 앉아 있는 두 시간 동안 내내 짖어댔어! 더는 못 견디겠어. 당신이 가서 저 사람들한테 말해야 해. 난 이 빌어먹을 상황을 하루도 더 견딜 수가 없다고!"

헨리가 분노와 혐오가 담긴 눈빛으로 나를 바라보았다. 이레나가 놀라서 서 있는 가운데, 그는 내 팔을 움켜쥐고는 질질 끌고 복도로 가서 벽에 밀어붙였다. "당신은 통제력을 잃었어. 제정신이 아니라고. 통제가 안 되잖아. 지금 당신은 이성적이지 않아. 이 상황을 이성적으로 보지 못하고 있어. 저건 그냥 개일 뿐이라고."

"견디지 못할 거라고 말했잖아. 이 상황을 감당하지 못할 거라는 걸 난 알았다고. 당신은 왜 나를 돕지 않고 저 사람들을 변호해? 저 사람들은 나를 상대하지 않을 거라고. 당신은 왜 남편으로서 할 일을 안 하고 저 사람들을 상대하지 못해? 왜 그러지 않는 거야? 왜?" 나는 다시 흐느껴 울었다. 지독히도 외로웠다. 나는 결혼했지만 혼자이고 고립되어 있었다. 미칠 것 같고 균형을 잃은 기분으로. 그날 나는 결혼생활에서 외로움을 느끼는 것보다 더 외로운 일은 없음을 알게 되었다.

그날 오후 늦게 캐시, 스티브, 에이미(리자를 데리고), 그리고 타운의 다른 친구들이 바비큐파티에 왔다. 나는 여주인으로서의 의무를 수행했다. 이레나는 낮에 일어난 일로 여전히 불안해 보였다. 어느 순간 이레나가 헨리와 밀담을 나누는 모습이 보였다. 그녀는 심각한 표정으로 급박한 손짓을 하며 이야기했고, 헨리는 귀 기울여 듣고 있었다. 평소의 명랑한 집주인의 모습이 아니었다.

그 주말 이후 나는 한동안 이레나를 만나지 못했다.

"우리 사이가 왜 멀어지고 있는지 이해가 안 돼." 어느 날 밤 침대에 누워 있을 때 내가 헨리에게 한탄했다. 그즈음 우리는 케인 부부를 상대하기 위해 변호사와 접촉하고 있었다(변호사는 자기가 맡는 사건들 대부분이 개 짖는 문제와 울타리 관련 사건이라고 말했다). 정신과 의사에게 상담도 받았다. 캐시가 추천해준 의사였다. 개 문제는 가까이에서 그리고 반복적으로 일어났다. 그 문제는 헨리가 내 감정과 내가 명확하게 표현한 필요들을 무시하는 많은 경우 중 하나였다. 그리고 그에게는 내가 불합리하고 과민반응을 보이며 아마도 더 많은 약을 복용할 필요가 있다는 것을 증명하는 문제였다. 정신과 의사의 진료실 밖에서 헨리는 자기 생각을 직설적으로 말했다. 그는 내가 제정신이 아니라고 했다. 나는 이레나 생각을 하면서 다시 울기 시작했다. 내가 뭔가 지나친 행동을 한 것 같았다. "이레나는 몇 년 동안 내 가장 친한 친구였어. 그런데 지금은 나를 만나고 싶어 하지 않는 것 같아. 이곳에는 이레나 같은 친구가 없는데 말이야, 헨리. 내가 이곳에 속하는지 잘 모르겠어. 외로워."

"캐시도 친구잖아." 헨리가 말했다.

"난 캐시 별로야." 내가 침대에서 일어나 앉아 헨리 쪽을 돌아보며 대답했다. "캐시와 함께 있으면 편안하지 않아. 그녀는 너무 뜨겁거나 너무 차가워. 게다가 나는 절대 그녀와 단둘이 뭔가를 하지 않아. 우리가 진정한 친구 같지는 않아. 리자와 에이미가 그렇게 친하지 않다면 우리는 그렇게 많은 시간을 함께 보내지 않을 거야."

"글쎄, 난 당신이 캐시에게 기회를 줘야 한다고 생각하는데." 헨리가 부드럽게 말했다. "당신은 새로운 친구들을 좀 사귀어야 해. 이레나는 당신에게 필요 없어."

≡

더위가 기승을 부리던 그 7월의 어느 날 나는 이레나에게 전화를 걸었다. 이레나는 자기가 그것—헨리와 캐시—을 보았다고 했다. 이레나는 우리의 작은 타운 바깥에서 왔다는 이점이 있었다. 3년 전 그 주말에 이레나는 헨리와 캐시가 교감하는 모습을 보았고 퍼즐을 맞추었다. 나, 혹은 그 바비큐파티에 온 어느 누구도 알지 못했지만, 이레나는 그 문제에 관해 헨리와 직접적인 대화를 나누었다.

"헨리에게 물었어. '당신과 저 여자 사이에 무슨 일이 일어나고 있는 거예요?' 그랬더니 그가 이렇게 대답하더라. '그야 뻔하지 않습니까?' 그래서 내가 말했지. '이 일에 대해서는 아무것도 알고 싶지 않아요. 당신 속내를 듣고 싶지도 않고요. 줄리는 내 가장 친한 친구 중 한 명이에요. 그러니 당신이 이 일을 해결하고 언제 끝날지 나에게 말해주면 좋겠어요.' 그랬더니 헨리가 이렇게 말하더라. '이레나, 이 일이 밝혀지면 우리의 결혼생활이 끝장난다는 걸 당신도 알 겁니다.' 위협처럼 느껴지는 말이었어. 그때 내가 너에게 그 일을 이야기했다면 헨리는 그 여파에 대해 나를 비난했을 거야."

"헨리가 그러고 있는데 너와 함께 시간을 보낼 수가 없었어." 헨리에 대해 느꼈던 혼란과 분노를 떠올리며 이레나가 계속 말했다. "어떻게 해야 할지 알 수가 없었어. 곤란한 상황이었지. 너를 볼 때마다 비겁한 거짓말쟁이가 된 기분이었어."

이레나의 이야기를 들으니, 당시 점심을 먹을 때 이상하게 껄끄러운 기분이 들었던 것이 생각났다. 이레나가 나에게 결혼생활이 행복하냐, 정말로 헨리의 집필 활동을 지원하고 충분히 감사받고 있다고 느끼느냐, 내가 추구하는 나만의 꿈이 있지 않으냐 같은 날카로운 질문들을 했었다. 그런 의문들이 헨리와 내가 미래를 위한 공동의 목표를 가지고 함께 나아가도록 노력하고 필요한 일들을 충실하게 수행하도록 나를 독려하긴 했지만, 나의 그런 노력에 그다지 진정성이 있지는 않았다.

"내가 겪은 것, 내가 이혼을 하면서 겪은 일들을 너까지 경험하진 않았으면 했어." 이레나가 친구인 나도 목격했던 고통스러운 비극을 떠올리며 말했다. 논쟁에서 절대 지지 않으려고 하는 헨리와 법적으로 싸우려면 얼마나 힘들었을까 생각하며 나는 몸을 떨었다.

"난 헨리가 빨리 캐시와 끝내고 그 일이 너희의 긴 결혼생활에서 일시적인 문제로 지나가기만을 바랐어. 무엇보다 내가 알고 있는 것을 너에게 말했을 때 네가 헨리를 옹호하고 나를 내칠까 봐, 그렇게 해서 우리의 우정이 영원히 깨질까 봐 두려웠고."

이 부분에서는 슬프게도 이레나의 생각이 옳았다는 걸 인정해야 했다. 아마 나는 헨리를 옹호했을 것이다. 그의 행동을 인정하고 용서하는 것이 풍선 속 생활의 일부니까.

"하지만 줄리, 헨리가 널 사랑했다는 걸 알아." 이레나가 말했다. "그가 그랬다는 걸 알아. 그래서 헨리가 그 일을 비밀에 부쳤던 거고. 네가 사실을 알게 되고 결혼생활을 끝내길 원한다 해도 헨리가 너를 놓아주지 않을 것 같아 걱정되기도 했어. 그는 너를 쉽사리 떠나게 하지 않았을 거야. 너와 리자를 잃는 걸 원치 않으니까."

최근 몇 년의 결혼생활 동안 내 삶은 너무 꼭 맞는 구두를 신을 때 뒤꿈치에 생기는 물집—상처를 덮는 보호층을 만들려는 몸의 불완전한 시도—같았다. 이제 그 물집을 절개하고, 통증을 견디고, 그런 다음 나에게 더 잘 어울리는 다른 인생을 살도록 노력해야 할 것이다.

7
2003년 7월 말

며칠이 천천히 흘러갔고, 더위는 수그러들지 않고 계속되었다. 적어도 리자는 후텁지근한 집에서 벗어나 있었고, 시도 때도 없이 일어나는 나의 분노 폭발에서 대부분 안전했다. 나는 애너와 교대로 아침과 오후에 아이들을 일일 캠프에서 데려왔다. 어느 날 아침 애너가 커다란 마닐라지 봉투를 가지고 캠프 차량이 아이들을 데려다주는 곳에서 돌아왔다.

"그 봉투는 뭐예요?" 내가 침울한 어투로 물었다. 불운이 우리 두 사람을 바싹 따라온 것 같았다. 이제 결백한 봉투는 없었다. 우리 두 사람은 아등바등 몸부림을 치고 있었으며, 기진맥진하고 비참해 보였다. 나는 또다시 음식을 먹지 못했고, 애너도 초췌해 보였다. 블랙유머를 발휘해 우리는 그것을 "죽음과 이혼 다이어트"

라고 불렀다.

애너가 봉투를 내밀었다. "존이 내연녀와 주고받은 이메일 전부예요." 그녀가 내 두려움을 확인해주었다. "날 위해 이것들을 여기에 보관해줄 수 있는지 물어보려고요. 집 안에 보관하는 게 너무 고통스러워요. 그런데 또 필요하긴 할 것 같고요."

나는 봉투를 건네받았고, 우리는 내 사무실의 높은 선반을 보관 장소로 택했다. 내가 그걸 열어보고 싶은 유혹을 느끼지 않도록. 읽어내야 할 내 쓰레기 더미도 충분히 많았다.

우리는 배회하듯 주방으로 돌아왔고, 내가 아이스티를 잔 두 개에 따랐다. 테이블 앞에 조용히 앉아, 물방울들이 맺힌 유리잔을 손에 쥐었다.

애너가 붉은색의 땋은 머리 끄트머리를 빙글빙글 돌리며 침묵을 깨뜨렸다. "줄리, 혹시 시내로 다시 이사 나갈 생각 있어요?"

"이곳에 계속 살면 미칠 것 같다는 느낌이 들긴 해요." 내가 유리잔 표면에 생긴 물방울들로 도시의 스카이라인을 끼적거리며 어물어물 대답했다. 나는 그 차갑고 축축한 유리잔을 뺨에 가져다 댔다.

오, 《스타트렉》 기술로 리자와 나, 고양이들 그리고 우리의 물건들이 브루클린의 너무 비싸지 않고 쓸 만한 방 두 개짜리 아파트로 쏟아지면 좋겠어. 리자가 태어났을 때 헨리와 내가 살던 집처럼 작은 정원이 딸린.

"오빠가 나에게 그러더군요. 도망치면 안 된다고." 나는 눈물이 차오르는 것을 느끼며 말했다. "인내심을 가져야 하고 1년이

지날 때까지는 기다려야 한대요. 하지만 이 뭣 같은 상황을 얼마나 더 견딜 수 있을지 모르겠어요."

"그래요, 그 심정 알겠어요." 애너가 씁쓸하게 웃으며 대꾸했다. 그녀가 다가와 나를 끌어안았다. "나도 여기 사는 것이, 큰 집 안을 하릴없이 돌아다니는 것이 싫어요."

우리가 공유한 경험과 똑같이 깊은 외로움이 내가 울음을 그치는 데 도움이 되었다.

애너가 말했다. "이혼하고 나서도 절대 감당 못 할 거예요."

"난 리자를 오랫동안 살던 곳에서 뿌리 뽑는 게 조금 무서워요." 내가 말했다. 잠시 내 마음은 이사에 뒤따르는 수많은 세부 사항들과 싸움을 벌였다.

"힘들 거예요." 애너가 말했다. 그러더니 갑자기 밝은 표정으로 덧붙였다. "하지만 장담하는데 우린 할 수 있을 거예요."

우리는 이미 8월에 떠날 메인주 여행을 위해 쇼핑 목록과 가져갈 짐 목록을 공들여 만들어놓은 상태였다. 우리는 목록 만들기의 여왕들이었다. 우리가 같은 방식으로 시내로 이사 갈 계획을 함께 짤 수 있을까. 우리는 목록을 만들 수 있을 것이다. 임무들을 완수할 수 있을 것이다. 애너는 약속을 잘 지키는 사람이다. 설령 그녀의 인생이 내 인생만큼이나 결딴나고 있을지라도. 그러기로 마음먹으면 우리는 그렇게 할 것이다. 하지만 나는 준비가 되지 않았다, 아직은.

"우리 생각해보기로 해요." 내가 확신하지 못하는 것을 눈치채고 애너가 나를 뚫어져라 바라보며 말했다. "생각해보겠다고 약속해줘요."

≡

리자는 밤늦게 내 침대에서 잠이 들었고, 나는 여전히 말똥말똥
한 정신으로 사무실에서 프린트물을 다시 읽었다. 입이 떡 벌어지
는 내용이었다. 자신의 자의식과 인간 본성을 속속들이 알고 있다
고 자부하는 남자가 쓴.

난 당신과 부딪친다고 느끼지 않아. 도리어 우리 관계 때문에
내 결혼생활을 받아들이는 데 조금은 갈등을 느낄지 모르지만.

조금 갈등을 느껴? 그렇게 생각해? 헨리는 어떻게 이토록 거리를
둘 수 있었을까? 어떻게 자기가 하는 행동들이, 비밀스러운 행동들
조차 우리의 결혼생활과 딸아이에게 해를 끼친다는 걸 몰랐을까?
　고등학교 시절에 멋져 보이려고 쓸데없이 노력하긴 했어도 나
는 대마초나 약물을 즐겨본 적이 한 번도 없었다. 약물이 유발하
는 왜곡된 느낌이 싫었다. 평소와 다른 사람이 되는 것이 편안하지
않았다. 내 진정한 자아를 발견하기 위한 매일의 투쟁으로 충분했
다. 하지만 확실히 헨리는 역할이 바뀌는 게임을 좋아했다.
　데이비드 오빠가 헨리의 몇 달 전 재정 기록을 검토하다가 발견
한 이메일을 보내왔다. 당시에 오빠는 모든 것을 이해하지는 못했
다. 심지어 헨리가 누구에게 그 이메일을 쓴 건지도 알지 못했다.

하지만 당시 오빠는 그 이메일을 나에게 보내선 안 될 것 같다고 생각했다. 너무나 뜨거운 내용이었기 때문이다.

날짜가 2002년 9월 20일인 그 이메일을 읽고 당시의 상황에 관해 뭔가를 상상할 수 있었다. 헨리는 이렇게 썼다.

난 오늘 우리가 우리 관계의 작은 걸음을 떼기 위한 것이라는 이해를 바탕으로 서로를 떠났다고 생각해. 우리가 옛날 방식으로 재결합하길 기대하진 않아. 하지만 우리가 마침내 서로에 대한 육체적 친밀함을 누릴 수 있을 거라 기대해. 우리가 원하는 것이니까. 만약 상황이 예전과 같은 자리에 머물러 있다면 당신에게 무척 화가 날 것 같아.

헨리는 여러 역할을 번갈아가며 시도하고 있었다. 당황스러워하고, 유혹하고, 애원하고, 거들먹거리고, 공격하는 역할을. 그는 마지막에는 캐시를 차갑게 윽박질러 더는 말을 못 하게 만들었다. "당신에게 무척 화가 날 것 같아."

캐시는 몇 달 동안 이야기를 하지 않다가 그를 다시 만나니 무척 기뻤다며 헨리에게 짧은 글을 보냈지만 그들이 성적인 관계를 다시 시작해선 안 된다고 고집했다. 그녀의 짧은 글은 "아니, 안 돼, 안 돼. 우리 그래선 안 돼."로 읽혔지만 사실상 그러자는 초대였다.

나는 헨리가 그녀로부터 이중의 승리를 거둘 그 게임을 기대하고 있었는지 궁금했다. 오로지 그 게임을 계기로 그녀를 더욱 얕

볼 수 있도록 말이다. 그가 그녀와 관계하는 것을 좋아했다는 사실은 분명했다. 그는 그걸 많이 좋아했다.

　이후의 편지는 남아 있지 않았다. 그저 이 드라마가 어떻게 되었을지 상상만 할 수 있을 뿐이었다. 나와 통화할 때 캐시는 헨리가 죽기 전 여름에 그들의 성적 관계가 끝났다며 그 공을 스스로에게 돌렸다. 헨리의 정신과 의사도 헨리가 그 관계를 끝내고 싶어 했다고 말했다. 하지만 이제는 진실을 알 방법이 없다.

　밤샘 때 캐시가 헨리의 시신 앞에서 눈물을 흘리던 모습을 생각하면, 헨리가 죽은 날까지 관계가 끝나지 않았다는, 장기적으로는 끝나지 않은 상태였다는 가설이 타당성이 있었다. 그 게임은 헨리에게 매력을 잃지 않았고, 캐시는 그가 나를 떠나 자기에게 올지 모른다는 희망을 포기하지 않고 있었다.

캐시와 헨리가 주고받은 이메일의 대부분이 발견된 시점에 사라지거나 삭제되긴 했지만, 그가 죽기 전 몇 달 동안의 이메일들은 엄청나게 많았다. 나는 다음으로 넘어갔다. 어느 긴 이메일에서 헨리는 캘리포니아에 사는 크리스틴(헨리, 그다음에는 토마스가 그 여자에 대해 나에게 이야기했다.), 전남편과의 사이에 아이 둘이 있고 지저분한 집에서 사는 뜨개질하는 이혼녀에게 마음을 털어놓았다. 헨리는 크리스틴에게 캐시를 미화해 이야기했다. 자신의 이야기를 믿게 만들고 싶었고 크리스틴이 캐시를 만날 일은 절대 없을 거라 확신했기 때문이리라. 헨리는 내 고등학교 시절 국어 선생님이 "믿을 수 없는 화자"라고 칭했을 만한 남자였다.

우리 타운에는 캐시보다 더 예쁜 여자들도 있었다. 그러나 헨리가 나름의 규칙에 따라 위험한 게임을 벌이기에는 그녀가 적합했고 충분한 보상도 받았을 것이다. 바로 그 위험성이 관건이었고, 그것으로 그 나쁜 남자는 스릴을 즐겼다.

2002년 10월 22일

크리스틴에게,

내 여자친구들 또는 내가 저지른 부정의 역사라는 주제로 이야기를 해볼게요. 당신에게 전부 이야기하는 것이 여전히 조심스러워요. 마치 3막에서 당신이 나를 쏘도록 당신에게 총을 넘겨주는 기분입니다……. 하지만 시작할게요.

지난 3년 동안 나에게는 다섯 건의 성적 관계와 몇 번의 데이트부터 현재 진행 중인 일까지 포함하는 몇 건의 로맨틱한 유희가 있었습니다. 심지어 결혼하기 전 줄리와 만나던 초기에도 그런 관계가 있었고 가깝게 지내는 아가씨 두어 명이 있었지요.

그 후 약 3년 전 캐시라는 여성을 만날 때까지는 정말 아무 일도 없었어요. 학교 운동장에서 딸아이를 위해 물구나무서기를 하며 놀고 있는데, 검은 머리에 파란 눈을 가진 그 아름다운 여성이 자기 딸아이를 데리고 다가와 이야기를 나누게 되었어요.

그녀는 약 6개월 동안 이메일로 나에게 구애를 했어요. 그러던 어느 날 그녀와 만나 점심을 먹으며 그것에 관해 이야기를 했죠. 그리고 한 달 뒤 우리는 자고 있었어요. 3년 가까이 만났습니다. 마치 두번째 결혼 같았죠. 우린 매일 만났어요. 우리의 아이들은 가장 친한 친구 사이였죠. 어떤 면에서는 각자의 배우자하고보다 더 많은 시간을 보냈다고 할 수 있을 겁니다. 그녀의 감정 기복이 심했기 때문에 격동적인 관계이기도 했어요.

우리를 묶어준 건 섹스였어요. 굉장했죠. 어쨌든 우리는 섹스를 많이 했어요.

그러던 중 지난 5월에 큰 다툼이 있었어요. 그녀와 갈라섰죠. 그녀는 무척 화를 냈어요. 나는 예전으로 돌아가고 싶었습니다. 그런데 그녀가 그걸 원치 않았어요. 그렇게 밀고 당기는 상태가 계속됐어요. 결국 나는 그녀에게 말도 걸지 않고 아예 소통하지 않기로 결심했습니다. 힘들었지만 중독을 끊은 거라고 생각했어요.

그런 다음 나는 뉴욕에서 광고 책임자와 짧은 관계를 가졌어요. 한때 그 여자에게 강렬한 감정을 느꼈죠. 우리는 몇 번 잤어요. 그러다가 그녀가 무척 쌀쌀맞아지더군요. 불행하게도 그녀에게는 캐시와 쌍둥이처럼 닮은 두 가지 특성이 있었어요. 정말 예민했고, 그런 만큼 자신의 감정을 잘 표현하지 못했습니다. 그녀는 같이 자고 나면 내가 관계에 대해 좀 더 적극적인 태도를 보일 거라고 생각했던 것 같아요. 아내와 헤어지겠다고 한다든가 할 정도로요.

지난여름에는 소노마에서 키가 큰 금발 여성과 짧게 즐겼습니다. 한 파티에서 서로를 점찍었죠. 그녀는 남자친구들과 함께 있었고, 우리는 며칠을 재미있게 보냈습니다. 그녀는 전망이 멋진 언덕 위에 온수 욕조와 수영장이 딸린 아름다운 집을 갖고 있었어요. 하지만 그녀는 자기의 몸을 누군가에게 아름답고 탄탄하게 보이도록 하는 법에 놀랍도록 무지했고, 그래서 난 그녀와의 섹스가 조금 불만스러웠습니다(나는 파트너가 정말로 멋진 시간을 보내는 것이 좋은데, 그건 기술만큼이나 자기 자신을 잘 알아야 가능하지요. 남자 혼자서 할 수 있는 것도 많으니까요). 하지만 그녀는 참 따뜻하고 사랑스러운 사람이어서 함께하는 시간이 무척 좋았습니다.

오, 그래요. 체육관에서 만난 고향 여자도 한 명 있었습니다. 몸이 멋진 여자였어요. 그녀는 일주일에 닷새 운동을 했고, 턱걸이를 한 손으로 열 번이나 할 수 있었습니다. 체격이 갈대처럼 호리호리했어요. 하지만 내가 로맨틱한 동반자에게 바라는 영리함이 없었습니다.

그 외에, 나를 자기 메르세데스에 태워준 여자가 있었습니다. 우리는 희롱거리면서 즐거운 시간을 보냈죠. 하지만 내 쪽에서 정말로 확 좋아하게 되진 않았어요. 여름 동안 스물다섯 살짜리 아르헨티나 아가씨도 만났습니다. 내 쪽에서 열심히 추파를 던졌죠. 그녀는 어리긴 했지만 당신이 말하는 정신연령이 높았고 좋은 "길동무"였어요. 당시에 그녀는 나와 섹스를 하려고 하지 않았습니다. 나중에 휴가 때 어딘가에서 만나 관계를 가지기를 원했죠.

최근에 내가 월라파[워싱턴]에 갔을 때, 한 여성이 아침 식사 자리에서 나를 점찍었어요. 말 그대로 아침에 몇 분 동안 그녀와 수다를 떨었습니다. 오로지 숙소의 프런트 데스크에서 그날 저녁 식사에 나를 초대하는 쪽지를 발견하기 위해서였죠.

오늘 나는 빗속에서 헤이트애시버리의 길을 걸어 내려갔고, 아내가 몹시 보고 싶었어요.

내일 스케줄이 어떻게 돼요? 나는 내일 아침에 오클랜드 공항으로 가서 오후 비행기를 탈 것 같아요. 태워다줄 수 있나요? 아니면 택시를 타야 할까요? 목요일에 나와 함께 얼마나 시간을 보낼 수 있어요?

나는 분노에 사로잡혀 이메일을 책상 위에 탁 하고 내려놓았다. 이 모든 것을 진즉에 알지 못했다는 사실이 창피하기도 하고 화가 나기도 해서 눈물이 났다. 공연히 정원을 서성거리며 잡초를 휙휙 당겨 뽑았다. 어쩌면 난 알고 싶지 않았는지도 몰라. 하지만 이제는 똑똑히 볼 거야. 구석구석까지 세세하게. 동네에서 바보가 된 기분을 느끼는 것도 신물이 나. 내가 이런 일을 겪는 유일한 여자일 리는 없어. 애너에게도 일어났듯이, 이런 일이 매일 일어나겠지. 대부분의 멍청이들이 놀라서 쓰러지지 않고 그 모든 파편들을 남겨두지 않을 뿐.

나는 쿵쿵거리며 사무실로 돌아갔다. 내 안의 실용적인 설계자(목록들을 만들고, 청구서들을 지불하고, 마감 기한 내에 일을 완수하고, 저녁 식사로 스파게티를 먹기 위해 물을 끓이고, 리자의 숙제가 끝났는지 그리고 속옷이 깨끗한지 확인하는)가 조사 프로젝트에 착수했다. 수납장에서 줄이 쳐진 새 메모패드를 꺼내 목록을 만들고 그 여자들에게 전화를 걸기 시작했다.

크리스틴의 전화번호를 알아내 메시지를 남겼다. 그런 다음 헨리의 긴 이메일로 돌아갔고, 그의 주소록에서 다른 여자들의 연락처도 찾았다.

≡

후텁지근했던 어느 날 오후, 리자가 일일 캠프에서 돌아왔다. 하지만 나는 엄마 노릇을 하지 못할 것 같은 기분이었다. 리자를 돌보는 대신 내 사무실에 혼자 앉아 헨리와 함께한 지난 몇 년에 대해 생각하고, 거실의 텔레비전에서 나는 웅웅거리는 소리에 위로를 받았다. 몇 달 동안 스펀지밥이 꾸준히 리자를 돌봐주고 있었다. 텔레비전은 헨리의 죽음이 가져다준 슬픔으로부터 마음을 돌리게 하는 그런대로 괜찮은 수단이 되어주었다. 하지만 지금 내 사무실 안에는 참상이 펼쳐지고 있었다.

헨리가 죽기 오래전부터 나는 결혼생활에서 마음이 떠나 있었다. 심지어 섹스를 할 때조차도. 헝클어진 익숙한 침대 시트 안에 따뜻하게 자리 잡고도 머릿속으로는 해야 할 일 목록을 검토했다. 그가 내 몸 안에 있는 동안, 나를 절정에 다다르게 하려고 애쓰는 동안, 눈을 뜬 채 유리창에서 빛나는 먼지나 바깥의 달빛을 응시하며 사색에 잠겼다. 무척 피곤했고, 그와 싸우는 것에 진저리가 났다. 그리고 이제 진실이 나를 팽팽하게 압박해왔다. 그의 나쁜 행동들을 암시하는 신호들이 있었지만, 나는 그것들을 짐짓 무시해왔다.

"난 당신이 아내보다는 여자친구 같으면 좋겠어." 지난가을에 그가 이 말을 몇 번 했다.

"당신은 리자에게 쏟는 관심을 줄이고 나에게 좀 더 신경을 써야 해." 이건 리자가 태어난 이후 그가 노래 부르듯 되풀이해온 말이었다.

헨리가 잘하던, 여자들과 시시덕거리는 행동은 순수한 즐거움만을 위한 것이 아니라, 가까운 사교 모임 사람들(*그의 장례식에 온 수백 명의 사람들!*)을 매혹하는 동시에 세상 곳곳에서 만나는 여성들을 자신의 숭배자로 끌어들이는 데도 자주 성공적으로 활용되었다. 나는 책상을 상처가 날 만큼 세게 주먹으로 내리쳤다. 벽을 치는 것보다는 나은 선택이었다.

진실을 마주하는 것이 두려웠다. 거기에 위태로운 것이 너무나 많았기 때문이다. 나는 늘 혼자가 되는 것이 두려웠다. 그런데 이제 혼자가 되었다. 그동안은 헨리 없이 살 수 없다는 두려움 때문에 그의 참을 수 없는 행동을 받아들였다. 하지만 지금 나는 헨리 없이 살고 있었다.

≡

2002년 2월 14일

오늘 나는 당신에게, 당신의 온몸에, 특히 부드러운 분홍빛을 띤 부분에 키스하고 있어요. 그리고 나의 페니스 끝에는 당신을 기다리는 밸런타인 카드가 있어요. 그걸 당신에게 가져가고 싶어 죽을 지경이라고요.

이메일 발신 시각에 따르면, 헨리는 똑같은 밸런타인 메시지를 몇 분 사이에 캐시와 맨디(그가 크리스틴에게 보낸 편지에서 뜨겁고도 차가운 광고 책임자라고 말했던) 두 여자에게 보냈다. 그 효율적인 일 처리에 웃지 않을 수 없었다. 야만적인 "복사해서 붙이기" 작업.

나는 그런 외설적인 밸런타인 메시지를 받아본 적이 없었다. 그 해에 헨리는 나에게 직접 쓴 시와 내가 좋아하는 장미·아이리스·엉겅퀴·등대풀꽃·수국으로 멋있게 장식한, 손으로 만든 카드를 주었다. 어떤 밸런타인 메시지가 감정을 더 진정성 있게 표현할까? 나는 궁금했다.

몇 년 전 리자가 갓난아기였을 때, 나는 헨리와 함께 맨해튼 외곽 맨디의 아파트에서 열린 파티에 갔다. 맨디는 거기서 오랜 여자친구인 디나와 함께 살고 있었다. 당시 맨디와 디나는 내 "친구의 친구들"이었다. 나는 그들의 집 소파에 앉아 리자를 무릎에 앉혀놓고 어르며 와인 몇 모금을 흘리지 않고 마시려 애썼다. 내가 고른 헐렁한 회색 드레스는 날렵한 느낌도 도시적인 느낌도 주지 않았지만, 임신과 출산으로 물렁해진 배와 나의 새로운 일상이 된, 아기가 끊임없이 토해서 생기는 지저분한 얼룩을 잘 가려주었다.

파티에 모인 20여 명의 사람들 가운데 맨디, 디나 그리고 헨리가 방 건너편 주방 조리대 앞에 모여 친밀한 분위기 속에서 웃으며 이야기를 나누고 있었다. 다른 상황이었다면 그 두 이성애자 여성이 헨리에게 치근대는 것이 아닌가 생각했을 것이다. 맨디는 흑갈색 머리의 키가 큰 백인 여성으로, 입술이 얇고 남자 같은 외양이었다. 나는 생각했다. 헨리의 타입은 아니야. 나는 지루함을 느끼면서 그 방 한구석에 꿔다놓은 보릿자루처럼 아기와 함께 앉아 있었다. 집에 가고 싶은 마음이 간절했다.

"아르마니 슈트를 입으니까 맨디가 참 멋있어 보였어." 헨리가 평소 가끔 가는 뉴저지의 니먼 마커스 백화점에서 바지와 셔츠를 사서 집에 돌아와 말했다. 나는 애너가 그녀의 "동성애자 남편들"과 함께하는 옷 쇼핑에 대해 이야기하는 것처럼 맨디를 헨리의 동성애자 쇼핑 친구로 생각했다. 함께 쇼핑을 하는 건 아무런 해도 없어 보였다. 헨리가 내 친구들을 전부 좋아하지는 않듯이 내가 그의 친구들을 전부 좋아할 필요는 없다고 생각했다. 그는 친구들과 함께하는 쇼핑에 시간을 할애했고, 내가 굳이 그녀를 상대할 필요는 없었다.

그저 그가 좀 더 공격적인 태도로 새 일을 찾기를, 그리하여 빳빳하게 재단된 바지와 셔츠를 차려입을 기회가 생겨 내 앞에서 기분 좋게 입어보고 감탄을 자아내기를 바랐다.

맨디와 디나가 결별했다고 헨리가 말했을 때, 나는 짧게 걱정을 표했을 뿐이었다. 그때만 해도 걸음마를 배우는 아기를 돌봐야 했고, 엄마 노릇과 내 일 외의 바깥세상 일에는 신경 쓸 여력이 없었다.

몇 달 뒤, 맨디가 호주에서 새 일자리를 구했다고 헨리가 언급했다. 우리가 사는 곳에서 충분히 멀리 떨어진 세상 반대편이었다.

2년 뒤인 2001년, 맨디가 또 다른 낭만적 관계를 정리하고 미국으로 돌아왔다. 이번에 헤어진 남자와는 결혼까지 할 계획이었다고 했다.

"줄리, 맨디를 집에 초대해 저녁 식사를 해도 될까?" 헨리가 물었다.

내가 대답했다. "맨디는 줄곧 나를 모른 척했어. 그리고 난 맨디를 그다지 좋아하지 않고, 그녀가 집에 오는 걸 바라지도 않아."

"맨디에게 그렇게 말해도 돼?" 헨리가 웃으며 물었다.

"하고 싶으면 해." 나는 차갑게 대꾸했다.

"당신, 헨리와 관계를 가졌나요?"

전화기 너머에 잠시 침묵이 흘렀다.

이 광고 책임자가 그럴듯한 핑곗거리를 찾고 있나?

"아뇨, 그와 관계는 없었어요. 매우 가까운 사이이긴 했죠." 그녀가 계속 말했다. "우린 좋은 친구였어요."

"당신들이 함께 쇼핑을 갔던 것이 기억나요. 그러니까 그게 전부라는 뜻인가요? 그냥 좋은 친구 사이?"

"난 9·11 이후 마음이 완전히 무너진 상태였어요. 그 모든 광경을 집 주방 창문으로 똑똑히 봤으니까요. 정말 공포스러웠어요.

그 일로 내가 아파트 안에 틀어박혔을 때 헨리가 많이 도와줬죠."

쌍둥이 빌딩이 바라다보이는 배터리파크의 그녀 아파트에 대해 헨리가 말한 적이 있었다. 그날 아침 그녀가 주방에 앉아 커피를 마시며 《뉴욕타임스》를 읽고 있는데, 그 비행기들이 차례로 날아왔다.

"당신이 그 끔찍한 일을 겪어야 했던 건 안타까워요. 하지만 이제 난 당신과 헨리 사이에 무슨 일이 있었는지 알아야겠어요."

"어느 날 밤 우리가 함께 침대에 누운 적이 있어요. 하지만 섹스는 하지 않았어요."

언제 그런 일이 있었지?

난 잘못한 거 없어. 그 여자와 성관계를 갖지 않았어.

그런 이야기에 반응을 보일 수는 없었다. 헨리는 그녀와 함께 침대에서 있었던 일에 대해서는 나에게 말하지 않았다. 그냥 그녀가 자기 아파트로, 그라운드 제로의 참상으로 돌아가도록 도와줬다는 이야기만 했다. 친구 한 명이 그녀와 함께 있다고 했다. 그는 그 도시에서 전화를 걸어 자기가 도심과 외곽 중간지대에 있는 그의 칼리지 클럽의 한 방에 머무르고 있다고 말했다. 그의 말을 믿고 싶었고, 믿었다. *난 생활비를 벌고 우리 아이를 돌보는 등 중요한 일에 신경 쓰느라 바빴어. 그래, 난 바보천치였어.*

9·11 이후의 그 미친 듯한 며칠과 몇 주 동안 나는 집에서 아이와 함께 있었다. 리자 옆에 있어야 한다는 것 말고는 아무것도 생각할 수가 없었다. 맨디가 자기 아파트에 들어가질 못한다고 헨리가 말했을 때, 나는 그녀에게 방 하나를 내주겠다고 제안하지 않

았다. 그녀에게 미안했고, 내가 그녀를 환영할 수 없다는 사실에 약간의 죄책감도 느꼈다. 하지만 그녀를 집에 들이고 싶지 않은 마음은 변함이 없었다. 그녀가 자기 아파트로 돌아가도록 돕는다는 헨리의 말을 믿고 싶었다. 그렇게 해서 리자와 내가 집 안에 안전하게 있을 수 있다면.

나는 모든 상황을 만들어내는 헨리의 능력, 심지어 정신적 외상을 초래하는 국가적 비극조차 자기에게 유리하게 이용하는 그의 능력을 간과했던 것이다.

≡

며칠이 흘렀고, 캘리포니아의 뜨개질하는 이혼녀 크리스틴이 응답했다. 마침내 그녀가 내 전화에 메시지를 남겼다. 아들들과 캠핑을 갔었다며 나와 이야기하고 싶다고 했다.

"빌어먹을, 아이도 있는 유부남과 얽혀서 무슨 일을 하겠다고 생각한 거예요?" 내가 물었다. 나는 땀이 나는 손가락으로 책상 가장자리를 움켜쥐었고, 이 여자가 수 킬로미터 떨어진 곳에 있어서 내가 이 여자를 후려치고 싶은 유혹을 느끼지 않는다는 사실에 안도했다. "나에 대해서는 생각이나 해봤어요? 다른 여자가 당신에게 그렇게 했다면 기분이 어떻겠어요?" 그녀는 전화를 끊지 않았고, 나는 그것에 감동받았다. 그녀는 차분하게 사과했다.

그녀는 헨리가 자료조사를 위해 서부 해안에 갔을 때 어느 음식 행사에서 헨리를 만났던 일을 이야기했다. 당시 그녀는 어린

아들 둘을 데리고 남편과 이혼한 지 얼마 되지 않았다. 남자친구는 냉담하게 결별을 선언했고, 암 투병 중인 어머니는 임종의 순간을 향해 가고 있었다. 그때 헨리가 그녀의 인생으로 들어와 진정한 위로처럼 느껴지는 무언가를 건넸다. 한때 나를 매혹했던, 그가 직접 요리한 훌륭한 음식들이 오랫동안 그녀와 함께했다.

"처음에 헨리는 결혼했다는 사실을 말하지 않았어요. 반지도 끼고 있지 않았고요. 내가 추궁하자 결혼했다는 걸 시인했지만, 당신과 '합의'를 했다고 주장하더군요."

나는 톡 쏘듯 말했다. "맹세컨대 '합의' 같은 건 전혀 없었어요."

"당시에 나는 남자친구와 열린 관계를 유지 중이었고, 그래서 처음엔 헨리의 이야기를 받아들였어요. 하지만 그가 가정생활에 대해 하도 말하지 않으려 해서, 얼마 지나지 않아 그가 당신에게 아무것도 말하지 않았다는 걸 깨달았어요. 내가 헨리와 알고 지낸 건 몇 달뿐이에요. 10월에 만났고, 크리스마스 즈음에는 성적인 관계는 거의 끝났으니까요."

크리스마스, 그때 나는 리자를 데리고 헨리를 만나러 시애틀로 날아갔었다. 2주 뒤 그가 주방 바닥에 쓰러졌고. 그의 마지막 12월이 오래전처럼 느껴졌다. 가을 내내 그랬던 것처럼, 그때도 그는 크리스틴을 만나고 있었다.

그해 가을 어느 날 아침의 일이 놀랍도록 선명하게 떠올랐다. 2002년 11월 8일 아침이었다. 나는 헨리와 함께 차를 타고 리자를 전학시키려 하는 사립학교로 이어지는 9번 도로를 올라가고 있었다.

우리 지역의 공립학교는 교육 성과가 시원치 않았고, 같은 반 여자아이 몇 명이 리자를 괴롭히고 있었다. 행정부서는 그 문제를 공격적으로 혹은 적절하게 다루지 못했다. 나는 다른 여자아이들 중 한 명의 엄마에게 이야기를 했고, 그 대화가 꽤나 긍정적인 효과를 불러일으켰다. 하지만 부작용도 있었다. 리자가 학교에 가기를 싫어했다. 겨우 1학년인데 말이다. 리자는 앞으로도 11년 동안이나 그 학교를 다녀야 했다.

그래서 우리는 공립학교가 딱 하나뿐인 우리 타운에서 유일한 대안인 그 사립학교를 둘러보기 위해 차로 도로를 올라가고 있었다. 그 학교는 우리 집에서 약 40분 거리였다. 타운의 몇몇 아이들과 에밀리의 두 딸도 그 학교를 다녔다. 사립학교와 공립학교 문제는 타운에서 논란거리였다. 타운에서 오래 살아온 집안들과 최근에 도시에서 이사 온 집안들 사이에 의견이 첨예하게 갈렸다. 우리는 곧 있을 전학에 대해 죄책감을 느꼈다. 어느 날 오후 아이를 데리러 학교에 갔을 때 우리의 계획을 차분히 언급하자, 리자가 에이미와 다른 학교를 다닐 거라는 생각에 캐시의 얼굴이 실망으로 일그러졌다. 캐시 자신도 엘리트 사립학교에서 수년을 보냈고, 심지어 더 엘리트 교육기관인 기숙학교까지 다녔으면서. 우리의 선택에 대한 캐시의 태도가 원망스러웠다.

우리가 리자를 사립학교에 보낼 형편이 되는지는 생각하고 싶지 않았다. 베이비시터와 주간 보호 비용을 내는 것도 충분히 힘들었지만, 가족의 도움을 좀 받고 생활비를 절약해 돈을 모을 수 있기를 바랐다. 확실히 헨리는 절약가는 아니었다. 그것이 내 끊이지 않는 불안의 원인이었다. 교통체증이 심한 9번 도로를 응시하는 동안 나는 그 계획 전체가 걱정되었다. 그때 헨리의 휴대폰이 울렸다.

헨리가 전화를 받았다. 혼잡한 고속도로에서 속도를 내고 있는데 그가 헤드셋 없이 휴대폰에 대고 통화하는 것이 거슬렸다. 하지만 곧 그 친밀한 통화에 깜짝 놀랐다. 상대가 여자라는 걸 알 수 있었다. 나는 손짓을 해 통화를 그만 끝내라는 의사를 전달했지만, 그는 무시했다.

"전화 끊어, 헨리." 내가 낮게 말했다. "지금 그럴 때가 아니라고. 위험하고 법에도 어긋나."

그는 화가 나서 통화를 끝내고는, 핸들을 난폭하게 꺾어 붐비는 고속도로 갓길로 향했다.

그러고는 내 어깨를 밀쳤다. "왜 그렇게 염병 맞게 이기적으로 굴어? 내 친구가 마음 상할 거라는 생각은 왜 하지 못하냐고! 캘리포니아에서 전화한 거야! 지금 그녀의 어머니가 죽어가고 있다고! 왜 그걸 이해 못 해? 당신이 이런 식으로 구는 게 정말 싫어!"

그의 분노에 나는 겁을 먹었다. 그가 나를 때릴 것 같았다. 쌩쌩 질주하는 차들이 바람을 불러일으켜 우리 차를 흔들었다. 차 안이 따뜻하고 새로 구입한 양가죽 코트를 입었는데도 몸이 떨리기 시작했다.

우리는 결혼했다. 학교 탐방을 앞두고 있으니 침착을 유지해야 한다는 걸 말하지 않아도 알고 있었다. 몇 분 뒤, 나는 겸연쩍긴 해도 여전히 화가 나 있었고 헨리는 다시 고속도로로 차를 몰았다. 우리는 냉담한 침묵 속에서 학교까지 달려갔다.

입학 담당관의 안내를 받아 로비에 도착하자 헨리는 언제 화가 났었냐는 듯 연극을 잘도 해냈고, 나는 어리둥절했다. 갑자기 그는 매우 따뜻하고 매력적인 사람이 되었고, 사려 깊은 질문들을 많이 하는 적극적이고 열광적인 모습을 보여주었다. 우리는 완벽하고 헌신적인 부모로서 사랑하는 우리 아이를 위해 그 멋진 학교를 구경했다.

그날 전화를 건 여자가 크리스틴이었다는 것이 이제는 이해가 되었다.

2002년 10월 23일

당신은 내가 이런 일을 겪은 첫 여자는 아닙니다. 하지만 나는 어떤 것을 찾고 있고, 내가 찾고 있는 것을 아직 발견하지 못했어요. 당신에게는 뭔가가 있어요. 당신의 지성과 인생을 향한 열린 자세, 그리고 육체적 아름다움의 조합이 지금 나를 외쳐 부르고 있어요. 지금껏 당신 같은 사람을 만나본 적이 없어요. 이건 마치 부름과 응답 같은 거예요. 나는 곡을 연주할 거예요. 당신이 연주하는 옳고 진실한 그 곡을요.

당신은 내가 하는 일이 로맨틱하다고 생각하지 않을지도 모르죠. 하지만 나는 엄청나게 노력하고 우리의 정서적 관계에 엄청난 투자를 하고 있습니다. 적어도 나에게 새로운 친구가 생길 거라는 건 알아요. 나는 평생 친구들을 사귈 겁니다. 그리고 난 더 많은 것을 원해요. 당신도 그걸 알겠지요. 난 우리가 육체적 사랑까지도 이야기할 수 있는 매우 친밀한 우정을 맺으면 좋겠어요.

당신과 친하게 지내고 싶습니다. 우리가 당신 아이들과 떨어져 있을 때도 당신이 편안하게 느끼고 나를 다정하게 대해주면 좋겠어요. 진정한 우리 자신을 위해 그저 서로를 즐기기를 원해요. 내가 다른 여자들과 자든 안 자든…… 그런 것들은 몇 시간 동안 한쪽으로 밀어두어야 한다고 생각해요. 우리를 하나 되게 하는 것만 생각하도록 합시다.

사랑을 담아
헨리

이런 감언이설과 값비싼 보석 선물, 직접 만든 요리, 그녀의 주방을 치워주고 식기세척기를 들여놔준 것에 대해 크리스틴은 어떻게 반응했을까? 삶에 지친 싱글맘들이 대개 그렇듯이, 그녀는 섬망에 가까운 상태였다. 헨리가 여행에서 돌아와 피곤하다고 변명하는 대신 그런 관심을 나에게 쏟아부었다면 나라도 짜릿한 기분을 느꼈을 것이다. 그해에는 그가 여행에서 돌아왔을 때 집 안 분위기가 가장 나빴다.

헨리에게 보낸 이메일에서 크리스틴은 대부분 피곤하고 진이 빠진 모습이었다. 어머니가 죽어가고 있었고, 돌봐야 할 어린 두 아들이 있었으며, 남자친구는 그녀를 버리려 했다. 아마도 그녀의 두 아들을 상대하고 싶지 않아서인 듯했다. 그녀의 집 안은 어지러웠고, 그것은 그녀가 집을 말끔히 유지할 여유가 없다는 뜻 같았다. 그녀는 이혼한 부모들을 위한 세 시간짜리 강의를 듣고 돌아와 헨리에게 다른 사람들에게는 결혼을 유지하라고 조언하고 싶다며 이메일을 보냈다. 아마 헨리가 듣고 싶은 말은 아니었을 것이다.

헨리가 죽은 다음 날 아침 매슈가 크리스틴에게 전화를 했다. 그녀는 주소록에 다른 이름으로 저장되어 있었다.

"나는 매슈에게 우리 사이의 일을 이야기했어요." 크리스틴이 돌이켜보며 말했다. "헨리가 부주의해서 모든 것을 눈에 잘 띄게 남겨놓았을 거라고 확신했죠. 나는 매슈에게 당신이 모든 걸 숨겨야 한다고 말했어요. 헨리에게 감출 것이 많다는 걸 알고 있었거든요."

크리스틴과 처음으로 나눈 대화가 끝나갈 즈음, 나는 만약 다른 식으로 만났다면 그녀와 친구가 되고 싶었을 것 같다는 이상한 기분을 느꼈다.

"그것이 헨리의 악몽이었어요." 그녀가 말했다. "당신과 내가 만나서 사이좋게 지내고, 구석으로 가서 그에 대해서는 완전히 잊어버린 채 이야기를 나누고 뜨개질을 하는 거요."

우리 둘 다 웃었고, 나는 그 말의 진실을 느낄 수 있었다. 웃음 덕분에 우리 사이가 부드러워졌다.

나는 크리스틴에게 사진을 좀 보내달라고 요청했다. 그녀는 이메일로 JPEG 파일 하나를 보내주었다. 그 파일을 열어보기 전 나는 생각했다. *자그마하고 귀여운 흑갈색 머리의 백인 여자일 거야.*

정말 그랬다. 내 또래의 작고 상냥해 보이는 여자로, 치아를 드러내는 미소와 곱슬거리는 짧은 갈색 머리, 온화한 이목구비를 갖고 있었다. 내 사촌이라고 해도 믿을 것 같았다. 아니면 캐시의 더 예쁜 자매라든가.

이상한 상실감이 느껴졌다. 크리스틴이 마음에 든다는 걸 인정해야 했다. 그녀의 유머감각은 훌륭했다. 그녀는 밝고 위트가 있었으며, 나는 뜨개질에 관해 열정적으로 이야기 나눌 수 있는 사람이라면 누구든 좋아하고 싶었다.

"아 참, 이번 달에 손모아장갑을 들고 있는 내 사진이 뜨개질 잡지에 실렸어요." 그녀가 즐거워하며 말했다. 나는 차를 몰고 우리 지역의 편물가게에 가서 그 잡지를 한 권 샀다. 그리고 그녀의 매력적이고 솔직한 얼굴에 다시 한 번 감탄했다. 우리에 대한 헨리의 생각은 옳았다. 우리는 잘 맞았다. 헨리가 그녀에게 보낸 길고 내밀한 이메일을 다시 읽으면서, 나는 헨리를 비밀스러운 상자들로 가득한 그의 인생에서 끌어낸 그녀의 능력이 부러웠다.

하지만 아이가 있는 기혼남과 섹스하는 것이 괜찮다고 생각하는 순간 무슨 일이 일어나는가? 크리스틴은 선을 넘은 그 순간에 관한 자신의 생각을 설명할 의향이 없었고 그럴 능력도 없었다.

나로 말하면 그런 경험에 관해 아는 것이 있다. 수년 전, 헨리를 만나기 전, 나도 딱 한 번 선을 넘은 적이 있다.

로베르토와 나는 몇 년 동안 서로에게 조용히 끌리고 있었다. 우리는 대학을 졸업한 어퍼웨스트사이드의 친구들 그룹의 일원으로 거의 매일 만났다. 리버사이드 드라이브의 담배 연기 자욱한 아파트들에서 열리는 파티에 갔고, 저렴한 레스토랑에서 식사를 했다. 110번가와 브로드웨이가 만나는 곳에 있는 골드레일에서 맥주를 마셨고, 주말에는 춤을 추러 갔다.

로베르토는 아네트와 결혼했다. 영주권 문제가 있었지만(로베르토는 이탈리아 출신이었다.) 그의 아내는 숭배에 가까운 헌신을 보여주었다. 아이는 없었다. 로베르토는 학문에 열정을 쏟았고, 언어학 박사과정을 마치는 중이었다.

그해 1984년 9월에 아네트는 3주간 시카고로 자료조사를 하러 갔다. 그녀가 떠난 뒤 어느 날 오후, 로베르토가 내 사무실로 전화를 걸어와 그날 밤 함께 영화를 보러 가지 않겠냐고 했다. 이웃 동네의 작은 예술영화관에서 빔 벤더스 영화제가 열리고 있었다. 그 영화들은 당시 내가 살던 끔찍한 아파트를 벗어날 훌륭한 이유가 되어주었다.

우여곡절 많은 재임차와 셰어하우스 생활을 여러 해 동안 한 뒤 어렵게 얻은 내 저렴한 집은 브로드웨이와 107번가가 만나는 고약한 철로 옆에 있는 방 네 개짜리 아파트로, 수직 갱도처럼 빛이 흐릿하게 비치는 동굴 같은 곳이었다.

그 아파트에 사는 외로운 남자 입주자는 수직 갱도를 가로질러 와 내 방 창문을 들여다보기를 좋아했다. 내가 드리운 커튼들이 남아 있는 불빛을 대부분 차단해 프라이버시를 확보해주었다. 햇빛이 들지 않는 우리 아파트에서 유일하게 정상적인 수컷은 나의 위엄 있는 얼룩무늬 고양이 체스터였다.

체스터는 쥐를 비롯해 새벽 2시에 나를 잠에서 깨우는 바퀴벌레를 쫓아낼 수 있도록 나를 도와주었다. 더듬이가 달리고 다리에 갈색 털이 난 바퀴벌레였다. 나는 헐떡이며 비명을 내뱉은 뒤벌레를 잡기 위한 긴 원정에 착수했다. 체스터는 가진 것이 시간뿐이어서, 바퀴벌레가 위험을 무릅쓰고 다시 나올 때까지 라디에이터 옆에서 몇 시간이고 꼼짝 않고 기다릴 수 있었다. 체스터의 꼬리가 씰룩거리면 우리의 사냥감이 움직이고 있다는 뜻이었고, 나는 벌레 퇴치약을 다량 살포한 뒤 맨해튼 전화번호부나 신발 등 손에 잡히는 것으로 바퀴벌레를 닥치는 대로 때려잡았다.

나는 로베르토와 함께 《도시의 앨리스》, 《시간의 흐름 속으로》, 《미국인 친구》를 보았다. 영화를 본 뒤엔 내가 사는 블록 북쪽 구석에 있는 좁다란 레스토랑 "라 로지타"에서 쌀과 콩 요리, 그리고 소꼬리 스튜를 먹었다. 그 여름의 마지막 파리들이 기름기가 찌든 창문들 옆에서 한가로이 윙윙거리는 동안, 우리는 김이 피어오르는 *카페 콘 레체*를 마시고 스튜를 먹었다. 영화를 보고 나면 그는 걸어서 나를 집까지 데려다주었고, 종종 위층으로 올라와 차 한 잔을 마시곤 했다. 우리는 방금 본 영화에 대해, 그의 끝날 줄 모르는 언어학 논문(놈 촘스키와 관련 있는 논문이었는데, 지금도 나는 촘스키에 대해 아무것도 이해하지 못한다.)에 대해 이야기를 나누었다. 볼만한 영화가 없으면 바로 식당으로 갔다.

아내가 돌아오기 전날 한밤중에 그는 반쯤 닫힌 내 아파트 출입문 앞에 서 있었고, 마침내 자기가 원하는 것을 말했다. 문에 자기 몸을 누르고는 가기 싫다고 했다. 나는 문을 열고 그를 집 안에 들였다. 성적 끌림이 충족된 최초의 행복감에 뒤이어, 뇌가 마비되는 듯한 몇 번의 편두통이 찾아왔다. 나는 시력이 저하되어 반달눈을 한 채 비틀거리며 브로드웨이를 걸어 올라가 모퉁이의 시장까지 갔다. 불면증 때문에 새벽 3시까지 깨어 있었다. 사랑에 깊이 빠지긴 했지만, 기혼남과의 연애는 적성에 맞지 않았다. 한 달 뒤 나는 그 관계를 끝냈다.

로베르토가 시간을 달라고 간곡히 부탁했다. 우리는 다시 만나기 시작했다. 크리스마스에 그가 나에게 검은 레이스 장갑을 선물했다. 나는 아네트가 눈치챌까 두려워 그에게 아무것도 주지 않았다. 편두통이 한층 심해졌다. 눈앞이 뿌예지고 통증과 메스꺼움이 느껴졌다. 나는 로베르토에게 결정을 내려달라고 그리고 아네트에게 우리 관계에 대해 말하라고 부탁했다.

그가 아네트에게 말했다. 하지만 어떻게 할지 결정할 수가 없다고 했다. 아네트를 사랑하진 않지만 결혼생활에서 지지와 위안을 얻는다고 했다. 우리 관계가 제대로 이어질지는 잘 모르겠다고 했다. 나는 그거야 나 역시 모른다고, 일단 시도해봐야 하지 않겠느냐고, 이런 식으로 계속할 수는 없다고 말했다. 결국 나는 그 관계를 그리고 우정을 끝냈다. 우리는 두 번 다시 만나거나 이야기를 나누지 않았다. 그건 담배를 갑자기 끊는 것과 같았다.

밸런타인데이에 편지함에 도착한 하얀 봉투를 로베르토에게서 온 것이기를 반쯤 기대하며 간절한 마음으로 개봉했다. 속이 뒤틀리는 고통 속에서 여전히 로베르토를 그리워하고 있었던 것이다. 봉투 안의 하얀 카드에는 검은 하트가 잉크로 대충 그려져 있고 더듬이와 다리가 완벽하게 보존된 바퀴벌레 사체들이 주의 깊게 풀로 붙여져 있었다.

아네트에게서 온 카드였다. 그녀는 나를 암캐, 비열한 년, 잡년 이라고 불렀다. 그 단어들을 보자 고등학교 시절의 상처가 떠올랐 다. 불과 20블록 떨어진 곳에 나를 철저히 미워하고 마주쳤을 때 나에게 해코지를 할 수도 있는 여자가 살고 있다고 생각하니 두려 웠다. 하지만 그녀가 화를 낼 만하다는 생각도 들었다.

그녀가 노력을 기울여 그 카드를 만든 것이 놀라웠다. 그녀의 주방에서 나온 바퀴벌레들일까? 이런 목적으로 바퀴벌레 사체들 을 모아놨다가 나에게 보냈을까?

나는 로베르토가 마음을 바꿔 나에게 돌아오길 여전히 바라며 실연의 고통을 조용히 겪었다. 교훈을 톡톡히 얻었고, 1년 반 뒤 헨리를 만나기까지 실연의 고통은 서서히 누그러졌다. 그 짧은 사 건을 통해 성인기 초반에 큰 교훈을 얻었고, 나는 같은 실수를 절 대 되풀이하지 않기 위한 상기물로서 아네트가 보낸 카드를 몇 년 동안 가지고 있었다.

캘리포니아에 사는 크리스틴은 30대 후반 혹은 40대 초반이었다. 경험 없는 스물다섯 살 아가씨가 아니었다. 그리고 자신이 한 일에 대해 진실한 태도로 후회를 표현하긴 했지만, 내가 자세히 물으며 압박하자 모호하고 회피하는 모습을 보였다. 자신이 나에게 설명 해야 한다는 것은 이해하는 것 같았다. 하지만 어느 시점에서 나는 벽에 부딪혔다.

나와 대화할 때 그녀는 그들 관계의 성적인 면을 축소하려고 애썼다. 나에게 고통을 주기 싫었을 것이다. 그리고 때때로 섹스는 그저 섹스일 뿐인 것도 사실이었다. 어떤 사람들은 돈을 주고 그것을 사기도 한다. 헨리의 이메일을 통해 그가 그들의 성적인 관계를 지속하려고 애썼다는 사실을 분명히 알 수 있었지만, 섹스가 항상 재미있거나 의미가 있는 것은 아니다. 크리스틴은 자신이 지적으로 헨리에게 끌린다고 느꼈고, 자신에게 중요하고 의미가 있었던 것은 그들이 나눈 대화였음을, 심지어 그 대화들이 그녀의 삶의 과정을 창의적으로 변화시켰음을 암시했다.

그녀는 그 대화들에 관해 사과했다. 기혼남인 헨리와의 대화에 그렇게 감정적으로 빠져든 것이 얼마나 잘못된 일인지 알고 있다고 말했다. 그런 정서적 연루가 그를 결혼생활에 소홀해지게 만들었을 테니 그들이 나눈 섹스만큼이나 나쁘다는 것을 그녀는 알고 있었다.

하지만 생각할수록 더욱더 화가 났다. 그 몇 달 동안 그들이 맺은 친밀한 정서적 관계는 그날 아침 9번 도로의 차 안에서 내 결혼생활에 깊은 타격을 입힐 만큼 충분히 의미심장했다. 캐시는 헨리의 삶에 들락거렸고, 크리스틴은 세상의 중심이 되고 싶은 헨리의 필요를 충족해주었다.

크리스틴과의 대화는 결코 "끝났다"고 느껴지지 않았다. 그녀가 나에게 해야 할 말이 더 있는 듯한 기분이 들었다. 하지만 헨리와 같은 매력이 없으니 그녀한테서 그걸 캐낼 수가 없었다. 그럼에도 불구하고, 어느 날 아침 주방에서 메인주의 렌트하우스에 가져갈 음식 상자를 꾸리다가 잠시 쉬던 중 크리스틴에게 다시 전화를 걸었다. 타운을 떠날 때까지 기다릴 수가 없었다. 테이블 위에는 침대 시트와 타월이 무더기로 쌓여 있었고, 위층에 옷 무더기가 있었다. 8월이지만 메인주의 날씨는 종잡을 수가 없다. 나는 플리스 재킷에서 수영복까지 온갖 옷들을 다 꺼냈다. 바쁜 건 좋은 일이었다.

"헨리가 가련한 인생에서 한 선택들의 결과를 당신이 처리하고 있다니 너무 안타까워요. 내가 그런 지저분한 난장판에 한몫을 해서 죄송하고요." 크리스틴이 말했다.

지저분하다. 아이들이 푸딩 그릇을 주방 바닥에 엎었을 때나 기저귀 속 악취 나는 내용물을 묘사할 때 사용하는 단어다. 나와, 그리고 이 추잡한 이야기와 결별하고 인생의 더 행복한 다음 장으로 넘어가고 싶어 하는 그녀의 바람이 느껴졌다.

하지만 나에게는 그런 호사가 허락되지 않았다. 이제 겨우 이해하기 시작했으므로 더 깊이 파고들 필요가 있었다. 파고드는 행위는 카타르시스를 주지 않았다. 상상할 수 있는 모든 방식으로 끔찍할 뿐. 하지만 나는 분별이 있었고, 새로운 인생을 시작하려면 지나간 일들의 굴레에서 벗어나야 한다는 것이 날이 갈수록 분명해졌다. 크리스틴은 다 털어놓았고 이제 자기 삶으로 돌아가고 싶어 한다는 걸, 그리고 내가 무엇을 더 알게 되든 그것의 진실은 다른 곳에 있다는 걸 나는 알고 있었다.

얼마나 많은 사람들이, 심지어 가까운 친구들조차 내 기분을 고려해 자기가 아는 것을 나에게 함구하고 있을지 궁금했다.

　나 자신 말고 누구를 믿을 수 있을까? 아침이 밝을 때까지 수술용 메스로 내 가슴을 찌르고 있는 기분이었지만 나는 리자를 무사히 일일 캠프에 보냈다. 그리고 이제 여자들의 목록을 계속 조사하기 위해 다시 사무실로 향할 준비가 되었다.

≡

여자가 기분 좋은 목소리로 전화를 받았다.

　"나는 줄리라고 해요. 헨리의 아내요."

　엘렌—한 손으로 턱걸이를 열 번은 할 수 있을 만큼 강단 있는 근육질의 여자—은 내 말을 듣자마자 울기 시작했다.

　"당신 생각을 자주 했어요." 그녀가 흐느끼며 말했다. "헨리가 세상을 떠났다는 소식을 들었거든요. 밤샘이나 장례식에 가지는 못했지만요." 그녀가 한숨을 쉬었다. 그리고 잠시 사이를 두었다가 말했다. "내가 그 자리에 어울리지 않는다는 걸 알고 있었으니까요."

　엘렌은 계속 울면서, 체육관에서 만난 뒤 헨리가 추파를 던지며 자신을 쫓아다녔다고 말했다. 그녀의 집에서 살고 계신 어머니는 무척 편찮으셔서 지속적인 돌봄이 필요했다. 그렇기 때문에 매일 체육관에 가는 것은 가정생활의 부담으로부터 잠시나마 벗어나는 탈출구였다. 그녀와 그녀의 남편은 어려운 시기를 지나고 있었다.

엘렌은 헨리와 두 번 섹스를 했다고 말했다. 죄책감에 시달리다 남편에게 말했고 부부 상담을 시작했다. 체육관 일정표도 다시 짰고, 이후 헨리와는 다시 만나지 않았다고 했다.

내가 말했다. "호기심에서 묻는 건데요, 당신은 어떻게 생겼나요? 아니, 말하지 마세요. 틀림없이 키가 작고 흑갈색 머리의 백인일 거예요." 정말 그랬다.

이 통화를 한 다음 날, 엘렌이 도로 전화를 해왔다. 그녀는 조금 더 울고는 용서를 구했다. 나는 그녀와 헨리가 주고받은 이메일을 전부 읽어보았다. 그녀의 이메일들은 그녀가 사람을 잘 믿는다는 것을 보여줬지만, 그녀 같은 상황이라면 나라도 그랬을 것 같다. 헨리는 캘리포니아의 크리스틴에게 엘렌이 그다지 영리하지 못하다고 불평했다. 하지만 엘렌은 헨리와 함께 살 때의 나보다 더 둔하지 않았다. 헨리는 그녀를 자기와 지적으로 동등하지 않다고 보았을지 몰라도, 다른 모든 면에서 그녀가 헨리보다 나았다. 그녀는 양심이 있었고, 감정에 진정성도 있었다. 옳고 그름을 빠르고 명확하게 이해했고, 자신의 잘못도 분명하게 자각했다. 실수를 저질렀지만 스스로 바로잡았다. 자신의 결혼생활이나 나에 대한 책임으로부터 달아나지 않았다.

나는 엘렌이 행복한 삶을 살기를 바랐다. 결혼생활이 개선되길 바란다고 말했더니, 그녀는 고맙다고 대답했다. 이제 우리 두 사람 모두 다음 단계의 삶으로 넘어갈 수 있게 되었다.

그녀와 대화를 한 뒤 분노가 너무 빠르게 사그라져서 놀랐다.

아마도 내가 마모되고 둔감해진 것 같았다. 하지만 헨리의 매력에 빠져 내 진창 같던 결혼생활에 잠시 발을 헛디디고 비틀거린 그 여자에게 동정심을 느꼈다. 그녀는 캐시에 대해 전혀 알지 못했고, 심지어 그녀가 헨리의 삶에 더 오래 머물렀다 해도 아마 헨리는 그녀에게 캐시나 크리스틴 혹은 다른 어떤 여자에 관해서도 말하지 않았을 것이다. 엘렌은 헨리에게 그저 노는 상대였다. 내가 볼 때 엘렌은 삶의 혹독한 의무에 지쳤을 때 헨리가 던져준 뭔가에 잠시 홀린 일종의 무고한 행인이었다. 나는 헨리가 취약한 여자들을 찾아내는 데 소질이 있었다는 사실에 주목했다. 로맨스에서는 사회 통념에 어긋나는 것이든 아니든 타이밍이 가장 중요하다.

≡

헨리가 크리스틴에게 보낸 편지에서 언급했던 아르헨티나 여자 알리시아에게 이메일을 보냈다.

나는 2002년 12월 3일에 알리시아가 헨리에게 보낸 이메일 한 통만 갖고 있었다. 내 친구 사라가 봄에 방문했을 때 헨리의 사무실을 살펴보다가, 그의 여행가방 바닥에 접힌 채 들어 있던 그 메일의 프린트물을 발견했다. 사라는 전체적인 의미를 이해하지 못한 채 그것을 나를 위해 보관해두었고, 헨리의 외도들에 관한 이야기를 들은 뒤 우편으로 나에게 다시 보내주었다. 이메일 제목이 충분히 많은 것을 말하고 있었다. "Re: 나의 북아메리카 남자친구"

지나치게 격식 차린 영어로 쓴 그 이메일에서 알리시아는 "자신의 섹스 문제들"에 관해 헨리에게 이야기한다면 행복할 거라고 말했다. 그녀는 전화로 이야기하자며 시간을 제안했고 자기 전화번호를 알려주었다.

나는 파티에서 그녀를 만난 적이 두 번 있었다. 그중 한 번은 전해 여름 우리 집에서 열린 파티에서였다. 그녀는 토마스의 전 여자친구 린지의 친구였다. 린지가 자기도 모르는 사이에 뚜쟁이 역할을 한 것이다.

나는 알리시아에게 이메일을 보냈다. 놀랍게도 그녀가 신속히 답장을 보내왔다. 우리의 이메일 교환은 그녀의 좋지 않은 영어 실력 때문에 원활하지는 않았지만 그럭저럭 몇 차례 이어졌다. 그녀의 삶은 혼란스럽고 슬퍼 보였다. 그녀는 대학생이고 한 남자와 함께 살았는데, 그 관계는 그녀의 설명에 따르면 불안하고 행복하지 못했다.

"정말 아무 일도 없었어요." 그녀가 말했다. 이 말이 진실일까? 장래의 연애에 대한 헨리의 판타지가 지나치게 부풀려진 걸까? 분명 그들은 뭔가에 관해 이야기를 했고 이야기를 계속할 계획을 세웠다. 자신의 연애 관계들과 자기 나라 문화에 대한 그녀의 묘사에서 아르헨티나에서는 부정不貞이 융통성 있게 용인된다는 사실을 알 수 있었다. 그리고 헨리가 그것을 기대했을 거라고 짐작했다. 그에게 이상적인 여자는 미국이 아닌 다른 나라 출신이었을 것이다. 우리 미국인들이 청교도적인 척하는 것은 전 세계적으로 유명하다. 그럼에도 불구하고 빌 클린턴 사건 등등이 있었지만.

헨리가 자기 삶을 어떤 식으로 구분했는지 알려주는 이 뜻밖의 전개를 마주하고, 나는 씁쓸한 웃음을 지으며 헨리가 전 대통령 클린턴을 꽤나 심하게 비난했던 일을 떠올렸다. 그가 저지른 간통과 그에 관한 거짓말에 대해서.

≡

헨리의 외도들에 대해 알고 난 그 끔찍했던 일주일 동안, 나는 토마스와 매일 연락하며 고마운 위로를 받았다. 그 역시 자기가 아는 것을 말한 뒤 힘든 시간을 보내고 있었다. 그와 나의 관계를 수상쩍게 보던 사람들 중 몇몇은 심지어 그가 헨리의 외도를 나에게 알린 일을 가혹하게 비난하기도 했다. 하지만 나는 후련하고 고마웠다.

토마스가 리자와 나를 지역 여름캠프의 커다란 창고 같은 건물에서 열리는 댄스파티에 초대했다. 밴드가 연주를 했고, 우리는 활기 넘치게 춤을 추었다. 일주일 내내 느낀 분노를 완벽하게 날려 보내는 일종의 모의 권투 경기였다. 토마스는 리자를 공중에 던지고 빙글빙글 돌렸다. 참석한 사람들 중에는 아는 얼굴이 많았고, 그들이 토마스와 나를 커플로 보기 시작한다는 불편한 기분이 들었다. 시간이 좀 흐르자 리자가 피곤해했고, 토마스와 나는 땀투성이가 되었다. 우리는 잠시 쉬고 예쁜 경치 속에서 바람도 쐬려고 밖으로 걸어 나갔다. 리자가 마지막 햇빛을 즐기며 다른 친구들과 놀기 시작했다. 한 친구의 열 살짜리 딸아이가 나를 알아보았다. 그 아이는 나를 쳐다보고 토마스를 쳐다보았다. 그리고 다시 나를 보았다.

"데이트하시는 거예요?" 그 애가 토마스와 나를 계속 번갈아 쳐다보며 물었다.

그 아이의 질문에, 아이들 특유의 대담하고 직설적인 질문에 뭐라고 대답해야 할지 알 수가 없었다. 평소 내가 권장하는 유형의 질문인데 말이다. 나는 토마스와 내가 무엇을 하고 있는지 정말로 알지 못했다. 우리는 "데이트"라는 전통적인 용어로 정의할 수 없는 관계를 시도하고 있었다. 메인주 여행이 가까워옴에 따라, 이 댄스파티가 우리가 이런 식으로 함께하는 마지막 시간 중 하나일지도 모른다는 생각이 들었다. 가을이 되면 변화가 생길 것이다.

하지만 놀랍고 안심되게도, 토마스가 그 어색한 순간을 잘 넘겼다. 그는 내 쪽으로 걸어와서는 나에게 다정하게 팔을 두르고 말했다. "그래! 맞아!"

≡

이제 여자 한 명이 남았다. 그녀의 이름은 엘리아나였다. 그녀는 헨리가 크리스틴에게 보낸 이메일에는 언급되지 않았다. 헨리의 외도 사실이 공개되자, 매슈가 헨리의 여자들에 관해 알고 있는 사실을 이야기하러 찾아왔다. 그는 헨리가 죽은 다음 날 아침 일찍 엘리아나가 전화를 했고 내가 침실에 있을 때 들은 여자의 비명이 그녀의 소리였음을 기억하고 있었다.

헨리의 주소록에서 엘리아나의 이름을 찾아낸 뒤, 며칠 기다렸다가 연락을 시도했다. 그녀를 마지막으로 남겨두었다. 용기를 그러모을 시간이 필요했다.

8
2003년 7월 말

헨리가 죽기 두어 달 전 나는 엘리아나를 한 번 만난 적이 있었다.

헨리와 내가 리자를 보낼 사립학교 탐방을 하러 9번 도로를 자동차로 달렸던 2002년 11월 저녁, 우리는 바깥에서 저녁을 먹었다. 토마스의 전 여자친구 린지가 자기 생일파티에 우리를 초대했다. 나는 그해 여름 토마스가 우리 집 다락방에서 사는 동안 그녀가 꽤나 쩨쩨하게 토마스와 결별했다고 생각했다. 이후 사람들은 그 깨진 커플 중 이쪽 혹은 저쪽이 여는 파티 중 하나를 불가피하게 선택해야 했고, 우리는 토마스와 더 가깝게 지냈다.

우리 타운에 작은 촌극이 펼쳐졌다. 린지는 자기가 하고 싶은 것을 얻어내는 재능이 있었고, 어쨌거나 나는 초대 명단에 포함되는 것이 기분 좋았다. 그 생일파티는 코스튬파티였고 아이들도 초대를 받았다. 리자는 파란색 점퍼스커트를 입었다. 리자의 모습을 보고 내가 『이상한 나라의 앨리스』에 나오는 인물들의 복장을 하자는 아이디어를 냈다.

"난 코스튬파티가 싫어." 헨리가 무시하는 태도로 대꾸했다. "이래저래 골칫거리라고."

"알았어. 하지만 오늘은 린지의 생일파티이고, 그녀가 코스튬파티를 원해. 심지어 토마스도 온다고. 린지의 기분을 좀 맞춰주면 안 되는 거야?"

"다들 항상 그 여자애의 기분을 맞춰주잖아."

"그 말도 맞지."

리자의 주름 장식이 달린 파란 점퍼스커트의 등 뒤 단추들을 채워주었다. 그런 다음 내가 좋아하는 빈티지 의상 중 하나인 와인색 벨벳 드레스를 입고 양단 조각과 리본을 직접 바느질해서 만든 왕관을 썼다. 최후의 순간에 한 그 노력이 꽤나 자랑스러웠다. 내가 헨리에게 그의 미소가 체셔 고양이에 잘 어울릴 거라고 말하자, 헨리는 필요하다면 그 복장을 하겠다고 마지못해 동의했다. 차로 파티 장소에 가는 동안 헨리는 내내 투덜거렸다. 한편 나는 우리를 초대한 여주인에 대한 복합적인 감정에도 불구하고 그 파티를 기대하고 있음을 인정해야 했다. 회색빛 가을의 우울함이 외로운 겨울이 곧 다가온다는 신호와 함께 매일 조금씩 더 그 집에 배어들고 있었다. 매일 밤 밖에서 사람들과 어울리면 헨리와 나는 싸우거나 각자의 사무실로 도피하지 않아도 되었다. 또한 파티는 가족이 함께 있을 무대를 제공해주었다.

시끄럽고 사람들이 붐비는 공간으로 들어갔을 때, 나는 흑단 같은 머리에 검은 옷을 입고 음식과 음료가 준비된 테이블을 감독하고 있는 날씬한 여자를 발견했다. 뉴욕시에서야 그런 복장이 특별할 것 없겠지만, 우리 타운에서는 눈에 띄는 어둠의 표식이었다. 그녀의 손목에는 검은색 가죽 스터드 팔찌가 채워져 있었고, 긴 머리칼이 머리 위의 조명을 받아 블루블랙빛으로 어른거렸다. 눈에는 진한 색의 아이라이너와 마스카라가 칠해져 있었다. 볼드모트의 추종자 복장 같았는데(확실히 그런 것 같았다.) 그녀가 그런 복장으로도 너무나 수월하게 몸을 움직여서, 항상 그런 옷을 입는지 궁금했다. 그녀가 나를 보고 미소를 지었고, 나는 서늘한 느낌이 들었다.

방 안에는 다른 오락거리들도 가득했다. 어떤 여자는 젊은 엘비스가 환생한 듯 파란 스웨이드 구두를 신고 힙한 스웨그를 뽐내며 〈하트브레이크 호텔〉을 신나는 버전으로 불렀다. 하얀 로브를 걸치고 가죽 스트랩 샌들을 신은 예수님이 붐비는 사람들을 뚫고 어슬렁거렸다. 얼룩투성이의 흰색 민소매 언더셔츠를 입고 베개를 넣어 상체를 부풀린 후 머리에 기름을 발라 뒤로 빗어넘긴 토마스는 깜짝 놀랄 정도로 굼바[36]처럼 보였다. 내가 억지 미소를 짓자, 그는 자기 안의 악마들을 몰아내는 것에 관해 농담을 하고는 여주인이 있는 방향으로 맥주캔을 비스듬히 기울였다.

---

36 미국 내 이탈리아계 마피아들을 일컫는 속칭.

스물다섯 살 생일을 맞은 린지는 어느 때보다 예뻤다. 그녀가 토마스와 처음 이 타운에 이사 왔을 때, 모두가 이 멋진 아가씨에게 조금씩은 반했다. 오늘 밤에도 그녀는 실망시키지 않았다. 차이나칼라가 달린 드레스를 입으니 팔다리가 긴 그녀의 몸이 돋보였다. 그녀는 한 손에 빈티지 담뱃대를 들고 휘둘렀고, 다른 손으로는 틀어올린 금발 머리를 긴장한 듯 초조하게 매만졌다. 그녀는 기대감에 차서 헨리와 내가 자신의 복장에 반응을 보이기를 기다렸다. 진한 갈색 머리의 자그마한 여자, 20세기 초반의 유명한 성애물 작가 아나이스 닌이 우리에게 말을 걸었다. 그러나 우리 중 아무도 그녀의 정체를 짐작하지 못하자 주홍색 립글로스를 바른 그녀의 입이 삐죽 튀어나왔다. 아하, 우리는 미소를 지었다.

갑자기 나도 긴 담뱃대로 담배를 피우고 싶어서 한숨을 쉬었다. 하지만 맙소사, 나는 좋은 엄마가 되기 위해 수년 전에 담배를 끊었다. 나는 이미 벽에 얌전히 몸을 붙이고 있기에는 너무나도 익숙한 모든 충동을 느끼고 있었다. 리자의 손을 잡고 에밀리와 그녀의 아이들이 있는 구석으로 향했다.

에밀리도 긴 담뱃대를 들고 있었다. 에밀리가 아나이스 닌 복장을 했다면 더 그럴듯해 보였을 텐데, 그녀의 진한 갈색 단발머리와 빨간 립스틱을 칠한 입술을 보며 나는 생각했다. 에밀리는 그녀가 경탄하는 파리의 보헤미안들처럼 수다 속에 활짝 피어났다. 그녀의 뺨은 활기찬 방 안, 다시 말해 린지가 요가 수업을 이끄는 평화로운 스튜디오의 열기로 상기되어 있었다. 에밀리가 이런 작은 타운에 사는 것을 지겨워하지 않을지 잠시 궁금했다. 일하지 않는 전업주부 엄마는 버클리에서 사는 것이 훨씬 더 재미있을 테니까. 음식 협동조합, 여성들의 동아리, 진보적인 학교, 그리고 진짜 정치 활동. 이 동네에서는 모두가 우리 아이들을 위해 무엇을 할 수 있는지 많이 이야기했지만 아무도 그렇게 많은 일을 하지는 않았다. 다들 집 실내장식을 다시 하느라 너무 바빴다.

훌륭한 파티였다. 린지는 여주인으로서 손님들을 따뜻하게 맞이했고, 음식과 음료가 풍족했으며, 음악도 있었고, 손님들이 꽤나 자유로운 기분으로 춤을 추었다. 그러나 그 방에서 나는 문제였다.

나는 리자를 친구들과 함께 놓아두고 음료 테이블로 걸어가, 검은 옷을 입은 여자로부터 레드와인 한 잔을 받아 들었다. 그녀가 다시 미소를 지었다. 나는 힘 없는 몸짓으로 그녀에게 답하고 내 구석 자리로 신속히 물러갔다. 얼마 안 가 와인이 그날의 날카로운 기분과 세상에 대한 짜증을 누그러뜨려 주었다. 쾌활하게 여기저기 돌아다니던 헨리(그의 언짢은 기분은 와인과 사람들과의 만남 덕분에 빠르게 희미해졌다.)가 나타났다가, 사람들과 좀 더 어울리기 위해 다시 사라졌다. 나는 에밀리와 다른 친구 몇 명과 함께 방 가장자리에 서 있는 것이 좋았다. 아이들은 쌓아놓은 코트 더미 위에서 자기들끼리 놀고 있었다.

대화 중 잠시 침묵이 내려앉을 때 나는 검은 옷의 여자를 슬쩍 넘겨다보며 다시 확인했다. 그녀는 헨리와 웃으며 이야기를 나누고 있었다. 우리의 눈이 마주치자 헨리의 눈이 머리 위 색색의 파티 조명을 받아 좁다란 틈새만 남기고 감겼다. 그리고 다음 순간

소리 없이 활짝 웃었다. *완벽한 체셔 고양이네.*

그때 리자의 목소리가 들리는 바람에 나는 다른 데로 눈길을 돌렸다.

내가 헨리와 방 안의 소음으로부터 몸을 돌리며 물었다. "뭐라고 했니, 애야?"

"이제 우리 집에 가면 안 돼요, 엄마?" *내 생각이 바로 그거야.*

"엘리아나에 대해 어떻게 생각해?" 며칠 후 헨리가 나에게 물었다. 내가 그 앞으로 온 우편물을 건네주자 그는 자기 책상 위 어수선한 종이들에서 눈을 들었다. 그가 새로 온 우편물 봉투들을 이미 도착한 개봉하지 않은 혼돈스러운 청구서 무더기 위에 쌓아두는 것을 나는 견딜 수가 없었다. 우리가 계좌를 각자 따로 관리하는 것에 안도감을 느끼게 되는 많은 경우 중 하나였다.

"엘리아나가 누군데?"

"린지 생일파티에서 나와 이야기한 여자."

"검은 옷을 입은 여자? 난 그 여자 무서워 보이던데. 어쨌거나 그 여자가 누군데?"

"린지가 파티 도우미로 고용한 여자야. 토마스도 그 여자를 알고. 난 다음 주에 그녀와 점심을 먹을 계획이야. 어시스턴트로 내 책 쓰는 걸 도와달라고 부탁하려고. 이 아이디어 어떻게 생각해?"

"똑똑한 영어 전공자의 머릿속에 대체 무슨 일이 일어난 거야?" 내가 쏘아붙였다. 그 명백한 사실을 지적해야 한다는 것이 기가 막혔다. "그 여자가 자료조사에 특별한 강점이라도 있어? 그 여자가 음식에 대해 척척박사라도 돼? 그 여자가 전문 작가야?"
나는 싸움이 나기 전에 아래층 내 사무실로 내려가려고 그의 책
상에서 물러났다.

"사실 그녀가 작가는 아니지. 그보다 그녀는 오히려……." 헨리
는 말을 하다 잠시 멈추고 정확한 표현을 찾았다. "영적 안내인이
야." 그가 거의 하소연하듯이, 그러나 도발적으로 나를 바라보았
다. 그 두 가지 얼굴 표정이 합쳐져 일종의 도전 같은 것이 되었다.

"영적 안내인? 이봐요, 볼테르의 후예를 자처하는 이성적인 아
저씨. 당신이 대체 언제부터 '영적 안내인'을 좋아했는데? 내가 요
가 수업 들으라고 해도 안 듣던 사람이."

그건 말도 안 되는 생각이었다. 검은 가죽 팔찌를 찬 그 진한
갈색 머리 여자가 헨리의 어시스턴트로 일한다고? 책 집필과 관
련해 그가 한 이야기 중 가장 웃기는 이야기였다. 폭발하기 전에
빨리 그의 사무실에서 벗어나고 싶었지만, 좌절감과 헨리에 대한
갑작스럽고 역설적인 동정심에 몸이 굳어 문 앞에 서 있었다. 헨
리는 너무도 애절한 표정이었고 어찌할 바를 모르는 사람처럼 보
였다.

"사방이 가로막힌 기분이야." 그가 말했다. "책 쓰는 걸 시작할
수 없을 것 같아. 정리하고 집중하는 데 도움이 필요해." 우리는
침묵 속에서 그동안 손대지 않은 서류들을 처리했다. "그런데 당
신은 왜 항상 모든 것에 그렇게 부정적이야?"

"오늘 엘리아나와 점심을 먹었어." 다음 주 어느 날 저녁 식사를

마친 뒤 헨리가 주방 테이블에서 일어나며 말했다. 리자는 아이스크림을 먹고 있었다. "그녀가 내 자료조사를 돕는 데 정말 적격이라는 생각이 들었어."

나는 싱크대의 수돗물을 잠그고 열심히 닦던 프라이팬과 수세미를 내려놓았다. 헨리는 계단으로 이어지는 복도 쪽으로 가고 있었다. 나는 리자 혼자 주방에서 디저트를 먹게 해도 될지 갈등을 느끼며 헨리를 뒤쫓아 그의 사무실로 올라갔다.

"나 좀 봐, 헨리. 당신이 전에 나한테 의견을 물었고, 내가 내 의견을 당신에게 말했잖아. 내 말을 들을 생각이 전혀 없었으면서 왜 나에게 의견을 물었어?"

그가 우울한 표정으로 책상 앞에 앉았다.

"헨리, 여기 이것들은 정말 끔찍해." 나는 책상 위에 놓인 어수선한 종이 더미를 살펴보며 말했다. 가로 길이가 2미터가 넘는 긴 책상이었다. 책상 위에는 빈 공간이 보이지 않았다. 만약 자연이 공백을 혐오한다면, 그의 사무실은 한 조각의 맨땅도 없는 일종의 열대우림이 되었을 것이다. 지난주에 이야기를 나눈 이후 개봉하지 않은 더 많은 우편물과 잡지 더미들이 바닥에 생겨났다. 그것들은 주문 제작한 서가를 따라 줄지어 놓여 있었다.

"솔직히 당신이 온종일 뭘 하는지 이해가 안 돼. 나는 아침에 일어나 사무실로 가서 일을 해. 난 커피 마시러 캐시네 집에 가지 않아. 낮잠도 자지 않고, 일주일에 세 번 체육관에 가지도 않아. 나는 일을 하고 리자를 돌봐. 그리고 일주일에 한 번 요가 수업에 가지." 내 목소리가 히스테릭하거나 화난 것처럼 들리지 않고 침착하게 들리기를 바라며 잠시 사이를 두었다.

"난 당신을 위해 이 엉망인 방 안을 치워줄 수 없어." 내가 스스로를 보호하려는 몸짓으로 양팔을 허리에 두르며 그리고 아마도 성마른 태도로 계속 말했다. "이런 이야기를 하면 싸움만 될 뿐이지. 하지만 내 생각에 당신에겐 검은 가죽 팔찌를 찬 이상한 여자가 아니라, 밝고 능력 있는 누군가가 정말로 필요해."

"당신은 내가 어떤 아이디어를 내도 안 좋아하잖아." 그의 아랫입술이 잘못된 행동을 하기 전 동의를 구하는 버릇없는 아이처럼 삐죽 말려 들어갔다.

"맞아, 그런 식으로 해서 일이 잘 진행된다면 당신이 하던 대로 계속해." 내가 말했다. "하지만 그 여자가 이 집에 발을 들이는 건 싫어. 그리고 당신이 책 마감일을 지키지 못해도 불평하지 마. 이제 난 아래층으로 다시 내려갈게. 리자와 함께 있어줘야 하고, 리자가 잠자리에 들기 전에 마쳐야 할 일도 있어."

엘리아나는 우리가 그녀 문제로 또 다투기 전에 가버렸다. 헨리는 한눈에 보기에도 매우 실망한 표정으로 엘리아나가 이 지역을 떠나 이사하기로 했다고 말했다. 나는 그녀가 어디로 가는지 신경쓰지 않았다. 그냥 멀리 간다고만 생각했다.

"이 여자 평범한 캐릭터는 아닌 것 같아요, 그렇죠?" 매슈가 어두운 웃음을 억지로 지으며 말했다. 그는 헨리의 컴퓨터 안에 있던, 내가 보지 못하게 감춰두었던 사진 파일들을 보여주러 왔다. 나는 엘리아나의 사진을 보았다. 그녀는 밤의 여왕 복장을 하고 커튼처럼 양쪽으로 갈라 드리운 진한 갈색 머리칼 사이로 정면을 도발적으로 응시하고 있었다. 나는 한숨을 쉬었다. 헨리의 장례식 동안 매슈가 냉정한 태도를 보였던 것이 이제 이해가 되었다. 그는 모든 것을 알고 있었다. 그는 나를 보호했고, 그래서 나는 그가 고마웠다. 잠시 후 컴퓨터 창을 닫자 기분이 좋아졌다. 엘리아나의 모습은 내 머릿속에 저장되었다. *상황이 더 나빠지겠어.*

"헨리와 이 여자 사이에 성적인 어떤 일이 있었어요." 매슈가 조용히 말했다. "제가 이메일들을 읽어봤어요. 헨리는 지난가을 마지막 두 번의 조사 여행으로 캘리포니아에 갔을 때 이 여자를 만난 것 같아요." 내 생각들이 메아리로 울려 퍼지기라도 한 듯 그가 덧붙여 말했다. 그의 트레이드마크인 어두운 경박함을 보여주려 애쓰면서. "당신도 짐작하겠지만, 저는 지저분한 호텔 방 장면을 상상했죠." 나중에 겪을 놀라움을 피하기 위해 나는 최악의 상황을 떠올리려 애썼다.

매슈와 함께 베란다에 나가 앉았다. 열기와 엘리아나에게 연락할 일에 대한 불안감 때문에 기분이 안정되지 않고 어지러움마저 느껴졌다.

"헨리에게는 영적 생활이 전혀 없었어요." 매슈가 돌바닥을 내려다보고 머리를 흔들면서 말했다. "그는 비합리적인 사고로 모든 걸 거절했어요. 저는 헨리가 영성에 관한 책을 읽게 하려고 항상 노력했죠. 그에게 도움이 될 거라고 생각했거든요. 그가 행복하길 바랐습니다." 매슈가 나를 똑바로 바라보았다. "당신들 둘 다 행복하길 바랐어요. 두 사람 다 사랑했으니까요. 헨리가 캐시와의 사이에 무슨 일이 벌어지고 있는지 말하려는 것 같다는 생각이 든 적이 두세 번 있었어요. 하지만 그의 말을 잘라버렸죠. 그런 이야기는 듣고 싶지 않았거든요. 당신도 나의 친구니까요. 헨리에게도 그렇게 말했어요."

나는 나와 우리의 결혼생활을 충실히 지지해준 것에 대해 매슈에게 고마움을 표했다. 침착을 유지하려고 노력했지만 내 안에서 다시 강렬한 분노가 일어났다. 이레나와의 관계를 끊어놓았을 때와 똑같이, 헨리는 나와 매우 가까운 사람이 거짓말을 할 수밖에 없도록 상황을 몰고 가려 했다.

"작년에 저와 헨리는 그렇게 많은 시간을 함께 보내지 않았어요." 매슈가 계속 말했다. "헨리는 저에게 전화도 거의 하지 않았죠. 그의 삶에 정말로 뭔가가 결핍되어 있다는 걸 알 수 있었어요. 우리 모두가 술을 퍼마시고 약을 하던 대학 시절 이후 그는 줄곧 무척 자기파괴적이었습니다."

"네, 헨리는 그런 이야기를 즐겨 했죠." 나는 잠시 눈을 감고 헨리가 해준 대학 시절의 모험 이야기들(시러큐스 공항의 익명의 딜러들에게서 1960년대부터 보존되어온 LSD를 구입한 일에 관한 매우 다채로운 이야기)과 리자가 태어나기 전 우리가 다 함께 파티에 가고 바에 다니던 시절을 떠올렸다.

30대에 접어들면서 우리는 그런 생활을 청산했다. 게다가 나는 술을 잘 마시지 못했다. 헨리는 1년 동안 술을 끊었다. 다시 마시기 시작했을 때는 적당히 마셨다. 치료가 유익했던 것 같다. 그는 스스로를 치유하기 위해 술을 어떻게 사용했는지 나에게 말했다.

술을 어떻게 적당히 마시는지 마침내 이해하게 되었다고 했다. 하지만 나는 헨리가 주 단위로 열겠다고 주장한 디너파티들에 궁금증이 생겼다. 아마도 그 파티들로 어떤 단계에서 과거의 추억을 되찾고 무법천지의 분위기를 조성하려 한 것 같았다.

"아마도요." 매슈가 유감스럽다는 듯 한숨을 쉬었다. "결과적으로 상황이 어떻게 되었는지를 생각해보면 그냥 술만 마시는 편이 더 나았을 것 같습니다."

나는 헨리의 중독 대상의 이행 과정—약, 음주, 간통—이 궁금했다. 그 자체로 위험부담이 있는 온갖 종류의 것들.

이 지점에서 나는 더는 아무것도 나에게 충격을 주지 않기를 바랐다. 나는 한계에 다다라 있었다. 헨리가 내 입장을 배려해 외도 시 콘돔을 사용했기를 조용히 바라는(나는 회의론자다.) 단계로 전락했다. 엘리아나는 지난 16년 동안 나보다 훨씬 더 많이 이 남자 저 남자를 전전한 듯했다. 반면 나는 그저 충실한 아내였을 뿐이다.

HIV 검사를 받기 위해 지역 의사에게 전화를 걸었다.

"소식을 듣게 되어 무척 다행입니다." 의사가 한숨을 크게 쉬며 말했다.

2002년 12월 초, 그러니까 죽기 한 달 전에 헨리가 HIV 검사를 요청했던 것이 밝혀졌다. 비밀 유지 규약 때문에 의사는 나에게 전화를 걸어 검사를 받아보라고 말하지 못했다. 서부 해안 여행에서 돌아온 직후 헨리가 나와의 섹스를 피했던 것이 기억났다. 그는 몹시 피곤하다고 사과하듯 말했다. 확실히 그때 그는 피곤해 보였다.

아마도 그는 HIV 검사 결과가 음성으로 나올 때까지 시간을 두고 기다린 후에 섹스를 하는 것으로 나를 배려했을 것이다. 속이 부글부글 끓긴 했지만, 좀 더 평범한 성병 같은 덜 충격적인 병에 대한 검사 결과가 양성으로 나왔다면 그가 어떻게 했을지 궁금했다. 자신의 부정을 고백하기보다는 내가 감염되지 않기를 바라며, 불가피한 징후들이 나타날 때까지 기다리며 그냥 놔두었을까? 그는 내가 얼마나 아플 때 사실을 고백했을까? 그 12월 초에 내가 헨리에게서 본 것은 아마 피로가 아니라 두려움이었을 것이다. 그는 상황이 위험하게 돌아가고 있다는 걸 틀림없이 알았을 것이다.

의사는 확실히 해두기 위해 검사를 받으라고 권했고 서둘러 검사 일정을 잡아주었다. 다행스럽게도 검사 결과는 모두 음성이었다. 나는 기적적으로 적어도 열 개의 총알을 피했다.

헨리의 주소록에 있는 번호는 캐나다의 엘리아나 언니 집 전화번호였다. 그 언니가 가까운 타운의 다른 전화번호를 알려주었다. 이번에는 엘리아나가 전화를 받았다.

"당신이 전화할 거라고 예상하고 있었어요. 요 며칠 동안 당신의 존재를 강하게 느꼈거든요." 목소리가 단조로웠으며, 마치 말이 공기 중을 가볍게 떠다니는 듯했다. 나는 손금 보는 여자 혹은 수정구슬 점쟁이를 상상했다.

"내 연락을 예상하고 있었다고요!" 차분함을 유지하고 싶었지만, 그녀의 성급함에 소리치지 않을 수 없었다. "그게 무슨 뜻이죠? 빌어먹을 호텔 방에서 헨리와 그 짓을 할 때는 내 생각을 하기나 했나요?"

그녀는 전화를 끊지 않았다. 크리스틴이 그랬던 것처럼 내 말을 경청했다. 그녀가 조용히 사과했다.

이제 진전을 볼 수 있게 되었다. 내가 고함을 쏟아냈고, 우리는 이야기를 시작했다. 그 최초의 대화 후 몇 달 동안 그녀와 다시 이야기할 엄두가 나지 않았다. 그러나 우리는 첫날 바로 이메일 교환을 시작했다.

> 헨리가 세상을 떠난 이후, 나는 당신의 본질과 당신이 분명 겪고 있을 일들을 마음속에 그려왔어요. 그날 이후 당신이 실마리를 발견하고 나에게 물어올 거라는 걸 알게 되었죠. 하지만 이렇게 빨리 연락할 거라고는 예상하지 못했어요. 용기를 내줘서 고마워요.
>
> 그, 당신 그리고 나의 관계에는 논리적 이해를 넘어서는 영적 차원의 행동들이 있어요. 나는 그와의 우정에서 느끼고 경험한 것들을 밝힐 수 있을 뿐입니다. 부탁하는데, 모든 것에서 적절히 이해할 만한 것들에 귀 기울이고 나머지는 흘려보내세요.

엘리아나는 내가 쉽게 이해할 수 없는 언어—나에게는 매우 불편한 "뉴에이지"의 서정적 어휘—를 사용했다. 나는 대학 건강음식 협동조합에서 활동했고 요가 수업에도 많이 참여했기 때문에 그

형태에는 익숙했다. 그 말들을 알아듣기는 했다. 하지만 좋아하지는 않았다, 손톱만큼도. 나는 잘 알아들을 수 있는 주어와 서술어로 문장을 구성해 명확하게 쓰도록 교육받았다. 문장들을 도해하는 법을 배웠다. 엘리아나가 쓴 문장들 중 어떤 것은 명확하지 않아서 다시 읽어봐야 했다. 그것은 포도덩굴처럼 뒤얽힌 생각들을 통과해 수목이 제멋대로 자란 숲속을 걷는 것과 같았다.

나는 어리둥절했다. 헨리는 늘 뉴에이지 문화에 대해 인정사정 없이 멸시하는 태도를 보였기 때문이다. 내가 유기농 우유, 달걀, 고기와 채소를 사려고 하면 화를 내기 일쑤였다. 에밀리가 점성술과 여신들에 홀려 버클리를 정처 없이 돌아다닐 때, 그리고 내 요가 수련의 영적인 면들에 대해 그랬던 것처럼. 그가 정말로 그토록 비선형적인 사고를 가진 여자와 관계를 맺기 위해 무모하게 뛰어들었을까?

"스피어sphere"라는 단어는 그녀에게 구球, 사회집단, 혹은 지정학적 영향력의 각축장을 뜻하지 않았다. 일종의 영적 에너지를 뜻했다. "컨제스천congestion"은 코, 폐, 혹은 관상동맥과 관련된 단어가 아니라, 일종의 정서적·영적 침착성을 뜻했다. 그녀는 비전, 에너지파, 그리고 과학자가 작성한 조사자료에 버금가는 확실성을 지닌 초자연적 현상에 관해 말했다. 이 여자를 어떻게 생각해야 할지 알 수 없었지만, 헨리의 머리를 후려치고 싶다는 것, 그리고 재빠른 발길질로 엉덩이를 걷어차고 싶다는 것은 알 수 있었다.

헨리에게 어떤 존재였든 간에, 엘리아나는 그의 매우 불안했던 마지막 몇 달의 진짜 증인일 가능성이 있었다. 그 몇 달 동안 그는 집필 중인 책에 대한 자신감이 무척 떨어져 있었고, 내가 알아채기 전에 캐시와의 얽히고설킨 관계를 풀어내느라 절박한 상황이었다.

캐시와 헨리 사이에 오간 유실된 편지들에 대해 곰곰이 생각했다. 헨리 인생의 마지막 6개월 동안 그들 사이에 정확히 무슨 일이 일어난 걸까? 캐시가 나에게 말하라고 협박했을까? 그 무엇도 가능했지만 증거가 없었다. 캐시가 감추었을 수도 있다. 그리고 나는 혼자 남겨진 채 진실을 정말로 알 수 있다는 어떤 희망도 없이 의아해하고 있었다. 내가 바랄 수 있는 최선의 것은 엘리아나를 통해 그의 세계를 희미하게나마 비춰보는 것이었다.

엘리아나의 목소리가 상냥하고 마음을 달래준다는 걸 인정해야 했다. 그러나 그녀는 모든 것을 곧바로 밝히는 것은 경계하고 있었다. 내가 감당할 수 있다는 걸 그녀에게 증명해야 했다. 그녀가 자신이 아는 것을 나한테 말하게 해야 했다. 이제 모든 것을 알고 싶었다. 마지막 몇 달 동안 헨리의 뭔가가 변했다. 그리고 책이 잘 써지지 않는다는 불안 때문이든 더 심하게는 길을 잃었다는 느낌 때문이든, 도움을 받으려고 그 여자에게 접근했고, 그 여자는 응답했다.

엘리아나는 헨리에게 자신은 도덕적 문제를 판단하지 않으며 관습의 속박에서 벗어난 사람이라고 소개했다. 수년 동안 결과와 상관없이 스스로 선택하는 삶을 살았으며 남자들이나 여자들과의 관계를 넘나드는 자유로운 영혼으로 살아왔다고 나에게 말하기도 했다. 또한 헨리의 죽음이 가져다준 후유증 때문에 그 길을 재검토하고 있다고 말했다.

엘리아나가 나에게 말한 바에 따르면, 그녀는 헨리가 죽기 전날 저녁 그와 전화통화를 했다. 그때 헨리는 사무실에서 서류들을 정리하고 있었고, 나는 그의 사무실을 드나들면서 그들이 이야기하는 모습을 보았을 것이다.

그리고 그녀가 내게 보내온 그들 사이에 오간 이메일들을 통해, 나는 새해 전야 파티 후 그의 마지막 며칠 동안 그들이 미래에 대한 중요한 생각들을 교환했다는 것을 알게 되었다.

그가 죽기 닷새 전인 1월 3일에 엘리아나는 이렇게 썼다.

글쎄요, 이건 영성의 길에서 긴 발견의 여정일 수 있어요…….
감정이란 우리가 진실, 가치, 영예를 아는 우리 내면의 길을 비
추는 기분을 관찰하고 거리 두는…… 법을 배울 필요가 있는
우리 존재의 일부죠. 그래서 그것은 인간으로서 우리가 정서적
스피어sphere로 이용하는 게임들과는 달라요……. 분노 같은 감
정이 올라올 때 우리가 우리의 행위를 진정으로 의식한다면,
우리가 우리 자신의 진실 속에 있고 가장 강력한 방법으로 우
리의 내면에 양분을 공급하기를 원한다면, 그것은 창의적으로
우리를 통과해 우리 자신 안에 평화, 차분함, 균형을 발견할 자
리를 마련해주면서 그 감정에 대한 느낌을 우리에게 가져다줄
거예요……. 나는 당신과 함께 있을 때 촉발되는 감정들을 바
라보고 그 감정과 함께 숨 쉬는 훈련을 하고 있어요. 항상 사랑

이 흐르도록 유지하면서요.

내가 처음에 보인 반응은 그건 똥덩어리 파도 같은 허튼소리라는 것이었다. 그녀는 커다란 똥덩어리 파도를 타는 전문 서퍼이고 헨리는 한 번도 시도해보지 않은 매우 새로운 기구들이 가득한 최신 서핑을 마주하고 황홀해하는 초보자였다.

좀 더 관대해지려고 노력했지만, 그럼에도 불구하고 그녀의 이메일 역시 요가 선생님이 수업 전에 집착을 버리고 연민을 품으라고 말하곤 했던 것과 비슷한 이야기일 수 있다는 생각이 들었다. 저항을 느끼지만 그 속에 담긴 지혜는 높이 평가하는 개념들. 엘리아나는 우리가 우리의 감정을 이해하거나 제어하지 못할 때, 각 상황의 결과에 지나치게 집착할 때 자기 자신 그리고 다른 사람들에게 얼마나 많은 해로움을 끼치는지를 자신의 방법(나 역시 인정하지만 내 방법과는 사뭇 다른)으로 그에게 설명하고 있었다.

나는 매슈가 한 말, 헨리에게는 영적 생활이 전혀 없었다는 말에 대해 생각했다. 아마도 인생의 막바지에 헨리 내면의 뭔가가 변한 것 같다. 그는 깊은 혼란 속으로 파고들면서 다른 방법으로 스스로를 이해하려 했던 것 같다. 인생에서 여자들에 대한 인내심을 다 소진해버린 그가 마침내 따뜻하게 받아주고 경청해주는 사람을 발견한 것이다. 그의 긴 이메일 답장은 성적인 관계를 끝내자고 한 크리스틴을 향한 분노가 주를 이루는 자기 위주의 불평으로 가득했다.

당신이 말하는 것처럼 지금 나는 "사방이 막혀" 있어요. 감정을 초월하는 건 정말로 나의 기질이(혹은 이제껏 내가 만나본 다른 어떤 사람의 기질도) 아니에요. 나는 그저 감정에 솔직할 뿐입니다. 나는 상황을 초월하고 싶지 않아요. 상황을 똑바로 대면하고 극복하고 싶습니다.

하지만 내버려두는 법도 배우려 합니다(당신의 독려에 따라). 지금 나는 캐시와 크리스틴 모두와 감정적으로 어려움을 겪고 있고, 그걸 받아들입니다. 내가 통제할 수 있는 부분이 아니에요. 나는 그런 감정들이 시키는 대로 행동하지 않으려고 애쓰고 있습니다. 나에겐 굉장히 새로운 일이지요.

[크리스틴은] 십중팔구 여러 가지 일로 나에게 화가 났을 겁니다. (1) 다른 여자들을 만나는 것에 대해 (2) 더 어린 여자들을 만나는 것에 대해 (3) 그녀의 친구들 말에 따르면(내가 한 말은 아닙니다.) 그녀의 친구들이 나에게 반했다고 내가 말한 것에 대해.

이 이메일 뒤에는 캐시에 관한 더 긴 불평이 뒤따랐고, 그로써 그들의 관계가 그의 예기치 않은 죽음이 닥치기까지 그해 가을 내내 많이 진행되고 있었다는 나의 의혹이 확인되었다. 그는 그의 마지막 새해 전야 파티 때의 일을 다시 언급했다.

캐시에 관해, 어떤 추한 사건에 관해 이야기할게요.
이 이메일들을 삭제하지 않기로 한 것은 내 어리석음 때문일 거예요(그래요, 어리석죠). 하지만 7개월이 지나서 그녀가 내 증오를 유발한 건 정말이지 너무 지나쳐요.

처음에 나는 괜찮아질 거라고 생각했어요. 파티에서 그녀에게 많은 기회도 주었고요. 어느 순간 그녀가 내 팔을 붙잡더니 자기 친구를 위해 샴페인을 좀 더 달라고 했어요. 하지만 그녀는 모든 시간을 자기 남편에게 매달리거나 같은 교회에 다니는 친구 두 명과 이야기하며 보냈죠. 그 외에는 아무와도 이야기하지 않았어요.

그녀는 술을 많이 마셨고, 파티가 끝나갈 때쯤 앞에서 말한 두 친구에게 와인을 쏟았어요. 나는 그녀에게 냅킨 뭉치를 건네주었고, 영구 공급이 필요하냐고 부드럽게 농담을 했습니다. 그러자 그녀는 식식거리며 "아뇨."라고 대답했어요. 이 시점에서 나는 상황이 순조롭게 흘러가지 않고 있다는 걸 알았습니다. 집으로 돌아갈 준비를 할 때, 그녀는 정말 피곤하고 진이 빠져 보였습니다. 내가 매우 부드러운 어조로 뭔가 잘못된 게 있느냐고 물었고, 그녀는 이렇게 대꾸했어요. "누구하고요?" 그러더니 무엇이 잘못됐는지 알려면 "내 서류 작업을 확인해야" 한다고 말하더군요. 나는 그 말이 그녀가 발견한 이메일들을 가리킨다고 생각했지요. 그래서 그것에 관해 함께 이야기하면 어떻겠느냐고 물었어요. 그러자 그녀는 코웃음을 치고는 "아뇨."라고 대답하더군요. 그녀는 정말로 적대적인 태도로 작별을 고했어요. 그러고는 내가 그녀와 그녀의 가족을 문까지 배웅하려고 하자 내 면전에서 문을 거칠게 밀어 닫아버렸어요.

내 일부가 너무도 절박하게 그녀에게 전화해 상황을 바로잡고 싶어 했습니다……. 하지만 희망이 없다는 걸 알고 있었고, 그냥 그 상황을 견뎌야 했어요. 내가 당신 말에 귀 기울임으로써 배워야 하는 것 그리고 배운 것은 이 상황에 "이성"을 적용할 방법이 없다는 거예요. 한때 내가 그녀를 보며 가동하던(5일 전 아침 내 머릿속에서 전구가 꺼졌을 때까지 내내) 투사는 그녀가 나와 같다는…… 나와 정신세계가 비슷하다는 것이었어요. 하지만 그건 잘못된 생각이었어요. 진실이 아닙니다. 사실 그녀는 감정적으로 불안하고, 정서적 스케일이 너무 작아요. 그녀는 내가 만나본 사람들 중 가장 융통성 없고 걱정이 많고 편협한 사람입니다.

더 큰 문제는 내가 그 두 여자에게 쏟고 있는 에너지가 나의 병적인 측면을 부추긴다는 겁니다. 나는 그 에너지를 내 안에 유지하고 내 아내와 나의 새 남편/남자친구―당신―를 위해 보존해야 해요. 그래서 오늘은 이런 문제들에 사로잡혀 있는 대신 부정적인 에너지를 나 자신을 위한 긍정적인 방향의 생각들로 전환할 수 있었어요. 내 행동에 변화가 생겼고 그것에 대해 당신에게 감사를 전합니다.

헨리가 엘리아나를 남자 파트너로 생각한 것 같다는 사실에 주목하며 나는 더욱 혼란스러운 심정이 되었다. 그것은 그들의 성적-정서적 관계의 특성에 관한 뭔가를 드러내주었다. 엘리아나는 헨리에게는 매우 새로운 방식으로 그 관계를 장악했다. 그것 때문에 헨리는 그가 다른 애인들이나 아내인 나에게는 하지 않던 방식으로 그녀의 말에 귀 기울였다. 1분 뒤 헨리는 엘리아나에게 이런 메모를 보냈다.

다정한 엘리아나,

정말이지 그 이메일을 읽지 않아도 돼요. 그냥 머릿속을 말끔히 비워내고 싶어서 그 이메일을 쓴 거예요. 덕분에 마음이 얼마나 홀가분해졌는지 모르겠어요.

물처럼…… 유려한 크리스털처럼 맑고 가벼워졌습니다. 만약 읽고 싶다면 마지막 몇 줄만 읽어요. 거기가 중요한 부분입니다.

밖에 눈이 오고 있네요. 이제 잠자리에 들어야겠어요. 세상은 고요하고, 나는 어떤 기적을 통해 평화를 느끼고 있어요. 우리는 서로에게 좋은 사람입니다.

사랑을 전하며, 헨리

유려한 크리스털? 헨리가 사용하지 않던 새로운 표현이었다. 그는 1년 넘게 정신과 의사에게 치료를 받고 있었다. 나와 만났을 때 그의 정신과 의사 레슬리 번스가 그랬던 것처럼, 가죽 스터드 팔찌를 한 이 미스터리한 여자 역시 헨리의 성격에 관해 비슷한 통찰력을 발휘했다. 또한 엘리아나는 헨리가 삶을 바로잡을 수 있기를 정말로 바랐다. 그녀는 그에게 그것이 힘든 일일 거라고, 정말로 노력해야 할 거라고 말했다. 그는 자기가 바람피운 것을 여전히 합리화하고 변명했지만, 혼자 힘으로 변화를 만들어내야 한다는 걸 이해하기 시작했다. 아마도 며칠 동안 그런 희망을 가졌던 것 같다. 그런 다음, 죽었다.

헨리가 엘리아나와 가진 짧은 만남에 대한 힌트가 몇 개 있다. 시애틀에서 보낸 마지막 크리스마스 휴가 동안 헨리와 나는 리자 없이 단둘이 드라이브를 나갔다. REI[37]에 의무적으로 다녀온 후, 그는 길을 우회해 지인에게서 들은 섹스토이숍에 들러야 한다고 주장했다. 그는 그곳이 재미있을 거라고 확신했고, 내가 시큰둥한 반응을 보이자 실망했다. "제기랄, 당신은 모험심이 없어, 줄리."

그의 고집이 귀찮게 느껴졌다. 당연히 그건 섹시하지도 않았다.

아마 그는 우리가 여행하는 동안 혼자 그 가게에 모험하듯 가본 것 같았다. 그의 인생의 마지막 주에 그의 사무실에 들어가보니 그는 책상 앞에 앉아 있었다. 나는 열린 채 의자 위에 놓여 있는, 아무런 표시가 없는 작은 종이 상자에 주목했다. 안을 재빨리 들여다보니 알록달록한 내용물들이 보였다. 빨간 가죽 팔목 벨트와 섹스토이들이었다. 헨리는 성관계를 할 때 섹스토이를 사용하자고 자주 말하곤 했다. 하지만 나는 그럴 정도로 섹스에 혹은 그와의 섹스에 관심이 없었기 때문에, 함께한 마지막 몇 년 동안 그런 발상이 매력적으로 느껴지지 않았다. 팔목 벨트도 전혀 흥미롭지 않았다. 나의 어떤 부분이 그를 신뢰하지 않았다. 하지만 패

---

37 미국의 아웃도어용품 상점.

배를 깨끗이 인정하지 않는 사람으로 여겨지는 건 싫었고, 새해가 되면 우리의 결혼생활에 즐거움과 자발성이 다시 생겨나기를 간절히 바랐다.

"이게 뭐야?" 나는 상자에서 눈을 들어 헨리를 올려다보며 물었다.

헨리가 웃었다. "계속해, 그 상자 안을 살펴보라고." 나는 검은색 메탈 스터드 가죽 벨트를 들어 올렸다. 찬찬히 살펴보니 가운데에 메탈 고리가 있었다. 딜도를 꽂는 고리였다.

갑자기 내가 바보 같고 장난기 많은 여자로 느껴졌다. 몇 년 동안 경험해보지 못한 일이었다. 나는 청바지 위에 딜도 벨트를 차보았다. 그 즉시 나는 터프한 SM 풋내기 혹은《섹스 앤드 더 시티》속 두려움 모르는 사만다—그녀라면 무엇이든 적어도 한 번은 시도할 것이다.—의 축소판으로 변모했다. 헨리가 보고 있던 서류에서 얼굴을 들어 나를 쳐다보며 다시 웃었다.

"내가 이걸 차고 큰길을 걸어 내려가면 사람들이 뭐라고 할까?"

헨리가 또다시 웃었다. 이번에는 배우가 무대에서 웃는 것 같은 호탕한 웃음이었다. 그 억지 웃음 때문에 나는 불현듯 미몽迷夢에서 깨어났다. 그 벨트를 차고 있는 것이 어리석고 불편하게 느껴졌다. 나는 벨트를 벗어 다시 상자 안에 넣었다. 변장 놀이는 끝났고, 나는 일을 하러 돌아갔다.

치열한 한 주가 지나고 이메일 교환이 절반쯤 진행되었을 때 엘리아나는 자신과 헨리의 관계를 나에게 이야기할 준비가 되었다. 그녀는 헨리가 나를 애정 결핍에 취약한 여자로 묘사했다고 말했다. 그것이 처음에 그녀가 나에게 조심스러워한 이유를 설명해주었다. 하지만 그녀와의 이메일 교환이 계속되면서 우리 둘 다 서로를 더 잘 알게 되었다.

헨리는 린지가 연 파티에서 엘리아나의 메탈 스터드 가죽 팔찌에 호기심이 동해 그녀에게 접근했다. 특히 그녀의 떠돌아다니는 생활방식에 관심이 있었다. 당시 엘리아나는 정해진 거주지 없이 친구들 집을 돌아다니고, 인연이 이끄는 대로 옮겨 다니며 살았다. 성적 모험에 초점을 맞춘 삶이었다. 그녀는 그런 식으로 사는 것에 만족했고, 자신의 생활방식을 파트너들에게도 알렸다. 하지만 그녀 말에 따르면 파트너 중 몇몇은 그런 생활방식에 만족하지 않았다고 한다.

그녀는 동부 해안에 머무르는 동안, 헨리와 여러 번 점심을 먹고 이야기를 나누었다. 그녀의 말에 따르면, 헨리 쪽에서 성적인 관계에 대한 관심을 곧바로 표현했다고 한다. 또한 헨리는 엘리아나에게 캐시에 관해, 그녀의 애정 결핍과 소유욕에 대해서도 말했다. 캐시와의 관계에서 불안의 정도가 높아져갔고, 헨리는 좀 더 자유로운 삶을 향한 탈출구를 찾고 있었다. 엘리아나는 서부로 여행을 하면 다른 삶에 대한, 다른 종류의 결혼생활에 대한 아이디어들이 떠오를 거라고 조언했다. 내가 결코 서명하지 않은 결혼생활.

엘리아나는 헨리가 죽기 전날 자기가 몸의 통증을 경험했고 헨리도 몸이 아프다는 걸 강렬하게 느꼈다고 나에게 말했다. 다른 때였다면 나는 그런 말을 곧바로 묵살했을 것이다. 하지만 나 자신도 헨리의 영혼이 "불시에 나타나는" 설명할 수 없는 현상을 겪었기 때문에, 인생에서 어떤 일들은 이성으로만 설명할 수 없다는 것을 깨닫고 있었다. 사실 헨리가 찾아왔던 일에 관해 이메일을 쓰면서 안도감이 들었다. 그녀는 마사지 치료사 마야만큼이나 내 이야기를 침착하게 들어주었다.

나는 헨리와 엘리아나가 함께 있는 모습을 상상해보았다. 2002년 11월 말 끝에서 두번째 서부 여행 동안 헨리는 매일 나에게 전화를 걸었다.

그는 통화를 마치기 전에 이렇게 말하곤 했다. "당신과 리자가 너무 보고 싶어. 집에 돌아갈 때까지 못 기다리겠어."

그는 운전하면서 자주 전화했고, 나는 서부 해안 고속도로에 차들이 휙휙 지나가는 소리를 들을 수 있었다. 그는 그날 먹은 음식과 만나본 식품업계 사람들에 대해 말했다. 엘리아나는 헨리가 나와 통화할 때 자신이 몇 번 그와 함께 차 안에 있었다고 말했다. 내가 사적인 대화라고 생각했던 통화를 들은 것이다. 그녀는 글자 그대로 그가 찾던 길동무였다.

LA에서 그가 자기 토이들을 전부 끄집어냈고, 나는 짜릿한 기분을 느꼈어요. 재미있는 놀이 상대를 만난 건 오랜만이었거든요. 특히 그 세계에 초심자인. 처음에 내가 팔목 벨트에 묶였어요. 오랜만이었고, 내가 통제할 수 없고 상황이 진행되도록 신뢰하며 내버려두는 것에 다시 적응해야 했기 때문에 재미있었죠. 그렇기는 했지만, 그가 벨트를 채웠을 때 그의 내면의 현실을 보았어요. 다른 남자들을 많이 만나봤기 때문에 알 수 있었죠. 특히 통제력에 문제가 있는 남자들을요.

그는 그것이 자신이 해본 가장 강렬한 경험이라고 말했고, 나는 그가 인생에서 처음으로 자신의 내면의 힘과 동등한 다른 사람의 내면의 힘을 느꼈다고 믿어요.

이 이메일을 읽자 메스꺼움의 물결에 사로잡혔다. 우리 결혼생활의 현실과 그가 원했던 것 사이의 격차는 마치 그랜드캐니언 같았다. 내 눈이 초점을 잃고 표류했다. 책상에 머리를 박았다. 숨이 막혀왔다.

이웃집 개 리벨이 집에서 달려나와 짖어댔다. 나는 돌멩이를 집어 울타리를 향해 던졌고, 리벨은 뛰어서 달아났다. 나는 잡초를 뽑았다. 평소 나에게 카타르시스를 주는 행동이었다. 개가 빙빙 돌면서 돌아와 다시 구슬프게 짖어댔다. 마침내 케인 씨가 나타나 휘이 하며 리벨을 안으로 들여보냈다.

그가 없으면 내 생활이 더 나아질 거야. 가을이 한창인 뒤뜰에서 있던 9개월 전의 어느 오후가 생각났다. 막바지에 한동안 그랬듯이, 그때도 헨리와 전화로 소리를 지르며 싸운 뒤 나는 이런 과격한 생각을 했다. 헨리의 마음이 서부에서 새로운 아이디어들에 활짝 열려 있던 반면, 내 마음은 그가 자주 집을 비우고 짧은 순간들만 명확한 태도를 보여준 마지막 해 동안 천천히 열리고 있었다.

우리는 16년이라는 격동의 세월을 함께했다. 나는 헨리를 사랑했고 애착을 느꼈다. 심지어 육체적 그리고 정서적으로 혐오감을 느낄 때도. 가족과 친구들 그리고 자애로운 랍비 앞에서 그렇게 약속했으니까.

아니, 앞으로 상황이 좋아질 거야. 지금 당장은 정말 나쁘지만. 그날 오후 나는 신경을 곤두서게 하는 생각을 떨쳐냈다. *그가 없으면 내 생활이 더 나아질 거야.* 하지만 몇 번 더 싸운 뒤 어떤 시점에서 리자와 나 둘이서 지내는 게 더 나을 거라는 결론을 내리면서 나 자신에게 귀 기울이기 시작한 건지도 모른다. 경험 많은 베테랑인 이레나의 말—만약 이혼을 하게 되었다면 끔찍한 이혼이었을 거라는—이 맞긴 했지만.

재미있는 생각이 머릿속에 스쳐 지나갔다. 헨리가 큰 존재에게 타격을 받았고, 유월절 만찬에서 기념하는 강력한 손과 힘센 팔에 의해 주방 바닥에 쓰러진 거라는. 적에 맞서 피의 바다와 메뚜기 떼를 동원하는 것을 아무렇지도 않게 생각하는 그 존재. 나는 다시 웃고 있었다. 상황을 고려하면 좋은 신호였다.

엘리아나에 따르면, 헨리는 우리의 결혼생활과 전통적인 이 작은 타운에서의 우리의 생활에 관해 자주 이야기했다고 한다. 헨리는 가정과 파트너의 지원, 그리고 "현실 세계"에서의 성공을 원했지만, 한편으로는 자유롭게 살고자 하는 열망이 있었다.

엘리아나가 로스앤젤레스에서 보낸 어느 저녁을 묘사했다. 그들은 레스토랑에서 식사를 했다. 바에 앉아 있는 동안 헨리가 어느 매력적인 여성에게 추파를 던졌고, 엘리아나는 그 여성의 남편을 매혹했다. 헨리는 엘리아나에게 결혼생활을 열린 결혼open marriage[38]으로 만들 생각이 있다고 말했다. 물론 그가 나에게 그런 말을 한 적은 없다. 그는 내가 그런 종류의 결혼생활을 원치 않는다는 걸 알고 있었다. 우리가 하고 있는 결혼생활만으로도 충분히 힘들었다.

헨리는 가정에서 쓸모없는 존재가 된 기분이 든다고, 자기는 "그다지 훌륭한 사람이 아니"라고 엘리아나에게 말했다고 한다. 그런 생각이 참으로 터무니없게 느껴졌다. 자신이 비겁한 거짓말쟁이인 것에 대한 그럴듯한 변명, 자신이 한 나쁜 행동에 대한 합리화일 뿐이었다. 그는 그것들을 바로잡기엔 너무 게을렀던 걸까?

그가 진실하게 그런 고백을 했는지는 몰라도, 나는 한 번도 그의 고백에 귀 기울인 적이 없다. 더는 신뢰가 없었고, 우리의 미래에 대한 믿음도 충분치 않았다. 행복한 결혼생활은 함께 미래에 대한 믿음을 가지고 세계관을 공유하는 것이다.

엘리아나는 자신에게 "경계 문제boundary problem"가 있음을 인정했다. 하지만 전에는 아이가 있는 유부남이나 전통적인 세계에서 사는 남자와 관련된 적이 없었다. 그녀는 헨리와의 관계가 경계를 무시한 결과를 보여주었다고 나에게 썼다. 그런 패턴을 되풀이하지 않을 거라고 했다. 그녀는 근본적인 변화를 맞이하는 인생의 한 과정 속에 있었다.

---

38 부부가 서로의 사회적·성적 독립을 승인하는 결혼 형태.

나는 처음에 이 여자에 대해 가졌던 반발이 누그러지는 것을 느꼈다. 그녀는 나와 전혀 달랐다. 그러나 시간이 흘러감에 따라 우리가 좀 더 가까이 끌리고 있다는 것을, 내가 소중히 여기는 진짜 유대감을 공유한다는 것을 느꼈다. 나는 세상에는 나 같은 여자가 있을 수 있고 엘리아나 같은 여자도 있을 수 있다는 생각, 그리고 우리는 어찌 됐든 연결될 방법을 찾고 있다는 생각을 즐기기 시작했다.

서로에게 자신의 가족에 대해 쓰기 시작했다. 그녀는 자신이 사랑하는 여자 조카에 대해 쓰고, 리자에 대해 물었다. 그녀가 아이들을 잘 이해하고 좋아한다는 것을 알 수 있었다. 그녀는 헨리에게 들어서 나에 관해서도 많은 것을 알고 있었다. 그녀는 헨리가 나의 양육태도, 도의심 그리고 일할 때의 책임감을 높이 평가했다고 말했다. 반면 자신은 집중력이 부족하다고 자책하면서. 그녀는 헨리가 책 쓰는 일을 도와달라며 처음 접근했을 때 왜 나에게 도움을 청하지 않는지 이해되지 않았다고 말했다. 나는 그 당시 헨리와 나는 함께 일하는 관계는 고사하고 평화로운 대화조차 간신히 할 수 있었다고 대답했다. 어쨌든 헨리가 나를 높이 평가했다는 이야기를 들으니 기분이 좋았다.

또한 그녀는 내가 아직 상상하지 못하는 앞으로의 삶에 관한 희망찬 말을 들려주었다. 그녀와 무슨 일이 있었는지 알게 된 것은 나에게 일종의 선물, 다시 시작할 수 있는 기회, 자유로워질 수 있는 기회였다.

당신은 안내를, 깨달음을 얻을 순간이 올 거라는 믿음을 원했지요. 아마 시간이 좀 걸릴 거예요. 또한 당신은 그 순간이 올 때까지 신호를 알아차리지 못할 수도 있어요. 하지만 그 순간이 되면 당신의 본능이 말해줄 거예요. 그것은 당신을 위해 다리들을 만들어줄 겁니다. 치유되면서 당신이 긴밀히 필요로 하는 것을 당신의 스타일로 발견할 거예요. 그리고 그걸 다시 당신 쪽으로 끌어당길 거예요. 당신은 그런 재능을 갖고 있어요. 그러니 당신이 무엇을 원하는지 분명히 하세요.

나는 엘리아나에게 메인주로 떠날 거라고, 하지만 돌아와서 계속 이메일을 교환할 수 있기를 바란다고 말했다. 나는 그녀가 자기 식으로 사건들을 편집했을지언정 그녀와의 소통이 헨리의 마지막 몇 달에 관해 좀 더 명확한 그림을 그릴 수 있게 해주었다고 판단했다.

엘리아나와의 이메일 교환을 통해 많은 것을 알게 되었다. 결혼생활에서 내가 어떤 식으로 도피했는지를 좀 더 명확히 보게 되었다. 나 자신과 매우 다른 누군가에게 마음을 열면 엄청난 것을 얻을 수 있음을 알게 되었다. 나 자신을 위해, 나 자신을 치료하기 위해 새로운 뭔가를 하고 싶어졌다.

치유에는 온전한 용서가 필요할 것이다. 그러나 아직 그럴 준비가 되어 있지 않았다. 헨리와 캐시의 오랜 관계, 그녀가 내 가정과 친구로서의 도의를 무시한 것이 혐오스러웠다. 헨리를 용서하기에 나는 여전히 너무 화가 나 있었다. 하지만 눈을 크게 뜨고 헨리의 어두운 면을 보는 단계, 우리가 부부로서 얼마나 길을 잃고 있었는지 보는 단계는 이미 진행되고 있었다. 그 남자는 내 버전의 현실에 손상이 일어났다고 자주 말했었다. 그러나 나는 내 버전의 현실이 꽤나 괜찮다는 것을 알 수 있었다. 내 실수는 그가 나로 하여금 보고 있는 것을 의심하게 만들도록 내버려둔 일이었다. 거기에는 기만 그리고 자기기만이 있었다.

≡

내가 8월 휴가를 떠나기 전 마지막 상담을 받을 때 상담치료사 헬렌이 이상한 이야기를 나에게 공유했다. 그녀는 헨리가 마지막 서부 여행을 떠나기 전 그와 했던 개인 상담을 떠올렸다.

"그 상담이 끝날 때쯤 헨리가 이렇게 말했어요. '내 인생의 목적이 위험했다는 느낌이 듭니다.' 자기 자신에 관해 한 말이었죠. 이 말을 했을 때 그가 어느 지점에 서 있었는지 잘 모르겠어요. 그 마지막 만남 뒤 그가 내 사무실을 나섰죠. 그의 손이 문손잡이에 얹혔어요. 우리 상담치료사들은 그런 순간을 '문손잡이 요법'이라고 부른답니다. 이윽고 헨리가 친밀한 관계를 하나 이상 가지는 것이 가능하다고 생각하냐고 내게 물었어요. 그때 나는 상황이 어디를 향해 가는지 알 것 같았고, 그래서 다음번 부부 상담 때 그 주제를 다루면 좋을 것 같다고 말했죠. 하지만 그 후 부부 상담은 더 없었죠. 한 달 뒤 헨리가 세상을 떠났으니까요."

헨리가 털어놓을 수 있도록 한 엘리아나의 설득에 진전이 있었을지도 모르고, 헬렌과의 마지막 상담 때 헨리가 우리의 가장 안전한 공유 공간, 비밀을 공유하기 위해 돈을 지불하는 곳, 즉 우리 상담치료사의 사무실에서 그런 생각을 시험해봤던 것인지도 모른다는 생각이 들었다.

≡

절대적인 기준, 옳고 그름, 선과 악의 차원에서 모든 것을 파악하려 했지만, 음울하고 혼란스러운 것도 받아들여야 한다는 것을 알게 되었다. 그 1년 동안 나는 크리스틴이나 엘렌 혹은 엘리아나와 매일 이야기할 수 있었었지만, 헨리에게, 내가 집착했던 우리의 결혼생활에, 그리고 나에게 무슨 일이 일어난 건지 정말로 이해할 수는 없었다. 나는 그 음울하고 혼란스러운 곳을 향해 내 힘으로 분명한 길을 내며 나아가야 할 터였다. 내 "두번째 기회"에 대한 감사의 마음은 금방 흩어져 버렸다. 대부분의 시간에 나는 화가 나고, 감정이 격렬해지고, 상심했다.

7월의 끝을 향해 가던 더위가 극심했던 어느 이른 아침, 사무실에서 나이트가운 차림으로 산발을 하고 땀에 젖은 채 울면서 오빠와 통화를 하는데 애너가 찾아왔다.

그날 아침은 내가 아이들을 일일 캠프에 데려다줄 차례였다. 하지만 나는 어딘가에 갈 준비가 전혀 되어 있지 않았다. 애너가 한숨을 쉬었다. 그녀의 얼굴에 짜증스러운 기미가 어렸다. 그녀는 잠시 서서 전화통화를 하는 나를 바라보다가 불쑥 자리를 떠나 주방으로 성큼성큼 걸어갔다. 나는 데이비드 오빠와 통화를 끝내고 사무실에 앉아 애너가 나를 한 번 더 곤경에서 구해주길 조용히 기도했다. 바람직한 일은 아니었다. 그걸 알고 있었다. 애너의 삶 역시 엉망이었다. 이혼 절차를 진행 중이었고, 곧 전남편이 될 남편 존과 재산 분할 및 아이 양육권을 두고 다투고 있었다. 하지만 그 순간에는 내 삶이 더 엉망으로, 재앙으로 느껴졌다.

애너가 배낭을 챙기고 아이들을 준비시키는 동안 나는 안도감을 느끼며 귀를 기울였다. 애너는 내 상태 때문에 혼란스러워하는 리자를 달랬다. 냉장고 문이 몇 번 열리고 닫혔다. 그리고 애너가 리자의 점심을 준비하느라 바삐 움직이는 소리와 어린애 같은 반가운 웃음소리가 들렸다. 잽싸게 움직이는 발자국 소리가 뒤 베란다로 향했다. 방충문이 열리더니, 줄에 묶인 골동품 방울의 무게 때문에 1, 2초 정도 떠 있다가 탁 소리를 내며 닫혔다. 집 안이 조용해졌다. 잠시 후 애너의 자동차 타이어가 우리 집 진입로의 자갈을 우두둑하며 밟고 지나가는 소리가 들렸다.

내가 여전히 나이트가운 차림으로 땀을 흘리고 울면서 창문 밖을 응시하고 있는데, 애너가 내 사무실 문가에 다시 나타났다. 그새 30분이 흐른 것을 나는 알지도 못했다. 애너는 내가 자기를 안으로 들일 시간을 조금 준 뒤 이렇게 말했다.

"줄리, 당신이 하지 못해서 내가 당신 아이를 위해 점심을 만들어야 했어요. 당신이 하지 못해서 당신 아이를 차로 캠프에 데려다줘야 했고요. 당신이 하지 못해서 당신 대신 당신 아이에게 작별의 포옹을 해줘야 했어요."

애너는 잠시 사이를 두었다. 하지만 걱정할 필요가 없었다. 나는 그녀의 말에 한껏 주목하고 있었으니까.

"줄리, 난 당신을 사랑하고 당신을 돕고 싶어요. 하지만 내가 당신을 위해 할 수 있는 일에는 한계가 있어요. 일단 당신의 기분이 안정돼야 해요. 당신이 그 모든 것의 영향을 받아 당신의 인생을 망치면, 그러면 그가 이기는 거니까요. 그런데 그가 *이기면 안 되잖아요.*"

나는 그녀를 올려다보았다. 숨을 쉬기 위해 입이 벌어져 있었다. 힘이 하나도 없었다. 관자놀이에 맥박이 뜨겁게 고동쳤고 머리가 아팠다. 정수리가 터질 것 같았다. 나는 다시 울기 시작했다.

"당신 말이 맞아요. 난 엉망진창이에요. 모든 게 엉망이죠. 하지만 헨리가 나에게 어떻게 이럴 수 있어요? 너무 혼란스러워요, 애너. 상황이 끝도 없이 계속돼요. 도대체 언제 끝날까요?"

"모르겠어요, 줄리. 나도 매일 나 자신에게 같은 질문을 해요."

그녀가 나를 포옹했다. 내가 정말 필요로 하는 것이었다. 그녀는 내 축축한 머리카락을 매만져 정리해주었다.

"하지만 더 잘할 거예요." 내가 말했다. 내 눈물, 콧물, 그리고 땀이 애너의 말끔한 탱크톱을 적셨다. "지금 당장 시작할게요, 약속해요."

"당신이 그럴 거라는 거 알아요." 애너가 내가 좋아하는 확신 넘치는 태도로 말했다. "당신은 지금 이 상태보다 더 강해요. 당신이 그렇다는 걸 난 알아요. 지금은 일단 찬물로 샤워를 하고 당신 자신을 돌봐야 해요. 그리고 뭘 좀 먹고요. 여기, 휴지요." 나는 마음을 다잡고 눈과 콧물이 뚝뚝 흐르는 코를 닦으려 했다.

"상황이 나아지겠죠, 그렇죠?" 내가 애원하는 여동생처럼 애너에게 물었다. "이제 더 나빠질 일은 없다고 말해줘요."

애너가 미소를 짓더니 웃기 시작했다. 나도 웃었다. 그냥 웃는 것이 기분 좋아서 웃었다.

애너와 나는 메인주에서 3주를 보낼 준비를 마쳤다. 우리는 그 전해에 헨리가 서부 해안으로 여행을 간 동안 함께 휴가를 간 적이 있었다. 존은 집에 남아 있었다. 그때는 메인주에서의 그 휴가가 우리 미래의 삶을 위한 리허설이 될 거라고는 전혀 상상하지 못했다. 식품들과 꼭 필요한 주방도구 몇 가지를 식료품점에서 가져온 종이 상자들 안에 조심스럽게 채워 넣었다. 옷가지와 리넨 제품들은 착착 개켜서 더플백에 넣었다. 이제 떠날 준비가 거의 되었다.

나는 토마스의 집으로 가는 익숙한 길을 운전했다. 메인주에서 집으로 돌아올 즈음에는 그가 인생의 또 다른 여자를 만났을 수 있겠다는 확신이 들었다. 아마도 내가 신경 쓰지 않도록 나에게서 떼어놓은 어떤 여자일 수도 있었다. 하지만 나는 토마스와의 관계가 친구로 끝나기를 원했다.

우리는 토마스의 스튜디오 뒤, 그늘이 조금 드리운 초원에 서 있었다.

토마스는 나와 사귄 것에 대해 많은 비난을 받았다고 말했다.

사람들은 그가 남편을 잃어 외롭고 제정신이 아닌 나를 이용했다고 말했다.

나는 알고 있었다. 똑같은 소문을 나도 들었다. "넌 나를 이용하지 않았어. 나는 원치 않은 일을 한 적이 없고. 그 사람들은 모른다 해도, 너와 내가 잘 알고 있잖아."

그의 말에 따르면, 때때로 정서적으로 혼란스러운 나의 모습에 겁이 났다고 했다. 나도 알고 있었다. 나는 우리 두 사람이 계획보다 더 오래 함께할 수 있도록 나를 붙들어준 그의 우정에 고마움을 표했다.

그리고 그에게 사랑한다고 말했다. 그도 나를 사랑한다고 말했다. 그렇게 우리는 어떤 의미 있는 방식으로 서로를 사랑했다.

내가 말했다. "내 생각에는, 언젠가는 우리 둘 다 지난 몇 달 동안 일어난 일을 더 잘 이해하게 될 것 같아."

그가 고개를 끄덕였다.

나는 극심한 슬픔과 상실감을 느꼈다. 그러나 약간의 자유도 느꼈다. 이제 나는 스물여덟 살인 그의 세계로부터 걸어 나갈 수 있게 되었고, 그는 다른 방향으로 걸어가 다음 단계로 원하는 것을 발견할 수 있게 되었다.

그가 뒤뜰에 있는 어떤 무더기에서 오래된 슬레이트 지붕 조각 하나를 집어서 건네주었다. 그의 집을 보수하면서 남은 것들이었다. "알겠지만, 깨끗한 슬레이트예요." 그가 미소를 띠며 말했다. 나는 그 선물을 기쁘게 받아 들었다.

집에 돌아가서 나는 리자의 색분필로 그 슬레이트에 이렇게 썼다. "상황은 더 좋아질 거야. 상황은 더 수월해질 거야." 나는 앞으로 다가올 어두운 날들에 보고 상기할 수 있도록 그 슬레이트를 주방 조리대에 올려놓았다.

3부
바람

작은 만^灣에서

안개 낀 좁은 물줄기, 신이 내린 수증기 가득하고
분홍빛 화강암으로 된 찻종 모양의
작은 만이 어린아이 행성의
정동^{晶洞} 찻잔 속에 멈추었네. 그 섬에서,

우리는 우리 자신이 되네.
임신으로 둘이 된 당신은 뷰파인더를 통해
얼그레이 유백색을 유심히 들여다보고, 카메라에 담긴 당신의 마음은
스트레스 없는 찰나의 무^無의 파노라마에 축복을 받네.

그리고 내 정신은 래브라도 개 랜덤니스와 함께 해안가를
빠르게 달리다가 풍화되고 버려진 고둥의 골조 끝에서
개와 같은 경이로움을 느끼며 멈춰 서네.
성게, 총알고둥, 그리고 지극히 작은 다른 선체들.

그것들은 시간의 흐름을 증명하기 위해 살았네.
나는 우리가 번식하기 위해 정지시킨 것이 우리를 축복하기를 기도하네.
우리가 그 좁은 물줄기의 숭고하고 신비한 해석에서
보지 못한 표지들이 모랫빛 명판에 이미 쓰여 있기를.

이제 우리 너머 눈에 보이지 않고 더 큰 행복한 세계로부터,
우리 사랑의 이중 나선구조 주위에서, 방이 많은 미래 속 우리의 일부가 커져가네.

—1996년 줄리의 생일에 헨리가

9
2003년 8월

파란 하늘에 솜털 같은 구름이 떠 있던 8월의 어느 멋진 날. 나는 면 속옷에 오래된 탱크톱 차림으로 갓 깎은 잔디를 맨발로 밟으며 빨래를 널고 있었다. 어머니가 사준 캘빈클라인 탱크톱이었다. 그해 여름에 나는 대학에 가져가려고 그 옷을 짐에 꾸렸다. 여러 번 세탁한 탓에 원래의 검은색이 바래서 차콜그레이색이 되었다.

빨랫줄은 마디가 불거져 나오고 이끼에 덮인 사과나무 두 그루 사이에 걸려 있었다. 나는 사용하기 쉽게 윗부분을 잘라낸 오래된 2리터짜리 플라스틱 우유통에서 빨래집게들을 하나씩 꺼냈다. 그것들은 야생 장미덤불과 엉겅퀴에 둘린 탁 트인 목초지의 완만한 비탈 바로 아래 농가에 있는 삼나무 지붕널처럼 회색이고 삭아 있었다.

전경과 배경 사이에서 애너가 움직이는 모습이 조그맣게 보였다. 발랄한 빨간색의 햇빛 차단용 캔버스 챙모자를 쓰고 썰물이 진 갯벌 해변을 배회하는 그녀를 알아볼 수 있었다. 그녀의 아들 리오와 내 딸 리자는 알록달록한 수영복 차림에 볼캡을 썼으며 작은 꽃게, 소라게, 총알고둥이 가득 든 해변용 플라스틱 들통을 들고 그녀 뒤에서 느릿느릿 걷고 있었다. 갯벌 진흙이 묻어 지저분해진 모습이었다. 나중에 수도꼭지에 연결된 호스로 아이들의 몸을 씻어내리고 옷도 전부 빨아야 할 터였다. 아이들은 둥글게 말아 놓은 정원용 녹색 호스로 스스로 몸 헹구는 걸 좋아했고, 나는 즐거운 마음으로 세탁 의례를 기다렸다. 이 섬에서 매일 정오에 빨래를 널고 걷으면서 시간을 보낸다면 행복할 것이다.

이곳에서는 날씨에 대해 함부로 말할 수 없다. 침대 시트와 수건, 티셔츠, 반바지, 선드레스가 잠깐 동안은 산들바람 속에서 딸깍거리고 흐트러지는 것 같지만, 실은 비나 눈에 보이지 않는 축축하고 짙은 황색 안개 속에서 흠뻑 젖는지도 몰랐다. 이곳에서 항상 좋았던 점이기도 하다. 계획만을 고집할 순 없고, 무슨 일이 일어나든 그냥 즐겨야 한다.

때때로 옷이 마르기까지 며칠씩 걸리기도 한다. 빨래를 널고, 반 시간 뒤 비구름이 몰려오면 다시 달려가 걷고, 폭풍우가 지나가면 또다시 넌다. 한동안 날씨가 축축해서, 건조기로 빨래를 말리기 위해 마지못해 섬의 다른 쪽에 있는 코인세탁소 런드로매트까지 차를 몰고 갔다. 하지만 항상 속는 기분이 들었다. 빨래를 너는 행위는 명상에 잠기게 하는 의례인 동시에, 여기서는 일이 아니라 놀이였다.

헨리와 나는 리자가 태어난 다음 해에 이 집에 와서 휴가를 보내기 시작했다. 발치에서 아기가 기어다니던 그 초보 육아 시절의 몇 년 동안 나는 빨래 너는 일을 즐겼다. 리자는 빨래 바구니에서 젖은 옷가지를 끌어내거나 풀밭에서 아직 서툰 손으로 메뚜기를 잡기 위해 뛰어다니는 것을 좋아했다.

하지만 헨리는 이곳에서 느긋하게 지내는 법을 결코 배우지 못했다. 그는 외롭게 지내는 것을 힘들어했다. 외로운 상태로 며칠이 지나면 절박하게 사람들을 만나고 싶어 했다. 몇 명 안 되는 섬의 친구들을 위해 디너파티를 열었다. 그런 이벤트를 위해, "진짜 세상"과 다시 연결되고 그날 자《뉴욕타임스》를 구입하기 위해 섬에서 나가 상점에 갔다. 2년 전 8월에는 돈을 내고 인터넷 서비스를 받겠다고 고집했고 여러 날을 집 안에 틀어박혀 노트북 컴퓨터 앞에 앉아 있었다. 조사를 하고 글을 쓰고 있다고 말했다. 하지만 지금 생각해보면 캐시와 이메일을 주고받고 있었을 것이다.

다행히 내가 새롭게 알게 된 사실들 때문에 그 섬의 매력이 사라지지는 않았다. 나는 빨래를 널고, 숲이나 분홍색 바위 절벽을 산책하고, 바위와 바다 그림을 그리고, 토마스와의 키스를 내가 얼마나 그리워하는지 생각하는 것이 기분 좋았다. 빨래를 걷고, 내 차례가 되어 아이들을 위해 마카로니앤드치즈를 만들고, 저녁에 모노폴리 게임을 하고, 팬케이크를 만들고, 빨래를 좀 더 너는 것이.

애너와 나는 각자의 차에 장비와 식료품을 꾸려 해안을 향해 천천히 올라가거나 포틀랜드에 있는 친구들을 방문하기 위해 차 안에서 자기도 하면서 여행을 했다. 여행 막바지에는 부두에 가서 카페리를 타려고 기다렸다. 페리 터미널—그곳에서는 아무것도 재촉하지 않는다.—에 도착하면 삶의 속도가 곧바로 느려진다. 아이들이 물가에서 놀다가 한 명이 페리가 오는 모습을 발견하기까지 애너와 나는 근처 레스토랑에서 크랩롤을 먹으며 기분 좋게 그 한 시간을 기다렸다. 경사로를 운전해 배에 오르는 것은 정신적 여정이었다. 일에 대한 걱정과 집에 남겨둔 혼란은 이제 끝이라고 알려주는 듯했다. 갑판에 주차하자 우리 네 사람은 기대에 들떴다.

"커다란 조수 웅덩이를 어서 다시 보고 싶어요!" 리자가 시끄러운 페리 엔진 소리를 뚫고 외쳤다. 리자와 리오가 첫 사냥 모험의 계획을 짜기 시작했다. 애너와 나는 아이들이 그토록 열심인 것이 기뻐서 빙긋이 웃었다. 바람이 불어 애너의 붉은 포니테일 머리가 돛대에 걸린 깃발처럼 휘날렸다. 요 며칠 동안 장시간 운전을 했음에도 그녀는 최근 몇 달 동안 내가 본 그 어떤 모습보다 편안해 보였다. 나는 진행 중인 그녀의 이혼소송이 여기서 우리가 보내는 시간에 너무 큰 압박을 주지 않기를 바랐다.

식료품점에서 산 물건들을 풀고 침대를 정돈한 뒤, 우리는 곧장 손에 익은 일상에 돌입했다. 애너와 나는 아침 일찍 일어나 커피와 아침 식사를 준비했고, 그러는 동안 아이들은 집 주변에서 느긋하게 시간을 보냈다. 가끔 애너와 나는 집 앞의 울퉁불퉁한 잔디밭에서 요가를 했다. 리자와 리오는 이따금 우리와 함께 견상자세[39]를 취하며 재미있게 지켜보았다. 그런 다음 다 함께 오솔길을 내려가 조수 웅덩이에 가서 게를 잡았다. 점심시간까지 나는 그날 해야 할 빨래를 하며 시간을 보냈고, 오후에 무엇을 할지 계획을 세웠다.

처음 며칠 동안은 주의 깊게 살펴봐야 할 애벌레와 나비들, 높이 자란 잔디 속 깔때기 모양의 거미줄 군락, 해변에 밀려온 밝게 칠한 바닷가재 모양의 부표를 발견하며 재미있어했다. 길을 따라 사과와 라즈베리가 많이 열려 있어서 딸 수 있었다. 왜가리와 가마우지들이 우리 집 앞의 작은 만으로 먹이를 먹으러 왔고, 가끔 독수리가 키 큰 전나무에 앉아 휴식을 취했다. 어느 날 오후 아이들이 집 뒤쪽 테라스에서 소라게 자신도 모르는 소라게 경주를 열었다. 소라게들은 잽싸게 뛰었다. 또 어떤 날에는 리오와 리자가 잔디밭에서 장난감을 가지고 놀거나 우리가 해먹에 느긋하게 누워 아이들에게 책을 읽어주었다.

밤 시간에 네 사람이 집의 계단을 올라갈 때면 외로움이 한결 덜했다. 계단은 경사가 가파르고 너무 좁아서 마치 사다리 같았다. 2층에 침실 세 개가 모두 한 줄로 늘어서 있었다. 아이들이 맨 끝에 있는 방을 함께 썼고, 애너가 가운데 방을 썼다. 나는 헨리와 같이 쓰던 방에서 잤다. 잿빛이 도는 은색의 작은 잎사귀들이 달린 뒤틀린 단풍나무 가지들이 유리창을 부드럽게 톡톡 두드렸다.

---

39 몸을 숙여 삼각형 모양으로 만드는 요가 자세. 강아지가 기지개를 켜는 동작과 비슷하다고 해서 이런 명칭이 붙었다.

집주인들은 이 비뚤어진 오래된 단풍나무가 사망하길 기대하며 근처에 다른 단풍나무를 심어두었다. 하지만 나는 그 나무가 몇 년 더 수명을 이어가기를 기도했다. 매년 이 집을 떠나기 위해 짐을 꾸릴 때면, 나는 그 단풍나무가 건강하게 겨울을 나길 바라며 애정이 담긴 작별 인사를 했다. 뉴욕으로 돌아와 한겨울에 바다와 그 집 그리고 작은 만이 그리워질 때면, 우리 집 뜰에서 나는 떡갈나무의 갈색 나뭇잎들이 바스락거리는 소리가 나를 그 섬으로 다시 데려가는 것 같았다.

≡

어느 날 아침 리자를 차에 태우고 짐이라는 오랜 친구를 만나러 갔다. 짐은 이제 나이가 60대 후반인데, 처음에는 나처럼 방문객으로 여름에만 그 섬에 와서 지냈지만, 몇 년 전 아예 그 섬에 정착해 유리공예를 하면서 조용한 생활을 하고 있었다. 짐은 너대니얼 호손의 소설에 나올 것 같은 뉴잉글랜드 사람의 얼굴이다. 백발이 풍성한 머리에 세로로 주름이 진 긴 얼굴로, 은퇴한 선장을 연상시킨다. 짐은 볼 때마다 같은 옷차림이다. 한때는 흰색이었으나 이제는 얼룩덜룩해진 닳아빠진 바지, 마찬가지로 낡고 얼룩이 묻은 페일블루색의 반소매 버튼다운 셔츠, 가죽 보트슈즈 혹은 오래된 흰 스니커즈. 그의 이런 옷차림은 다른 남자들에게 턱시도가 그런 것처럼 위엄 있어 보였다. 멋진 채소 정원이 있는 그의 집이 가까워지자, 그가 키우는 나이 많은 잭러셀테리어 두 마리가 밖으로 달려 나와 우리를 반겼다.

짐은 예술가이자 정원사일 뿐만 아니라, 솜씨 좋고 모험심 넘치는 요리사였다. 헨리는 섬의 다른 친구들을 통해 그를 만났고, 화덕 앞에서 친해졌다. 짐은 우리를 자기 집으로 데려갔는데, 그 집에는 바다에서 쓰는 장비들, 조개껍데기, 말린 해초, 재미있는 돌멩이, 책과 미술품들이 가득해서 마치 배를 탄 듯한 느낌이 들었다. 리자는 특히 짐이 주방 조리대에 전시해둔 온도계에 마음을 빼앗겼다. 색깔 있는 액체가 온도에 따라 올라갔다 내려갔다 하는 기다란 실린더 모양의 유리 온도계였다. 짐은 리자의 손을 잡고 집 뒤쪽 테라스로 데려가 직사각형 모양의 백합 연못에 사는 비단잉어에게 먹이를 주게 했다. 나는 짐과 함께 다시 주방으로 갔다. 짐이 와인 한 잔을 주었고, 나는 7월에 있었던 일들을 들려주었다. 짐은 나보다 더 신중한 윗세대에 속하는 사람이지만, 개인적으로 내가 아는 사람들 중 매우 거침없고, 웬만해서는 충격을 받지 않고, 모든 것을 다 알고 있는 듯한 유머감각을 갖춘 사람이었다.

"음, 나는 헨리가 나쁜 남자였다고 생각해요." 그가 쉰소리가 섞인 바리톤 음성으로 말했다.

"네, 물론이죠." 내가 한숨을 쉬며 대꾸했다.

"그러니까, 나도 그를 봤어요." 짐이 무미건조하게 말했다.

"그래요?" 내가 물었다. "말해주세요. 저도 혼자서 이곳에 많이 왔지만, 그 사람이 이곳을 순회하고 다닌 건 몰랐네요."

"음, 기억을 좀 떠올려볼게요." 짐이 점심 준비를 시작하며 말했다. "그래요, 어느 날 아침 트럭을 타고 우체국에 갔다가 돌아오는 길이었죠. 무심코 오른쪽을 봤는데, 헨리가 조수석에 앉아 나를 보고 웃고 있는 거예요. 딱 그때 한 번이었어요. 난 그를 봐서 좋았죠. 보고 싶었거든요."

"헨리는 좋은 친구였죠. 최고의 남편은 아닐지라도요. 추도식에도 그를 사랑했던 사람들이 많이 왔어요. 저도 그를 사랑했고요."

"그가 당신에게 더 좋은 남편이었다면 좋았을 텐데요, 줄리." 짐이 내 손을 다정하게 잡으며 말했다. 우리는 한동안 조용히 서 있다가 그가 베란다에 설치해놓은 우아한 테이블로 점심을 날랐다. 리자가 훈제연어와 집에서 키운 토마토 샐러드를 기대에 가득 찬 눈길로 올려다보았다.

≡

그 한 해 동안 나는 그 섬에서 친구들 모임에 자주 참석했다. 엇비슷한 나이의 아이들을 둔 사람들로, 휴가를 보내러 온 예술가, 작가, 음악가, 선생님들이었다. 어느 날 우리는 그 섬의 모래 해변에서 다 같이 만났다. 썰물 때는 성게를 잡았고, 나는 내면의 건축가 기질을 발휘해 정교한 모래성 만드는 것을 돕고, 운하 시스템을 만들어 얕은 파도 속에서 종종걸음 치는 소라게들의 집에 임시로 물을 대줄 수 있었다. 리자는 차가운 물속에서 수영에 열심이었고, 나는 한 계절에 한두 번은 리자의 설득에 넘어가 잠깐씩 수영을 했다. 우리는 늦은 오후에 다시 집으로 돌아와 저녁 식사를 만들고 보드게임 준비를 했다. 애너와 나는 함께 음식을 만들고 치우면서 평화로운 몇 시간을 보냈다. 그러고 나면 곧 전남편이 될 그녀의 남편 존으로부터 전화가 걸려왔다. 그는 아들 리오와 이야기를 하기 위해 저녁마다 전화를 했다. 내가 전화를 받게 되면 가장 사무적인 어조로 인사하고 전화를 바꿔주었다. 바깥으로부터의 그런 짧은 침입조차 애너를 고통스럽게 한다는 점에서 신경을 쓰지 않을 수 없었다.

나는 평소의 생활에서 멀리 떨어져 있으려고 최대한 노력했다. 일을 멀리하는 것에 더해, 이메일도 멀리했다. 그 집에서 휴대폰을 사용하려면 잔디밭의 특정 지점으로 가야 했기 때문에, 바람이 심하게 불거나 비가 오는 날에는 오래 통화하기가 힘들었다. 나는 며칠에 한 번씩 토마스에게 전화를 걸었다. 하지만 우리의 대화는 짧게 끝났다.

"당신이 밖에 나가 그림을 많이 그리면 좋겠어요." 고맙게도 그가 진실한 관심을 보이며 말했다. 그는 가을에 열릴 자신의 전시회 준비에 관해 말했다. 우리는 7월 말의 우리의 이별에 대해 많이 이야기하지는 않았다. 최근 몇 주 동안 일어난 일들을 자세히 이야기하지도 않았다. 나는 집으로 돌아갔을 때 우리가 여전히 친구이길 바랐다.

≡

대학 친구 사라가 영국에서 가족과 함께 도착했다. 몇 년 동안 우리는 연례행사처럼 8월에 2주간 함께 시간을 보냈다. 그들은 근처의 렌트하우스에 머물렀다.

처음 다 같이 나들이를 나갔을 때, 우리는 야생의 모습이 더 많이 남아 있는 섬의 건너편까지 걸었다. 그곳은 탁 트인 바다에 면해 있어서 섬 사람들이 히어로비치Hero Beach라고 불렀다. 정확히 말해 해변은 아니지만 풍경이 굉장했다. 모래와 수영할 수 있는 파도를 기대한다면 말이다.

이곳에서 한 번 여름을 보낸 어떤 교수가 이 섬이 어떻게 형성되었는지 나에게 설명해주었다. 스코틀랜드의 비뚤어진 땅 조각 하나가 북아메리카 대륙의 작은 덩어리와 충돌해서 생겼다고 한다. 히어로비치에서는 디스커버리 채널에 나오는 정지화면 같은 그 태곳적 충돌의 모습을 볼 수 있다. 험준한 검은 현무암 바위들 위에 주름져 있는, 용암 폭발로 생겨난 분홍색 화강암이 마치 딸기 수플레 모양을 닮았다. 조용히 서서 주위의 바다와 하늘을 바라보노라면 내가 광포한 자연현상의 증인처럼 느껴진다. 나는 그 태곳적 사건의 소리를 상상해보려 했다. 그 소리는 틀림없이 현무암 바위들에 세차게 부딪치는 바닷물의 불길한 포효 소리보다 더 컸을 것이다. 바다는 매번 바위들에 충돌한 뒤 파도를 다시 빨아들이며 수많은 동그란 조약돌들을 통해 일렁거리고 달그락거리는 소리를 만들어냈다.

우리는 땅콩버터, 치즈, 그리고 참치 샌드위치로 점심을 먹었다. 그 섬에서 음식은 또 다른 모험이었다. 그해에는 정말 상점에 물건이 없었다. 모든 것을 직접 가져왔고, 2주 후에는 본토의 식료품점에서 필요한 것들을 주문했다. 너그럽게도 여름 몇 달 동안 시멘트 블록 위에 허물어져가는 트레일러를 받쳐놓고 식료품을 팔아준 섬의 한 가정으로부터 우유, 달걀, 그리고 다른 주식들을 살 수 있었다. 이곳에는 쉽게 이용할 수 있는 편의시설은 없지만, 각 가정의 여주인들이 신선한 라즈베리파이를 구워준다.

아이들(사라의 두 딸과 어린 아들, 리자, 그리고 리오)은 불쑥 솟은 바위들을 기어올랐다 내려오곤 했다. 우리가 특히 좋아하는 바위에 "더 브레인The Brain"이라는 이름을 붙였다. 작은 이층집 높이의 금이 간 분홍색의 거대한 바위, 그 꼭대기에 올라가면 출렁이는 바다, 멀리 있는 섬의 들쭉날쭉한 유역들, 다른 작은 섬들과 강한 바람을 맞은 해변식물로 뒤덮인 바위들이 보였다. 썰물 때면 바다표범들이 거기서 일광욕을 했다.

사라와 나는 다른 분홍색 바위에 가까이 붙어 앉아 애너와 아이들을 지켜보았다.

"알겠지만, 헨리는 널 사랑했어." 사라가 요 몇 주 동안 나를 괴롭혀온 그 본질적인 의문을 느끼는 듯 이렇게 말했다. "생전에 무슨 짓을 했든, 그는 널 사랑했어. 그래, 그가 여자들에게 지분거리는 걸 좋아하긴 했지." 사라가 바다를 응시하며 잠시 사이를 두었다가 말했다. "심지어 나한테도 그랬으니까."

"농담하는 거지."

"내 생각에 그는 매력적으로 느껴지는 모든 여자에게 지분거렸을 거야. 만약 내가 다른 부류의 여자였다면, 내 쪽에서 관심을 표했다면, 계속 그랬을 거고."

"그래, 온갖 수단을 다 동원했겠지. 그게 그 사람의 방식이었다고 생각해."

"하지만 그는 정말로 너를 사랑했어." 평소 감정 표현이 야단스럽지 않은 사라가 내 손을 잡더니 진심을 담아 꼭 쥐었다. "너한테 그런 시들도 써줬잖아. 나와 이야기할 때마다 항상 너에 대해 너무도 푹 빠진 태도로 말했어. 그러니 네가 16년 동안 일궈온 모든 걸 망가뜨리지 마. 그건 너희 둘 중 누구에게도 공평하지 않아."

"소중히 간직할 무엇이 남아 있긴 한 건지 확신이 들지 않아. 난 그것이 도대체 어떤 종류의 사랑이었는지, 그가 나에 대해 어떤 마음이었는지 이해하려고 여전히 애쓰고 있어." 나는 사라에게서 시선을 돌렸다. 눈물이 나왔고, 여전히 너무 부끄럽고 외롭고 두려웠기 때문이다. 내가 말했다. "사라, 성실하고 품위 있는 사람을 만난 넌 정말 운이 좋은 거야." 사라가 나에게 팔을 둘렀고, 나는 사라의 어깨에 기대어 잠시 긴장을 풀었다.

"그래도 아이가 있어서 정말 다행이야." 내가 말했다. 그때 리자는 자기보다 언니인 사라의 딸들의 도움을 받아 "더브레인" 꼭대기에 다다른 참이었다. "저 아이가 없었다면 최근 몇 달 동안 난 침대 밖으로 나오지도 못했을 거야. 저 아이와 함께할 수만 있다면 엉망진창인 이 모든 상황을 다시 겪을 수도 있어."

아이들이 "더브레인"에서 기어 내려왔다. 아이들은 집으로 갈 준비가 된 것 같았다. 사라가 조용히 그림 그릴 시간을 좀 갖고 싶으냐고 나에게 물었다. 사라의 너그러운 호의를 받아들이자 기분이 좋아지고 안도감이 들었다. 나는 우리 일행이 짐을 꾸려 오솔길 쪽으로 움직이는 모습을 지켜보았다. 그들이 숲속으로 모습을 감추자, 갑자기 그리고 놀랍게도 혼자가 되었다. 우리 집의 내 사무실에서 일할 때와는 달랐다. 혼자 있는 것이 즐거웠다.

처음에는 정신없이 분주하게 이런저런 활동을 했다. 주위를 흘깃 둘러보며 파도 가까이로 움직이고, 다양한 그림들을 작업하고, 밀물이 시작되자 차를 후진시켰다. 태양이 남아 있던 구름과 실안개를 녹여버렸다. 나는 열기와 점심 식사 후의 피로감 때문에 노곤해졌다. 작업을 멈추고 앉아서 그냥 바다를 응시했다. 그러다가 눈을 감았다.

누워야 했다. 바위들이 따뜻했다. 눈이 다시 감겼다. 지나가던 바닷가재잡이 배의 엔진이 부르릉대고 윙윙거리는 소음으로 파도 소리를 덮어버렸다. 따뜻한 바위가 내 골반을 덥혀주었다. 나는 토마스가 침대에서 내 가슴 곳곳에 키스하던 일을 떠올렸다. 그를 잃은 슬픔은 육체적으로 고통스러운 동시에 자극적이었다. 내 손이 속옷 속으로 미끄러져 들어갔다. 바닷가재잡이 배의 선장은 바람이 불어오는 쪽으로 계속 배를 몰아 가다가 다시 미끼를 달고 낚싯대를 바닷물 속에 던졌다. 엔진 소리가 파도의 굉음에 빠르게 삼켜졌다.

짧은 낮잠을 잔 뒤, 나는 그림 도구들을 다시 꾸리기 시작했다. 엘리아나가 메일에 쓴 어떤 말이 궁금했다. 내가 헨리의 죽음에 상처받았고, 해방되었다는.

메리 올리버는 자신의 시 「여름날」의 끝부분에서 이렇게 물었다. "나에게 말해줘요, 당신의 야생적이고 소중한 삶으로 무엇을 할 작정인가요?" 나는 나의 야생적이고 소중한 자유로 무엇을 할까?

여름날
메리 올리버

누가 이 세상을 만들었나요?
누가 백조를, 그리고 흑곰을 만들었나요?
누가 메뚜기를 만들었나요?
이 메뚜기, 이것은—
풀밭에서 거칠게 뛰쳐나오고,
내 손의 설탕을 먹고,
턱을 아래위가 아니라 앞뒤로 움직이고—
거대하고 복잡한 눈으로 주위를 응시하고 있어요.
이제 그것이 창백한 팔을 들어 올려 얼굴을 꼼꼼히 씻어요.
이제 그것이 날개를 탁 펼치고 날아가요.
나는 그 기도가 어떤 것인지 정확히 알지 못해요.
나는 어떻게 주목하는지, 어떻게 풀밭으로 내려앉는지,
어떻게 풀밭에 무릎을 꿇는지,
어떻게 빈둥거리며 축복받는지,
어떻게 들판을 가로질러 거니는지, 알고 있어요.
이게 바로 내가 하루 종일 한 일이에요.

나에게 말해줘요, 내가 다른 뭔가를 해야 했나요?

모든 것이 결국 죽지 않나요? 그것도 너무 이르게?

나에게 말해줘요, 당신의 야생적이고 소중한 삶으로 무엇을

할 작정인가요?

10
과거, 2003년 9월부터

1986년 11월 마지막 토요일 밤, 친구 하나가 나를 이른 연말 파티에 초대했다. 나는 파티에 가는 것이 기뻤고 세심하게 옷을 차려입었다. 유부남인 로베르토와의 연애사건 이후 외롭지만 유익한 한 해가 지나간 참이었다. 원나이트스탠드에 대한 사기는 꺾였다. 나는 싱글이었고 새로운 사람을 만나고 싶은 마음이 간절했다.

지하철에서 나와 리빙턴스트리트의 다세대 주택 건물에 있는 파티 주최자의 아파트를 향해 걸어가는 동안, 친구 캐리가 또 다른 친구 샐리를 어서 만나고 싶다며 나도 샐리를 분명 좋아할 거라고 말했다. 캐리 말로는 샐리에게 멋진 새 남자친구가 생겼다고 했다.

우리는 주방 조리대에 설치해놓은 간이 바에 가서 와인 잔을 집어 들었다. 캐리가 나를 샐리에게 소개했다. 샐리는 날씬하고 스타일리시했으며 진한 갈색 머리를 패셔너블하게 비대칭으로 짧게 잘라서 앞머리가 이마를 가로질러 한쪽 눈을 가리고 있었다. 입술에 바른 립스틱은 놀랍도록 선명한 스칼렛레드색이었다.

새 남자친구는 보통 키에 웨이브가 있는 진한 갈색 머리였으며, 풍부한 올리브빛 피부에 광대뼈가 튀어나오고 아몬드 모양의 진한 갈색 눈을 갖고 있었다. 웃을 때 얼굴이 활짝 펴지면서 함박웃음을 지었다. 그는 이야기할 때 한 사람에게 온전히 집중했다. 북적이고 담배연기가 소용돌이치는 방 안에서 그가 친밀함을 표하기 위해 고개를 앞으로 기울일 때 그의 집중력은 상대를 기분 좋게 하는 동시에 불안하게 했다. 그의 손은 선이 가늘었으며 섬세하고 우아했다. 그는 왼손에 담배를 들고 피웠고, 오른손 엄지손가락과 집게손가락 그리고 가운뎃손가락을 사용해 생동감 넘치게 와인 잔을 들고 있었다. 카키색 바지에 하얀 폴로셔츠 차림이었고, 나와 대화를 나누고 싶은 관심조차 없어 보였다. 나는 깡마른 몸매도 풍만한 몸매도 아니었다. 오히려 꾸미지 않은 볼륨 있는 몸매였다. 숱이 많고 곱슬곱슬한 진한 갈색 머리에 어두운 색의 옷을 입었고, 눈에는 검은색 아이라이너를 칠했다. 나는 담배를 피우며 우울한 심각함이 묻어나는 쾌활한 사립학교 졸업생 같은 그의 모습을 바라보았다.

놀랍게도 그가 내 쪽으로 다가오더니 말을 걸었다.

"이 주변에 사시나요?" 그가 물었다.

"아뇨, 외곽에 살아요." 그 남자와 길게 대화를 할 거라는 기대가 없었기에 나는 멍한 눈길로 대답했다. 준비가 되지 않은 느낌이었다. 뭐라도 해야 했기에 꺼진 불씨가 쉬익 소리를 내는 것을 즐기며 내 빈 와인 잔에 담뱃재를 털었다. 나는 담배를 좋아했다. 나처럼 사교적으로 미숙하고 양손을 차분하게 유지하지 못하는 아가씨에게 담배는 뜻밖의 선물이었다.

"어느 거리에 사는데요?" 그가 질문을 더 좁혀왔다.

내가 사는 끔찍한 철로 옆 아파트의 위치를 말하자 그가 미소를 지었다. 그러자 아파트 창문들을 가로질러 막무가내로 장식해 놓은 크리스마스 조명들에 전기가 들어온 것처럼 주위가 환하게 빛났다.

"와우, 우리 같은 동네 주민이네요. 언제 저녁 식사 한번 해야 겠는데요." 내가 샐리를 건너다보았다. 그녀는 내 친구 캐리와 즐겁게 농담을 주고받느라 바빴다. 내가 그녀의 매력적이고 잘생기고 아마도 다루기 힘든 남자친구와 함께 저녁 식사를 해도 그녀가 흥분하지 않을 거라는 생각이 들었다. 나는 담뱃재가 가득한 와인 잔을 주방 조리대에 올려놓으며 짐짓 한 발짝 물러나는 동작을 했다.

하지만 그는 단념하지 않고 자신의 와인 잔을 창턱에 올려놓고는 옷 주머니에 손을 넣어 그 속에 편안히 놓여 있던 펜을 꺼냈다. 그러고는 종이 냅킨에 우아하고 동글동글한 필체로 자기 이름과 전화번호를 적고는 우주처럼 넓은 미소를 지으며 내밀었다.

"언제 전화하세요. 같이 저녁 먹어요."

그런 남자들이라면 충분히 만나보았다. 나는 집에 돌아와 고등학교 때 친구 챈드라에게 전화를 걸어 놀라울 만큼 잘생겼지만 파티에서 여자친구를 3미터 옆에 세워두고 나를 꼬시려 할 만큼 지저분한 그 남자에 대해 이야기했다. 우리는 그런 부류의 남자들에게 질렸다고 동감했다. 하지만 나는 그 종이 냅킨을 버리지 못했다. 그 종이 냅킨은 지불하지 않은 청구서 더미가 쌓여 있는 내 테이블 위에 일주일 동안 그대로 있었다. 내가 그 손글씨를 읽을 수 없고 그 남자의 이름도 잊었다는 사실을 깨달을 때까지.

몇 번의 토요일이 지나간 후, 챈드라가 나에게 크리스마스 파티에 함께 가자고 청했다. 내가 사는 철로 옆 아파트와는 비교할 수 없을 만큼 호화로운, 침실 하나가 있는 펜트하우스에 들어서자마자, 아웃사이더였던 오래전 청소년 시절의 메스껍고 불편한 기분을 다시 느꼈다. 나는 돌아선 채, 챈드라가 이 파티에 얼마나 오래 머무르고 싶어 할지 궁금해하며 담배를 찾아 가방을 뒤적거렸다. 챈드라는 바깥 테라스에서 친구들과 이야기하고 있었다. 담배를 든 챈드라의 표현력 풍부한 손이 불타는 오렌지빛의 빙글빙글 도는 궤적을 만들어냈다.

다음 순간 복도에 서 있는 사람이 나 혼자만이 아님을 알게 되었다. 건너편에 잘생긴 남자 한 명이 있었다. 진한 갈색 머리에 올리브색 피부. 지난번처럼 카키색 바지와 하얀 티셔츠, 회색 카디건을 입고 있었다. 스미스칼리지 시절 내가 피했던, 애머스트 같은 사립학교 졸업생처럼 보이는 멋진 남자였다. 그러나 그의 짙은 색 피부와 빈티지 스웨터가 거기에 뭔가를 더해주었다. 그가 나를 보며 환한 미소를 짓고 의심쩍게도 마치 노래 부르듯 내 이름을 불렀을 때, 나는 이게 대체 무슨 상황인지 파악하려고 애썼다.

"나 헨리예요, 기억 안 나요?" 그가 숙련되었지만 호소력 있는 격식을 갖춰 우아하게 손을 내밀었다.

그 냅킨남이네. 머리를 비대칭으로 자르고 스칼렛레드색 립스틱을 바른 여자친구와 함께 있지 않아서 처음에는 그를 알아보지 못했다.

"오, 이제 기억나요." 내가 대답했다. 이 남자를 다시 만났다는 우연의 일치가 갑자기 의미 있게 느껴졌다. "함께 온 건가요? 미안해요, 그녀의 이름을 잊었네요. 당신 여자친구요."

"와인 한 잔 갖다드려도 될까요?" 그가 답변 대신 물었다. "어디 가지 마세요, 곧 돌아올 테니." 그가 빙긋이 웃으며 말했다. 그는 바 쪽으로 성큼성큼 걸어갔고 나는 기다렸다. 용기를 내 어두운 복도에서 나와 거실로 들어가 북적이는 사람들을 살펴보았다. 샐리는 어디에도 보이지 않았다. 조용하고 비밀스러운 전율이 내 갈비뼈 사이에 감돌았다. *아마 두 사람은 헤어졌을 거야. 아마 이 남자는 지저분한 사람이 아닐 거야. 아마도.* 나는 들뜨고 특별한 기분을 느꼈다.

헨리가 레드와인이 담긴 잔 두 개를 가지고 돌아왔다. "우린 힘든 시간을 보냈어요." 그가 지난 석 달간의 샐리와의 연애사를 진지한 태도로 짧게 이야기하고는 짜증스러운 표정으로 끝을 맺었다. "샐리는 항상 화장을 하고 옷을 골라 입고 외출할 준비가 되어 있었어요. 그게 나를 미치게 했죠."

뭐라고 대꾸해야 할지 몰라 나는 고개를 끄덕였다. 사실 나는 꾸미고 차려입는 데 능숙한 사람은 아니었지만 내심 그렇게 되기를 열망했는데, 상황이 이렇게 되고 보니 내가 그런 사람이 아니라는 게 다행이라는 생각이 들었다.

"오늘 밤에도 싸웠습니다. 그녀가 외출 준비에 너무 오래 시간을 끌어서요." 헨리가 계속 말했다. "그래서 혼자 왔어요." 그가 나를 향해 미소 지었다. "혼자 오길 잘한 것 같네요."

우리는 이 파티의 공통 인맥에 관한 실마리를 풀었다. 그는 파티를 주최한 여주인과 같은 대학에 다녔고, 나는 그녀와 고등학교 시절 친구였다.

이제 내가 세상에서 가장 운이 좋은 여자라는 기분이 들었다. 샐리는 여기에 없었다. 그리고 우리는 여기에 있었다. 각자의 지인이 같은 사람이라는 것이 공통분모였다. 우리가 서로에 대해 알게 될 또 다른 기회가 주어진 것이다.

그는 자신의 대학 시절에 관해 유머러스하면서도 약간 씁쓸한 태도로 이야기했다. 지나간 사랑 이야기를 곱씹으면서 한 여자에 관해 설명했다. 멋지고 지적인 여자였는데, 여자의 부자 부모의 반대에도 불구하고 그가 무척 좋아해서 쫓아다녔다고 했다. 작가가 되는 것이 그의 야망이었지만 여자의 부모는 작가 사위를 원치 않았다.

"그 사람들 굉장히 속물인 것 같아요!" 그가 코네티컷주 그리니치에 살던 그 여자친구의 부모에 대해 설명했을 때 내가 동정을 표했다. 내가 결혼을 한다면 우리 부모님은 똑똑한 작가 사위를 좋아할 거라고 생각했다. 물론 나는 결혼하지 않을 것이다. 결혼은 여성에게 불리한, 실패한 제도니까.

우리는 경건한 태도로 우리가 좋아하는 책들에 관해 이야기했다. 가브리엘 가르시아 마르케스의 시간이었다. 나는 얼마 전 『콜레라 시대의 사랑』을 다 읽은 참이었다. 지금은 『카라마조프가의 형제들』을 애쓰며 읽고 있었다.

그는 시인 조지프 브로드스키에 관해 열광적으로 이야기했다. 나는 현대시는 읽어보지 않았기 때문에 당황스러웠다. 대학교 때 예이츠 강의에서 시 한두 줄을 외운 것이 거의 전부였다. "나는 경건한 태도로 그대에게 손을 내미네/내 수많은 꿈의 책들을……"

그가 대학 시절 연인에게 준, 살바도르 달리가 삽화를 그린 셰익스피어의 『맥베스』 초판본에 관해 말했다. "그녀에게 그 책을 주지 말아야 했어요. 난 그녀가 그 책을 좋아하지 않았을 거라 확신합니다."

"와우, 살바도르 달리요?" 나는 온갖 종류의 책들, 특히 미술 도서가 보석처럼 취급받는 집안에서 자랐다. "나라면 그 책을 보는 것만으로도 기뻤을 텐데. 그 책을 줘버리다니 너무 안타깝네요."

"그녀에게 편지를 써서 책을 돌려달라고 부탁해야 할까 봐요. 그런데 그러면 너무 쩨쩨해 보이겠죠." 그가 한숨을 쉰 다음, 내 관심에 힘을 얻은 듯 덧붙여 말했다. "난 훨씬 더 가치 있는 다른 것도 그녀에게 줬답니다."

"그게 뭔데요?" 내가 물었다.

"내가 무척 좋아하는 고모님이 결혼할 여자에게 주라며 약혼의 의미가 있는, 집안 대대로 내려오는 반지를 나에게 주셨어요. 가운데에 진주가 박힌 금반지죠. 사실 그 반지에는 엄청난 스토리가 있답니다. 듣고 싶어요?"

듣고 싶었다.

"음." 헨리가 나에게 한 걸음 가까이 다가오더니, 우리 주위에 잔뜩 몰려 있는 다른 사람들의 소리를 전부 차단하려는 듯 고개를 앞으로 숙였다. 우리가 서로를 발견한 이후 반시간 만에 복도는 꽤나 흥겨운 분위기가 되어 있었다. "그 스토리는 이래요. 우리 할아버지가 굴을 까다가 껍데기 안에서 진주를 발견하셨죠. 식당 주방장으로 일하셨거든요. 할아버지는 그렇게 부자는 아니었는데, 아내에게 선물을 주고 싶으셨어요. 그래서 아내에게 주려고 보석세공사에게 그 진주를 반지에 박아달라고 했어요. 그러니 굉장히 특별한 반지죠. 마치 금으로 된 집게발이 그 커다란 진주를 꽉 잡고 있는 것 같아요." 그가 왼손의 손가락들을 활기 넘치게 모았다가 펼쳤다. "그 반지를 돌려달라고 부탁해야 할까 봐요. 그녀가 아직 그걸 가지고 있을까요? 고모님은 그 반지를 정말로 내 아내에게 주기를 바라셨거든요. 그런데 결국 그녀와 깨졌고, 그녀는 그걸 가지고 4학년 말에 다른 녀석에게 갔어요. 난 엄청나게 충격을 받았죠. 지금 그녀는 다른 남자와 결혼해서 신시내티에 살고 있고 벌써 아이도 두 명 낳았어요."

"정말요?" 내가 말했다. "그 여자 아주 어린 나이에 결혼생활을 시작했네요." 우리는 20대의 뉴요커였다. 아이를 가지는 건 고사하고, 파티에 참석한 사람들 중 결혼한 사람조차 없었다. "난

287

결혼을 믿지 않아요. 여성에게 불리한, 실패한 제도라고 생각하거든요."

그가 웃었다. "그래요, 기껏 비싼 돈을 내고 교육을 받아놓고 지금은 기저귀나 갈고 있으니까요."

우리 둘 다 담배를 길게 빨아들였다.

"난 정말 그녀에게 그 반지를 돌려달라고 부탁해야 해요." 그가 강렬한 시선으로 나를 바라보며 되풀이해 말했다. 그런 다음 그 순간 내 의견이 가장 중요한 것처럼 이렇게 물었다. "당신은 어떻게 생각해요?"

나는 뭐라고 대답해야 할지 알지 못했다. 그는 그 여자를, 그 책을 그리고 반지를 잃은 것에 대해 여전히 가슴 아파하는 것 같았다. 그가 그 여자를 사랑했던 것처럼 누군가를 사랑할 수 있는 남자로부터 그런 의미 있는 선물을 받으면 얼마나 좋을까 하는 생각이 들었다.

"그녀에게 편지를 써서 그녀가 어떻게 생각하는지 물어보면 어떨까요?" 나는 이 말이 도움이 되면서도 외교적으로 들리길 바라며 말했다. "어쨌든 나는 그 여자가 반지를 당신에게 돌려줄 거라고 생각해요. 집안 대대로 내려오는 반지라면 특히나 더요." 이제 나는 그 남자에게, 그 책에, 그 반지에, 그 대학 시절 여자친구에게 큰 호기심을 느끼고 있었다. 심지어 그가 좋아한다는 고모님에게도.

헨리와 나는 함께 파티장을 떠나 시 외곽 쪽으로 걸어갔다. 암스테르담애버뉴에 있는 작은 바에서 나는 평소에는 피하는 술인

스카치 한 잔을 자연스럽게 주문했다. 그것이 나에게 단단하고 모험심 넘치는 기운을 부여해주기를 바랐다. 나는 그것을 마시고 한 잔을 더 마셨다. 그러면서 내가 좋아하는 다른 책들에 관해, 내 일과 가족 등 그 조용한 공간을 채워주는 주제들에 대해 이야기하고 또 이야기했다. 연말 휴가 기간이라서 평소 시끄러운 그 바에는 사람이 별로 많지 않았다.

헨리가 몸을 기울여 나에게 키스했다.

"그냥 당신이 그만 이야기하게 하려고 그런 거예요." 나중에 그는 이 일에 대해 자주 농담을 했다.

헨리가 좀 특별했던 어린 시절에 관해 조금 말해주었다. 그는 유감스럽다는 듯이 그것을 "부자에서 무일푼이 된" 이야기라고 말했다. 그는 한국 서울의 호사스러운 외국인 공동체에서 유년기를 보냈다. 그의 집에는 요리사들, 집사들, 운전기사, 그리고 가정부(그의 유모)가 있었다. 본인 말에 따르면 귀한 도련님처럼 애지중지 돌봄을 받는 삶이었다. 당시에 그의 아버지는 텍사코 캘리포니아에서 임원으로 일했고, 그의 어머니는 아버지보다 훨씬 더 젊은 아름다운 한국 여성이었다. 그의 아버지는 일찍 은퇴했고, 헨리와 헨리의 어머니, 두 명의 이복형, 남동생과 여동생과 함께 자신이 자란 작은 타운으로 돌아와 다시 정착했다. 은퇴 후 그의 아버지는 은둔하는 삶을 살았다.

헨리가 회한을 담아 말했다. "물론 그건 요리사들, 하인들 그리고 운전기사가 없어진다는 걸 의미했어요. 내가 무척 좋아했던 가정부는 말할 것도 없고요." 그런 다음 술의 힘에서 나온 솔직한 태도로 이렇게 말했다. "나는 어머니가 그때의 충격으로부터 결코 회복되지 못했다고 생각합니다."

스카치 두 잔을 더 마신 뒤 하늘이 겨울의 검은색에서 첫 여명의 빛으로 바뀌자 우리는 내 아파트까지 몇 블록을 비틀거리며 걸어갔다. 보통 나는 알몸으로 잠을 잤지만, 그날은 아무 일도 일어나지 않도록 잠옷을 입었다. 위스키가 잠들기 전 좀 더 키스할 에너지를 허락해주었다. 한낮이 되어 잠에서 깨어났을 때 나는 어리둥절했지만, 내 앞에서 그가 눈을 뜨는 모습을 보는 것이 짜릿했다. 무거운 숙취에도 불구하고 나는 아침 식사를 만들어 함께 먹은 뒤 그를 집으로 보냈다.

그가 떠난 뒤 나는 곧 무너질 것 같은 원형 테이블 앞에 앉아 울었다. 그에게 무척 끌렸지만, 유부남인 로베르토와 헤어진 충격에서 아직 회복 중이었고 다시는 "제2의 여자"로 살지 않겠다고 결심한 참이었다. 일요일에 부모님 아파트에서 식사를 한 뒤, 주방 싱크대에서 그릇을 헹구면서 조금 더 울었다. 어머니에게 내가 만난 그 남자에 대해 운명처럼 다시 만나서 어떤 기분인지, 내가 그 두 번째 만남에서 그를 얼마나 더 좋아하게 되었는지 말했다. 하지만 상황을 또다시 엉망으로 만들 수는 없다는 것도.

어머니는 유부남과의 낭패스러운 사건을 기억하고 있었다. 로베르토와 끝낸 뒤 비참했던 4일간 나는 부모님 집에 머물렀다. 그 나흘 동안 거의 울면서 시간을 보냈다. 가장자리에 새틴이 둘렸고 낡아서 올이 다 드러난, 어린 시절에 쓰던 코바늘뜨개 담요로 몸을 감싼 채 침대에 태아처럼 웅크리고 있었다.

어머니도 내 생각에 동의했다. 헨리가 여자친구와 끝내지 않는다면, 유일한 해결책은 그를 다시 만나지 않는 것이었다.

월요일 아침에 헨리가 내 사무실로 전화해 확신에 찬 태도로 말했다.

"빠른 시일 안에 당신을 다시 만나고 싶어요."

내가 대답했다. "당신이 정말 좋아요. 토요일에도 무척 재미있었고요. 하지만 다시 만나지는 못할 것 같아요." 나를 다시 만나고 싶으면 샐리와의 관계를 끝내야 할 거라고 단호하게 말했다.

"나에게 시간을 좀 줘요." 그가 나를 설득하려 했다. "상황을 정리할게요. 적어도 당신을 저녁 식사에 데려갈 순 있겠죠?"

그런 제안을 거절할 여자들도 있을 것이다. 하지만 고급 레스토랑에서의 저녁 식사는 내 봉급 수준으로는 흔히 할 수 없는 일이었고, 그래서 나는 그 초대를 받아들였다. 헨리는 나를 소호에 있는 비스트로 라울스로 데려갔다. 그리고 개구리 다리 요리를 주문했다. 그 요리를 주문하는 것이 조금 과시 행위처럼 느껴졌다. 하지만 그는 한 입 먹을 때마다 무척이나 즐거워했다. 몇 년이 지난 뒤 그는 내가 웃을 거라는 걸 알고 개구리 다리 요리나 오징어 요리를 먹을 때 독사의 혀가 날름거리듯이 입안에 빠르게 넣었다 뺐다 하며 먹곤 했다. 처음으로 함께 식사를 한 뒤 내가 우아하게 보이려고 애쓰며 외투 소매에 힘겹게 팔을 끼워 넣는 동안 그가 외투를 잡아주었다. 레스토랑에서 나와 거리로 걸어갈 때 문도 잡아주었다. 나는 그가 최대한 빠르게 샐리와의 관계를 정리하길 기대하며 택시를 타고 집으로 갔다.

그 뒤 우리는 거의 매일 전화로 이야기를 나누었다. 어느 날 저녁 나는 대담하게 그에게 나와 함께 저녁 식사를 하고 싶으냐고 물었다. 그는 시간이 안 될 것 같다고 했다. 해야 할 "중요한 일"이 있다는 것이었다. 다음 날 그는 샐리와 끝냈다고 말했다. 나는 너무 놀라고 떨려서 자세한 것을 묻지 못했다. 샐리의 입장을 생각해봤을 때 그녀에게는 끔찍한 저녁이었을 거라고 짐작되었지만, 그가 나를 선택했다는 사실로 충분했다. 그녀의 비참함과 대비되는 나 자신의 기쁨의 무게를 쟀고, 이기적이게도 한참 전에 왔어야 할 것 같은 행운에 큰 즐거움을 느꼈다.

그런 다음에는 물론 그와 섹스를 했다. 나는 구제불능이었다.

새롭게 커플이 된 첫 달이 끝나갈 무렵, 헨리는 오래전 다친 무릎에 수술을 받았다. 인대봉합술이었는데, 관절경 수술이 시행되기 전인 그즈음에는 큰 수술이었다. 그가 병원에 입원해 있던 5일간 나는 매일 바깥 음식을 싸 들고 문병을 갔다. 퇴원 후에 그는 목발을 짚고 도시를 돌아다녔고, 나는 그의 컴퓨터 오리지널 매킨토시128(헨리는 항상 '얼리 어답터'였다.)을 어퍼웨스트사이드의 내 아파트에서 이스트세컨드스트리트와 B애버뉴가 만나는 곳에 있는 그의 새 아파트로 왔다 갔다 하며 운반해주었다. 그를 돌보는 것이 기뻤고, 나와 함께 있고 싶어 하는 남자와 함께 있는 것이 기뻤다. 그는 무척 주의 깊었고, 나를 많이 웃게 만들었으며, 자신이 얼마나 나를 사랑하는지 자주 말했다. 심지어 우리는 1인용 침대에서 그의 다리를 떠받친 채 섹스하는 방법을 찾아내기까지 했다.

관계가 진전됨에 따라, 때때로 나는 위험신호인 붉은 깃발들을 간과했다. 그가 시 낭송회에 갔다가 밤 9시까지 내 아파트에 오기로 한 적이 있었다.

　그가 말했다. "기다려, 같이 저녁 먹게." 그러나 그는 기분 좋게 취해서는 새벽 1시에 나타났다. 나는 내내 전화기 옆에서 노심초사하며 기다린 참이었다.

　정치에 관해 열띤 논쟁이 벌어진 적도 있었다. 그런 논쟁들에서 나는 우리의 가정환경이 매우 다르고 우리의 사고방식도 그 영향을 받았다는 것을 깨달았다. 하지만 그런 논쟁들은 또한 우리가 젊고 살아 있고 생각한다는 것을, 그래서 독단적임을 일깨워주는 짜릿한 일이기도 했다.

나는 주州 북부에 있는 그의 고향으로 그의 가족을 방문했을 때 처음 느꼈고 이후 매번 경험한 아웃사이더가 된 느낌을 무시하려고 애써 노력했다. 거기서 나는 헨리의 내성적이고 나이 드신 뉴잉글랜드인 아버지와 젊은 한국인 어머니와의 정서적 거리감을 대면했다. 이웃에 사는 주름이 자글자글한 로즈 고모는 곧바로 무척 좋아하게 되었지만 말이다.

　72세인 로즈 고모는 아직 정정했다. 로즈 고모는 86세로 세상을 떠날 때까지 매일 《뉴욕타임스》를 읽고 시사문제에 관해 토론을 했다. 로즈 고모가 헨리의 친어머니보다 더 어머니 같았다.

헨리의 어머니는 미국에서 30년을 살았지만 영어 실력이 시원치 않아서, 마치 미국 생활을 적극적으로 받아들이려 하지 않고 일부러 저항하는 것처럼 보였다. 로즈 고모는 완벽하게 보존된 1940년대의 주방에서 애플 파이와 바나나 머핀을 구웠다. 그 주방은 낡아 보였지만 여전히 잘 작동했으며, 웨스팅하우스사社의 녹색 냉장고가 구비되어 있었다. 그녀는 대공황시대의 생존자로서 여전히 근검절약하는 생활을 했다. 그녀는 "아이들"(그녀 자신은 아이를 낳지 못했다.)을 따뜻하고 너그럽게 대해주었다.

나는 헨리의 어머니가 하인들과 요리사들, 운전기사와 가정부를 거느리고 살던 안락한 서울에서의 삶을 버리고 그 작은 타운으로 이사 온 것에 대해 깊은, 심지어 쓰라린 후회를 하고 있다는 것을 감지했다. 절반은 한국인인 그녀의 아들 헨리는 그 타운의 공립학교에서 "칭크Chink"[40]라고 놀림 받았다. 나 자신도 도시 여자로서 그녀가 느끼는 후회를 비난할 수는 없었다. 구불구불한 언덕과 농장들이 늘어선 주위의 전원지대가 멋진 풍광을 보여주긴 했지만, 버려진 철로가 있고 중심가는 낡을 대로 낡은 그 타운은 황량해 보였다. 나는 헨리 가족이 키우는 개를 호위 삼아 그 전원지대를 혼자 걷곤 했다.

헨리는 아버지를 어린애처럼 숭배하며 흠모했는데, 나는 그 사랑이 불편했다. 어떤 부모도 그렇게 완벽하지는 않다. 특히 자신의 필요를 충족하기 위해 가족을 억지로 이사하게 한 사람이라면

---

40 중국인을 비하해서 부르는 말.

말이다. 물론 그의 세대에서는 그런 일이 흔했다 해도. 나는 어머니가 일을 하고 가정 내에서 아버지와 똑같이 의사결정권을 행사하는 우리 가족이 특이한 경우일지도 모른다고 결론 내렸다.

헨리의 고향집에서 저녁 식탁은 마치 전쟁터 같았다. 저녁이 되면 헨리의 어머니는 두 종류의 음식 준비에 착수했다. 미국식인 고기와 감자 요리 그리고 그녀가 고른 한국 요리였다. 그것이 과한 압박감을 만들어냈다. 두 종류의 완벽한 식단은 이웃이지만 전적으로 우호적이지는 않은 나라들처럼 식탁에 불편한 경쟁을 가져왔다.

또한 좋지 않은 냄새(흰곰팡이 냄새, 요리용 기름 냄새, 쉰 우유 냄새, 꽃향기가 과한 방향제 냄새, 그리고 처음에 맡으면 말로 표현하기 어려운 다른 어떤 냄새)가 집 안에 스며들어 있었다. 커가면서 리자는 그것에 주목하고 냄새의 정체를 알아내려 했다. 나에게 그것은 실망의 냄새였다.

결혼할 시점에 우리는 도시를 떠나 이사할 생각을 하기 시작했다. 아마도 헨리는 잠시 향수에 사로잡혔고, 고향으로 이사할 계획을 세웠을 것이다. 그는 그곳 가족 소유의 수백만 제곱미터 땅의 한 구획에 집을 짓고 싶은 꿈이 있었다.

"헨리." 내가 말했다. "당신이 더 많은 계획을 세우기 전에 내가 분명히 말할게. 나는 그 타운으로 이사 가거나 당신 어머니와 너무 가까운 곳에서 살고 싶지 않아. 안 돼. 그런 일이 일어나지 않았으면 좋겠어."

우리가 최종적으로 선택한 타운은 대략 도시와 그의 가족 사이 중간 지점에 위치해 있어서 수용할 만한 타협안으로 보였다. 내가 바라는 것은 그의 부모님과 정중하면서도 거리를 두는 관계를 유지하는 것이었고, 거기서 나는 로즈 고모님과 함께 시간을 보냈다. 2000년 로즈 고모님이 세상을 떠났을 때, 나는 나에게 유일하게 의미가 있는 헨리 집안 쪽 친척을 잃었다는 사실에 가슴이 미어졌다. 또한 나는 그녀의 죽음으로 헨리가 그의 인생에서 힘 있는 정신적 지주를, 도덕적 방향타를, 그를 이해하고 사랑해주는 누군가를, 그리고 그가 기꺼이 희생할 의향이 있는 사람을 잃었음을 느꼈다.

우리가 사귀기 시작하고 약 6개월이 된 어느 날 저녁, 나는 헨리와 헨리의 가까운 대학 시절 친구 중 한 명인 에릭을 그들이 함께 사는 이스트빌리지의 아파트에서 가까운 한 레스토랑에서 만났다. 내가 그 레스토랑에 들어갔을 때 헨리는 나를 등지고 앉아 있었다. 내가 테이블로 다가가자 에릭이 미소를 지었다. 나는 들뜬 기분으로 뒤에서 헨리의 눈을 손으로 가렸다. 그다지 놀랄 일은 아니었다. 그냥 일종의 오래된 장난이었다.

에릭이 다정한 눈길로 나를 바라보다가 조용한 목소리로 헨리에게 말했다. "미셸 아니야. 그러니까 바보처럼 굴지 마." 답을 얻지 못한 거대한 질문이 그날 저녁 내내 그림자를 드리웠다.

미셸은 헨리의 물리치료사였다. 헨리는 이름을 밝히지는 않고 그녀에 대해 꽤나 자세히 묘사했었다. 일주일에 한 번 받는 치료 때마다 그녀가 무거운 샌드백들을 그의 무릎 위에 올려놓는다고 했다. 그는 그 치료가 몹시 고통스럽다고 했다. 그랬다. 그들은 바람을 피우고 있었다. 하지만 진지한 관계가 아니야, 헨리가 나를 안심시켰다.

"다시는 그런 일 없을 거라고 약속할게."

그리고 얼마 지나지 않아 우리는 더욱 행복한 길로 접어든 듯했다. 나는 그에게 내 아파트 열쇠를 주었다. 우리는 내 아파트에서 즐거운 섹스를 많이 했다. 나는 사랑에 빠져 있었다. 헨리는 나를 사랑한다고 말했고, 나는 그의 친구들 모임의 일원이 되었다. 그의 가장 친한 대학 시절 친구 중 하나인 매슈가 아내와 함께 가까운 곳에 살았고, 우리는 넷이서 자주 어울려 시간을 보냈다.

헨리와 나는 계획을 세웠다. 함께 프랑스와 이탈리아 여행을 했고, 창조적인 미래를 꿈꾸며 박봉이지만 힘들게 일했다. 헨리는 좋은 소설을 쓰고 싶어 했다. 나는 하고 싶은 일의 방향이 불분명해서 그의 외곬의 야망이 부러웠다. 나는 한 남자와 오래 관계를 지속한 적이 없었지만 이번에는 제대로 된 남자를 만난 것 같았다. 영리하고, 도전적이고, 좋아할 만한 가치가 있는.

"넌 정말 운이 좋아." 내 친구들이 말했다. "헨리는 잘생겼고 너를 너무나 사랑하잖아." 때때로 결혼이라는 제도에 대해 내가 내렸던 판단에 관해 생각했다. 다시 생각해볼 수도 있을 것이다. 결국 나는 결론 내렸다. 내가 그의 모든 것을 사랑할 필요는 없었고, 그의 가족 전부를 사랑할 필요도 없었다.

≡

처음부터 그는 나를 위해 요리를 해주었다. 여러 코스로 이루어진 이벤트 요리를 자주 공들여 만들어주었다. 그러나 내 기억 속에는 소박한 음식들이 훨씬 더 또렷이 남아 있다.

1987년 초 어느 토요일 새벽 2시에 우리는 베스이스라엘 병원 응급실에서 긴 밤을 보낸 뒤 헨리의 아파트로 돌아갔다. 데이비드 린치의 《블루 벨벳》을 본 뒤 라파예트스트리트에서 강도를 만난 것이다. 조용한 길모퉁이에서 우리를 둘러싼 젊은 가해자들 중 한 명이 나뭇조각으로 내 머리를 가격했다. 머리가 2~3센티미터 정도 찢겼는데 피가 엄청나게 많이 났다. 응급실 의사가 두피의 상처를 깨끗이 닦아내고 금속 스테이플러로 말끔하게 봉합했다.

우리는 충격을 받은 데다 몹시도 배가 고팠다. 헨리가 자기 아파트의 작은 주방을 뒤지기 시작했다. 그리고 반시간 뒤 수프를 내왔다. 냉동 완두콩과 스파게티 면을 넣은 뒤 한국 양념을 첨가하고 참기름을 두른, 통조림 베이스로 만든 치킨 수프였다. 우리는 진짜 위험에서 살아남았다는 긴장의 여운에 가득 찬 채 그것을 전부 먹어 치웠다. 그날 밤 나는 주방에서 헨리가 보여주는 기쁨과 창의력에 큰 고마움을 느꼈다. 심지어 그가 써야 하는 것은 소설이 아니라 요리책이 아닐까 하는 생각마저 들었다. 그 수프를 먹은 뒤 우리는 무아지경으로 사랑을 나누었다. 그날 밤의 일이 내 기억 속에 영원히 남았다. 그 시련을 함께 경험한 뒤 우리는 좀 더 긴밀히 연결되었다.

"나의 최고로 사랑스러운 사람(헨리가 나를 부르는 애칭 중 하나였다),
삶을 사랑하듯 당신을 사랑해." 그가 조그만 녹색 앤티크 스타일
의 보석상자를 나에게 건네며 드라마틱하게 말했다.

다시 12월 말이 되었고, 우리는 뉴욕에서 가장 로맨틱한 레스
토랑 중 하나인 "카페데자르티스트"에서 샴페인을 마시고 있었
다. 2년 동안 커플로 지내온 참이었다. 헨리가 나의 철로 옆 형편
없는 아파트(여름엔 찜통이고 겨울엔 냉장고 같은 헨리의 작은 이스트빌
리지 아파트보다 그곳이 월세가 더 저렴했다.)로 이사 왔고, 그 기념일
을 축하하기 위해 외식을 하기로 한 것이다. 그해 가을 동안 헨리
는 결혼에 대해 어떻게 생각하냐고 여러 번 물었다. 나는 이전의
단호했던 입장을 조심스럽게 누그러뜨렸다. 결혼도 괜찮을 수 있
겠지, 내가 말했다. 우린 다른 종류의 결혼생활을 할 수 있을 것이
다. 전형적인 결혼의 패턴 속으로 들어가지는 않을 것이다. 『미친
주부의 일기』[41] 같은 일은 나에게 없을 것이다.

그래서 그가 나에게 그 녹색 보석상자를 건넸을 때 다음에 무
슨 일이 일어날지 알 것 같았다. 그 안에는 최근에 구입한 고상한
약혼반지가 들어 있을 테고, 나는 그 반지가 너무 비싼 것이 아니
기를 바랐다.

하지만 내가 그 보석상자의 뚜껑을 열자, 그 안에는 우리가 두

---

41   수 코프먼이 1967년에 발표한 소설. 프랭크 페리 감독이 1970년에 동명의 코미디 영화로
만들기도 했다.

번째로 만난 날 그가 말했던 금 집게발 반지가 들어 있었다. 우리는 그날을 우리의 기념일로 생각했다. 그 반지는 조그만 하얀 원석을 쥔 황금 주먹 같았다. 그리고 그 원석은 내가 볼 때 진주 같지는 않았다.

"이거 그 반지야?" 내가 물었다. "언제 돌려받았어?"

"아, 좀 됐어. 『맥베스』랑 같이. 우리가 만나고 얼마 안 됐을 때 전 여자친구한테 편지를 썼어."

내가 그 반지를 받아 사이즈 조절을 하기 위해 보석세공인에게 가져가자, 보석 세공인은 반지 한가운데에 박힌 원석이 진주가 아니라 산호라고 말해주었다. 하지만 원래의 스토리가 너무 놀랍고 로맨틱해서 나는 그 스토리를 건드리지 않고 간직하기로 했다.

1989년 4월, 우리의 결혼은 꼭 필요한 것들만 갖춘 상태에서 진행되었다. 내 오빠의 다락 작업 공간을 빌렸고, 내가 저렴한 케이터링 서비스를 준비했다. 헨리는 미드나이트블루색 빈티지 턱시도를 입었고, 나는 제인 오스틴이 선택했을 것 같은 단순한 흰색 면 드레스에 빨간색 새틴 구두를 신었다. 하얀색 일색인 신부용품이 싫었기 때문이다. 우리가 후파[42] 밑에 서 있는 동안, 랍비가 유대 전통의 기도문을 읊조렸다. 헨리가 이 의식을 위해 구입한 크리스털 와인 잔을 냅킨으로 감싸고는 열광적으로 밟아 깨뜨렸다. 이레나의 선물(초콜릿이 듬뿍 들어간 시트에 황금빛 식용 나뭇잎으로 장식한

---

42 유대교식 결혼식에 쓰이는 지붕처럼 생긴 것. 신랑 신부가 그 밑에 선다.

홈메이드 웨딩 케이크)도 잊을 수 없다. 내 부모님은 기분 좋고 자랑스러워 보였으며, 행복한 건배가 우리의 앞날을 축복해주었다. 우리는 내가 준비한 카세트테이프의 음악에 맞춰 춤을 추었다.

며칠 뒤, 우리는 황열병과 B형 간염 예방주사를 맞았다. 젊은 담당 의사가 만일을 대비해 말라리아 항생제 처방전을 건네주었다. 주사가 지옥처럼 아팠다. 주삿바늘이 엉덩이를 찌르며 들어올 때 나는 움찔했다.

"바하마제도에 대해 들어본 적이 있으신가요?" 의사가 한숨을 쉬며 물었다.

우리는 웃었다. 바하마제도. 물론이었다.

우리는 "허니문"(우리는 신혼여행을 뜻하는 이 단어의 아이러니한 용법을 즐겼다.)을 떠났고, 내 대학 시절 친구 사라를 만났다. 사라는 남동 아프리카의 빈곤국 말라위에서 평화봉사단 단원으로 일하고 있었다.

브리티시에어웨이 비행기 일반석에서 훈제송어로 영국식 점심 식사를 한 뒤, 우리는 릴롱궤 공항에 도착해 금속 계단을 밟으며 에어컨이 가동되던 기체 밖으로 나갔다. 태양이 뜨거운 아스팔트 위에서 눈부시게 빛났다. 나는 선글라스를 찾아 가방 안을 뒤졌다. 사라가 선글라스를 꼭 챙겨 오라고 당부했었다. 나는 주변을 둘러보았고, 공항 가장자리를 보았다. 가장자리 맨 끄트머리에서 물을 댄 잔디밭이 끝나고 야생의 덤불숲이 시작되고 있었다. 한 달 뒤 우리가 런던으로 돌아가기 위해 다시 비행기를 탈 때까지 훈제송어는 없을 터였다. 우리는 정확히 아무 데도 아닌 곳 한가운데에 서 있었다.

곧 남편이 될 사라의 남자친구가 마중 나와 우리를 맞아주었다. 공항 출구를 빠져나오자 도로는 곧바로 붉은 흙길로 바뀌었다. 우리는 누더기 차림에 맨발로 걷고 있는 어른과 아이들을 지나쳤다. 아이들은 영양실조에 걸려 배가 부풀어 올랐고 피부 상태가 좋지 않았으며 머리카락이 변색되어 있었다. 나는 뉴욕에서 자랐고, 가난을 목격한 적이 없었다. 그래서 그런 광경은 정말이지 처음 보았다.

우리는 사라가 사는 마을에 도착했고, 맨발로 디디니 차가운 느낌이 전해오는 콘크리트 바닥의 꽤 널찍한 집 안으로 들어갔다. 나는 사라가 부탁한 샴푸, 린스, 비누 그리고 초콜릿 등의 생활용품을 풀어놓았다. "이제부터 삼시세끼 쌀과 콩을 먹게 될 거야." 사라가 말했다. "하지만 가끔은 간식도 먹을 거야. 한동안 손님이 오지 않았거든."

처음 사라와 단둘이 산책을 나갔을 때, 그녀는 나에게 임신 중이라고 말했다. 서른 살의 나에게는 사라 말고 친한 친구가 이레나 한 명뿐이었고 이레나도 아이가 하나 있었다. 하지만 일주일 전에 결혼한 나는 사라가 전한 소식에 기쁘면서도 떨렸다. 아프리카에서 아이를 낳다니 얼마나 흥분되는 모험인가.

나는 잠을 잘 때 모기장을 팽팽하면서도 말끔하게 접어 넣는 법을 배웠다. 털이 숭숭 난 커다란 거미들에 대처하는 데는 성공했지만, 뱀에 대한 혐오감은 결코 극복하지 못했다. 아프리카에서 사는 경험 법칙은 "사는 것보다 죽는 것이 더 낫다." 같았다. 사람들은 "이보다 더한 게 있어?"라는 식으로 커다란 독사와 맘바[43]가 나오는 이야기를 하면서 우리에게 겁을 주며 좋아했다. 그 이야기들은 항상 적절한 시점에 손도끼를 휘두르는 것으로 끝났다.

거의 아무것도 버려지지 않는 그곳에서, 우리는 쓰레기라는 개념을 다시 생각했다. 금속과 나뭇조각들로 기발한 장난감이 만들어졌다. 옷도 글자 그대로 닳아서 떨어질 때까지 입었다. 플라스틱은 전부 재활용했다.

아프리카의 그 지역에서 우리는 가난과 아울러 정치적 대격변을 목격했다. 어느 날 밤 우리는 리코마아일랜드의 어느 바에서 타운에 딱 한 명뿐인 의사와 함께 맥주를 마시고 있었다. 그때 그지역 신부님이 문을 열고 음울한 표정으로 "사고"가 일어났다고 말했다. 헨리와 나는(헨리가 더 열심이었다.) 대충 지어놓은 진료소로 의사를 따라갔다. 환자는 국경 너머 모잠비크 마을에서 레나모 게릴라가 쏜 총에 오른쪽 종아리를 맞았는데, 쓸 수 있는 진통제가 전혀 없었다. 게다가 의사는 꽤나 취해 있었다.

2주가 흘러 매운 피리피리 소스를 넉넉히 넣어 만든 쌀과 콩 위주의 식단("건강해야지, 친구."라는 도움 되는 말이 뒤따르는)에 다소 적응이 되자 헨리와 나는 말라위 정부의 먼지투성이 랜드로버 뒤칸에 타게 되었다. 우리는 그레이트리프트밸리의 일부인 니카고원을

43　코브라과 맘바속에 속하는 사납고 재빠른 독사.

오르고 있었다. 그 주에 사라는 그곳의 히치하이킹 에티켓을 주의 깊게 가르쳐 우리를 배웅했다. 하지만 하루 동안 지나가는 차가 너무 없어서, 우리를 태워줄 첫번째 차를 간신히 잡았다.

고원의 국립공원에서 일하는 말라위 남자 세 명이 맨발에 품이 넓은 우비를 입고 우리와 함께 조용히 쪼그리고 앉아 있었다. 헨리와 나는 조용히 추측을 하며 서로를 바라보았다. 우리는 대부분의 말라위 사람들과 달리 필요 이상의 옷과 신발을 갖고 있었지만 우비는 없었다. 우기가 이미 지나갔기 때문이었다.

니카고원 꼭대기에 있는 정부가 운영하는 여인숙까지 12킬로미터쯤 남았을 때 랜드로버가 도로 한가운데에 멈춰 섰다. 카키색 제복을 입은 운전사가 우리에게 여기서, 외딴곳 한가운데에서 내려야 한다고 말했다. 사실 정부 소속의 차량이 일반인을 태워주는 것 자체가 불법이었다. 운전사가 우리에게 호의를 베풀어주었지만 이제는 내려야 했다.

우리는 배낭을 메고 차에서 내렸다. 배낭 안에는 거기서 지내면서 먹을 음식들이 무겁게 채워져 있었다. 그 고원에는 상점이 전혀 없었기 때문이다. 우비를 입은 말라위 남자들이 우리를 바라보았고—그건 관용의 눈빛이었을까, 아니면 동정의 눈빛이었을까?—, 다가와 우리가 배낭 메는 것을 도와주었다. 나는 죄책감을 느꼈지만 고맙기도 했다.

우리는 먼지투성이 길 수킬로미터를 조용히 걸었다. 얼룩말과 일런드영양이 고사리로 뒤덮인 언덕을 쏜살같이 달렸고, 리본처럼 생긴 긴 꼬리를 가진 검은 새들도 날아다녔다. 나는 나중에 그

새들의 공식 명칭을 찾아봐야겠다고 생각했다. 언덕들은 정말이지 구불구불했고, 녹색 옷을 느슨하게 걸친 채 한데 모여 모습을 드러냈다. 하늘이 맑았다. 놀랍도록 새파란 돔 모양의 하늘은 낮게 걸린 구름이 어딘가로부터 엄청난 속도로 몰려와 간헐적으로 해를 가리고 녹색 언덕들에 어두운 빛깔의 얼룩을 남길 때까지 우리 위에서 내리누르는 것만 같았다. 해가 구름들을 가로질러 긴 레이저빔처럼 햇살을 비추었다.

그러더니 비가 내렸다. 헨리와 나는 계속 걸었고, 몇 분 만에 속옷까지 흠뻑 젖었다. 말라위 남자들은 맨발을 불평하지 않았다. 그러니 비에 젖었다고 불평하는 것은 어린애 같은 행동인 듯했다. 몇 킬로미터를 간 뒤 우리는 여인숙에 도착했다. 그곳 주인들은 흠뻑 젖은 채 벌벌 떨고 있는 백인 여행자들을 보고 친절하게 웃고는 차와 바나나를 내왔다.

하룻밤에 6달러인 커다란 오두막에 자리를 잡자, 관리인 에드워드가 우리를 위해 차와 집에서 만든 비스킷을 가져다주었다. 우리는 에드워드가 우리를 위해 지펴준 불 앞에 옹기종기 모여 앉았고, 나중에는 좁은 침대 안에 함께 옹송그렸다. 헨리가 나를 꽉 안아주었다. 그때까지 우리의 결혼생활은 커다란 모험이었다. 우리는 단둘이 아프리카에 있었다.

≡

사랑스럽고 너그러우며 예기치 않은 일을 잘 받아들이는 사람, 이

것이 헨리의 이미지였다. 이 이미지가 우리가 같이 지낸 여러 해 동안 나와 함께했다. 우리는 함께 재미있는 경험을 많이 했다. 우리는 친구들, 책들 그리고 우리끼리 하는 사적인 농담들을 사랑했다. 길었던 출산 때 헨리는 가장 충성스러운 군인이었다. 진통을 겪는 동안 나를 위로해주고, 출산 도우미와 교대해 《뉴욕타임스》 토요일판을 펼쳐놓고 밀린 잠을 잤다. 진정한 연결이 이루어진 그 소중한 시간에 나는 빈번해지고 강도가 높아진 우리의 싸움에 대해 잊었다. 일상의 불화가 너무 심해 어떻게 함께 아이를 키울 수 있을지 의문이 들고 공존이 불가능할 것 같다고 생각하던 시간들에 대해서도.

이제는 좋은 추억이 많다는 느낌이 들지 않았다. 나는 자신감 있고 매력적으로 보이는 남자와 사랑에 빠졌다. 그러나 시간이 흐르면서 그의 몇몇 약점들이 보였고, 다른 약점들은 내 쪽에서 보기를 거부했다. 헨리가 세상에 제시한 자신에 관한 전반적인 그림은 의심의 여지 없이 좋지 않은 자아를, 그가 다른 사람들에게, 심지어 나에게조차 드러내길 두려워하는 자아를 숨기기 위해 만든 신기루였다.

나는 지난여름 헨리가 "내가 아는 사람들 중 가장 인습적"이라는 말로 캐시를 냉정하게 내쳤던 것을 떠올렸다. 그 후 그는 크리스틴에게로, 그리고 그가 진정으로 해방된 사람이라고 여긴 엘리아나에게로 옮겨 갔다.

나는 완벽이라는 개념에 대해 생각해보았다. 그가 준비한 매일의 식사가 일종의 열반에 도달할 기회였듯이, 그가 환상을 품었던 모든 여자들은 완벽을 상상할 새로운 기회였다. 하지만 과열된 버터 안에서 샬롯[44]이 타듯이, 그런 관계들은 실망을 가져다주었다. 내가 한때는 그와 잘 맞는다고 느꼈을지 몰라도 더는 그를 완벽하게 보지 않는다는 걸 그는 틀림없이 알고 있었을 것이다. 내가 여자친구 같으면 좋겠다고 말했던 것도 아마 우리 둘 다 좀 더 순진하고 서로의 결점들을 몰랐던 시절로 돌아가고 싶은 바람이었을 것이다.

헨리가 상담치료사 헬렌에게 했던 말이 기억났다. 그의 인생의 목적은 위험이라는. 헨리는 언제나, 매일, 아프리카에서 보낸 나날처럼 모험을 원했다. 일상의 의무들은 그를 지루하게 만들었다. 그는 위험을 대면하고 있다는 느낌을 좋아했다. 그렇게 해서 영웅으로 부상할 수 있었다. 이제 그가 영웅적인 감정을 다시 만들어내기 위해 필요로 했던—우리가 함께했던 세월 내내 점점 더 많이—역대급의 위험이 나에게 일어났다. 그것이 흔히 "중년의 위기"라고 풍자되는 남자의 상황이었는지 나는 진지하게 궁금해했다.

헨리는 눈 위의 흉터에 얽힌 사연이나 다리가 부러졌던 자동차 사고 같은 스케일 큰 이야기들을 필요로 했다. 대학에서 마지막 학기 2주 전 모자라는 체육 학점을 채우기 위해 스카이다이빙을 하러 간 일도 그런 필요의 일환이었다. 최근의 관심거리였던 록 클라이밍도 그렇다. 헨리와 캐시 그리고 스티브는 가이드와 함께

---

44 식용 채소. 양파 껍질 같은 막질의 껍질로 싸여 있으며 주로 향신료, 특히 프랑스 요리의 소스를 만들 때 많이 사용한다.

캣스킬산 아래쪽에서 록 클라이밍 수업을 받았다. 반면 나는 뉴팔츠의 클라이밍 체육관에서 한 번 시도해본 뒤 뒷걸음쳤다. 고소공포증 때문에 6미터 높이에서도 현기증이 났고, 수직 절벽 가장자리에 매달리는 것이 나에게 큰 도움이 될 것 같지 않았다. 나는 헨리가 록 클라이밍 자체를 좋아하는 건지 아니면 그것을 위해 구입한 전문 장비—벨벳 초크백(헨리가 죽은 뒤 나는 이것을 캐시에게 주었다), 절벽의 갈라진 틈에 발을 디디게 해주는 포인트 슈즈, 땀복, 무척 중요한 도르래, 로프, 카라비너,[45] 안전벨트—를 좋아하는 건지 알 수가 없었다. 아마도 그런 장비들이 (적어도 그에게는) 부상 그리고 심지어 죽음이라는 실제적이고 생생하고 스릴 넘치는 위험의 한 부분이었던 것 같다.

내가 수줍음 많고 순진했던 스물일곱 살 때 만난 카리스마 넘치고 매력적인 남자는 이제는 내가 알아보고 피할 수 있는 타입의 남자였다. 비할 데 없는 육체적 매력으로 함께 있는 사람들을 사로잡고, 포커 게임에서 이겨 많은 돈을 딸 수 있고, "성공"할 수 있는 (혹은 적어도 그렇게 보이는) 남자. 캐리 그랜트(본명 아치볼드 리치)가 영화 《필라델피아 스토리》 속 멋지고 당당한 그의 페르소나에 대해 "모든 사람이 캐리 그랜트가 되고 싶어 하지. 심지어 나도 캐리 그랜트가 되고 싶어."라고 말한 것처럼.

그해 여름 맨 끝자락에 애너와 나는 메인주에서 머물던 집을 떠났다. 나는 집으로 돌아가는 것에 대해 초여름에 이탈리아를 떠날 때 느꼈던 것과 똑같은 두려움을 느꼈다. 기대할 만한 것이 별로 없었다. 학교의 일상, 토마스와의 관계가 끝났다는 좀 더 결정적인 증거, 그것과 아울러 내가 느낄 외로움에 대한 커져가는 불안뿐.

짐가방을 풀었고, 리자는 새로운 사립학교에서 2학년을 시작했다. 리자는 두 명의 선생님을 좋아했다. 한 명은 허드슨강 연구의 일환으로 아이들을 위한 노래를 만드는 친절한 남자 선생님이었고, 다른 한 명은 편안한 성품의 따뜻하고 다정한 여자 선생님이었는데, 1학년 때부터 있던 리자의 수학 걱정을 신기하게도 없애주었다.

리자가 학교에 적응하면서 나는 다시 사무실에서 한때 나에게 위안을 주었던 제단 위 물건들—부처 스노볼, 금반지, 조개껍데기와 조약돌들—을 살펴보며 시간을 보냈다. 헨리의 유골을 내 사무실에 보관하고 싶지 않아서, 나는 그 나무 유골 단지를 리자의 침실 안 높은 선반으로 옮겼다. 어느 날 아침 일을 시작하려 할 때, 나는 부처 스노볼을 집어 들고 가짜 눈송이들이 금빛 플라스틱 피규어 바닥으로 고요하게 내려앉는 엉뚱한 모습을 즐기며 몇 번 돌려보았다. 그런 평화로움이 좋았다. 헨리는 불교의 성상이 미국의 키치스러운 예술품 안으로 들어왔다는 발상이 마음에 들어 그 스노볼을 좋아했다. 이 스노볼에서 헨리는 무엇을 보았을까? 그는 무엇을 찾고 있었을까?

≡

에밀리의 남편 저스틴이 전화를 걸어왔다. 그와 에밀리는 정장 차림으로 참석해야 하는 만찬회에 초대받았고, 그는 턱시도가 필요했다. 헨리의 턱시도를 그에게 빌려줄 수 있을까?

저스틴이 우리 집으로 왔다. 나는 헨리의 미드나이트블루색 빈티지 정장을 옷장에서 꺼내고 비닐 커버를 벗겼다. 우리는 그 정장의 깔끔한 재단과 좁은 깃에 경탄했다. 저스틴이 입어보니 놀라울 정도로 잘 맞았다. 우리의 결혼식 때 헨리에게 잘 맞았던 것처럼. 그날 그리고 그날의 약속을 떠올리며 나는 격렬한 슬픔을 느꼈다.

저스틴이 재킷 가슴의 주머니 부분을 톡톡 두드리자 그 안에서 뭔가가 바스락거렸다. 저스틴이 주머니 안에서 줄 쳐진 노란색의 조그만 직사각형 종잇조각을 꺼냈다. 그 종이에는 헨리가 결혼식을 위해 만든 목록이 깔끔하게 프린트되어 있었다. 꽃 가져오기, 와인 잔 냅킨에 싸놓기, 기타 등등 결혼 전 준비해둬야 할 물품들의 목록이 적혀 있었다. 말라위의 니카고원에서 보낸 날들처럼, 그리고 우리 리자가 태어난 날처럼, 그날 헨리는 자신이 해야 할 일에 온전히 헌신하고 있었다.

우리는 실질적인 순간들을 공유했다. 헨리와 함께했던 삶 전체를 부정하고 싶은 강렬한 충동에도 불구하고, 나는 이 모든 것의 끝에서 인내하고 노력하며 내가 유지할 수 있는 어떤 것을 찾고 리자와 함께 다시 시작하려 했다. 우리 두 사람은 뒷좌석에서 여행가방이 달그락거리는 오래된 고물 자동차에 탄 채 어딘가로 향하는 긴 길을 가고 있었다.

11
2003년 10월

어떤 남자가 당신에게 "기운 내요, 내 사랑, 그런 일은 절대
일어나지 않을 테니까."라고 말한다면, 그에게 그 일은 일어났다고
말해라. 그리고 억지로 미소 짓지 마라. 미소는 의무가 아니라
자유다. 이제 그건 당신에게 달려 있다.
당신은 청춘에 대한 기대와 순응들로부터 해방되었다.

—저스틴 피카디, 『내 어머니의 웨딩드레스』

10월의 마지막 토요일 오후는 화창하면서도 쌀쌀했다. 늦가을의
햇살이 빠르게 움직이는 구름들을 뚫고 내리쬐었다. 적어도 지난
몇 년간 그랬던 것만큼 춥고 바람이 불지는 않았다. 리자와 나는
오후 5시 지역 핼러윈 퍼레이드가 시작되기 전에 마지막 준비를
했다. 여느 해 같으면 기대되는 이벤트였겠지만, 지금은 그 짧은
시간 동안조차 사람들 눈에 띄는 것이 두려웠다.

메인주에서 돌아온 첫 두 달은 이미 흐릿해졌다. 적어도 나는
매일 학교 운동장에서 캐시를 만날 필요가 없었다. 사실 우리의
스케줄은 이제 서로 너무 다른 방향으로 갈라져서, 내가 아침 7시
20분에 리자를 밴으로 학교에 데려다준 뒤 곧바로 식료품점(그 시
간에는 거의 비어 있는)으로 가면 아무도 마주치지 않은 채 식료품

쇼핑을 하고 집으로 돌아올 수 있었다. 그것이 내가 바라는 바이기도 했다.

심지어 나는 토마스조차 피했다. 한 번 그의 집으로 그를 만나러 갔다. 우리는 피크닉 테이블 앞에 앉았다. 그가 나의 그을린 피부와 여름 동안 생긴 주근깨 그리고 내가 그 섬에서 그린 풍경화들을 칭찬했다. 그는 나와 샌드위치를 먹고 이야기를 나누는 것이 불편해 보였고, 나는 이미 의심하고 있던 것을 그에게 캐물었다. 그의 인생에 새로운 여자가 나타났는지, 그리고 그 여자가 내가 불편해할 사람인지. 나는 그의 새로운 연애에 끼어들 마음이 없었고, 서로 연락을 유지하되 너무 자주 하지는 말자고 합의한 뒤 자리를 떴다. 가능한 한 모습을 완전히 감추지는 않고 피하기로 결심했다.

하지만 타운의 전통인 퍼레이드는 피할 수가 없었다. 핼러윈이 되면 타운 사람들과 열성적인 아이들이 중심가와 북쪽 스테이트 로드가 만나는 교차로에 한데 모여 예스러운 도로를 화기애애하게 걸었고, 핼러윈 복장을 하지 않은 사람들은 도로 옆에서 흥을 돋우었다.

캐시와 스티브가 가족으로서 모습을 드러낼 이 기회를 놓칠지 의심스러웠다. 스스로 말한 대로 스티브는 캐시 곁을 지켰고, 그들 부부는 손을 잡고 타운을 걸어 다녔다.

여느 해 같았으면 복장에 별로 신경 쓰지 않았을 테지만, 올해에는 변장을 해야 할 강력한 필요를 느꼈다. 몇 주 전부터 리자와 함께 지역 골동품 상점을 둘러보면서 빨간 새틴으로 된 긴 이브

닝가운을 발견했고, 악마 분장에 활용하면 좋겠다 싶어 그 가운
을 선택했다. 붉은 악마. 적어도 내 친구들은 그 아이러니를 즐기
기를 바랐다. 나머지 소품은 그다음 시내 나들이 때 그리니치빌
리지의 파티용품 상점에서 쉽게 구입했다. 플라스틱으로 된 악마
뿔과 쇠스랑을 들고 집으로 돌아가는 기차를 타면서 나는 실실
웃었다.

　그렇게 해서 나는 빨간 가운 차림에 뿔을 달았지만, 트릭오어트
릿[46]의 밤에 칠하기로 계획한 빨간 페인트는 얼굴에 칠하지 않았
다. 퍼레이드에 합류하기 위해 리자와 함께 중심가로 걸어갔다. 하
얀 천사옷(내가 강력하게 권했다.)을 입은 리자는 중심가의 길모퉁이
에 가까워졌을 때 캐시가 반대편 길모퉁이에 서서 스티브와 에이
미 때문에 염려하며 주위를 둘러보는 모습을 보고 내가 느낀 공
포를 알지 못했을 것이다. 캐시가 나보다 더 불편해하는 것 같다
는 사실이 도움이 되진 않았다.

　군중이 도로를 활보하는 동안, 나는 리자의 손을 꽉 움켜쥐고
리자가 에이미를 보지 못하기를 기도하며 다른 친구들이 있는 쪽
으로 이끌었다. 그 친구들에게 뭔가를 설명할 필요는 없었다. 앞
으로 조금 나아가자 길이 철로 쪽으로 방향을 틀었고, 애너와 리
오가 보였다. 애너도 집으로 돌아가는 것을 힘들어했다. 나는 그
녀의 이혼소송이 빨리 끝나기를 바랐지만, 그녀와 존은 집 문제
로 싸우는 중이었다. 애너와 나는 아이들을 위해 얼굴에 미소를

46　핼러윈 때에 아이들이 사탕을 요구하며 하는 말.

처바른 채 음침한 길을 터벅터벅 걸었다. 그때 그들이 우리를 보았다. 내가 이미 길 맨 위쪽에서 캐시를 보았다고 말하자 애너가 얼굴을 찡그렸다.

"나쁜 년." 애너는 우리 아이들에게 들리지 않게 중얼거렸다. 길 맨 아래쪽 물가 주변에 사람들이 전부 모여 수다를 떨고 있었다. 예년에는 이때가 친구들과 함께하거나 자주 보지 못했던 이웃들과 다시 연결되는 시간이었다. 하지만 지금은 지인들이 동정 어린 표정으로 고개를 기울이며 "줄리, 어떻게 지내요?"라고 묻는 시련을 참을 수가 없었다.

애너와 나는 사람들을 죽 살펴본 뒤 말하지 않고도 같은 결론에 도달했다. 정말로 친밀하지 않은 사람들과는 대화를 나누지 않는 것이 최선일 거라는 결론이었다. 우리는 아이들을 군중으로부터 조금 떨어진 빈 벤치 쪽으로 이끌었다. 아이들은 곧 재미있는 놀거리를 발견했다. 이제는 거의 헐벗은 모습인 장식용 벚나무 세 그루에 기어오르는 놀이였다. 가벼운 바람이 불어와 남아 있는 나뭇잎 몇 개를 느슨하게 만들더니 벽돌길 건너편으로 소용돌이치며 날아가게 했다. 애너와 나는 가까이 앉은 채 그날 오후 이후 처음으로 긴장이 풀리는 것을 느꼈다.

캐시가 딸아이를 질질 끌면서 따라오게 하면서 군중 속에서 빠져나오기 전까지는. 캐시가 벤치에 앉아 있는 우리를 보았다. 애너와 나는 무슨 일인가 해서 서로를 바라보았다. 캐시는 에이미를 곧장 다른 데로 보내려는 것 같았다. 하지만 그러는 대신 어떻게 할지 심사숙고하는 듯 군중 가장자리에서 시간을 끌었다.

"당신 아이를 데리고 썩 꺼져." 내가 이를 악물고 입 모양으로 말했다. "애너, 저 여자 뭐 하는 거예요?"

"나쁜 년. 이쪽으로 오지 않는 게 좋을 텐데." 애너가 말했다.

하지만 우리의 눈이 마주쳤을 때, 무섭게 보이려는 내 노력에도 불구하고 캐시는 자리를 뜨지 않았다. 나는 내 우스꽝스러운 복장이 어떻게 보일지 몰라 후회하고 있었다. 빨간 새틴 가운 차림에 플라스틱 악마 뿔을 달고 그녀를 대면하는 것이 그리 자신 있게 느껴지지는 않았다. 나 자신이 어리석고 하찮게 느껴졌다. 그리고 지난 7월 짧게 나눈 대화에서 스티브가 나에게 한 추한 말이 떠올랐다. "당신은 복수심에 불타는 여자군요."

에이미가 리자를 훑어보았다. 그러자 리자가 고개를 들었고 에이미를 보았다. 두 아이는 만난 것이 기뻐서 서로를 보며 웃었다. 리자가 허락을 구하듯 나를 보았다. 에이미가 리자를 향해 걸어오기 시작했다. 그러다가 허락을 구하듯 나를 쳐다보았고, 언짢아하는 내 표정을 보고는 입이 축 처지고 눈이 휘둥그레지더니 리자로부터 물러나기 시작했다.

내가 그 아이를, 셀 수 없이 많은 오후에 우리 집에서 놀게 하고, 먹이고, 지켜주고, 안아주고, 훈육했던 아이를, 사랑까지는 아니더라도 애정을 담아 엉덩이를 닦아준 아이를 겁먹게 한 것이다. 정말이지 기분이 엿같았다.

하지만 나도 할 만큼 했다. 나는 벤치에서 훌쩍 뛰어내려 캐시를 향해 걸어갔다. 소리를 지르지 않아도 되도록 곧장 그녀에게 가까이 다가갔다. "당신 아이를 내 아이에게서 떼어놔요. 지금 당장."

"당신은 좀 더 엄마답게 행동해야 해요." 그녀가 친절하지만 단호한 선생님처럼 차분하게 대꾸했다. 그녀의 말은 다른 누군가의 연설문 같았다. 아마도 그녀 남편의 연설문이거나 지난 몇 년간 그녀가 해온 건전한 행동들의 본보기가 되어준, 그녀가 다니는 교회의 선의 가득한 친구의 연설문일 터였다. 이 여자가 나에게 또 충격을 줄 거라고는 전혀 생각하지 못했다. 하지만 내 생각이 틀렸다.

"어떻게 행동해야 하는지 훈계할 생각은 마요." 나는 분노를 가까스로 억누르며 말했다. "윤리가 벌레 수준인 당신이." 그녀가 움찔했다. 그 모습을 보니 기분이 좋았다. 나 자신이 심술 사납고 성미 고약한 여자로 느껴졌다. 계속 말했다. "나한테 말 걸지 마요. 당신 딸아이를 내 아이에게 말 걸도록 보내지도 말고요. 난 당신이 우리 아이들을 이용해 이 상황을 조종하도록 놔두지 않을 거니까. 난 아이들을 굉장히 힘들게 떼어놓았고, 그런 상황이 계속 이어지길 원해요." 내 오른손이 그녀의 집 근처 주차장에서 첫 대면을 할 때 그랬던 것처럼 그녀를 후려치고 싶어 하며 자발적으로 경련을 일으켰다. 소란을 피워선 안 된다는 더 절박한 욕구에 의해서만 제어되는 경련이었다. "공공장소에서 당신을 다시 보게 돼도 난 당신을 아는 척하지 않을 거예요. 내가 아는 한 당신은 존재하지 않는 거예요."

나는 몸을 떨면서 벤치의 내 자리로 돌아왔고, 놀라서 제정신이 아닌 리자를 이리 오라고 불렀다. 애너가 나를 끌어안았다. "내가 말한 것처럼, 이제 주홍글씨를 상기시킬 때가 됐어요." 그녀의 연대의식이 고마웠지만, 격한 감정에 휩싸여 눈물이 시야를 뿌옇게 가렸다.

리자도 울고 있었다. 계속 흐느껴 울어서, 내가 반시간 동안 리자를 무릎에 앉히고 달래주었다. 왜 리자가 에이미에게 인사조차할 수 없단 말인가? 리자는 그저 인사를 하고 싶었을 뿐이다. 나는 왜 리자가 인사하게 두지 않았을까?

이제는 의심의 여지가 없었다. 이 타운은 우리 두 사람—헨리의 아내와 정부—에게 너무 작았다. 우리 중 한 사람이 이사를 가야 할 것이다. 그러나 캐시와 스티브가 완강히 버티고 있었고, 이 에피소드는 본격적인 나의 사회 복귀 시도에서 단지 시작에 불과하다는 느낌이 들었다. 최악인 것은 요즘은 『맨스필드 파크』의 마리아 버트럼처럼 간통을 저지른 여자들이 여생 동안 늙고 괴팍한 노처녀 아주머니들과 함께 강제로 고립되어 살게 되는 제인 오스틴의 시대가 아니라는 점이었다.

핼러윈 퍼레이드 이후 리자는 며칠에 걸쳐 울었다. 실제 트릭오어트릿의 밤에는 캐시나 에이미를 마주치지 않아서 안심했다. 에이미가 일찍 잠자리에 든다는 사실을 떠올리며 우리는 늦게 시작해친구들 집에서 벗어나지 않았고, 리자가 사탕 할당량을 어느 정도 채우자마자 집으로 향했다.

"오, 줄리, 안녕하세요? 리자는 새 학교에 잘 다니고 있나요?"
우리가 집으로 돌아가는 길에 마주친 캐시의 교회 친구 한 명이 상냥하게 물었다.

"우린 잘 지내요, 고맙습니다." 나는 리자의 손을 꼭 움켜쥐고 같은 속도로 계속 걸었다. 정중한 사교적 수다를 1분이라도 더 줄이기 위해서였다.

캐시와 전반적인 사람들을 피하기 위해 나는 타운에서 움직일 때 시간을 조정했다. 어떤 주말에는 리자와 함께 브루클린의 오빠 집으로 피신하기도 했다. 거기서 나는 기분 좋은 익명성을 느꼈다. 오랜 이웃집들 주변을 걸어 다니며 이곳에 다시 정착하는 것이 가능할지 생각해보았다. 아직은 약하지만 열망이 점점 커져가고 있었다.

"첫해가 거의 끝나가네." 오빠가 뒤뜰의 그릴에서 익어가는 바비큐 치킨을 살펴보며 말했다. "네가 도망치는 쪽이 되어선 안 돼. 1월까지 그냥 버텨봐. 그런 다음 어떻게 되는지 보자."

큰 변화를 시도할 경우 계속 그 집에 머물 수 있을지 궁금했다. 그래서 메인주에 가 있는 동안 완성되지 않은 3층의 널찍한 지붕 밑 공간을 개조해 그림 스튜디오를 만들 계획을 세웠다. 오빠는 그 아이디어를 마음에 들어했다. 나중에 집을 팔게 되어도 수익성 좋은 투자가 될 거라고 오빠가 말했다.

9월 말까지 나는 지붕 밑 공간에 하청업자를 맞아들이고 많은 이웃들을 만났다. 11월 말에 개조 작업이 끝났다. 마지막 작업일에 나는 새로운 스튜디오에 들어가 단열 처리를 하고 소나무 패널을 댄 벽, 넉넉한 전기 콘센트들, 새 창문과 천장의 채광창들, 그리고 이제는 구멍 난 곳을 때워 애너의 집 주방 색깔과 똑같은 올리브그린색 페인트를 칠한 넓고 오래된 마룻바닥을 살펴보았다. 그주방에서 나는 와인과 붉은 저녁놀을 즐겼었다.

하청업자의 조수는 커다란 제도용 테이블을 지하실에서 위층으로 옮겨 왔다. 나는 테이블 앞에 놓인 높은 스툴에 앉아 스튜디오 안으로 들어오는 늦은 오후의 햇빛과 강 건너편 산의 풍경에 감탄했다. 나는 방 안을 서성거리고, 새 조명 스위치들과 다양한 속도로 돌아가는 천장의 환풍기들을 시험해보았다. 그런 다음 갑자기 조명과 환풍기 스위치를 탁 눌러 끄고 아래층으로 내려갔다. 이 프로젝트와의 인연 그리고 아마도 이 집과의 인연은 끝이었다.

어느 날 아침 에밀리가 개조한 지붕 밑 공간을 보러 왔다. 그녀가 들어와 이제는 개방된 그 다락 비슷한 공간을 구경하며 감탄하는데도, 여기서 내 그림이 그려질 일은 결코 없으리라는 날카로울 정도로 강렬하고 슬픈 느낌이 들었다.

"캔버스를 두루마리로 구입해서 벽에 펼쳐 고정할 수 있을 거예요. 커다란 붓을 몇 개 사서 거기에 그림을 그리면 정말 신나겠는데요!" 에밀리는 내가 자주 부러워하는 열광적인 태도로 부추겼다.

"그래요, 그렇게 할게요." 이렇게 말하면서도 나는 그런 노력도 결코 충분치 않을 거라는 걸 알고 있었다. 나는 이곳에 계속 살수 없었다. 하지만 에밀리의 제안을 받아들이고 잠시나마 모든 것이 헨리가 죽기 전의 상태로 돌아갈 거라고 상상해서 에밀리의 기분을 맞춰주고 싶었다. 우리는 여기서 함께 그림을 그리고 요가를 할 것이다. 어쩌면 격식에 얽매이지 않는 예술가 살롱을 열지도 몰랐다.

"참 멋진 생각이에요, 에밀리. 당장 캔버스를 주문할게요." 내가 말했다.

에밀리가 떠난 뒤 나는 곧장 사무실로 들어가 캔버스, 붓, 젯소, 튜브 물감을 온라인으로 주문했다. 이사할 때마다 내가 그 물건들을 포장도 뜯지 않은 채 원래의 종이 상자 안에 그대로 놓아둘 거라는 걸, 두루마리 캔버스와 나머지 미술용품들을 곧바로 이사용 밴으로 옮길 거라는 걸 알고 있었다. 그 사실을 알면서도 미술용품들을 주문하고 있자니 기분이 이상했다. 나는 그 장면을 마치 생생한 꿈처럼 머릿속에 그려볼 수 있었다.

이 집에 살던 전전 집주인의 결혼생활이 파탄 났다는 이야기를 들었다. 말다툼을 하던 중 한쪽 당사자가 커다란 망치를 들고 주방 옆 화장실의 변기로 갔다고 한다. 나는 주방의 모습을 토스카나 지방 주택들의 흑갈색 톤으로 애정을 담아 그려보았다. 약간의 재미를 느끼며 이 집에 불행한 운명이 깃든 것은 아닌지 궁금해했다. 최대한 빨리 이 집에서 나가는 것이 좋을 것 같았다.

≡

헨리는 여전히 그 집 안에 존재했다. 가끔 나타나는 것으로, 그리고 유골이 되어 나무 단지 속에 담긴 물리적 형태로도. 리자에게 물어보니 리자는 아빠의 유골을 집 안에 보관하고 싶다고 했다.

에밀리는 내가 그것을 뿌려야 한다고 생각했다. 내 일부는 그걸 집 밖으로 내보낸다는 생각을 마음에 들어했다. 하지만 리자의 바람이 무엇보다 중요했다.

나는 유골의 일부를 뿌린다는 절충안을 제안했고, 에밀리는 그 의식을 무척 바라는 것 같았다. 그래서 어느 날 오후 리자가 학교에 있는 동안 의식을 준비했다. 에밀리가 우리 집에 왔고, 나는 유골을 조금 떠서 비닐봉지에 넣은 다음 에밀리와 함께 차를 타고 강이 내려다보이는 절벽에서 튀어나온 바위로 갔다. 싸늘한 가을 바람에 우리의 머리카락이 앞뒤로 흩날렸다. 작별이라는 기분은 별로 들지 않았다. 나는 그저 친구를 기쁘게 해주려고 의식을 치르고 있었다.

하지만 내 옆에 선 에밀리는 기분이 좋아 보이지 않았다. 나는 충실한 친구로서 그녀 일에 관심을 가져보려고 노력했다. 하지만 엉망진창이 된 내 인생에 너무 압도되어 그녀의 문제를 감당할 여력이 없었다. 나는 회한을 느끼며 그 무엇도 나에게 큰 의미가 없음을 인정했다. 다음 날을 무사히 넘기는 것이 중요할 뿐이었다. 에밀리가 이야기를 하는 동안 내 마음은 완전히 공허하고 멍했다.

"이 일에 대한 느낌이 항상 이럴까?" 다시 차로 돌아가는 동안 에밀리가 한탄했다. 아마도 내 마음이 여기에 있지 않고 다른 데가 있는 것을 느낀 것 같았다. "헨리에 대해 항상 이런 기분일까?"

나는 섹스에 대한 절박한 필요 같은 다른 무언가에 대해 이야기를 나누고 싶었다. 하지만 에밀리가 그런 이야기를 듣고 싶어 할 것 같지 않았다. 그즈음 나는 내 이야기를 수용적인 태도로 가장 잘 들어주는 사람은 멀리 있는 엘리아나라고 시무룩하게 생각하고 있었다. 죽은 남편의 정부들 중 한 명에게서 위안을 찾다니, 내 삶이 얼마나 꼬여버렸는지. 메인주에서 돌아온 이후 나는 일주일에 몇 번씩 그녀에게 이메일을 보냈고, 그녀는 항상 시간을 들여 따뜻한 격려로 답해주었다. 가능할 것 같지 않은 우리의 우정이 발전하는 양상에 나는 줄곧 놀랐다. 나는 무력하고 기진맥진한 느낌을 받았다. 앞으로 나아가야 한다는 걸 알았지만 어떻게 해야 할지 알 수가 없었다.

주변의 싱글맘들이 왜 학교를 마치지 못하고 만족스러운 직업을 얻지 못하는지, 혹은 자아성취를 할 시간을 내지 못하는지 이제야 이해가 되었다. 우리는 모두 그날그날을 무사히 넘기느라 애쓰고 있었다.

12
2003년 10월

끔찍한 춤이 끝나고 나는 싸울 준비가 되었다.

—1987년 이스트빌리지의 파티에서 우연히 들은
머리가 텁수룩하고 이는 삐죽삐죽한 폴란드 시인의 말

집을 어떻게 할지 숙고하는 동안, 나는 메인주에서 돌아온 이후
나를 엄습한 외로움에서 벗어날 방법들에 관해서도 생각하기 시
작했다. 토마스는 더는 내 일상생활의 한 부분이 아니었고, 일종
의 공포가 내 안에 자리를 잡았다. 나는 다시 방 안에서 서성거리
기 시작했다. 그의 우정이 그리웠고, 그 우정이 주는 위로에 의지
했던 나 자신을 저주했다. 새로운 누군가를 찾아 주위를 둘러볼
때가 된 건가 하는 생각이 들었다. 나와 만날 형편이 되는 내 또래
의 남자가, 리자와 함께하는 내 인생의 일부가 되는 것에 관심을
가질 남자가 있다면 말이다.

이해하기 힘든 남자들의 세계를 고려볼 때, 나에게는 짐덩이라
는 커다란 문제가 있었다. 나는 나 자신을 거의 짐덩이로 보았다.

오래되고 갈라진 구두, 삭아가는 옷가지, 해진 분홍색 리본에 묶인 눈물 자국이 난 축축한 편지들이 가득 찬 커다란 크루즈선용 트렁크와 여행가방. 나는 그것이 강인하고 회복력 있는 생존자의 짐이기를 바랐다. 디킨스의 소설에 나오는 해비셤 양[47]의 짐은 아니기를 바랐다. 30년 뒤에 깨어나 해가 들지 않는 방 안에서 결혼 앨범에 남은 사진들을 손으로 더듬고 바스러뜨리는 나 자신을 발견하긴 싫었다.

사실은 내가 경솔하게도 결혼 앨범을 꺼내와 내 결혼생활의 모든 증거들을 불 속에 던져버릴까 봐 걱정되었다. 리자는 부모의 결혼생활의 기념품을 가질 자격이 있었다. 하지만 상황이 슬프게 변해갔다. 확실히 해두기 위해 나는 앨범들을 모두 가져다가 끼워 맞추기 방식으로 만들어진 큼직한 나무 트렁크—헨리 집안의 가보 중 하나—안에 넣었다. 헨리의 아버지는 미국으로 떠나올 때 물건들을 운송하기 위해 한국에서 목수들을 고용해 그런 트렁크 몇 개를 만들게 했다. 나는 그 안에 앨범들을 넣었다. 그 안에 담긴 사진들 그리고 그것들이 찍힌 날들을 내가 잊기를 바라며 연민이나 유머를 가지고 다시 훑어볼 수 있을 만큼 충분히 강인해질 때까지 당분간 놋쇠 자물쇠로 잠가두었다.

거기에는 신뢰의 문제가 있었다. 나는 믿을 수 있다고 생각한 남자와 결혼했지만 그것은 심각한 판단 오류로 판명되었다. 더는 뭔가를 선택할 때 나 자신을 신뢰할 수 없었다. 오랫동안 헨리의

---

47 찰스 디킨스의 소설 『위대한 유산』에 나오는 등장인물. 부유한 독신 여성으로, 결혼식 날 신랑에게 버림받은 뒤 평생 웨딩드레스 차림을 고집한다.

장점이라고 생각해온 것들—그는 내가 좋아하는 방식으로 귀엽다, 스마트하다, 우리는 집 안을 꾸미는 데 양립 가능한 취향을 갖고 있다, 그는 내 가족들도 인정할 만큼 매너가 좋다.—중 그 무엇도 더는 효과가 없는 것 같았다. 모든 것을 제로에서 다시 시작해야 할 터였다.

이번에는 실용적인 태도로 접근할 것이다. 즉각적인 육체의 매력 같은 피상적인 특징에 흔들리지 않을 것이다. 그건 확실히 나의 가장 큰 실수였다. 처음 헨리를 만난 파티를 떠올리며 추론해보았다. 어두운 복도, 회색 스웨터에 하얀 티셔츠를 입은 그가 얼마나 귀여워 보였는지, 얼마나 매력적이었는지. 그 매력이 첫 단추였을 것이다. 『오만과 편견』에서 매력적으로 보였던 위컴 씨는 결국 비열한 악당으로 판명된다. 다시와 그룸페스트 씨는 여주인공에게 지조 있는 친구가 되어준다. 적어도 토마스와의 관계는 내 성적 매력에 문제가 없다는 것을 보여주었다. 나는 어떤 면에서 피해를 입었지만 그런 부분에서는 무사했고, 다른 누군가와 꽃을 피울 준비가 되어 있었다.

중년이라는 나이 문제도 있었다. 그랬다. 젊음과 아름다움을 소중히 여기는 우리 문화에서 사는 다른 많은 여자들처럼, 나 역시 인생의 대부분을 다양한 자기혐오로 괴로워하며 보냈다. 나는 1970년대에 성년이 되었는데, 그때 패션계를 지배하던 여성의 미적 특징은 나와는 거리가 있었다. 당시에는 금발의 스트레이트 헤어에 파란 눈, 소년처럼 깡마르고 엉덩이가 작으며 다리가 긴 여자들을 선호했다. 골반에 걸치는 벨트, 밑단이 해진 힙허거와 노출이 심한 톱 같은 옷들이 유행했다. 나 같은(키가 작고 굴곡진 몸을 갖고 있으며 진한 갈색의 웨이브 머리여서 날씨가 궂으면 곱슬곱슬해지는) 여자들은 거기서 열외였다. 최선을 다해 1940년대의 빈티지 드레스를 차려입고 메리 퀀트 립스틱을 바르고 노란 스타킹에 플랫폼 가죽끈 샌들을 신었지만, 나는 다른 시대 사람 같았다. 나는 현재에 있지 않았다.

헨리의 죽음 이후, 그리고 비록 일시적이긴 했지만 부인할 수 없을 만큼 나를 으쓱하게 했던 잘생긴 스물여덟 살 젊은 남자의 관심 이후 나는 갑자기 그리고 놀랍게도 내 몸과 뒤늦게 사랑에 빠졌음을 깨달았다. 지금 살아가고 있는 새로운 몸은 가볍고 경쾌했다. 성년이 된 뒤 처음으로 거울을 보며 내 몸에 감탄하는 나 자신을 자주 발견했다. 요즘 다시 유행하는, 배를 가려주는 품이 넓은 티셔츠와 골반에 걸치는 청바지를 구입했다. 옷은 옷걸이에서 벗겨낸 즉시 내 몸에 잘 맞았다.

물론 내 몸은 "완벽"하지 않았다. 다리를 10센티미터쯤 더 늘일 수는 없었다. 원치 않는 곳에 셀룰라이트도 여전히 있어서 마음이 우울해지는 조명이 비치는 상황은 피하고 싶었다. 수영복은 택배로 주문해 안전한 피난처인 집에서 입어보았다. 복부의 피부에 잔주름이 많았다. 임신의 흔적이었다. 진정한 친구이자 충실한 동반자인 그 주름들은 끔찍했던 1년이라는 시간에 걸쳐 나에게 왔다. 거울을 보면 멋진 여자가, 내가 기꺼이 안고 만져도 괜찮은 누군가가 보였다. 나는 사랑에 열려 있고 내 몸을 인정해줄 누군가를 원했다.

욕실 거울에서 자세히 들여다보면, 그래도 주름이 정말로 많지는 않았다. 눈썹 한쪽이 약간 놀란 듯한 모양으로 치켜 올라가 있었다. 그 결과 주름 하나가 생겨나 얼굴에 불균형을 더해주었다. 웃어서 생긴 "눈가의 주름" 두 개는 입가 양쪽에도 주름을 만들었다. 나는 그 아이러니에 웃을 수밖에 없었다. *눈가의 주름, 그렇지.* 눈 주위에 새로 생긴 주름들이 있었다. 너무 많이 울어서 생긴 건 아닌지 궁금했다.

어느 날 애너의 얼굴이 갑자기 훨씬 덜 피곤하고 평온해 보이는 것을 깨달았다.

"오, 보톡스 덕분이에요, 친구." 애너가 빙그레 웃으며 설명했다. "이마를 가로지르는 주름이 항상 걱정거리였거든요. 그것 때문에 내 아들은 내가 항상 기분이 좋지 않은 줄 알았대요." 애너는 자기가 다니는 피부과 전화번호를 알려주었다.

비록 그 마법의 주사의 효과가 몇 달 동안만 지속된다 해도, 나는 주름을, 비통했던 한 해와 헨리와 함께했던 마지막 몇 년의 흔적을 지우고 싶었다. 의사가 어떤 제안을 할지 혹은 의사가 무엇을 해주길 원하는지 확신하지 못한 채 애너가 다니는 피부과 병원에 예약을 했다.

시내로 가는 기차에서 아는 사람을 마주쳤다. 평소에 슈퍼마켓에서 그 아름다운 여성이 어린 아들들을 데리고 있는 모습을 몇 번 보았다. 그녀는 가끔 패션모델 일도 했는데, 오늘 바로 그 역할에 적격인 차림이었다. 메이크업이 완벽했고, 갈색 머리카락 한 올 한 올이 제자리에서 빛났다. 아들들은 없었다.

"와우, 당신 정말 멋있어요!" 가까운 자리에 앉아 있는 그녀를 보자 내 입에서 감탄의 말이 터져 나왔다. "오늘 일하시나 봐요?"

"오디션을 보러 가요. 대단한 건 아니고, 카탈로그 찍는 일이에요." 내가 옆자리에 앉는 동안 그녀가 말했다. 그녀는 아들들이 태어난 이후 거의 열외가 되어버린 자신의 모델 경력에 대해 이야기했다. 그 일의 화려함보다는 장인적인 면을 강조하면서. 그녀는 자신이 어디에 서 있는지 알고 있었으며, 냉철하고 현실적으로 보였다.

"고객과의 약속에 가시나요?" 그녀가 물었다. 나는 그녀가 오디션에서 어떻게 할지, 그녀 나이—아마도 30대 초반—의 여자들 중 얼마나 많은 사람들이 그런 일을 위한 오디션을 볼지 궁금해하며 새로운 뭔가를 보듯 줄곧 그녀의 얼굴을 보고 있었다. 나의 눈은 그녀의 큰 키, 슬림 진을 입은 긴 다리, 세련되고 반짝이는 검은 부츠 사이를 배회했다.

그러다가 처음으로 그녀 이마에 작은 흉터가 있는 것을 발견했다. 화장을 해서 잘 보이지는 않았다. 그 흉터에 대해 묻고 싶었지만, 그녀의 결함을 들추기에는 때가 좋지 않다는 생각에 그 충동을 얼른 억눌렀다. 그리고 불현듯 부끄러움을 느끼며 내가 도시에 가는 진짜 목적을 받아들이기가 매우 멋쩍다는 것을 깨달았다.

"네, 그냥 일 때문에요." 오, 얼굴과 몸으로 생활비를 버는 이 여자에게조차 말하지 못한다면 난 배워야 할 게 많아. 앞으로 주름이 더 많이 생길 텐데.

"당신과 따님은 어떻게 지내요?" 많은 지인들이 하듯이 그녀가 물었다. 나는 깊이 숨을 쉬며 그 주제를 피하려는 의도의 짧은 대답을 입 밖에 내어 말할 준비를 했다. 그런데 그 순간 화장한 그녀의 가면을 뚫고, 우리가 친한 친구 사이가 아님에도 그녀의 갈색 눈이 진정한 관심으로 따뜻한 빛을 띠고 있는 것이 보였다. 그녀는 내가 진실을 말해주길 원하고 있었다.

그래서 놀랍게도 나는 우리가 정말로 어떻게 지내고 있는지, 지난 몇 달 동안 얼마나 힘들었는지 이야기했다. 그녀는 헨리 사건에 대해 많은 소문을 듣지는 않은 것 같았다. 그래도 나는 그녀에게 이야기했다. 우리는 결혼생활의 어려움 그리고 그녀가 우아하게 헤쳐 나가고 있는 일과 엄마 역할 사이의 균형을 유지하는 문제에 대해 이야기를 나누었다.

우리는 그랜드센트럴 터미널에 도착해 시내로 가는 택시를 함께 탔다. 그녀가 내리는 곳에서 작별 인사를 나누었다. 나는 그녀에게 행운을 빌었고, 그녀가 굽 높은 부츠를 신은 발로 성큼성큼 멀어져가는 모습을 잠시 지켜보았다. 그런 다음 택시는 내가 예약한 피부과 병원을 향해 계속 달렸다.

한 시간 뒤, 나는 대여섯 개의 주삿바늘 때문에 눈가 주름 부분이 아직 따가운 얼굴을 살짝 만지며 병원의 시술용 의자에서 미끄러져 내려왔다. 차분한 얼굴의 여자 의사는 콜라겐 주사 시술을 제안했고, 주사의 효과가 4개월 정도 지속될 거라고 말했다. 나는 접수대에서 청구서를 슬쩍 보았고—믿기 어렵게도 자그마치 800달러였다.—신용카드를 탁 내려놓았다. 이 시술을 꾸준히 받지는 못할 것이다. 출구를 향해 걸어가다가 나는 타원형 거울 앞에 멈춰 서서 내 모습을 오랫동안 들여다보았다. 젊어진 내 얼굴이 거울 속에서 나를 바라보았다. 내가 갓 사랑에 빠졌을 때 헨리가 찍어준 사진 속의 내 얼굴, 뜨거웠던 도시의 어느 날 오후 카페 테이블 건너편에서 그를 응시하던 내 얼굴이었다. *와우 다시 만나니 좋네.* 나의 그 젊은 버전은 낙관적이고, 이상적이고, 지금 내가 그런 것처럼 큰 변화를 앞두고 있었다.

집으로 돌아가니 사람들이 말했다. "줄리, 당신 너무나 생기 있고 좋아 보여요." 그냥 광고 같은 것이었다.

물론 몸의 모든 부분이 그리 쉽게 변할 수는 없었다. 완벽에 가까운 미적 사례들—미술관의 전시대에서 걸어 내려온 것처럼 보이는 사람들—을 마주친다 해도, 우리는 대부분 태어날 때 받은 몸을 그대로 지니고 살아야 한다.

이탈리아의 작은 해안 마을에서 잠시 살던 스무 살 때, 나는 항구를 둘러싼 중심가 모퉁이에 있는 카페에서 자주 애인을 기다리곤 했다. 휴대폰이 없고 유선통신도 믿을 만하지 못했던 그 시절에는 모든 사람이 그런 식으로 많이 기다렸다. 길모퉁이에 몇 개 있는 공중전화 부스는 이해하기 힘든 *제토네*—통화에 필요한 금액을 정확히 예측할 수만 있다면 몇 분 기다려서 통화할 가치가 있는, 가운데 구멍이 뚫린 동전—로만 사용할 수 있었다. 계산을 잘못할 경우에는 동전만 삼켜버려서 길모퉁이의 *타바키*[48]로 다시 가서 1,000리라짜리 지폐를 잔돈으로 바꿔야 했다. 이탈리아

---

48 담배 가게.

에는 서두르는 사람이 아무도 없는 것 같았다. 중심가가 하나뿐이어서, 친구들 그리고 심지어 믿음직하지 못한 나의 애인조차 결국 그 카페에 모습을 드러냈다. 나는 뉴욕 공중전화 부스의 효율성과 비교되어 향수병을 초래할 위험이 있는 *제토네* 몇 개를 손에 쥐고 더듬거리느니, 카페의 야외 테이블에 앉아 커피 한 잔을 주문해놓고 만灣과 산의 경치를 즐기곤 했다.

카페 옆에는 회색 수영복, 선글라스, 사탕 그리고 브루클린이라는 브랜드의 껌(포장 상자에 유명한 그 다리 그림이 있었다.)을 파는 기념품 가게가 있었다. 한낮에 상점들은 세 시간 동안 문을 닫았는데, 그럴 때면 젊은 여자 판매원이 밝은 햇살 아래로 걸어 나와 가게 문을 잠갔다.

그 판매원은 태닝한, 발목으로 갈수록 점점 가늘어지는 상상할 수 없을 만큼 길고 멋진 다리를 갖고 있었다. 나는 굽 높은 청록색 샌들을 신은 그녀가 자갈 깔린 길을 휘청거리며 건너가는 모습을 지켜보았다. 바람이 휘익 불어와 그녀의 손바닥만 한 미니스커트를 이리저리 젖혀 하얀색 비키니 하의를 드러냈다. 그녀는 분명 점심시간을 이용해 태닝을 했을 것이다. 그녀는 주말을 보내러 온 밀라노 사람들과 여름휴가를 맞아 태양을 경배하러 온 외국 관광객들이 탄 천천히 움직이는 자동차들을 뚫고, 그 차들을 자주 멈춰 세우면서 굽이진 대로를 건너 해안가로 걸어갔다.

아름다운 다리를 가진 아름다운 여성들이 많은 아름다운 나라인 그곳에서도, 그녀의 모습은 복제품들이 가득한 미술관에서 보티첼리의 진본 그림을 보면 눈이 번쩍 뜨이는 것처럼 보는 사람을 숨 막히게 했다.

"우나 셰마, 마 두에 벨레 감베." 카페에 도착한 지안카를로가 나의 눈길을 뒤쫓더니 논평했다. *멍청한 여자지만 다리는 아름다워.* 나는 그가 나의 다른 장점들을 간접적으로 칭찬하는 것으로 받아들이고는 마음을 편히 가졌다. 아마도 다음 생에서는 저 여자 같은 다리를 가질 수 있을지 몰라.

≡

시내 쇼핑 동료이자 젊은 과부들과 관련된 온갖 문제들에 대한 조언자인 친구 클로이가 데이트를 시작하는 것이 좋겠다고 진지하게 말했다. 클로이는 그 방면에 경험이 많았다. 지난 4년 동안 젊은 과부로서 새로운 인생을 천천히 시작하면서 어려움을 타개해왔다. 이제 그녀는 좋은 일자리가 있고, 그리니치빌리지에 렌트 규제법이 적용되는 아파트 한 채를 가지고 있으며, 가장 놀랍게는 정말 괜찮은 남자친구가 있었다. 온라인으로 만났다고 했다. 그러나 클로이의 좋은 선례에도 불구하고 나는 온라인 데이트가 낭만적이지 않고 끔찍하게 느껴졌다. 여전히 운명을 믿고 싶었다. 과거 운명이 나에게 그다지 호의적이지 않았다는 사실에도 불구하고.

하지만 대안이 없었다. 내가 사는 작은 타운에서 데이트가 가능한 남자는 내가 아는 여자들의 전남편들뿐이었다. 또한 나는 그 여자들이 왜 이혼했는지도 알고 있었다. 그 남자들은 술꾼, 바람둥이, 문제인물, 혹은 꿈도 야망도 없고 가족을 부양할 능력이 없는 남자들이었다. 헤어진 부부 중 어느 쪽도 비난할 수 없는 경우도 간혹 있었지만, 나는 그들 중 누구와도 관련을 맺고 싶지 않았다.

가장 나쁜 경우는 "첫눈에 반한 남자"였다. 그해 여름 어느 토요일 오후 브루클린에서 리자와 함께 골동품 상점 앞을 어정거리다가 그 남자를 처음 만났다. 리자는 그 남자가 진열해놓은 오래된 주방도구 상자 안을 뒤지고 있었다. 내가 위를 올려다보았을 때, 그가 출입구에 서 있었다.

"여기 사장님이신가요?" 내가 그를 살펴보며 물었다. 호리호리한 몸매에 머리를 짧게 잘랐으며, 미소 띤 맑은 파란색의 눈 근처에는 주름들이 기분 좋은 삼각형을 이루고 있었다. *눈가의 잔주름이 남자들에게는 매력과 성숙미를 더해주는데, 여자들에게는 왜 중년을 향해 가고 있고 곧 노쇠가 이어질 거라는 사실만 상기시키는 걸까?*

"네, 제가 이곳 주인입니다." 세일즈맨의 숙련된 낙천주의가 묻어나는 부드럽고 쾌활한 목소리였다. 문장 끝에서는 톤이 약간 올라갔다.

거기서 그 남자를 바라보는 건 미친 짓이었다. 그렇다, 분명 나쁘게 끝날 거고 이유를 납득하지 못할 것이다.

"첫눈에 반한 남자"는 내가 세운 계획들을 모두 망가뜨렸다. 나는 냉철하고 싶었다. 10대 소녀처럼 강렬한 이끌림에 휘둘릴 때가 아니었다. 누구하고도 사랑에 빠지고 싶지 않다는 내 마음은 요지부동이었다. 하지만 나는 나의 꼬마 요리사 리자를 위해 그릇 하나와 달걀 거품기 하나를 구입했다. 그에게 나라는 존재를 기억할 여지를 주기 위해, 다음번에 핑곗거리를 만들어 이 근처를 지나갈 때 그에게 인사할 이유를 만들기 위해서였다.

온라인 "프로필"을 만들 때 클로이가 조언을 해주었다. 나는 클로이가 들려주는 기이한 남자들과 엉망이 되어버린 이상한 데이트에 관한 끔찍한 이야기들에 귀 기울였다. 나는 기분이 좋았던 어느 날 토마스 옆에 서서 찍은 사진을 선택했다. 포토샵으로 사진 속 토마스의 모습을 지우는 데―안타깝게도 실제 인생에서 한 사람을 떼어내는 것은 그렇게 쉽지 않다.―15분이 걸렸지만, 사이트에 사진을 업로드하기 전 어떤 방법으로든 수정을 하는 것에는 저항감이 들었다.

≡

나는 데이트에 관해 완전히 무지했다. 데이트는 우리가, 혹은 내가 1970년대의 뉴욕에서 한 일이 아니었다. 나는 여학생들만 다니는 사립 초등학교에 갔고, 그래서 당시 가장 친한 친구였던 루시의 집에서 주말에만 남학생들을 만날 수 있었다. 루시는 다른 학교에 다녔다. 내가 다닌 학교와 비교하면 신나고 진보적인 학교였다. 루시는 센트럴파크 근처 이스트 96번가의 어둡고 동굴 같은 아파트에 살았다. 루시는 친구가 많았고 파티를 자주 열었다. 혹은 이웃의 다른 아이들이 여는 재미있지만 구미가 덜 당기는 파티에 나와 함께 가기도 했다. 우리는 미성년자 금주법을 엄격히 준

수하지 않는 바에서 술을 마셨다. 나중에 나는 내 기억으로는 아마도 루시의 침대 옆 바닥에서 어떤 남자아이와 프렌치키스를 하는 나 자신을 발견했다. 내 발톱이 루시의 해진 인디언 패턴 침대 시트 자락에 어색하게 걸려 있었다. 가끔 그 지점에서 상황이 진전되기도 했지만, 대개의 경우는 상대 남자아이를 다시 만나지 않았다.

대학 시절에 한 남자가 오페라 관람에 이어 나를 "윈도스온더월드"에 데려갔다(적어도 그곳에서 한 번 식사를 했다는 사실이 행복하다). 나는 그때 데이트라는 것이 어때야 하는지 이해했다. 그날 밤 나를 택시에 태워 집으로 보내달라고 부탁해야 했는데 그와 함께 집으로 갔다는 사실을 제외하고 말이다. 그래서 나는 데이트가 어때야 하는지 여전히 이해하지 못한다. 6년의 불운 후 나는 헨리를 만났고, 헨리는 신중하게도 우리가 같이 자기 전에 나를 레스토랑에 데려갔다.

나를 기다리고 있는 잠재적 모험들에 관해 곰곰이 생각하면서, 내가 아침에 먹는 위티스시리얼과 우유와 아울러 데이트라는 개념을 흡수하며 성장했다면 좋았을 거라고 생각했다. 데이트. 이 단어를 여러 번 말했으니 무슨 뜻인지 이해할 수 있을 것이다.

13
2003년 10월부터 2004년 3월까지

우리의 머리는 동그랗다.
그래서 생각의 방향을 바꿀 수 있는 것이다.

—프랑시스 피카비아(화가이자 시인)

"당신 너무 섹시해! 나 다시 절정에 다다를 것 같아!"

지금 여기서 몇 번인지 세고 있나?

나는 섹스머신과 함께 침대 안에 있었지만 행복하지 않았다. 따뜻한 선의의 포옹이 있었다면 더 행복했으리라는 걸 희비극적으로 그리고 너무 늦게 깨달았다. 나는 첫번째 데이트 시도에서 완전히 실패했다. 이 남자의 진행 속도로 보면 세탁해야 할—아마도 삶아야 할—시트가 쌓일 것 같았다. 한심한 실수였다.

리치는 지적이고 투지가 넘치는 남자였다. 일주일 전에는 그런 장점들이 중요해 보였다. 나는 헨리의 결함들 중에서도 자신이 하는 일에 확신이 없다는 점이 오리건의 크리스틴이 묘사한 대로 그의 "가련한 인생에서 한 선택들"에 많은 부분 기여했다고 생각했다.

리치는 조금 지나치게 열심으로 보였다. 하지만 그가 잠시 동안 싱글이었다고 말했을 때 나는 호감이 갔다. 말은 안 했지만 내 동기는 전적으로 불순했다. 나는 엉망진창이었다. 내가 관심 있는 것은 안전한 섹스였다. 내가 정말로 토마스와의 일을 딛고 일어서고 있다고 나 자신에게 말할 수 있도록. 상황이 불완전했지만, 그런 사람을 다시 만나려면 시간이 걸릴 거라는 걸 알고 있을 만큼 토마스와 연결되어 있다고 느꼈다. 토마스와 나는 연인 관계가 되기 전에 친구였다. 나 그리고 다른 사람들이 토마스를 진심으로 좋아하는 것처럼, 우리는 여전히 서로를 좋아했다.

리치를 만나기 몇 주 전 리자가 학교 수업을 마치고 돌아온 어느 날 오후, 리자와 솔직한 대화를 나눴다. 리자에게 나는 외롭고 남자친구가 있으면 좋겠다고 말했다.

리자가 대꾸했다. "좋아요, 내가 고르는 거예요?"

"글쎄, 만약 엄마가 누군가를 만나게 되면 그것도 좋지. 엄마가 그 사람을 집으로 데려올게. 그러면 네가 그 사람이 마음에 드는지 결정할 수 있어. 엄마는 더 자주 외출하게 될 거야. 하지만 너도 어딘가 재미있는 곳에 가서 시간을 보내게 해줄게. 좋은 베이비시터도 구했어. 엄마 생각에 너도 그 언니를 좋아할 것 같아. 그 언니는 대학생인데, 게임하는 걸 좋아한대."

"그 언니가 어택게임도 할까요? 그런데 토마스 아저씨는 요즘 왜 안 오는 거예요? 그 아저씨가 어택게임 잘했는데."

"그 언니가 어택게임을 할지는 잘 모르겠구나, 애야. 하지만 아마도 엄마가 그 게임을 좋아하는 사람을 만날 거야."

리치는 우리 타운 남쪽에 살았다. 그가 내 온라인 프로필을 보고 연락했을 때 나는 온라인 만남의 편리함을 부인할 수 없었다. 새로운 베이비시터를 고용하긴 했지만 아이를 돌봐야 한다는 애로사항이 늘 있었기 때문이다. 리치와 나는 어느 날 저녁 지역에 있는 어느 바에서 첫 만남을 가진 뒤 산책을 나갔다. 그가 운전을 했고, 내가 전에 가본 적 없고 백만 년 뒤에도 가보지 않을 타운 파크 구역에 차를 세웠다. 비탈길을 걸을 때 그가 내 손을 잡았다. 나는 그의 손을 잡을 준비가 되어 있지 않았다. 그래서 가파른 구간에 접근했을 때 손을 빼내 경사면을 짚었다. 그가 좀 있으면 자기 생일이라고 말했다. 나는 그의 손을 다시 잡았다. 혼자 보낼 생일을 미리 생각하는 건 그리 기분 좋은 일이 아니었다.

"그래서 어떤 계획이 있는데요?" 내가 기분 좋게 물었다.

"아무 계획도 없어요. 항상 생일에 끔찍한 일이 일어나거든요." 오, 빌어먹을, 이제 우리가 눈물 나는 이야기를 나누기 시작하겠 군. 사실 나는 저녁 식사 때 내 눈물 나는 이야기는 가능한 한 적게 하려고 노력했었다.

"예를 들면요?" 긍정적인 어조로 말하려고 애쓰며 계속 물었다. 이제 느껴졌다. 그의 손을 잡는 것이 매우 끔찍하게 느껴졌다. 이런 밤 시간에 다가오는 생일에 대해 잠재적 걱정이 있는 남자와 단둘이 공원에 있다는 불안감이 서서히 커져갔다.

여자들은 항상 그날을 골라 나를 버렸어요, 그가 말했다.

제기랄, 이건 크고 골치 아픈 짐덩이네. 거의 내 짐덩이만큼이나 무거워. 순진하게도 나는 나보다 짐이 없는 사람을 만나길 바랐다. 나는 우리 사이에 무슨 일이 일어나든 그가 바라는 식으로는 되지 않을 거라고, 그 무서운 생일날 새벽이 되기 전에 모든 것이 빠르게 종말을 맞을 거라고 꽤나 확신했다.

교제가 길어지지는 않았다. 내가 일주일간 시간을 가지며 그에게서 무엇을 원하는지 생각해보는 동안, 우리는 "부인, 여기는 도서관이 아니에요. 그 잡지 구입하실 건가요?"라는 질문을 받는 상황에 도달했다. 호기심은 별개로 하고, 나는 그에게서 육체적으로 별다른 느낌을 받지 못했다. 하지만 그에게 훌륭한 로스트치킨을 저녁으로 대접한 뒤 하룻밤 머물게 해주었다.

그리고 지금 고함치는 그 남자와 함께 침대에 갇혀 있다. 지금까지 이런 타입의 남자를 만나본 적이 없지만 들어본 적은 있다. 내 몸 밖으로 나가 물을 마시러 주방으로 가는 편이 나을 것 같았다. 실제의 내가 전혀 필요하지 않은 것처럼 보였기 때문이다. 그것은 연극이 되어갔다. 나를 망연자실하게 하고 당황스러운 침묵에 빠지게 하는 연극.

그 남자는 무척이나 내 마음에 들고 싶어 하는 것 같았다. 나는 이 밤을 애너에게 어떻게 묘사해야 할지 생각하며 소리 죽여 킬킬거렸다. 이 밤 시간으로부터 무엇이든 긍정적인 점을 끌어낸다면 아마도 애너를 소녀처럼 깔깔 웃게 해주는 것일 터였다. 애너의 깔깔대는 웃음을 상상하자 내가 만들어낸 엉망진창의 상황을 견딜 능력이 있는 자아로 돌아갈 수 있었다. 그는 수그러들지 않고 다섯 번 오르가슴을 느꼈다. 확실히 인상적이었지만, 할 말을 잃게 만들었다.

나는 그를 멈추게 하기 위해 연기를 해서 그를 만족시켜야 했다. 힘 빠지는 속임수지만 효과적이었다. 마침내 그가 신음을 내뱉었다. "이제 좀 자야겠어요……." 그러더니 순식간에 툭 꺾여 정신을 잃고 곯아떨어졌다. 그가 자는 모습을 몇 분 동안 지켜보다가 발끝으로 살금살금 걸어 침대 밖으로 나와 욕실로 갔다. 양변기에 조용히 앉았다. 나는 그의 생일에 혹은 생일 직전에(곧) 그를 버릴 것이다. 사실 그건 아주 나빴다. 그는 좋은 남자였고, 내가 그와 섹스를 할 정도로 바보가 아니었다면 나와 친구가 될 수도 있었을 테니 말이다. 나는 그를 진짜 남자친구로뿐만 아니라 남사친으로도 이용할 수 있었다. 이제 그는 더 많은 짐을 지게 되었고, 왜 그를 버리려 하는지 솔직하게 말하기에는 내가 너무 비겁했기 때문에 기분이 엿같았다. 그가 나와는 달리 연달아 다섯 번 절정에 다다르는 남자와 함께하는 것을 기뻐할 여자를 만나기를 바랐다.

그가 다음 날 로스앤젤레스로 출장을 떠난다고 말하고는 전화하겠다고 약속했다. 그는 정말로 전화를 했고, 나는 친근하게 수다를 떨었다. 그런 다음 비열하게도 이메일로 이별 통보를 했다.

다음에는 이튿날 아침에 후회하지 않을 결정을 하도록 좀 더 시간을 가지고 남자를 만나겠다고 나 자신과 약속했다.

누가 그 영어 악센트에 저항할 수 있겠는가? 엘리엇은 옥스퍼드 졸업생으로, 스타일리시하면서도 꾀죄죄해 보이는 반다이크 수염을 기르고 있었다. Match.com 프로필에 따르면 키는 180센티미터였다. 나에 비하면 너무 컸다. 내 운전면허증에는 키가 156센티미터로 되어 있으니 차이가 많이 났다. 나는 키 큰 남자로 인해 더욱 왜소하게 느껴지는 것을 절대 좋아하지 않는다. 그리고 그는 두 시간 정도 떨어진 코네티컷에 살았다.

전화로 이야기할 때 엘리엇은 자기비하적이고 성적인 짓궂은 유머감각을 발휘했다. 나는 빨간 벨벳 소파에 누워 무선전화기를 쿠션에 받쳐 귀에 댄 채 웃고 또 웃었다. 그는 약간 무례한 면이 있는 대단한 바람둥이였고, 그와의 통화는 강장제가 주는 효과와 비슷했다. 아직 잘 모르는 남자에게 헨리의 배신에 관해 이야기하는 일은 힘들었지만, 나에게 일어난 일을 짧게 요약해서 말했을 때 그는 친절하게 위로해주었다. 또 다른 강장제였다.

우리는 일주일 뒤에 저녁 식사를 하기로 했고, 내가 리치필드 카운티에 있는 부모님의 주말 별장에 갈 때 이용하던 I-84 도로의 쇼핑몰과 주유소가 있는 출구로만 알고 있던 코네티컷주의 작은 도시 댄버리 한가운데에서 만나기로 정했다.

나는 엘리엇이 마음에 들었다. 곧장 그가 괜찮은 남자처럼 보였다. 나는 그의 선정적인 유머를 즐겼다. 예전 같으면 그런 유머에 기분이 상했을지도 모르지만, 이제는 안심이 되었다. 그러니까 남자들이 정말로 이런 생각을 한다는 거구나. 그는 데이트에 관한 모든 것을 아는 것 같았고, 나를 가르쳐줄 수 있을 듯했다.

내가 코네티컷에서 데이트하거나 그곳에서 사는 것은 상상할 수 없는 일이었다. 나에게 뉴욕주를 벗어난 교외는 이미 개인적으로 완전히 재앙이었다. 저녁 식사 데이트를 하러 코네티컷으로 차를 운전해 가는 것은 내가 사는 세계에서는 제대로 작동하지 않을 터였다. 상황이 진전될 경우 나는 내 아이에게서 두 시간 거리의 어느 침실에서 깜짝 놀라 잠에서 깨어나게 될지도 몰랐다. 나는 그런 식으로 떨어지는 상황에 전혀 준비되어 있지 않았다. 전화를 끊고 잠자리에 들기 위해 계단을 오를 때 그걸 알아차렸다.

리자는 이제는 우리가 "우리" 침대라고 부르는 내 침대에서 원래 내 오빠 것이었고 어쩌다 보니 나에게 맡겨진 누더기 사자 인형을 꽉 움켜쥐고 잠들어 있었다. 엘리엇이 내 가정생활의 이런 어른답지 못한 면들을 알면 진저리를 칠 것이다. 나는 그 사자 인형을 무척 좋아했고, 내 딸아이 역시 대부분의 밤을 여전히 내 침대에서 보냈다. 상담치료사의 선의의 조언을 무시하고 우리 둘 다 그러기를 원했기 때문이다.

다음 날 엘리엇이 전화를 했다. 운전해서 오는 길을 알려주기 위해서가 아니라, 저녁 약속을 취소하기 위해서였다.

"당신이 진지한 관계에 대한 준비가 아직 되어 있지 않다는 생각이 들어요." 그가 심각하게 말했다. "나는 준비가 됐어요. 그런데 당신도 이해하겠지만, 난 당신의 '과도기 단계의 남자'가 되고 싶진 않아요." 엘리엇의 말이 옳았다. 그는 영리한 남자였다. 안도감이 내 가슴속을 가득 채웠고, 그가 더욱더 마음에 들었다.

우리가 계속 친구로 지낼 수 있을까요? 나는 다음 날 이메일을 써 보냈다. 왜 안 되겠어요, 그는 그러고 싶어 했다. 우리는 연락하고 지내기로 했다. 그러면서도 나는 이것이 끝일 거라고 생각했다.

몇 주 뒤, 나는 그의 쾌활한 유머가 그리워서 그에게 이메일을 보냈다. 그때 나는 다른 남자(대니얼)를 만난 뒤였고, 엘리엇도 다른 여자를 만나고 있었다.

≡

대니얼은 영리하고 재미있었고, 조용하고 신랄한 면이 있었다. 나는 그 조용한 방식이 지루해지지 않기를 바랐다. 프로필에 의하면 그는 아들 하나를 둔 이혼남이었다. 그래서 그가 내 삶에서 큰 부분을 차지하는 양육 문제를 이해할 거라 생각했다.

아무튼 나는 데이트를 했다. 데이트는 누군가와 함께 외출하는 것, 그 남자를 알게 되는 것, 함께 식사하는 것, 수다 떠는 것, 곧바로 섹스하지 않는 것을 의미했다. 나는 그러기로 결심했다. 너무 전념하지는 않기로 했다. 그 무엇으로부터도 서둘러 달아나선 안 되었다.

세번째로 데이트할 때—가까운 산으로 가을 하이킹을 갔다.—대니얼이 나에게 반한 것 같다고 말했다. 그의 길고 차분한 얼굴, 아저씨처럼 보이는 붉은 격자무늬 셔츠와 청바지, 실용적이고 튼튼한 갈색 가죽 워킹슈즈에 눈길이 갔다. 토마스는 물론이고 헨리도 결코 하지 않을 복장이었다. 그 남자가 그런 충동적인 발언을 할 거라고는 예상하지 못했다. 나는 완전히 당황했다. 다시 한번 멍해지고 내가 어디에 와 있는지 알 수 없는 느낌이 들었다. 나 자신이 영화 속에서 연기하는 모습을 지켜보는 기분이었다. 그가 이 말을 했을 때, 나는 그의 무릎 위에 앉아 있었다(그리고 방금 전 기분 좋게 키스했던 것을 후회했다). 빨리 길을 내려가 집으로 돌아가고 싶었다. 나는 이 남자에 대해 그야말로 아무런 생각이 없었다. 나는 그를 사랑하지 않았다. 그냥 좋아해보려고 노력하고 있었다.

온라인으로 연락을 주고받은 다른 남자 팀도 있었다. 팀은 이혼남이고 아이는 없었다. 팀과도 이야기를 나누었지만, 남자를 한 번에 한 명씩만 만나보는 것이 좋을 거라고 생각했다. 게다가 나의 아마추어다운 이론이 아이가 있는 남자와 데이트하는 것이 더 나을 거라고 주장했다. 하지만 빌어먹을, 내가 남자들에 대해 뭘 알겠는가.

그리고 여전히 엘리엇이 있었다. 그는 훌륭한 친구로 판명되고 있었다. 그에게 전화해 대니얼이 세번째 데이트에서 사랑 고백을 했다고 말했다. 그건 섹스를 하기까지 몇 주 동안 기다릴 수 없다는 걸 의미할까?

"당신 농담해요, 줄리?" 엘리엇이 코웃음을 쳤다. "진짜 남자 중에 섹스를 하기 위해 한 달을 기다리는 넌센스를 참고 견딜 사람은 아무도 없어요."

"그럼 당신은 진짜로 그렇다고 확신하는 거예요? 당신이 정말로 좋아하는 어떤 여자가 당신이 기다려주기를 원해도 당신은 절대 기다리지 않을 거예요?"

"안 기다려요." 엘리엇이 대답했다. "난 그냥 그녀가 섹스에 대해 이상한 콤플렉스가 있거나 그 정도로 나를 좋아하지는 않는다고 이해할 거예요. 그러니 당신이 그 남자를 그 정도로 좋아하지는 않는 것 같다는 이야기로 들리네요."

물론 나도 알지 못했다.

"하지만 줄리, 섹스는 제쳐놓고, 정말로 중요한 건 3개월 법칙이에요." 엘리엇이 부드러운 어조로 나에게 상기시켰다. 그가 여러 번 해준 조언에는 진실성과 상식이 담겨 있었다. 3개월 법칙이란 데이트 상대를 집으로 데려가 아이를 만나게 하기 전에 3개월 동안 기다리라는 것이었다. 사람의 인격의 어두운 면들(도끼 살인마, 지극히 평범하지만 비열한 인간, 혹은 만사를 제 뜻대로 하려는 독불장군)을 3개월 이상 감추기는 어렵다는 뜻이었다. "당신이 일단 그 남자를 집으로 데려가면, 당신 딸은 그 남자에게 정이 들거나 아니면 그 남자를 싫어할 겁니다. 그러고 나면 새로운 남자를 소개하기가 힘들어질 거예요."

"오케이, 알았어요."

"당신은 내 말을 귀담아듣지 않았어요, 안 그래요?"

"그렇다고 나에게 화내지 마요, 엘리엇. 난 이미 지난 주말에 대니얼을 리자와 만나게 했어요. 그가 미치광이처럼 보이지는 않아요. 충분히 멋지게 보여요. 나와 만나기엔 나이가 너무 많은지도 모르죠. 그의 실제 나이를 말하는 건 아니에요. 그는 나보다 겨우 네 살 많으니까요." 내 나이보다. 나는 미스터 옥스퍼드 졸업생에게 말하는 상황치고는 너무 늦게 어법 실수를 떠올렸다(그가 조악한 미국식 영어에 익숙해졌기를 바랐다). "하지만 그 사람은 더 늙어 보이죠. 조용한 성격이어서 그런가 봐요. 하지만 그 사람은 굉장히 친절해요. 자기 개도 데려왔어요. 리지가 그의 개를 참 좋아했죠. 덩치가 크고 다정한 검은 래브라도 종이에요."

나는 잠시 말을 그치고 엘리엇이 뭔가 좋은 말을 해주길 기다렸다. "엘리엇, 당신은 내가 일을 망쳤다고 말할 거죠. 정말로 망친 걸까요?"

"아, 줄리, 나는 그냥 실수라고 생각해요. 너무 성급해요. 당신 그 남자를 좋아해요?"

"모르겠어요." 나는 초조하게 웃었다. "난 아이가 결정하게 하려고 했는데."

"나 진지하게 말하는 거예요, 줄리. 당신 뭔가를 느껴야 해요. 그런 방식은 소용없을 겁니다."

"그래요, 알았어요. 제기랄, 당신 말이 맞아요. 내가 일을 개판으로 만들어버렸네요."

나는 정말로 일을 아주 훌륭하게 개판으로 만들어버렸다.

대니얼은 조용하고 꾸준하며, 습관대로 사는 남자였다. 거의 은자에 가까운 삶을 사는 듯했다. 나는 그것이 슬펐다. 삶의 이 기간에 약간의 바보 같은 즐거움을 누리기를 바랐기 때문이다. 대니얼은 제대로 된 사무직 종사자였고, 바로 그것이 내가 남자에게서 바란다고 생각한 것이었다. 그는 현명한 아버지 스타일의 붉은 격자무늬 셔츠, 그리고 그것과 비슷한 옷을 더 가지고 있었다. 때로는 카키색이었다. 너덜너덜한 티셔츠 같은 건 절대 입지 않았다. 러닝슈즈, 튼튼한 가죽 워킹슈즈를 신었다. 그의 정치 성향이 나보다 더 보수적이 아닐까 하는 생각이 들기 시작했다. 시간이 흐르면서 그가 실제로 공화당 지지자일지 몰라 걱정이 되었지만, 그 대답이 우리의 관계를 곧바로 깨버릴 것이므로 물어보기가 너무 두려웠다.

하지만 그 남자는 내가 믿고 이해하고 싶은 조용한 강렬함으로 나를 사랑한다고 말했다. 그는 아직 나에 관해 잘 모르는데, 그리고 나조차 나를 모르는데, 그가 나의 어떤 부분을 사랑할 수 있을까? 나의 어떤 부분이 사랑스러운지 알고 싶었다. 사랑받는다고 느끼고 싶었다.

우리는 토요일마다 만나기로 했는데, 그러면 다른 친구들을 만날 수 없었으므로 나는 곧바로 덫에 빠진 느낌을 받았다. 그건 그를 만나기 전 토요일 밤에 흥청망청 놀던 것과는 달랐다. 나는 수많은 주말 밤들을 집에서 리자와 함께 TV 또는 우리가 이미 스무 번은 본 영화를 보면서 지냈다. 그런 일상이 빠르게 나를 갉아먹었다. 일상은 이미 내 삶의 너무 많은 부분을 차지하고 있었다. 그는 마흔여덟 살, 나는 마흔네 살이었다. 하지만 나는 편지에서 항상 목적대명사의 정확한 용법을 유념하는 영어 교수님과 연애하는 스무 살짜리 아가씨처럼 느끼고 행동하기 시작했다.

처음에는 대니얼이 매일 보내오는 이메일 편지들이 내 마음을 샀고 훌륭하고 어두운 위트를 보여주기도 했다. 나는 그 편지들을 읽고 큰 소리로 웃었다. 거기에는 유머가 있었고 두려움을 모르고 타고난 작가의 구애를 받는다는 자극적인 즐거움이 있었다.

마음속으로는 더 젊은 누군가와 함께하고 싶었다. 토마스나 헨리만큼 자유분방하지는 않더라도 대니얼보다는 좀 더 자유분방한 사람과. 실제의 대니얼은 "내 타입"이 아니었지만, 나에게 편지를 쓴 대니얼은 내가 많이 좋아하는 사람이었다. 하지만 "내 타입"은 결혼생활 중 나를 큰 곤란에 처하게 했다. "내 타입"은 "첫눈에 반한 남자"였고, 나는 거기서 오직 큰 곤란만 감지했을 뿐이다. 내가 "내 타입"을 잘 피할 거라고 생각했다.

어느 날 밤 대니얼이 사진들을 보내주었다. 나도 내 앨범들을 꺼냈고, 우리는 우리가 살아온 삶을 함께 훑어보았다. 그가 젊은 아빠였을 때의 자기 모습을 보여주었다. 스키 여행에서 추위에 맞서 한데 모여 그 시절의 아내와 어린아이를 안고 있는 사진이었다. 나는 울었다. 그의 상실이 나를 슬프게 했다.

나는 그와 함께하기로 결심했다. 그것이 선하고 합리적인 결정으로 느껴졌다.

대니얼은 금요일에 하루 일을 쉬었다. 대니얼의 안내를 따라 나는 그의 집까지 운전해 갔다. "오른쪽에 차도가 있고, 잡초가 자란 집이에요." 그가 이메일로 알려주었다. 차도로 들어서면서 나는 빙긋이 웃었다. 그가 과장한 게 아니었다. 지저분한 잔디밭이 앞에 있고 지면에 단차가 있는 특징 없는 집이 나타났다. 나는 금 간 콘

크리트 계단을 걸어 올라가 방충문을 열었다. 큰 소리로 그를 불렀지만 대답이 없었다. 현관 안쪽에 오래된 가정용 피아노가 있었다. 그의 아들 또래 소년들이 쓰는 스포츠용품과 더러운 옷가지가 든 상자들이 피아노 의자 위에 놓여 있는 것을 보니 오랫동안 사용하지 않은 것이 분명했다. 복도 바닥에 스포츠슈즈들이 많이 널려 있었다. 나라면 그렇게 어질러놓는 것에 대해 아이에게 고함을 쳤을 것이다. 하지만 지금은 깔끔하지 못한 아이들과 함께 사는 생활의 흔적이 반갑게 느껴졌다. 출입구 너머로, 방금 이사 온 집처럼 가구가 제대로 갖춰지지 않은 거실이 보였다. 벽에 사진들은 걸려 있지 않았고, 미술품 같은 것도 없었다. 흉물스러운 황갈색 소파 두 개가 있고 벽난로 앞에 커다란 TV가 놓여 있을 뿐이었다. 단순하게 배치된 식당의 테이블에는 잡지 몇 권과 어제 자 신문이 놓여 있었다. 복도에서 주방을 건너다볼 수 있었다. 주방은 보수를 고려했던 것 같지만, 일상생활의 잔해들이 있는 것을 볼 때 그 계획을 포기한 듯했다. 연한 색 나무 수납장들은 수십 년 전의 것이었다. 나는 그것들이 새것이고 이 집이 편리하고 현대적인 가족 생활의 표준이던 시절을 잠시 상상해보았다. 그러나 이제는 합판이 벗겨지고 있었다.

대니얼이 이곳을 애정이 거의 없는 임시 거처로 보고 있다는 것을 알 수 있었다. 그가 아쉬운 듯 자주 이야기한, 여러 번 여름을 보냈다는 버몬트의 멋진 주택과는 달랐다. 지금 내가 서 있는 이집은 이혼 뒤 어떻게 할지 결정할 때까지 그가 생활을 하기 위해 필요한 공간에 가까웠다. 나는 그가 이 집에 애착이 없는 것에 대해 묘한 방식으로 감탄했다. 그에 비하면 나는 나 자신을 괴롭힐 정도로 내 집과 물건들에 과도한 애착을 갖고 있다고 느껴졌다. 특히 집을 영원히 떠나기로 결정했을 때 말이다. 처음 우리 집에 왔을 때 대니얼은 마치 진귀한 박물관 같다며 입장료를 받아야 한다고 말했다.

그를 다시 불러보았다. 이번에는 그가 대답을 했다. 그는 아래 층에 있었다. 나는 카펫이 깔린 좁은 계단을 조심스럽게 걸어 내려갔다.

그의 침실은 멋진 오아시스였다. 그 방 하나가 그의 취향으로 꾸며져 있었다. 흙과 모래색 같은 부드러운 자연색으로 꾸며진 그 방에서는 놀랍도록 평온함이 느껴졌고 우아한 도피가 주는 고요한 느낌이 있었다. 아마 일본으로의 도피겠지, 나는 생각했다. 나지막한 목재 수납장을 가로질러 아시아 도자기들이 줄지어 놓여 있는 것은 물론이고, 벽에 힘찬 필치의 서예 작품이 걸려 있었다. 그의 부모님이 해외에서 몇 년을 살았다고 했다.

침실 안에는 낮은 침대가 있었고 이불이 젖혀져 있었으며, 대니얼이 거기에 누워 소년처럼 뭔가를 기대하는 표정으로 나를 쳐다 보고 있었다. 나는 그의 옆에 앉아 옷을 벗기 시작했다. 그렇게 하는 것이 옳은 일 같았다. 하얀 침대 시트는 깨끗하고 완벽했다. 나는 노래가 흘러나오는 것에 주목했다. 가슴 저미도록 슬픈 여자 목소리로 부르는 노래로, 반주는 기타 솔로였다.

"저 노래 누가 부르는 거예요?" 내가 물었다.

"패티 그리핀이에요." 그 여자가 기타를 치며 노래하는 단순한 구성이었다. 그녀의 이름을 듣자 시적이지만 결코 어둡지 않은 조니 미첼의 노랫말들이 떠올랐다. 나는 그녀가 말하는 슬픔에 대해 알고 있었다. 거기에는 외로움, 그녀가 매달리지 못한 남자들, 그녀가 많은 시간을 보낸 바들, 가난하게 자란 아이들이 있었다. 〈용서〉라는 제목의 노래는 너무 마음에 와닿아서 집에 돌아가자마자 CD를 사기로 마음먹었다. 그가 이불을 더 젖혀 나를 침대 안으로 들어오게 했다. 우리는 그 슬픈 노래들을 배경으로 조용히 사랑을 나누었다. 그는 놀라울 정도로 주의 깊고 다정했다. 나는 긴장했지만 이것이 무엇이든 즐기고 싶었다. 절정에 다다랐을 때 나는 울었다. 이 남자에 대한 내 감정이 무엇인지 여전히 혼란스러웠다. 하지만 적어도 내가 이 상황에 존재하고 참여하는 느낌이었고, 달아나고 싶은 마음은 없었다. 이후 우리는 우리의 인생과 결혼생활에 관해 이야기를 나누었고, 그가 내가 조금 횡설수설할 때조차 경청해주는 사람이라는 걸 알았다. 그의 팔에 안겨 잠깐 잠을 잤고, 잠에서 깨어나서는 시간에 늦지 않게 빨리 옷을 입고 리자를 데리러 버스 정류장으로 달려갔다. 버스 정류장에 서서 다른 엄마들과 수다를 떨다 보니 대니얼과 함께 보낸 시간은 벌써 낯설고 동떨어진 시간이 되어 있었지만 동시에 아까 내가 어디에 있었는지 모든 사람이 아는 것 같은 기분도 들었다. 물론 사람들은 각자 자기 일로 바빴고 뭔가 달라진 것을 전혀 눈치채지 못했다.

대니얼의 꾸준함이 나를 지금은 아니지만 예전에 그랬던, 적당히 반항적인 10대처럼 나쁘게 행동하도록 조장할까 봐 걱정이 되었다. 나는 마흔네 살의 책임감 있는 워킹맘으로서 장을 보고, 요리와 세탁을 하고, 청구서를 지불해야 했다. 대부분의 경우 나는 엄마로서의 내 삶을 그와 함께하는 내 시간과 통합하고 싶었다. 그가 자기 개를 데리고 리자를 만나러 온 뒤로 더는 만남이 없었다. 내가 의혹을 갖기 시작한 걸 그가 벌써 눈치챘는지 궁금했다. 우리의 생활은 서로에게 잘 맞지 않았다. 아닌 척해봐야 소용없었다. 하지만 매일 밤 전화통화를 할 때 그는 나에게 사랑한다고 말했다. 아직 완전히 확신하지는 못했지만 나도 같은 말을 하기 시작했다. 그것은 내가 헨리에게, 심지어 토마스에게 한때 느꼈던 사랑은 아니었다. 진실한 존경과 애정이었다.

타운의 친구들은 나의 새로운 관계에 대해 듣고 격려해주었고 저녁 식사 초대로 답했다. 하지만 대니얼은 내 주변 사람들과 만나는 것에는 관심이 없는 것 같았다. 오로지 나와 함께 있는 것, 나에게 편지를 쓰는 것, 혹은 저녁에 나에게 전화를 걸어 긴 대화를 나누는 것에만 관심 있어 보였다. 나는 어두운 거실에서 빨간 벨벳 소파에 누워 통화를 했다. 그리고 그도 그의 예쁜 침실의 침대에 누워 있다는 것을 알고 있었다.

12월에 우리는 함께 어딘가에 가서 주말을 보내는 것에 관해 이야기했다. 내가 캣스킬스에 있는 숙소 하나를 찾아냈고 2월 초로 예약을 했다. 고맙게도 오빠가 리자를 맡아주겠다고 했다. 다른 곳에 가서 주말을 보내는 것은 우리의 3개월 관계에서 앞으로 더 나아가는 긍정적인 한 걸음으로 보였다.

　대학 시절 친구 사라가 리자와 나를 영국으로, 그녀의 크리스마스 가족 모임에 초대했다. 리자가 학기를 마치자마자 우리는 영국으로 떠났다. 내가 영국에 있는 동안, 대니얼은 매일 사랑이 담긴 이메일을 보내왔다. 그것들을 읽는 것이 기쁘긴 했지만, 내가 스스로 바라던 방식으로 그를 그리워하지 않는다는 것을 알 수 있었다. 좋은 생각으로 보였다 해도, 그건 옳지 않았다.

　내 결혼생활에 대한 생각에서 조금이라도 벗어나기 위해, 그리고 부분적으로는 다가오는 헨리의 기일에서 주의를 돌리기 위해, 나는 영국에서 돌아오자마자 작은 새해 전야 파티를 열기로 했다. 이 계획을 이야기했을 때 대니얼은 그다지 열광적인 반응을 보이지는 않았지만 눈보라를 무릅쓰고 참석했다. 그러나 파티가 진행되면서 나는 그를 내 친구와 가족들의 세계로 끌어들여 친해지게 만들려는 내 바람이 그다지 성공적이지 못하리라는 것을 알게 되었다.

　나는 주방에서 음식을 준비하느라 바빴다. 이윽고 대니얼이 자리를 비운 것을 알게 되었고, 그가 어택게임에 참여했다는 걸 암시하는, 어린애 같은 웃음소리와 꽥꽥 비명을 질러대는 소리가 들렸다. 나는 복도에서 사면초가에 몰려 처량해 보이는 그를 발견했다. 리자를 포함해 한 무리의 아이들이 그에게 매달려 있었다. 그는 작은 아이들을 안아주느라 기진맥진한 것 같았다. 그는 사랑과 정성으로 아이들을 돌보고 희생했다. 그러나 내 사랑스러운 일곱 살짜리 딸아이는 문제 해결을 위한 충분한 유인책이 아닐 것이다. 나는 그를 탓하지 않았다. 그는 자격이 있었다. 엘리엇의 조언이 옳았다. 내가 좀 더 참을성이 있었다면 제때 그걸 깨달았을 것이다. 불행하게도 리자는 대니얼을 마음에 들어했다. 리자가 그의 다리를 부여잡는 모습에서 그걸 알 수 있었다.

그날 저녁이 지나고 얼마 되지 않아, 그가 내가 그를 사랑하고 있었다면 충격적이었을 이메일을 보내왔다. 그는 앞으로 일이 바빠질 것 같고, 2월의 주말여행을 기대하고 있긴 하지만 나를 만날 시간이 줄어들 것 같다고 말했다. 그러나 이메일을 받은 당시에 나는 너무 산만해서 그가 우아한 탈출구를 찾고 있다는 걸 알아차리지 못했다. 만약 알았다면 곧바로 여행을 취소하고 호텔 예약 보증금도 환불받았을 것이다.

≡

준비가 힘들고 잠을 자지 못했음에도, 헨리의 기일인 1월 8일은 평화로웠다. 나는 토마스와 친구 몇 명을 저녁 식사에 초대했다. 우리는 헨리를 기억하며 침울하게 잔을 들어 올렸다. 토마스는 식사 후 오래 머물지 않고 떠났지만, 그가 와줘서 기뻤다.

손님들이 떠난 뒤, 오빠에게 이메일을 보내 브루클린으로 다시 이사 가는 걸 고려하게 될 것 같다고 말했다. 쓸데없이 다락방을 개조하느라 많은 돈을 쓴 것에 대해 죄책감을 느꼈다. 하지만 오빠는 크게 개의치 않는 것 같았다. 오빠는 그 덕분에 집을 더 좋은 값에 팔 수 있을 거라고 상기시켰다. 시간을 가지고 느긋하게 생각해봐, 데이비드 오빠는 이런 답장을 보내왔다. 서두를 필요는 전혀 없어, 상황이 자연스럽게 흘러가게 해. 그러나 나의 일부는 이미 이사할 준비를 하고 있었다.

아마 우리 둘 다 준비가 되었을 것이다. 어느 날 저녁 리자가 식사를 하다가 눈을 들어 나를 올려다보며 말했다. "아빠가 돌아가셔서 슬퍼요. 하지만 그래도 내가 행복하게 살 수 있을 거라고 생각해요."

≡

나는 간헐적으로 연애를 이어가기 위해 온라인 펜팔 친구인 팀과 가벼운 연애를 시작했다. 그는 젊은 여자였다면 기분 좋아하고 심지어 흥분했을 이벤트들로 나를 당황하게 했다. 이제는 그런 것이 이상하게 침범하는 것처럼 느껴졌다. 가장 놀랐던 때는 어느 겨울날 오후 버스 정류장에 가서 리자를 데려오려고 자동차로 갔다가 차 앞 유리창 와이퍼 밑에 쪽지와 꽃다발이 끼워져 있는 것을 발견했을 때였다. 그가 이 선물을 두고 가기 위해 운전해 왔을 때 집안에는 나 혼자만 있었던 게 아니었다. 대니얼의 차가 내 차 옆에 세워져 있었다.

하지만 대니얼의 아리송한 이메일을 받은 뒤, 나는 옴짝달싹 못하게 갇힌 듯한 고약한 기분이 들었다. 아마도 그 갇힌 듯한 기분이 1월의 어느 날 오후 내가 팀을 만나러 간 이유와 그를 하룻밤 자고 가게 한 이유를 설명해줄 것이다. 그렇게 하는 것이 약간

잔인하고 잘못된 일임을 잘 알고 있었지만 말이다. 대니얼은 나와 맞는 남자가 아니었다. 하지만 그는 좋은 사람이었고, 내 철없음을 감당할 이유가 없었다. 돌이켜보면, 그가 그냥 나를 냉정하게 버린 것이었으면 좋았겠다 싶었다. 그랬다면 나는 그냥 조금만 상처를 받았을 것이다.

나는 대니얼에게 팀 이야기를 했다. 예정했던 주말여행은 예약 보증금을 환불받지 못한 채 취소했다. 대니얼과 나는 공식적으로 끝이 났다. 그는 이메일에서 자신은 몇 주 전에 우리 관계가 지속되지 않을 거라는 결론을 내렸다고 했다. 그의 생각은 정확했다. 우리 관계의 매듭이 풀리면서 뜻밖에도 그의 편지는 옹졸한 것이 되었지만, 나는 그의 입장이 충분히 정당하다고 생각했다. 내가 그 관계를 망친 것이다.

최근의 실수로부터 교훈을 끌어내려고 노력하면서, 나는 엘리엇이 말한 3개월 법칙을 한 번 더 깨뜨리고 팀을 식사에 초대했다. 그다음 주말에는 리자를 데리고 지역 스케이트장으로 팀을 만나러 갔다. 팀이 리자의 손을 잡고 링크를 돌게 해주었지만, 리자는 기분이 좋아 보이지 않았다. 나중에 팀이 나에게 리자가 그의 정강이를 찼다고 말했다. 그 말을 듣고 나는 놀랐다. 평소에 리자는 공격적인 아이가 아니었기 때문이다. 나는 팀에게 사과했고, 집으로 운전해 돌아가는 길에 리자를 따끔하게 야단쳤다. 시간이 흐르면 리자도 팀을 더 좋아하게 될 거라고 생각했다.

또 다른 저녁 식사에 팀을 초대했다. 그는 반색하는 얼굴로 도착했다. 지나치게 반색하는 것 같았다. 몇 달 동안 어물쩍거리며 시간을 끌다가 돌연 내 마음을 얻을 기회를 그에게 제공한 것이다. 팀은 리자에게 줄 선물을 가져왔고, 리자는 고맙다는 말을 중얼거린 뒤 말없이 계속 그를 살펴보았다. 그런 다음 궁금해하는 표정으로 물러나 있었다. 그런 리자를 보면서 내가 다시 한 번 일을 망쳤다는 것을 깨달았다. 새로운 남자를 너무 일찍 리자에게 소개한 것이다. 엘리엇이 예견한 대로 나는 기회들을 바닥내고 있었다.

팀이 떠난 뒤 리자가 말했다. "엄마, 나 그 아저씨 마음에 안 들어요."

"그 아저씨의 어떤 점이 마음에 안 드는데?"

"음, 그 아저씨는……." 리자가 특유의 방식으로 천장 조명을 올려다보며 최대한 친절한 말을 뽑아내려고 애썼다. 그런 다음 내 눈을 바라보며 말했다. "너무 노력하는 것 같아요."

"그렇구나." 내가 말했다. 눈물이 나왔지만 내가 무너지는 모습을 리자가 보기 전에 재빨리 닦아냈다. 나는 나를 좋아한 두 명의 괜찮은 남자를 신중하게 대하지 못했다. 나 자신이 타임아웃 훈육[49]이나 구식의 엉덩이 때리기 체벌이 필요한 버릇없는 아이처럼 느껴졌다. 몇 주 뒤 에너지가 다시 생겼을 때, 나는 팀과의 관계를 끝냈다.

---

49 아이가 문제 행동을 보였을 때에 정해진 공간으로 가서 스스로 자신의 행동을 돌이켜보도록 하는 교육 방법.

가을과 겨울이 지난 뒤, 나는 메인주에서 그린 그림들을 시간을 들여 죽 훑어보았다. 토마스는 그 그림들에 열광적인 반응을 보였다. 사라는 메인주에서 보낸 길었던 여름 몇 주 동안 그림을 계속 그리라고 나를 격려해주었다. "그 그림들은 높은 평가를 받을 거야." 그녀는 이메일에서 내 그림들에 대해 이렇게 말했다. 나는 좀 더 공식적이고 사람들 앞에 내놓을 만하게 느껴지도록 그림 몇 점을 동네 액자 가게에 가져갔다.

헨리의 책 집필을 위한 메모와 자료조사가 계속 나를 기다리고 있었지만, 이제는 상대적으로 너무 시간을 끌고 있는 그 일이 마뜩잖게 느껴졌다. 때때로 헨리의 사무실에 가서 파일 서랍을 열고 이해하기 어려운 문서들을 뒤져보았다. 헨리가 브루스 채트윈이 사용했다는 작은 몰스킨 노트 몇 권에 손으로 써둔 메모들을 해독하려고 노력해보기도 했다. 하지만 여름의 사건들 후 나는 헨리를 위해 책을 마치는 데 아무런 관심이 없었다. 사실 그의 파일 서랍에 들어 있는 것들을 커다란 검은 쓰레기봉투에 쓸어 담아버리고 싶은 마음이 굴뚝같았다.

이레나의 말이 옳았다. 나는 자기 자신에게 몰두하는 창의적인 남자들에게 끌렸다. 그리고 그들은 주변을 숨 막히게 했다. 나는 죽음까지는 아니더라도 모험과 위험이 수반되는 삶을 시도할 준비가 됐다고 느꼈다. 에베레스트산 등반이나 사하라사막을 건너는 것과 같은 육체적으로 과감한 삶을 말하는 것은 아니다. 지나칠 정도로 규칙에 따라서만 살아왔던 나로서는 그래도 조금은 과감한 결심이었다는 뜻이다. 헨리는 내가 그에게 준 시간이라는 선물을 낭비했다. 엘리아나는 나에게 보낸 모든 이메일에서 나에게 시간이라는 선물이 주어졌고 그 기회를 낭비하지 않는 것이 중요하다고 상기시켰다.

≡

나는 그 남자의 프로필을 읽었다. 데릭. 그는 나쁜 남자다. 그의 옷장 안에 들어 있을 만한 옷들을 상상해본다. 블랙진, 블랙 티셔츠, 블랙 부츠 몇 켤레. 빨간색 아니면 아마도 검은색의 모터사이클. 모터사이클과 어울리는 블랙 가죽 재킷. 그는 도시에 살았다. 도시에서 남자들과 데이트를 시작하는 것이, 도시생활에 익숙해지는 것이 좋을 것 같았다. 나는 그 남자가 내가 견딜 수 있는 경계를 결정해줄 거라고 생각했다. 그는 조사 프로젝트 대상이 될 것이다.

사진 한 장에는 그의 벌거벗은 강단 있는 몸통이 드러나 있었다. 팔뚝 위쪽의 타투는 뭐지? 나에게 보내온 첫번째 이메일에서 그가 대답해주었다. 몸 다른 곳에 타투가 더 많이 있다고. 나는 그것들이 몸 어느 곳에 있는지 궁금했다. 나도 타투가 하나 있다(오른쪽 종아리에 벌새 한 마리가 새겨져 있다. 마흔 살 되던 해에 나 자신에게 준 생일선물이다). 하지만 나는 모터사이클을 타는 터프한 여자가 아니고, 타투를 하고 싶어 한 여자일 뿐이었다. 이 남자는 확실히 나쁜 남자였다. 검은색 또는 빨간색 모터사이클을 타고 제한속도 이상으로 달리고 보리스 옐친은 상대가 안 될 정도로 퍼마시는. 나는 그렇게 믿고 있었다.

그가 고른 레스토랑에 시간 맞춰 도착했다. 이스트 20번대 거리에 있는 멕시코 레스토랑이었다. 레스토랑 안은 축제 분위기였지만, 그날 저녁 나는 고지식하고 조심스러운 기분이었다. *너무 많이 마시지 마, 그냥 관찰만 해.* 기다리기 위해 바에 앉아 긴장된 마음으로 위를 올려다보는데, 매인 데 없어 보이는 남자들이 들어왔다. 몇 분이 지나자 데릭이 틀림없는, 블랙진에 블랙 티셔츠, 닳아빠진 블랙 가죽 모터사이클재킷 차림에 블랙 부츠를 신은 남자가 한가롭게 들어왔다.

데릭은 우리 둘을 위해 멋있게 테킬라를 주문했다. 그런 다음 자신이 마실 두번째 잔을 또 주문했다. 데릭은 감정 표현이 과한 남자였고, 나는 그쪽에서 대부분의 말을 해서 기뻤다. 웨이터가 음식을 가져왔다. 갑자기 무척 배가 고팠고, 내 손으로 할 뭔가가 있다는 사실에 감사하며 기억에 남을 맛있는 식사를 했다. 그는 자기 일에 관해 조금 말했다. 그런 다음 몇 년 전에 끝난 결혼생활에 관한 화제로 넘어갔다. 파란만장한 과거에 관해 이야기하는 것은 첫번째 데이트에서 절대 하지 말아야 할 행동 1번이었다(최근 미용실에 비치된 어떤 여성 잡지에서 읽었다). 하지만 내 쪽에서 먼저 물었고 조사 프로젝트의 일환이었으므로 나는 개의치 않았다. 그의 이야기는 다소 미리 연습한 것처럼 느껴졌다.

"내가 출장으로 타운 밖에 나가 있는 동안 아내가 휴대폰으로 전화해서 이혼을 요구했습니다."

그는 슬픈 어조로 자기 결혼생활이 파탄에 이른 이야기를 계속했다. 그는 집과 사랑하던 개를 키울 권리를 잃었다. 나라도 주택 소유권을 그에게 주지는 않았을 것이다. 블랙진에 블랙 가죽 부츠를 신고 잔디를 깎는 그의 모습을 상상해보았다. 그런 다음 만약 내가 헨리와 이혼을 했다면 우리 집의 소유권과 리자의 양육권을 놓고 얼마나 격렬하게 다퉜을지 상상해보았다.

테킬라 두 잔을 더 마신 데릭은 조금 멍한 표정이었으며, 지적이고 사랑할 능력이 있어 보였다. 하지만 여전히 무척 상심해 있었다. 나는 그 누구도 리자에게 소개하지 않고 그 누구와도 섹스하지 않을 작정이었다. 짧은 키스도 위험할 수 있었다.

웨이터가 계산서를 가져왔다. 신속히 지갑을 꺼내며 데릭에게 더치페이를 하면 어떻겠냐고 물었다. 하지만 그는 이렇게 중얼거리며 내 제안을 거절했다. "아가씨가 돈을 내면 안 되죠."

와, 이거 봐라. 내가 마지막으로 "아가씨"라고 불렸을 때(1970년대였던가?)는 누구든 나로부터 길고 복잡한 말을 끌어냈다. 하지만 오늘 밤엔 애써 불평할 필요가 없어 보였다. 나는 약간의 죄책감을 느끼며 테이블 너머로 계산서를 응시했다. 적은 금액은 아니었다, 특히 첫 데이트에서 단번에 내기에는. 하지만 나는 저 금액의 상당 부분이 데릭이 마신 술값이라고 스스로를 위로했다.

우리는 자리에서 일어났다. 그가 출입문을 잡아주었다. 밖에서 그가 내 어깨에 팔을 둘렀다. 이건 애정일까, 욕망일까. 아니면 이 남자 무슨 붙잡을 거라도 필요한 건가?

"시간이 이르네요." 그가 불분명하게 말했다. "내가 샴페인 한 병 사면 어떨까요? 우리 집으로 가서 한잔할까요?"

애너, 클로이, 그리고 나를 사랑하는 모든 친구들이 나에게 곧바로 택시를 불러 집으로 돌아가라고 말했을 것이다. 하지만 나는 그가 어떻게 사는지 보고 싶었다. 그의 멀건 눈을 바라보면서 그 어떤 위험도 느끼지 않았다. 그는 질펀하게 취해 있었고, 나는 정신이 말짱했다. 그의 상태로 미루어 보아, 내가 나 자신을 지킬 수 있을 거라고 꽤나 확신했다. 나는 내 호기심이 제멋대로 날뛰도록 허락하는 데서 냉철한 기쁨을 느꼈다. 눈을 크게 뜨고 내가 볼 수 있는 모든 것을 보고 싶었다. 그런 다음 택시를 불러 집에 가고 싶었다.

우리는 3번가를 걸어 내려가 가장 가까운 주류상점으로 갔다. 데릭이 내 어깨에 둘렀던 팔을 내리고 약간 비틀거리며 냉장 진열대로 걸어갔다. 그리고 뵈브클리코 한 병을 꺼냈다. 나는 돈을 내겠다는 제안조차 하지 않았다. 그가 더듬거리며 신용카드를 찾고 영수증에 서툴게 서명하는 동안 그 옆에서 조용히 기다렸다.

나는 그를 따라 그의 집의 칙칙한 목재 계단을 올라갔다. 계단은 군데군데 내려앉고 있었고 곧 무너질 것 같았지만 정말로 무너지지는 않았다. 아직은 다음을 기약하며 발걸음을 돌릴 수 있어.

그가 2층 층계참을 가로질러 비틀거리며 걷다가, 강한 돌풍에 붙잡히기라도 한 듯 돌아섰다. 그러고는 옆의 아파트 문을 가리켰다.

"뻐꾹." 그가 집게손가락을 귀 주위에 대고 빙그르르 돌리면서 입 모양으로 말했다. 한 번 더 빙글 돌리더니 층계참을 따라 설치된 난간에 머리를 부딪쳤다. 그는 비틀거렸고, 멍해 보였다. 걸음을 멈추고 다시 비틀거렸다. 그의 손이 자기 이마로 올라갔다. 피가 많이 흘렀다. 바닥까지 뚝뚝 떨어졌다.

"이마가 찢어졌어요. 조심성 없게." 그가 말했다.

상처는 기껏해야 2~3센티미터 길이였지만, 말 그대로 피가 철철 났다. 피를 보자 속이 메스껍고 겁이 났다. *제기랄, 뉴욕에 계속 있어야겠네.*

"응급실에 가야 해요." 내가 말했다. "상처를 꿰매야 할 수도 있어요. 뇌진탕일지도 모르고요."

"아니, 아닙니다. 그러고 싶지 않아요. 내가 바보처럼 느껴지네요. 당신 때문에 허세를 부렸나 봐요. 그래도 모든 게…… 잘되고 있었는데."

그가 안됐다는 느낌이 들었다, 정말로 그리고 진실로. 그는 내가 자기를 마음에 들어하길 원했다. 하지만 그는 나를 전혀 모르고 있었다. 그는 이날 저녁의 만남이 조사 프로젝트일 뿐이었다는 것도 알지 못했다.

"알았어요." 내가 말했다. "그럼 일단 여길 좀 치우도록 하죠."

그는 자기 아파트를 향한 마지막 비행을 겨우 해냈다. 더듬거리며 열쇠를 찾아 문을 열고, 그런 다음 현관문 바로 안쪽에 있는 검은색 소파에 털썩 주저앉았다.

그가 소파에 주저앉아 있는 동안 나는 아파트 안을 재빨리 걸어 다녔다. 부끄러움을 모르는 독신남의 작은 주방은 상태가 엉망이었다. 주의 깊게 여기저기 뒤져보았고, 종이 키친타월은 찾아내지 못했지만 그런대로 깨끗해 보이는 행주를 발견했다. 나는 그 행주를 데릭에게 가져갔다. 그의 눈길이 방 안에서 움직이는 나를 어질어질하게 따라왔다. 그는 한결 정신이 돌아온 것 같았고, 이마에서 흐르는 피를 닦아내기 시작했다.

나는 약간 열려 있는 그의 아파트 현관문에 가족사진 여러 장이 붙어 있는 것에 주목했다. 그중 한 사진 속에는 매우 멋져 보이는 여자가 바람이 세게 부는 풍경 속에 서 있었다. 그녀는 그가 다음에 함께 외출해야 할 부류의 여성처럼 보였다. 그녀라면 모터사이클 뒷자리에서도 매우 편안해할 것 같았다.

피가 멎자 그가 상처를 보여주었다.

"데릭, 당신 정말 응급실에 가야 해요. 상처가 깊어요. 아무래도 꿰매야 할 거예요."

"하지만 난 정말로 그러고 싶지 않아요. 통증이 다 뭐랍니까. 난 모레 타운을 떠날 예정이에요. 그러면 다른 어딘가에서 실밥을 뽑아야 할 겁니다."

"일단 병원에 가서 꿰매요. 괜찮을 거예요. 내가 함께 가줄게요."

길에서 나는 헨리가 죽은 후 병원에 가본 적이 없다는 걸 깨달았다. 나는 그것에 대해 생각했고 두려움을 느꼈다. 그리고 울기 시작했다. 데릭이 길에 멈춰 서서 물었다.

"왜 그래요? 난 괜찮아요. 그냥 상처가 난 것뿐이에요."

나는 정말이지 설명할 수가 없었다. 그때는 그랬다. 그가 내 손을 잡았다. 어떤 단계에서, 어느 단계에서든 누군가와 연결된다는 느낌이 좋았다. 우리는 너무 많은 사적인 감정들을 절대 공유하지 않을 터였다. 그가 이해하지 못하는 나 자신의 고통, 그가 오늘 저녁에 기대했던 어떤 것에 관한 부끄러움과 실망을.

우리는 응급실 대기실의 밝은색 플라스틱 의자에 앉았다. 내가 그의 일에 관해 물었고, 그는 조금 긴장이 풀린 듯 보였다.

그가 앞에 앉아 나를 바라보았다. 나는 마음이 불편해졌다. 그는 너무 직접적으로 나를 보고 있었고, 테킬라 기운으로 여전히 몸을 떨고 있었기 때문이다.

내가 말했다. "긴장 풀고 편히 앉아 있어요. 한동안 기다려야 할 거예요."

"내가 당신을 보는 게 싫어요?"

"나를 봐도 돼요." 그날 저녁 내 마음을 살 기회를 잃었다는 그의 회한이 느껴졌다. 그가 나만큼이나 외롭다는 걸 알 수 있었다. 그에게는 나처럼 집에 돌아가 만날 사랑스러운 아이도 없었다. 리자가 예쁘게 잠들어 있을 브루클린의 오빠 집으로 당장 돌아가고 싶었다. 리자의 뺨에 당장 키스하고 싶었다. 데릭이 내 종아리 아래쪽에 있는 벌새 타투에 감탄했다. 그는 그 타투를 만지고 싶어 하는 것 같았다. 하지만 그는 그러지 않았다.

마침내 간호사가 데릭의 이름을 불렀고, 그는 자리에서 일어나 치료를 받으러 갔다. 나는 외투를 의자에 걸치고 몸을 기댔다. 시간이 좀 흐른 뒤 데릭의 손이 내 어깨를 건드렸다. 내가 졸고 있었던 것이다. 그는 내가 바깥의 어둠 속으로 사라져 버리지 않은 것에 놀란 듯했다. 상처는 실이 아니라 새로운 종류의 의료용 접착제로 꿰매져 있었다.

"피곤하네요." 내가 위기가 잘 해결된 뒤 찾아온 안도감을 담아 평온하게 말했다. "이제 집에 가야겠어요."

밖으로 나가자 반가운 기다란 노란색 불빛이 번쩍이며 지나갔고, 데릭은 예의 바르게 길을 막고 서서 택시를 잡으려 했다. 나는 집으로 돌아가는 따뜻하고 고요한 여정을 고대하며 택시가 잡힐 때까지 가쁜 숨을 몰아쉬었다. 내가 택시의 문손잡이를 잡아당길 때, 데릭이 나를 와락 끌어안고 열정을 담아 입술에 힘껏 키스했다. 나는 그를 물리치고, 안심되면서도 기진맥진한 기분으로 택시에 탔다.

택시가 도로 경계석으로부터 멀어지자, 그가 나쁜 사람은 전혀 아니라는 생각이 들었다. 그저 혼란스러워하면서 자신의 결혼생활이 어떻게 끝났으며 남은 인생 동안 어떻게 살아야 하는지 이해해보려 애쓰는 사람일 뿐이었다. 나와 많이 비슷하다는 느낌이 들었다.

=

엘리엇이 우리가 한 번은 만나 저녁 식사를 해야 하지 않겠느냐고 말했다. 온라인으로 재미있는 대화를 그토록 많이 나눈 뒤 실제로 그를 만나면 어떨지 궁금했다. 남자들의 세계에서 나의 연애는 형편없는 수준이었고, 그 방면에서 내가 저질러온 꽤나 많은 실수들로부터 머리를 좀 식히려면 어떤 방식으로든 행동을 해야 했다. 대니얼 그리고 팀과의 만남 이후 내가 과오를 제대로 깨달 았기를 바랄 뿐이었다. 내 마음을 신뢰할 수 없다는 건 명백했지 만, 나를 정말로 좋아하는 것으로 보이는 엘리엇과의 데이트는 안 전한 모험으로 보였다.

"좋아요, 엘리엇. 그렇게 해요. 난 이번 주말에 부모님을 만나 러 갈 거예요. 부모님이 하룻밤 리자를 봐주실 수 있을 거예요."

"내일 아침에 돌아올게요. 그냥 친구랑 저녁 먹으러 가는 거예 요." 내가 자연스럽게 행동하려고 애쓰며 도로 쪽을 힐끗 본 뒤 빠르게 말했다. 리자의 저녁 식사를 준비하면서 내 일정을 설명하 자 부모님은 궁금하다는 듯 나를 바라보았다. 우리 모녀는 코네티 컷주 부모님의 주말별장 주방에 있었다. 엘리엇의 집에서 45분가 량 떨어진 곳이었다.

"이미 늦었잖니." 아버지가 시간을 확인하며 말했다. "밤늦게 운전해서 돌아올 때 괜찮겠니?" 헨리가 세상을 떠난 뒤 부모님은 나를 걱정하고 보호하려 하셨고, 나는 그 점이 고마웠다.

"아, 그 친구 집에 손님방이 있어요. 집이 크거든요." 나쁜 일을 꾸미는 10대 소녀가 된 기분이었다. 나는 맥 빠질 정도로 퇴보하 고 있었다. 대니얼이 나에게 질렸다 해도 놀랄 것이 없었다.

내가 리자의 식사를 계속 준비하는 동안 아버지는 어깨를 으쓱 했다. 나는 아버지의 배려가 고마웠다. 아버지는 내 성미를 잘 알아서 너무 많은 것을 묻지 않고 상황이 흘러가는 대로 내버려두곤 했다. 리자 앞에 접시를 놓아주면서, 나는 이런 방식이 리자의 사춘기에 맞춰 구사할 좋은 기술일지도 모른다는 걸 깨달았다.

엘리엇의 집은 예상보다 더 컸다. 그는 자신이 직접 정원을 가꾼다고 자랑스러운 어조로 말했다. 늦겨울인데도 정원 가장자리가 정성스레 가꿔져 있었고, 다년생식물들이 뿌리가 덮인 채 잘 고정되어 있었다. 나는 우리 집 정원을 완전히 방치하고 있는데. 하지만 그가 정원에 쏟는 노력을 보니, 다가오는 봄에 정원을 새로 정돈하고 싶은 충동이 일었다. 내 방치와 겨울 서리 때문에 이미 전멸하지 않았다면 내 꽃들을 되찾고 싶었다.

엘리엇이 우아한 첫 코스인 새우구이를 준비하는 동안, 나는 그의 키 때문에 왜소하게 느껴지지 않도록 까치발을 하고 조리대 위로 넘겨다보았다. 와인 몇 잔을 곁들여 저녁을 먹은 뒤 그의 소파에 느긋이 앉아 길게 키스를 하는 동안(소파에서는 체구의 차이가 느껴지지 않았다.) 그가 손님방에서 자지 말라고 나를 설득했다. 그리 어려운 일은 아니었다.

엘리엇은 진정으로 느껴지는 관심과 칭찬을 퍼붓는 다정한 연인이었다. 하지만 그가 나에게 팔을 두르고 잠든 뒤, 나는 익숙하지 않은 환경 속에 누운 채 욕실 수도꼭지에서 물이 똑똑 떨어지는 소리에 귀 기울이며 리자와 나의 운명에 대해 조바심을 냈다.

다음 날 아침 나는 숙청되었다가 사면받은 사람처럼 생기가 가득한 상태로 잠에서 깨어났다. 엘리엇이 빙그레 웃으며 커피를 만드는 동안, 나는 그의 널찍한 거실에서 몇 번 빙글빙글 돌았다. 그가 나를 미친 여자로 생각하든 말든 신경 쓰지 않았다. 그는 나에게 푸짐한 아침 식사를 대접해주었고, 그 달콤한 환대에 마음이 따뜻해졌다. 진흙이 튄 나의 스테이션왜건을 향해 걸어가면서, 나는 마지막으로 애정을 담아 진입로에 주차되어 있는 그의 사랑스러운 은색 BMW M 로스터를 바라보았다. 그의 멋진 인생이 나의 인생이 되지는 않을 것이다. 나는 하루하루 브루클린으로 다시 이사 간다는 생각을 향해 조금씩 나아가고 있었다.

우리는 친구로 남을 거야, 나는 생각했다. 그러길 바랐다. 최근의 실패들을 생각할 때, 내가 관계를 망치지 않을 거라고 확신할 수가 없었다. 그리고 그는 키가 너무 컸다.

얼마 지나지 않아 그는 그처럼 키가 큰 다른 여자를 만났다. 그들은 곧바로 죽이 잘 맞은 것 같았다. 그 여자는 결혼하길 원했다. 그도 결혼하길 원했다. 그리고 나는 엘리엇과 친구로 지낼 수 있어서 운이 좋다고 느꼈다. 내 행복을 빌어주고 내가 내 약점들에 웃게 해주며, 스스로 괴팍하고 못생긴 노파 같다고 느낄 때조차 나에게 예쁘다고 말해주는 사람과 말이다. 그것은 성공적이었다고 자부할 수 있는 나의 첫 데이트였다. 우리는 재미있는 시간을 보냈고, 아무도 상처받지 않았다.

≡

나의 데이트 시도는 유익했다. 하지만 자주 우울하고 외로웠다.

밤에 울면서 베개를 주먹으로 쳤다. 리자가 걱정스럽게 지켜보았고, 내 쪽에서도 리자를 걱정하게 되었다. 주말마다 리자와 함께 도시로 도망을 쳤다. 오빠 부부와 함께 지내면 적어도 며칠 동안은 편안했다.

리자와 나는 내가 옛날에 살던 동네를 돌아다녔다. 어느 날 리자를 데리고 리자가 태어날 때 헨리와 내가 살던 브라운스톤 주택을 보러 갔다. 집주인들이 새먼핑크빛이 도는 페인트로 집을 칠해놓아서 리자가 마음에 들어했다. 이사하면 어떨 것 같으냐고 리자에게 직접적으로 묻는 것이 너무 두려웠다. 그래서 우리의 주말들을 우리가 사는 작은 타운에서는 할 수 없는 재미있는 것들로 채워보기로 했다. 우리는 영화를 보러 가고, 식물원에서 산책을 하고, 7번가의 카페에서 점심을 먹었다. 때때로 "첫눈에 반한 남자"가 운영하는 앤티크 상점을 배회했다. 힘겹게 대화를 이끌어내고 명함을 남겼다. 하지만 그에게 여자친구가 있거나 누군가와 데이트를 하고 있다는 이야기를 들었다. 데이트. 그것이 무엇이든 간에.

≡

남자 후배와의 짧은 연애사건도 있었다.

내가 그에게 전화를 했고, 시내에 가서 지내던 어느 주말에 브루클린에서 만나 한잔했다. 아마 마르가리타가 문제였던 것 같다. 평소에 그걸 자주 마시지 않다 보니 즉각적인 희열을 느꼈다.

나는 그의 익숙한 잘생긴 얼굴을 기분 좋게 올려다보다 말했다. "때때로 우리가 함께할 수 있으면 좋을 것 같다는 생각을 해." 나는 그를 좋아했고, 그가 나를 좋아한다는 것도 알았다.

그가 놀란 표정으로 나를 보았다. 곧바로 바보처럼 얼굴이 붉어지는 느낌이 들었다. 내가 무슨 말을 한 거지? 그는 나보다 열 살이나 어렸다. 나와 알고 지내는 동안 그 남자 후배는 결혼해서 아이를 갖고 싶다고 진지한 어조로 나에게 말했었다. 그는 그 두 가지를 원할 자격이 있었지만, 나는 내가 그런 일을 또다시 할 거라고는 생각하지 않았다.

술을 마시고 나자 시간이 늦어졌고, 나는 그에게 오빠 집까지 걸어서 데려다 달라고 부탁했다. 그가 몇 걸음 뒤에 서서 기다리는 동안, 나는 어두운 브라운스톤 문 앞에서 열쇠를 들고 더듬거렸다. 그가 키스하고 싶다고 말했다. 나는 이후 일어날 일들에 대해 충분히 생각하지 않은 채, 그가 다가오는 모습을 지켜보았다. 우리는 집 앞에서 키스를 했다.

키스가 얼마나 소중히 여겨진다는 느낌을 주는지 잊고 있었다. 그런데 그가 그걸 상기시켰다. 나는 그를 대문 바로 안쪽 작은 구역 안으로 끌어당겼다. 우리는 좀 더 키스했고, 다급히 서로의 몸을 더듬었다.

그 일이 있은 뒤 우리는 몇 번 더 만났다. 그가 나를 보러 왔고 (리자는 다른 곳에 안전하게 있었다), 어느 주말에는 내가 그의 아파트로 갔다. 그가 나에게 저녁으로 맛있는 치킨 요리를 대접해주었고, 우리는 영화를 보았다. 나중에 우리는 더없이 행복한 섹스를 했고, 그런 다음 그의 침대에서 몸을 가까이 붙이고 잠이 들었다. 나는 이 일이 우리 모두에게 도움이 되는 경우를 상상해보려고 노력했다. 아주 열심히. 그리고 실패했다.

≡

2004년 3월 말의 따뜻했던 어느 일요일, 나는 리자를 오빠와 올케에게 맡기고 맨해튼으로 요가 수업을 받으러 갔다가 그날 저녁에 다시 기차를 타고 돌아왔다. 우리는 식사를 하고 커넥트포게임과 크레이지에이트, 러미 같은 게임을 끝없이 하면서 그 주말을 함께 보냈다. 리자가 더 어렸을 때는 게임을 하면 리자에게 져주었다. 리자가 나를 쉽게 이길 수 있다는 걸 깨달을 때까지. 이제는 아무리 애써도 지는 경우가 많았다.

요가 수업이 끝난 뒤 작은 커튼이 쳐진 탈의실에서 기분 좋게 옷을 갈아입었다. 바깥 공기는 따뜻하고 신선했으며, 하늘도 스모그 없이 청명한 파란색이었다. 도시에 있는 것이 좋았고, 지나다니는 차 소리와 버스가 내는 배기음 소리, 행인들이 휴대폰으로 이야기하는 소리도 듣기 좋았다. 뭔가에 속하면서도 익명성을 경험하게 해주는 이상한 도시 유기체의 일부로 느껴지는 것이 좋았다. 주변이 온통 시끄러운데도 내면은 고요했다. 나는 휴대폰을 꺼내 애너의 집으로 전화를 걸었다.

"나 할 거예요, 애너. 시내로 다시 이사하자고요. 내 생각에 우린 할 수 있어요."

"아악." 그녀가 비명을 질렀다. "난 너무 좋죠!"

"이사를 진행하면서 서로 돕기로 약속해요. 계획을 많이 짜야할 거예요." 나는 우리 두 사람을 기다리고 있는 시련을 생각했다. 교외의 큰 집에서 살던 생활을 정리하고 다시 시내로 이사하면 불가피하게 비교가 되어 마치 신발 상자 안에서 사는 것 같은 기분이 들 것이다.

"한동안은 우리 둘만 알고 있어야 할 거예요." 애너가 말했다.

나는 에밀리 생각을 했다. 우리가 타운을 떠난다는 걸 알면 에밀리는 반기지 않을 것이다. 심지어 이사 계획을 비밀에 부친 것을 알면 배신감을 느낄지도 몰랐다. "당신 말이 맞아요. 그런데 우리 괜찮겠죠?" 이삿짐 상자들로 가득한 집의 모습이 눈앞에 떠올랐고, 가구 중 절반은 없애야 할 거라는 사실이 갑자기 실감되었다. 리자가 다닐 학교 문제는 말할 것도 없었다.

"그럼요, 우린 괜찮을 거예요." 애너가 말했다. 그녀도 이사와 관련된 시련을 상상하는 것 같았다. "그런데 우리, 남편이 아니라 아내가 필요할 것 같네요."

"맞아요, 내 생각도 그래요."

"이봐요, 줄리. 내 아내가 되어줄래요?" 애너가 짐짓 수줍어하는 척하며 말했다.

"물론이죠." 내가 웃으며 대꾸했다. "당신이 내 아내가 되어준다면요."

나는 뉴욕대학교까지 라파예트 스트리트를 계속 걸어 올라갔다. 갑작스러운 낙관주의가 가득 느껴졌고, 충동적으로 내가 좋아하는 (비싼) 드레스숍에 들어갔다. 반시간 뒤 새로 구입한 주름 장식이 많고 검은색 바탕에 무늬가 놓인 드레스를 입고 숍을 나왔다. 내가 다시 되고 싶은 도시 여자에게 딱 어울리는, 도시적이고 돋보이는 드레스였다.

4부
햇빛

14
2004년 4월부터 9월까지

내 창고가 전소해 버려서

달빛 밝은 밤에도

아무것도 보이지 않는다.

─마사히데

마음속으로 많은 준비를 한 뒤 어느 날 오후 아이들 학교가 파한 뒤 에밀리를 만나러 갔다. 최악의 반응에 대비해 준비했다고 생각했고, 일상의 순간을 선택하는 것이 그 소식을 전할 때 도움이 될 거라 생각했다. 하지만 돌이켜 생각해보면, 참 좋지 않은 시간을 선택해 그녀에게 이사 간다는 말을 한 것 같다. 우리 둘 다 긴 하루를 보낸 뒤 피곤한 상태로 그녀의 집 주방에 단둘이 있었다. 그녀의 남편 저스틴은 없었다. 그가 있었다면 그 힘든 시간 동안 분위기를 풀어주고 위로를 제공해주었을 텐데.

나는 심호흡을 한 뒤 소식을 풀어놓기 시작했다. 그리고 그녀의 눈에 눈물이 고이는 것을 보고 곧바로 내가 완전히 잘못 생각했음을 깨달았다. 에밀리는 무척 충격받았다고 말하고는 내 손을 잡더니 흐느껴 울기 시작했다. 나는 끔찍한 기분과 억울한 기분을 동시에 느꼈다. 내가 일부러 그녀에게 충격적인 소식을 전한 것은 아니었다. 그저 이곳에서의 내 삶을 견딜 수가 없고 그래서 떠나려 하는 건데. 나에게 그토록 많은 해를 끼친 캐시와 이렇게 가까운 데서 살 수는 없었다. 아직도 그녀 생각을 하면 비참한 기분과 격분이 몰려왔다. 하지만 오히려 에밀리가 어떤 면에서 버림받은 기분을 느끼고 있었다.

이 사건의 좋지 못한 여파가 곧 닥쳐왔다. 에밀리와 나 사이에 존재하는 거리감은 일하는 나의 생활과 예술가로서 대부분의 시간을 집에서 보내는 그녀의 생활 사이의 차이 때문이었다. 때때로 우리는 이 문제로 충돌했다. 내가 일할 기회를 조심스레 제안했을 때, 나는 일의 마감을 앞두고 있는데 그녀가 여유롭게 점심을 먹기를 원했을 때. 어느 때라도 풀 수 있는 순간적인 말다툼으로 시작된 불화가 며칠 동안 전화통화를 하지 않는 것으로 이어지고 한 달 뒤 더 큰 갈등으로 비화해 품위 있는 회복을 끌어내지 못하게 될지도 몰랐다.

우리는 삐친 중학교 여학생들처럼 말을 하지 않았다. 헨리가 쓰러지고 에밀리가 나를 병원에 데려간 이후, 헨리의 죽음이 불러온 재앙이 우리를 괴롭혔다. 그날부터 에밀리는 내가 예전의 모습으로 돌아오길 기다렸다. 하지만 이제 나 자신이 내가 한때 알았지만 더는 마음속에 그려볼 수 없는 여자, 오래전에 사라진 여자처럼 느껴졌다. 내가 어떤 사람이 될지 정확하게 알 수가 없었다. 내가 진정으로 나 자신이라고 부를 수 있는 사람이 되고 싶었다.

그러나 나는 도중에 길을 잃었고—바라건대 일시적으로—, 어딘
가에 다다르려고 절박하게 애쓰고 있었다. 그 첫걸음이 이 타운
을 떠나는 것이었다. 두번째 걸음은 삶을 재건하는 이 긴 과정이
시인 엘리자베스 비숍이 "상실—사람이든 물건이든 모두—의 기
술"이라고 부른 모든 것에 관한 것이고 그것의 많은 부분이 아름
답지 않으리라는 것을 받아들이는 일이었다. 지금까지 나는 많은
사람을 잃었지만, 내가 아직 끝장나지 않았다고 생각했다(정확히
말하면 그렇게 판명되었다).

　에밀리와 그런 낭패를 겪고 나니, 리자가 우리의 이사 계획을
다른 사람을 통해 듣기 전에 직접 말해야 할 것 같았다. 리자에게
캐시 이야기를 하지 않고 이사 가는 이유를 설명하기는 힘들었다.
내가 삶을 다시 시작해야 하는 것으로 이사의 이유를 말하려 했
다. 하지만 리자는 삶을 다시 시작하고 싶어 하지 않았으므로, 리
자를 그 애가 좋아하는 학교, 친구들, 그리고 집에서 떼어놓으려
는 나 자신이 이기적으로 느껴졌다. 리자는 이사 가기 싫어했고,
여러 날 저녁을 눈물을 흘리며 보냈다. 매번 나에게 이렇게 물었
다. "왜 그래야 하는데요?"

≡

봄 동안 빗나간 데이트를 몇 번 더 하고 5월 말이 되자, 나는 남자
들에게 완전히 지쳐버렸다. 고등학교 때보다 더 최악이었다. 마흔
네 살 먹은 여자로서 지나치게 열렬한 10대 소녀 같다는 감정만

들었다. 나는 휴식을 갖기로 결정했다. 여름이 지나면 더 좋은 운이 찾아오겠지.

그런데 온라인 프로필을 닫아두기로 결정한 날 윌이라는 새로운 남자가 나타났다. 그의 비꼬는 투의 편지가 나를 다시 웃게 했다. 그는 멋있게 들리는 직업을 갖고 있었고 시내에 살았다. 더 좋은 건 그가 내 오빠 집에서 겨우 몇 블록 떨어진 브루클린에 산다는 사실이었다.

대여섯 번 이메일이 오가고, 윌이 어느 날 저녁 전화를 걸어왔다. 그는 목소리가 다정했고, 어느 곳인지 알 수 없는 악센트가 있었다. 캐나다 악센트일까? 아니었다. 그는 위스콘신 출신이었고, 시골의 대가족 속에서 7남매 중 여섯째로 자랐다. 그는 나에게 그 7남매의 모습이 전부 찍힌 사진 한 장을 보내주었다. 모두가 5분 전까지만 해도 숲속에서 놀고 있었던 것 같은 모습이었다. 그는 한 번도 결혼한 적이 없었지만, 나에게 일곱 살 난 아이가 있다는 것을 반기는 눈치였다.

그가 말했다. "그 아이를 하루빨리 보고 싶어요. 정말 신날 겁니다."

리자가 다가와 누구와 이야기하고 있느냐고 물었다. "나도 인사하고 싶어요." 나는 "친구"와 이야기하고 있다고 모호하게 대답했다.

리자에게 전화기를 넘겨주었다. 그리고 놀랍게도 리자와 윌은 20분 동안이나 리자의 학교생활과 친구들에 대해 이야기를 나누었다. 두 사람이 통화하는 동안 나는 빨래를 위층으로 나르고 쓰레기를 도롯가에 내다 버리면서 방 안을 들락날락했다. 그가 어떻게 했기에 한 번도 만나본 적 없는 아이와 그렇게 오랫동안 이야기를 나눌 수 있는지 궁금했다. 그게 무엇이든 바로 그것이 우리가 필요로 하는 것인지도 몰랐다.

"첫눈에 반한 남자"가 나에게 전화를 했다. 그에게 홀딱 반한 느낌은 결코 사라지지 않고 남아 있었다. 나는 여전히 그의 어떤 부분에 대한 형언하기 어려운 육체적 갈망을 느끼고 있었다. 그 어떤 부분이 문젯거리였다. 하지만 전화기 너머로 그의 목소리가 들리자 흥분을 느꼈다.

"이번 토요일에 나와 함께 외출할 수 있는지 알고 싶어요." 그가 조금 주저하며 말했다. "저녁을 먹고, 영화도 볼래요?"

"그 전에 말할 것이 있어요." 내 어조가 조금 날카롭다는 것을 뒤늦게 감지하며 나도 그러고 싶었다고 대답했다. "그런데 타이밍이 좀 얄궂네요. 왜 지금 전화를 한 거예요? 그리고 혹시 다른 사람과 데이트하고 있지 않나요?"

"글쎄요."

"그럼 지금은 끝난 건가요?" 나 자신을 때려주고 싶었다. 나는 심문관이나 엄격한 고등학교 교장 선생님처럼 말하고 있었다. 동시에 작은 악마가 내 귀에 대고 속삭였다. *어서 승낙해, 그 남자와 함께 외출하라고. 그냥 저녁 식사일 뿐이야.*

"첫눈에 반한 남자"가 따뜻하게 말했다. "이봐요. 나와 함께 외출해요. 그냥 저녁 식사일 뿐이잖아요."

"생각 좀 해보고 전화할게요." 내가 대답했다.

다음 날 나는 "첫눈에 반한 남자"에게 전화를 했다. "좋아요, 같이 저녁 식사 해요. 하지만 이번엔 영화는 보지 않기로 해요." 나는 어두운 영화관의 이점을 활용하는 그의 모습과 그가 그렇게 하도록 기분 좋게 내버려두는 내 모습을 눈앞에 그려보았다.

그와 함께 외출하고 싶었지만, 그에 대해 의심스러운 점이 있는 것도 사실이었다. 내가 이웃에 사는 여성 지인 한 명에게 어떤 남자에게 홀딱 반했다고 농담하듯 언급하자, 그녀는 자신은 "첫눈에 반하는 것"은 "나쁜 소식"이라고 생각한다고 직설적으로 지적했다. 나는 더는 나쁜 소식이 필요 없었다.

홀딱 반하는 감정은 내가 나 자신을 완전히 망쳐버리기 위해 의지할 수 있는 힘이었다. 나는 그와 함께 외출할 것이다. 우리는 키스할 것이고, 섹스할 것이다. 나는 가망 없는 여자인지도 모른다. 나는 여러 달 동안 혹은 1년 동안 그 남자를 이해하려고 노력할 것이다. 그가 재미없고 아이와의 스케줄에 얽매인 내 삶에 지쳐 다른 누군가를 만날 때까지. 나는 토마스와 그리고 심지어 대니얼과도 잠깐 그랬던 것처럼 그 남자를 우선순위에 두기 시작할 것이다. 하지만 리자와 함께 주방에서 그림을 그리고 어택게임을 하는 것을 좋아했던 토마스와는 달리, "첫눈에 반한 남자"가 자기 가게 밖에서 내 가정생활에 참여하는 것은 잘 상상할 수 없었다. 나는 그걸 해줄 수 있는 사람, 그걸 하고 싶어 하는 사람, 그것만을 하고 싶어 하는 사람이 필요했다.

저녁 식사 한 번 하는 것이 그렇게 끔찍하진 않을 거야. 나는 그

일을 전부 잊고 삶을 다시 살아갈 수 있을 거야.

그날 저녁 윌에게 전화했다. "글쎄 그 남자에게 전화가 왔다니까요. 내가 홀딱 반했던 남자 말이에요. 그 남자가 저녁 식사를 하자고 했어요. 저녁 식사 정도는 해야 할 것 같아요. 그런 다음에 다 잊어버리더라도." 내가 하는 말이 내 귀에 들리자 정말로 사실로 믿어졌고, 그런 나 자신이 바보천치처럼 느껴졌다.

윌이 잠시 사이를 두다가 말했다. "음, 난 당신이 그 남자와 저녁 식사를 하지 않으면 좋겠어요. 부탁인데 그러지 마요."

선택의 문제가 주어졌다. 윌은 자신이 얼마나 명료하게 느끼는지를 솔직한 언어로 나에게 말하고 있었다. 거기에는, 그가 요구하는 것에는 단백질 베이스의 영양 가득하고 건강에 좋으며 풍미 가득한 뭔가가 있었다. 우리 사이는 만 가지 이유로 잘되지 않을 것이다. 하지만 공들여 끓인 스튜처럼, 다음 날 맛이 더 좋아져서 풍미 있고 복잡한 맛이 나는, 헨리가 이해하려고 몹시 애썼던 우마미를 구현하는 스튜처럼 기분 좋게 잘될 수도 있었다.

반면 "첫눈에 반한 남자"는 내가 영화관 구내 매점에서 늘 사는 엠앤엠즈 초콜릿처럼 개봉해서 즐긴 뒤 당분 과다 섭취와 느글거림 때문에 후회하는 존재로 판명될 가능성이 컸다. 이것에 대해 나는 100퍼센트 확신할 수 있었다. 땅콩이 들어간 엠앤엠즈 초콜릿 한 봉지를 먹고 나면 그 어떤 음식도 맛있게 느껴지지 않는다. 집에서 만든 라즈베리 파이조차도.

풍미냐 단맛이냐, 단맛이냐 풍미냐.

"알았어요, 하지 않을게요. 그 대신 당신하고 저녁 식사를 할

게요."

우리의 첫 데이트는 그리 희망적이진 않았다. 윌은 일주일 전 자전거를 타다 살짝 넘어져 팔꿈치에 찰과상을 입었는데 그걸 눈치채지 못했다. 자기 팔꿈치를 자세히 보기란 어려운 일이니까. 그래서그 쓰라림을 대수롭지 않게 넘겼고 그런 상태가 며칠 동안 계속되었다. 상처가 감염된 것을 알아차렸을 때는 응급실에 가야 했고, 항생제 주사를 꽂고 며칠 동안 입원하게 되었다. 윌이 퇴원한 다음 날 우리는 서로를 마주 보고 앉았고, 나는 그가 그다지 건강해보이지 않는다고 생각했다. 사실 그가 저녁 식사 접시에 얼굴을처박을까 봐 걱정되었다. 병원에서 있었던 일을 이야기하다 보니불안해졌다. 그렇기는 했지만 편지를 쓰고 전화통화를 한 몇 주덕분에 두번째 만남이 가능했다.

이번에는 시내에서 만나 스시를 먹었다. 나는 약간 취했다. 그가 지나치게 밀어붙이지 않으면서도 친절하고 재미있고 주의 깊어서 너무 두려웠다. 그래서 식사를 마친 다음 길에 나가 빨리 택시를 잡아야 한다고, 그래야 집에 돌아가는 기차를 놓치지 않는다고 핑계를 대고 그에게서 달아나다시피 했다.

일주일 뒤 윌이 기차를 타고 왔고, 나는 기차역으로 그를 데리러 가서 강가에서 피크닉을 했다. 내가 로스트치킨과 신선한 샐러드를 만들고 빵과 치즈도 가져왔다. 그는 와인 한 병을 가져왔다. 와인 몇 잔을 마신 뒤 우리는 나무 아래 피크닉 담요를 깔고앉아 키스했다. 선택을 하고 나자, 나 자신이 조금 수줍고 조심스러우며 긴장하고 불편한, 리자를 좋은 베이비시터에게 맡기는 대신 지원자로서 데려올 걸 그랬다고 생각하는 50대 여자처럼 느껴졌다. 이번에야말로 나는 엘리엇의 조언에 귀 기울일 작정이었다.

월이 말했다. "우리 서두르지 맙시다. 그냥 이야기를 나누며 서로를 알아가도록 해요." 이 남자는 마치 내 마음을 읽는 것 같았다. 혹은 그냥 그렇게까지 나에게 빠져든 건 아닌지도 몰랐다. 하지만 우리는 계속 이야기를 나누고 매일 이메일을 주고받았다. 서로를 천천히 알아가기 위한 그 결정에 우리는 "더플랜The Plan"이라는 이름을 붙였다.

몇 주 뒤, 나는 다시 브루클린에 갔다. 그의 아파트에 도착했고, 깔끔하고 현대적인 독신남의 안식처로 이어지는 출입구를 조심스럽게 살펴보았다. 민트색 벽들, 광택이 도는 빗, 한쪽 벽에는 낚시로 잡은 커다란 물고기를 들고 자랑스럽게 찍은 사진이 걸려 있었고, 실용성은 꽝이지만 멋있는 긴 국수 모양의 크림색 울 러그 위에는 휘어진 모양의 멋진 핏빛 소파가 놓여 있었다. 작은 흰색 상자들이 한쪽 벽을 따라 일정한 간격을 두고 세 줄로 배열되어 있고 그 위에는 작은 유리 화병들이 놓여 있었는데, 각각 밝은색 거베라가 한 송이씩 꽂혀 있었다. 나는 선 채로 그 모습을 즐기며 집 꾸미기에 이토록 쿨한 취향을 가진 내가 아는 마지막 남자는 게이였다는 생각을 했다. 하지만 내가 문지방을 넘자 월이 나를 안아 올리더니 그의 침실로 데려가 침대에 던졌다.

그 주말이 지난 뒤, 그리고 엘리엇이 찬성할 만한 때보다 몇 주

일찍, 나는 윌을 초대해 리자를 만나게 했다. 리자는 파란 페인트를 칠한 주방 바닥에서 체커 게임을 하면서 그에게 홀딱 반했다. 다행스럽게도 거기 쓰러진 헨리의 모습은 더는 내 눈에 보이지 않았다.

윌은 게임에서 지고 난 뒤 껄껄 웃었다. 두 사람의 수월한 상호작용을 관찰하면서, 나는 리자에게 내 남자친구를 고르게 하는 것도 나쁘지 않겠다는 생각을 했다. 리자가 그토록 짧은 시간에 그에게서 무엇을 본 건지, 왜 그토록 빠르게 편안해졌는지 궁금했다. 나는 아직 편안하지 않았다. 하지만 그때 나는 그 무엇에도 편안해지기는 힘들 거라는 사실을 받아들인 뒤였다. 나는 편안해질 때까지 인내심을 가지고 기다리기로 했다. 리자가 그를 좋아하는 한, 개울 속으로 조금 더 멀리 헤치고 나아갈 작정이었다.

나는 엘리아나에게 이메일을 써 윌에 관해 말했고, 엘리아나는 내 행복한 소식에 반가움을 표했다.

그녀는 답장에서 이렇게 말했다. "당신은 더 많이 피어나기 시작할 거예요. 더 많이 치유받고, 사랑하고, 당신의 존재 속으로 연민이 들어오는 것을 경험할 거예요. 당신에게 경탄할 뿐만 아니라 당신을 돌봐주고 양분을 제공해줄 사람을 더 많이 발견할 거예요."

우리의 이메일 교환은 전보다 뜸해졌다. 엘리아나의 이메일이 덜 소중해지진 않았지만, 우리 둘 다 새로운 계획을 가지고 앞으로 또 앞으로 나아가고 있다는 걸 알게 되어 기뻤다. 우리는 자신의 일에 관해 서로에게 이메일을 썼다. 그리고 그녀는 과거 관계들과는 완전히 다르게 들리는 관계의 시작을 나와 공유했다. 그녀의 새로운 남자는 차분하고 사랑이 많은 사람 같았고, 그들의 연결은 진정한 파트너십으로 보였다.

월은 금요일마다 일을 마치고 와서 월요일 아침까지 머물렀다. 나는 출퇴근하는 남편을 둔 여자들처럼 그를 기차역까지 태워다주었다. 하지만 그 대상이 남편이 아니라 남자친구여서 행복했다. 주중에 나 자신의 공간이 있다는 사실이 기분 좋았고, 주말에 그가 오면 다시 만날 수 있다는 사실이 기분 좋았다.

월은 내가 화려한 프랑스 여자 같다고 농담조로 말하더니(아마 내가 끝단에 프릴이 달린 스커트를 좋아해서인 것 같았다.) 나를 프랑스식으로 부르기 시작했다. 그래서 이제 나는 쥐일리이가 되었다. 아침이면 그는 직접 만든 괴상한 노래들을 불러주었고, 나는 그 노래를 들으며 바보처럼 실컷 웃어댔다. 정말이지 새로운 느낌이었다. 격렬한 운동을 한 뒤처럼 가슴과 목구멍의 근육이 아프다가 확장되었다. 유머감각을 재발견하는 것은 마치 기적 같았다. 몇 달을 함께한 뒤 월은 용감하게도 죽은 남편을 주제로 한 농담 몇 개를 시도했고, 나는 모닝커피를 마시다가 뿜어버렸다.

나는 그가 빠르게 도망치지 않고 지난 한 해 동안 내가 겪은 슬픈 이야기를 귀 기울여 들어주는 것에 감사했다. 대화를 많이 나눌 필요가 있다는 걸 깨달았다. 그는 모든 것을 알고 있었고, 그래서 내가 그 모든 짐을 풀어놓는 동안 참을성을 갖고 나를 대해주었다. 그는 내 변덕스러움을 이해한다고 했다. 하지만 우리가 시작한 것을 계속 해나가는 데 대한 자신의 흥미도 수줍어하지 않고 표현했다.

그와의 긴 대화를 통해 기이한 일치를 발견했다. 헨리와 내가 갓 태어난 리자와 함께 브루클린에 살 때, 윌은 대학원생으로 그 근처 길모퉁이에 살고 있었다. 나는 리자가 낮잠을 자도록 유아차에 태우고 그가 살았던 거리를 셀 수 없을 만큼 자주 걸어다녔다.

"그때 당신이 나를 보지 않았을까요." 내가 농담을 했다. "파란색과 녹색 격자무늬의 맥클래런 유아차 손잡이에 식료품점의 쇼핑 봉투를 주렁주렁 매단 채 리자를 데리고 다니는 나를 말이에요. 난 리자가 잠이 들도록 거슈윈의 노래를 불러주곤 했는데." 이 대목에서 나는 〈아워 러브 이즈 히어 투 스테이〉의 한 구절을 부르기 시작했다. 글쎄, 아마도 그가 나를 봤겠지, 그가 내 노래를 놀리며 말했다. 그는 나와 같은 상점에서 장을 봤고, 같은 레스토랑에서 식사를 했다. 하지만 그 시절 그는 파크슬로프 유아차들의 맹공을 피해 공부하러 자기 아파트로 돌아가려 했을 테고, 나는 어스베스트 완두콩 퓌레 유아식과 기저귀에 파묻혀 있었다.

1996년에 윌은 아이 양육에 관심이 없었을 것이다. 하지만 지금은 무척 동기부여가 되어 있었다. 나는 이 남자와 함께 아이를 키우는 것은 헨리와 그랬던 것과는 완전히 다른 경험일 거라는 걸 빠르게 알아차렸다. 윌은 나와 경쟁하려 하지 않았다. 그는 리자와 진짜 관계를 시작하길 바랐다. "허니문" 단계가 지나자 리자가 윌에게서 거리를 두었지만, 윌은 그 몇 주를 자애롭게 견뎠다. 다행히 리자는 적극적으로 그런 상태에서 벗어났다. "진짜" 아빠를 가질 수는 없지만 이 아저씨가 그렇게 해줄지도 몰랐다. 월은 재미있는 사람이고, 다른 사람의 이야기를 잘 들어주었다. 그리고 게임하는 것을 좋아했다. 모든 종류의 게임, 심지어 어택까지.

헨리와 내가 수년에 걸쳐 맹렬하고 소모적인 싸움을 했던 것과 대조적으로, 월과 내가 때때로 겪는 갈등은 우리를 앞으로 나아가게 해주는 것 같았다. 우리는 둘 다 천성적으로 혼자 있기를 좋아하는 사람들이었다. 그의 일이 많은 사람과의 만남과 약속을 필요로 하는 만큼, 그는 주말에 지나친 들썩임 없이 리자와 나와 함께 시간을 보낼 수 있었다. 밤에 그는 나를 다정하게 안아주었고, 나는 인정받는 기분을 느꼈다.

무더위가 한창이던 7월의 어느 주말, 애너가 수영을 하려고 리오와 함께 왔다. 물론 나의 새 남자친구를 보기 위해서이기도 했다. 애너는 나와 함께 산책하면서 내 꽃들을 살펴보았다. 그러더니 모든 여자들이 친한 친구가 해주었으면 하고 바라는 말을 나에게 속삭였다.

"저 남자 귀엽네요! 엉덩이도 멋지고! 진짜 좋은 사람 같아요……. 그리고 당신을 엄청 좋아하는 게 틀림없어요."

해마다 8월에 하는 메인주 여행이 가까이 다가오고 있었다. 애너는 아들과 함께 8월 중 2주 동안 와서 지내기로 계획을 세웠다. 애너와 나는 다시 한 번 음식과 리넨 제품들을 챙겼다. 나는 리자와 상의한 뒤 섬에서 보내는 기간 중 잠시 우리를 만나러 오라고 월을 초대하기로 했다.

그때 윌과 리자는 자전거 옆에 함께 서서 사진을 찍었다. 윌 옆에 있으니 리자가 참 작아 보였다. 사진 속에서 두 사람은 끌어안고 있다. 리자는 편안하고 만족스러워 보인다. 조금 수줍어하는 것 같기도 하다. 한쪽 무릎에 커다란 흰색 밴드가 붙어 있는 것이 보인다. 그 주 초에 자전거를 타다 넘어져서 생긴 전리품이다.

알고 보니 윌은 사이클에 진심이었다. 스물일곱 살에 혼자 사이클을 타고 시애틀에서 출발해 캐나다 로키산맥을 거치고 평원 지대와 중서부를 통과해 뉴욕시까지 다다랐다. 그러는 동안 텐트에서 잠을 자고 빵과 치즈로 연명했다. 앨버타 복숭아와 정어리를 먹고, 때때로 맥주를 마시기도 했다. 그의 자립심을 보여주는 장기간의 여행이었다. 그는 리자가 운동에 취미를 붙이도록 열성적으로 도왔다. 리자는 헨리에게 물려받은 스토리텔링 재능을 과시하며 자신의 상처를 섬의 친구들에게 자랑스럽게 보여주었다.

윌은 우리와 동행해 해변으로 하이킹도 갔다. 거기서 나는 그림을 그리고, 그와 리자는 점점 늘어나는 우리의 컬렉션에 덧붙이기 위해 재미있게 생긴 돌멩이들을 찾아다녔다. 우리는 먼지투성이 길을 운전해 모래해변으로 갔다. 리자는 그곳을 무척 좋아했고, 윌은 몹시 차가운 물속에서 불평도 없이 헤엄을 쳤다. 그러는 동안 나는 비치타월 위에 옹송그리고 있었다.

윌은 한 주 동안 회의가 있어서 차를 운전해 도시로 갔다. 하지만 이어지는 주말에 돌아와 우리와 함께 지냈다. 열 시간 동안 운전하는 것을 전혀 성가셔하지 않는 것 같았고, 우리는 그를 다시 만나서 기뻤다. 며칠 동안 안개가 자욱이 끼었다. 나는 집 안에 틀어박혀 헨리와 함께 섬에서 보낸 지난 몇 년을 떠올렸다. 우울하고 시무룩해졌다. 월은 내가 침울할 때도 유머를 발휘하는 재능이 있었다. 우리가 함께한 초기에 그가 필요로 하고 잘 사용한 재능이었다. 모노폴리 게임으로 분위기를 바꾸었다. 우리는 사흘 동안 동맹을 형성하고, 모든 규칙을 유연하게 적용하고, 달콤한 거래를 하고, 부동산을 교환하고, 담보대출을 최대 한도로 받았다.

월이 떠나는 날, 리자와 나는 우리 차를 타고 페리 선착장까지 그를 따라갔다. 그는 무척 아쉬워하며 자동차를 운전해 페리에 올랐고, 나는 그의 그런 모습을 지켜보며 내심 기분이 좋았다. 그런 기분을 느낄 수밖에 없었다. 페리에 타자 그는 차에서 나와 우리에게 손을 흔들었다. 그는 흰 셔츠 차림이었는데, 바람이 불자 그 셔츠가 마치 배의 깃발처럼 펄럭거렸다. 나는 어린 시절에 읽고 푹 빠져들었던 백과사전의 한 항목을 떠올렸다. 선원들의 깃발 신호를 보여주는 도표였다. 페리가 멀어져 가는 동안, 나는 신호에 따라 양팔을 V자 모양으로 들어 올렸다.[50] 그러자 페리 갑판에서 월이 응답했다. 리자도 게임에 참여했다. 우리는 계속 신호를 보냈다. 배가 속도를 높이고 그의 하얀 셔츠가 멀어져서 잘 보이지 않을 때까지.

가을이 왔고, 우리는 각자의 집으로 돌아갔다. 월은 계속 주말마

---

50   국제신호기에서 V는 "도움이 필요하다"는 뜻이다.

다 우리 집으로 놀러 왔다.

어느 날 밤 윌과 함께 침대에 누워 있을 때 내가 물었다. "그러니까 나는 한 남자의 지독한 중년의 위기를 겪어냈던 거예요. 당신의 중년의 위기는 어떨까요?"

그가 장난스럽게 나를 꽉 끌어안으며 대답했다. "당신이 내 중년의 위기예요. 바로 이것이 내가 항상 바라던 거예요. 파트너와 가족을 가지는 것."

"좋아요." 내가 멍해진 상태로 말했다. "그렇다면 내가 감당할 수 있어요."

≡

커플이 된 지 얼마 되지 않았지만, 브루클린으로 다시 이사한 뒤 함께 사는 것에 대해 윌과 이야기하기 시작했다. 나는 어느 때보다 열심히 우리가 살 곳과 우리 아이들이 다닐 학교를 찾기 시작했다. 애너와 함께 부동산 쇼핑을 시작했다. 헨리의 장례식 이후 이야기를 나누지 못했던 한 친구와의 대화를 계기로 집을 살 사람을 기적적으로 만날 수 있다. 그리하여 첫 이삿짐 상자를 꾸렸다. 거기에는 오랫동안 다시 필요로 하지 않을 우아한 결혼식 접시들이 들어갔다. 몇 개 안 되는 접시들이 그렇게 큰 상자에 딱 맞게 들어가는 것을 보고 놀랐다. 내 삶을 완전히 옮기기 위해서는 엄청나게 많은 상자들이 필요하다고 결론 내렸다. 월마트에 가야 했다.

월마트 출입구로 향하는 차선에 접근했을 때, 헨리 인생의 마지막 가을 동안의 여러 점심 식사처럼 특별할 것 없던 10월의 어느 점심시간이 생각났다. 당시 그와 나는 여전히 결혼생활과 육아를 하고 집 안에 비축품을 채우고 있었다. 2002년의 그날, 헨리는 우리를 차에 태우고 월마트에 갔다. 거기서 페이퍼타월, 스프레이식 세정제, 으깬 토마토 점보캔 등을 대량으로 구매했다. 헨리가 자신의 전투사령부인 핸들 앞에 앉아 나를 보지도 않고 말했다. "줄리, 케인 부부 집 개 일은 유감이야. 내가 왜 그렇게 행동했는지 모르겠어. 다시는 안 그럴게."

영화를 보면, 달리는 차 안에서 중요한 폭탄선언을 할 때 등장인물들이 도로에서 눈길을 돌려 동승자를 바라보는 경우가 많다. 하지만 걱정이 많은 나는 그 빅뉴스로 주의를 돌릴 수가 없었다. 스튜디오에서 영화 촬영을 하는 것도 아닌데 자동차 사고라도 일어나지 않을까 걱정되었다. 어쨌거나 그 빅뉴스는 헨리가 운전을 하는 가운데 잘 전달되었다. 그래도 내가 그의 사과를 처리하기까지는 잠시 시간이 걸렸다. 메시지를 강화할 필요성을 느끼기라도 한 듯 헨리가 나를 바라보았고, 한순간 우리의 눈길이 맞부딪쳤다. 나는 눈길을 돌렸다. 머릿속이 멍했고 형언할 수 없게 마음이 아파왔다. 그가 진심을 담아 말했다. "그리고 당신이 날 용서해주면 좋겠어."

나는 기습당한 기분에 당황한 채 대답했다. "사과를 받아들일게." 이후 우리는 한동안 말없이 있었다. *이 사람 마음에 무슨 변화가 일어난 거지?* 슬프고 공허한 기분이 내 안에 커져가 그의 사과의 효과를 작게 만들었다. 너무 약하고, 너무 늦었어. 물론 그에게 그런 말을 할 생각은 없었지만. 그는 정말로 미안해하는지도 몰랐다. 하지만 다시는 그러지 않겠다는 그의 말을 믿을 수가 없었다. 힘든 상황에서 나를 보살펴주고 지지해줄 거라는 면에서 나는 더는 그를 신뢰하지 못했다. 그가 다른 일은 해주리라는 것은 알았다. 어쩌면 더 큰일도. 앞으로도 그는 너무 늦게 사과할 것이고 다시 용서를 구할 것이다. 사실 나는 혼자였다. 파트너와 함께하기 위해 필요한 중요한 믿음을 이미 잃어버렸다. 사랑을 잃었다. 하지만 페이퍼 타월을 사야 했고, 삶은 계속되어야 했다. 결혼생활은 여전히 존재했다.

"줄리, 케인 부부 집 개 일은 유감이야. 내가 왜 그렇게 행동했는지 모르겠어. 다시는 안 그럴게. 그리고 당신이 날 용서해주면 좋겠어."

나는 이 말 중 "케인 부부 집 개"를 "캐시"로 바꿔보았다. 그는 캐시에 관해 그리고 다른 여자들에 관해 나에게 그런 식으로 사과했을 것이다. "그리고 당신이 날 용서해주면 좋겠어."

나는 차문을 열고 아스팔트로 걸음을 내디뎠다. 주차장에서 차를 세운 위치를 기억하기 위해 건물 입구에 박혀 있는 커다란 월마트 로고에 눈길을 고정한 채. 잠시 쉬면서 그가 여자들에 관해 사과했다면 내가 뭐라고 대답했을지 떠올려보았다. 위태로운 것이 너무 많았다. 흠 없는 가정이었던 우리의 생활, 커다란 집, 자동차, 그리고 우리의 안락한 세계에 숨겨져 있던 덫들.

갑자기 뒤뜰에 버려진 외로운 테리어 개 같은 헨리의 슬픈 모습이 떠올랐다. 빙글빙글 맴돌면서 짖어대 절박하게 내 관심을, 모든 사람의 관심을, 누구의 관심이든 끌어보려 하던.

 "당신 여전히 날 사랑해? 정말로 사랑해? 당신이 여전히 날 사랑한다는 생각이 들지 않아." 노골적으로 내 신뢰를 배반했던 마지막 몇 년 동안 그가 나에게 여러 번 물었고, 나는 항상 그렇다고 대답했다.

15
2004년 10월

당신이 감정 속에 푹 잠겨 있을 때,

그 감정들이 그 안에 잠겨 있을 만큼

충분히 단순하고 호소력이 있을 때, 그리고 그 거리가

당신이 느끼는 것과 느낄지도 모르는 것 사이에서 가까워질 때,

그때 당신의 본능은 신뢰받을 수 있다.

―리처드 포드, 『스포츠라이터』

이사 가기로 결심하자, 며칠 동안은 놀라울 정도로 분명한 느낌이 들었다. 나는 변화를 진정으로 받아들일 수 있다는 무한한 가능성을 느꼈다. 다른 날들도 그날처럼 이어질 거라는 희망을 안겨준, 내 기억 속에 여전히 빛나고 있는 어느 "평범한" 날이었다.

2004년 10월의 그 평일 아침, 나는 리자를 등교시키기 위해 6시 30분에 일어났다. 우리는 대체로 여전히 함께 잠을 잤다. 리자를 깨우기 전, 흐뭇한 마음으로 리자의 쉬고 있는 손을 바라보았다. 아이의 손이 점점 내 손을 닮아가고 있었다. 내가 손톱을 물어뜯지 않았다면 그렇게 보였을 어린 시절 내 손의 모습을. 리자가 평온하고 내가 어렸을 때 고통받았던 신경질적인 습관이 없어서 기분이 무척 좋았다. 이 사실이 하루를 시작하는 나를 안심시

켜주었다. 나는 리자의 어린 시절을 보호하려고 분투해왔다. 고양이 한두 마리 사이에 끼어 있던 나는 알람을 끄기 위해 동물 인형 하나를 건드리며 시계에 손을 뻗었다. 동물 인형들은 고양이들과 마찬가지로 침대를 작은 동물원처럼 느끼게 해주었다.

우리는 옷을 입었다. 리자는 반항적으로 삐죽 솟구쳐 오른 머리카락에 지나치게 신경 쓰며 머리를 빗느라 시간이 걸렸다. 머리카락이 제멋대로 구는 요정들처럼 마구 들고일어나 점심 식탁 앞에서 사람을 당황하게 하던 그 나이를 나는 기억한다. 리자가 헤어 왁스와 빗으로 머리카락을 굴복시킨 뒤, 우리는 고양이들에게 먹이를 주러 재빨리 아래층으로 내려갔다. 내가 찬장을 뒤지는 것을 보고 고양이들은 기대에 가득 차 원을 그리며 끙끙거렸다. 그들의 세계에서 내가 차지하는 자리를 알고 있다. 그들은 나를 깡통따개로 임명했다.

고양이들이 먹이 그릇에 얼굴을 박고 먹어대자 나는 달걀 몇 개를 요리했고, 리자와 나는 요즘의 화젯거리—리자의 콤플렉스와 학교에서 일어나는 변화무쌍한 드라마—에 대해 이야기를 나누며 아침을 먹었다. 그 외에도 우리는 왜 지구에 존재하는가? 배터리는 어떻게 작동하는가?(모르겠구나, 찾아봐야겠어.) 눈송이는 어떻게 생겨나는가?(위와 같음.) 중력이란 무엇인가?(물리학 시간에 배웠는데 잊어버렸네.) 그리고 오래된 단골 질문, 하늘은 왜 파란가? 무지개는 무엇인가? 같은 이야기를 나눴다. 결국 나는 마지막 두 가지를 찾아보았고, 이제는 빛의 굴절과 흡수 현상에 대해 능숙하게 이야기할 수 있다. 우리는 우리 고양이들의 똥은 왜 그렇게 냄새가 지독하고 특히 한 마리는 왜 우리가 막 식사하려고 할 때 큼직한 똥덩어리를 투척하는 재주가 있는가 하는 영원한 의문에 대해 매일 곰곰이 생각한다.

어떤 아침에 우리는 헨리가 죽은 날 이야기를 천천히 꺼내기도 한다. 리자는 그날 오후와 저녁에 일어난 사건들에 대해 사진 같은 기억을 갖고 있고, 그것이 리자의 삶을 완전히 바꿔놓았다. 리자는 몇 번이고 아빠가 왜 죽었는지 설명해달라고 요청했다. 그의 죽음을 유발한 신체적 사건들이 더 큰 그림의 일부라는 기분이 점점 더 들긴 했지만, 리자에게는 아직 말할 수 없었다. 내 의학적 묘사는 결코 다양해지지 않았다. 그는 가장 먼저 정신적·감정적으로 무너져 내렸다. 삶을 마치기 직전에 그는 나락에서 빠져나오려고 했을지도 모른다. 하지만 붙잡을 곳을 잃었고 이 세상에서 사라져 버렸다.

나는 주방 벽시계를 계속 지켜보았다. 그 시계는 7분 빠르게 맞춰져 있었다. 충분히 헷갈릴 만했지만 나는 계산하지 않고 시계가 가리키는 시간을 따르기로 했다. 주방 시계로 7시 25분에 우리는 신발을 신고 재킷을 걸친 다음 자갈길을 지나, 리자의 스쿨버스가 오는 곳까지 타고 가기 위해 우리의 레드와인색 스테이션왜건으로 갔다.

나는 아침에 스쿨버스가 아이들을 태워 학교로 데려가고 오후에는 하교한 아이들을 내려주는 주차장에서 많은 시간을 보냈다. 그 주차장은 마을 병원 뒤에 있는데, 아스팔트 바닥이 갈라져 있었다. 나는 앞쪽에 넓은 풀밭이 보이고 놀라울 정도로 타원형인 커다란 자주색 너도밤나무가 왼쪽에 보이는, 계절과 상관없이 늘 아름다운 특별한 자리에 주차하는 것을 좋아했다. 아침에는 온갖 실용적인 활동을 해야 하지만, 오후에 스쿨버스가 (자주) 늦게 도착하면 봄 또는 아직 따뜻한 가을 오후의 그늘 속에서 스웨터를 뜨거나 졸곤 했다. 봄의 초입에 눈덩이를 던지며 놀기도 했다. 3월 말에도 나무 밑에 아직 눈이 남아 있었기 때문이다. 가까운 산들이 층을 이루며 점점 더 부드럽고 탁한 청회색 빛깔로 희미해져갔다. 때로는 매나 칠면조 독수리 떼가 보이지 않는 먹잇감을 향해 언덕에서 쏜살같이 날아 내려와 매번 나를 놀라게 했다. 겨울에는 물빛 회색 구름들이 무리 지어 빠르게 움직이는 가운데 오후의 석양이 드라마틱한 광경을 보여주었다.

이곳에서는 지나가는 계절들이 마치 타임랩스 사진처럼 한 편의 영화 같다. 새 학년이 시작할 때면 자줏빛 잎사귀들이 너도밤나무 발치로 쏟아져 내린다. 곧이어 그 잎사귀들은 갈색으로 변해 나무의 앙상한 뼈대만 남긴 채 강에서 불어오는 거센 바람에 날아가 버리고, 나는 신혼여행 때 아프리카에서 본 바오바브나무를 떠올린다. 이곳에서 외로움을 느끼지만, 그건 좋은 의미의 외로움이다. 나 자신과 함께 시간을 보내니까. 나는 스스로를 알아가는 중이고 깊이 감사하고 있다.

오늘 아침에 나는 바삐 움직였다. 몇 시간 뒤 시내로 출발해야 해서 리자를 서둘러 스쿨버스에 태웠다. 여느 때처럼 리자의 입에 내 입을 대고 살포시 눌러 기분 좋게 작별의 입맞춤을 했다. 리자가 분홍빛 입술을 쭉 내밀었다. 나는 리자가 오늘 하루를 즐겁게 보내길 바라며 입맞춤을 즐겼고, 오늘 오후에는 엄마 대신 타니아가 데리러 올 거라고 일러주었다. 그런 다음 스쿨버스가 움직이기 시작하자 내 차로 걸어갔다.

오전 7시 30분이라서 식료품점의 매대는 아직 비어 있었다. 과일과 채소 담당 매니저는 내 이름을 알았고, 나는 그와 이야기하는 걸 좋아했다. 그는 사명감 있는 사람이었고 나를 많이 도와줬다. 가끔은 이국적인 채소나 과일을 시식하게 해주기도 했다. 그가 정말 그리울 것이다.

계산대 앞에 가서 줄을 섰다. 줄이 많이 길어서 1.8리터짜리 우유와 트로피카나 그리고 나중에 먹을 초콜릿바를 들고 있던 나는 초조한 마음이 들었다. 시내에서 나를 기다리고 있는, 이곳에서의 삶을 종결하기 위한 서류 문제 때문에 혼란스럽고 불안했다. 집을 공식적으로 파는 날이었다. 리자의 학년이 끝날 때까지는 우리가 세입자 자격으로 계속 머무를 테지만. 이른 시각이라 계산대가 딱 하나만 열려 있어서 계산 담당 직원은 매우 피곤하고 지쳐 보였다. *해야 할 일이 있고, 기차도 타야 해.* 내 앞에 선 여자가 잔돈을 헤아리며 자신이 산 식료품 가격을 지불하고 직원이 물건들을 쇼핑백에 천천히 담는 동안, 나는 검은 컨베이어벨트를 손가락으로 두들겼다.

최근에 읽은 책 『길고 조용한 고속도로』 속의 한 장면이 떠올랐다. 나탈리 골드버그는 미니애폴리스의 참선센터 바깥 도로에 서 있는 그녀의 스승 카타기리 로시를 지켜보고 있다. 다른 학생이 학회에 참석해야 하는 로시를 공항에 모셔 가기 위해 오기로 되어 있다. 그런데 그 학생이 늦어져서 나탈리는 로시가 비행기를 놓칠까 봐 걱정되고 불안하다. 뭔가 늦어지고 초조할 때 우리 평범한 인간들이 모두 그러는 것처럼. 그녀는 스승을 지켜보던 그 경험을 다음과 같이 묘사한다. "그는 서 있었을 뿐 기다리지는 않았다. 그는 자신이 통제할 수 없는 미래에 대해 불안을 느끼지 않고 그 순간을 경험하고 있었다."

그냥 서 있어, *기다리지 말고*. 나를 현재에 붙들어 매려면 집중할 뭔가가 필요했다. 계산대 구석에 붙어 하늘하늘 흔들리는 거미줄 두 개가 눈에 들어왔다. 나는 기이하게 아름다운 거미줄의 움직임을 기분 좋게 바라보았다. 에어컨 바람이 거미줄 가닥들을 모았다 풀어줬다 했고, 나는 거미줄의 탄성에 경이로움을 느꼈다. 거미줄에 먼지가 내려앉아 있었다. 몇 주 동안 계산대의 먼지를 털어내지 않은 듯했다. 거미가 경이로운 건축물을 만든 다음 그 집을 남겨두고 짐을 꾸려 좀 더 생산적인 위치의 다른 집으로 옮겨 가기에 충분한 시간이었다.

상실과 변화의 한 해를 보냈고, 인생의 다음 기간 동안 내가 한층 더 변하리라는 걸 안다. 그 생각에 대해 편안해져야 할 것이고, 내 본성이 그다지 차분하지는 않지만 모든 상황을 차분하게 겪어 낼 방법을 찾아내야 할 것이다. 잡음과 갈등으로 가득한 결혼생활을 겪어낸 뒤, 적어도 지금은 인생이 내 것처럼 느껴졌다.

변화에 대한 두려움은 장애를 초래한다. 우리는 변화와 죽음에 대한 두려움 때문에 스스로를 보호하려고 요새를 짓는다. 나는 내 마지막 요새를 버리고, 윌과 함께 가족을 이루는 불확실하지만 새로운 삶을 향해 나아가려는 참이었다. 윌은 자신의 인생이 리자 그리고 나와 연결되어 있다고 생각한다고 말했다. 우리가 삼인조로서 함께 나아갈 수 있을 거라고. 우리는 허술한 배를 타고 바다 한가운데 있지 않을 것이다.

걱정하고 조바심 내는 것이 내 본성이긴 하지만, 그래도 실패와 성공에 대한 두려움이 없는 인생을 살고 싶다. 적어도 내가 너무도 많은 고통 속에서 배운 한 가지를 딸아이에게 가르쳐주고 싶다. 할 수 있는 한 최선의 상태로 준비되어 있으라는 것, 노력하라는 것, 그러나 준비되지 않은 것에도 준비되어 있으라는 것. 사실 늘 준비되어 있어야 한다는 생각에 지나치게 집착하지 않는 것이 최선이다. 실제로 준비되어 있더라도 말이다. 아마도 "준비되다"를 "주의를 기울이다"로 다시 정의할 수 있을 것이다.

마침내 물건값을 지불하고 구입한 물건들을 비닐봉지에 담았다. 그러는 동안 계속 계산대 위의 거미줄에 대해 생각했다.

집에 가서 과부의 물 쓰듯 돈 쓰기의 일환으로 구입한 아쿠아 블루색 벨벳 드레스를 갈아입을 옷으로 선택했다. 변호사와 만날 때 입을 옷으로는 적절하지 않았지만, 이른 저녁 이레나의 쇼룸에서 열릴 홍보행사 이벤트용으로는 적절했다.

몇 군데에 전화를 걸고, 이메일을 읽고 답장을 하고, 청구서들을 훑어보고, 기차 탈 때 가져갈 책 한 권과 뜨개질 가방을 챙길 시간이 딱 알맞게 있었다. 차를 몰고 기차역으로 가서 주차했다. 왼쪽의 주차요금 정산기를 선택하면서—오른쪽 정산기가 지난번 마지막으로 사용할 때 5달러를 먹어버린 일을 나는 아직 용서하지 않았다.—거기에 넣을 지폐 몇 달러를 찾아 더듬거렸다.

몇 분 뒤 기차 안에 앉아 기분 좋게 뜨개질감을 꺼냈다. 한 번에 한 코씩 뜨다가, 기차가 125번가 터널에 닿을 때까지 깜빡 잠이 들었다. 놀라서 잠이 깼고, 여전히 흐릿한 정신으로 내 물건들을 챙겨 들었다.

미드타운에서 부동산 거래를 마친 뒤, 이레나의 주얼리 쇼룸을 향해 걷기 시작했다. 34번가를 따라가며 들려오는 대화 몇 토막, 전 세계 악센트들이 녹아 있는 단조로운 노래 한 가락, 익숙한 멜로디를 음조를 조절해 믹스한 노래, 이것이 나의 생득권이었다. 도시에 있으니 다시 집에 온 기분이었다.

이레나의 쇼룸에는 아름다운 주얼리를 비롯해 음식과 음료가 풍성하게 마련되어 있었다. 패션 잡지에서 튀어나온 듯한, 골반에 걸치는 타이트한 청바지에 끝이 뾰족하고 스파이크가 박힌 하이힐을 신은, 요즘 유행하는 유니폼 같은 옷차림을 한 여자들도 있었다. 나는 웨이터가 들고 있는 쟁반에서 뵈브클리코[51] 한 잔을 가져왔다. 작은 초콜릿 쿠키도 조금씩 먹었다. 그리고 어떻게 하면 벨벳 드레스에 흘리지 않고 초콜릿 묻힌 딸기를 먹을 수 있을지 생각했다. 이레나와 친구들, 동료들과 수다를 떨었고, 루프탑의 높은 창문들을 통해 보이는 도시의 멋진 전망을 즐겼다. 초콜릿과 딸기 향이 머리 위 환한 조명들로 인한 열기 속에서 여자들의

---

51 유명 샴페인 중의 하나.

향수 냄새와 뒤섞였다. 그렇게 도시의 황홀한 매력을 즐기던 중 월이 내 휴대폰으로 전화를 했고, 우리는 한 시간 뒤 그랜드센트럴 터미널에서 만나기로 했다.

다시 밖으로, 7번가와 30번가가 만나는 길모퉁이로 나가니, 새로 도입된 자전거 택시를 운행하는 청년 한 명이 보였다. 자전거 택시는 티파니의 쇼핑백처럼 초록빛이 도는 파란색으로 칠해져 있었다.

"그랜드센트럴 터미널까지 얼마예요?"

"10달러입니다." 청년이 대답했다. 그 짧은 거리에 10달러라니, 사치스럽게 느껴졌다. 나는 파란색 차체에 다시 감탄하며 잠깐 망설였다.

"정말 재미있어요!" 청년이 생기에 가득 차서 말했다.

나는 재미가 필요하다고 판단하고 자전거 택시에 올라탔다. 청년이 도로를 향해 페달을 밟자마자, 몇 달 전 동네 카니발에서 놀이기구를 탔던 여덟 살짜리 딸아이가 된 것처럼 내 얼굴에 미소가 번졌다. 청년은 활기와 자신감에 가득 차 교통정체를 뚫고 달렸다. 아직은 온화한 가을 저녁이어서 그렇게 춥지 않았다. 도시는 눈부시게 아름다웠다. 마지막 햇살이 고층건물의 창문들에서 반짝이고, 크라이슬러 빌딩의 꼭대기가 금빛으로 빛났다. 하늘은 마그리트의 그림처럼 깊고 풍부한 파란색이었다. 레너드 번스타인이 도시에 바친 불협화음 송가의 변형률이 들려왔다. 도시는 정말 멋져! 길모퉁이에 서 있는 행인들을 빠르게 지나쳐 달리자 나는 행복한 비명을 질렀다. 때때로 행인들이 나를 바라보았고, 내가 미소를 짓자 그들도 미소로 답해주었다.

그랜드센트럴 터미널에 도착했고, 인포메이션부스에서 월을 기다렸다. 밴더빌트 홀에서 블랙타이 이벤트가 막 시작되려는 참이었다. 화려한 옷차림을 한 초대받은 사람들이 떼를 지어 서성거렸다. 남자들은 턱시도, 여자들은 드레스 차림이었다. 막 열리는 그 화려한 뉴욕의 저녁의 일부가 되고 싶은 바람이 간절했다. 하지만 그 모습을 구경할 수 있다는 사실에—그 세세한 장면들을 내 인생에서 다시 보고 즐길 수 있다는 사실에—감사함을 느꼈다. 그건 헨리의 죽음 이후 내가 경험한 모든 일을 보상해주는 진정한 선물이었다.

누군가 내 어깨를 톡톡 쳤다. 나는 그 우아한 광경에서 시선을 돌렸고 나를 보고 있는 월을 발견했다. 그는 오늘 아침에 머리를 멋지게 잘랐다. 머리카락 대부분을 짧게 밀어버린 모습이었다. 내가 선물한 검은색 뉴스보이캡을 썼는데, 그것을 벗어 깨끗이 민 머리를 나에게 보여주었다. 그가 너무 소년처럼 보여서 나는 웃었다. 그의 파란 눈이 홀의 조명 속에서 반짝였다. 그는 머리를 민 것에 대해 사무실 동료들의 반응이 좋았다고 말했다.

우리는 아래층의 식당에서 급히 파스타를 먹고, 통근자들로 가득한 6시 40분 기차에 올랐다. 월은 식당에 검은색 뉴스보이캡을 놓고 온 사실을 뒤늦게 깨달았다.

짬짬이 선잠을 잘 자는(내가 부러워하는 재능이었다.) 월은 숄을 걸쳐놓은 내 핸드백에 머리를 얹고 잠시 졸았다. 나는 그의 갓 깎은 잿빛 도는 벨벳 같은 머리털을 어루만지고, 약간 뾰족한 귀를 갖고 놀고, 적갈색 턱수염을 쓰다듬었다. 그런 다음 우리는 이야기를 하고 키스도 했다. 몇몇 사람들이 우리를 쳐다보았고, 나는 그들이 우리를 짜증스럽게 여기는지 궁금했다. 문 옆 우리 좌석 바로 맞은편에 앉아 있던 여자가 다른 좌석이 비자 그리로 건너갔다. 그래서 우리가 짜증스러운가 보다 하고 짐작했다.

우리는 타운 주차장에서 내 차를 타고 리자를 데리러 갔다. 벽화로 뒤덮인 타니아의 집을 가로질러 뒤뜰로 들어갔다. 그녀는 뒤뜰의 나뭇가지들을 동화 속에 나오는 것 같은 울타리 모양으로 다듬고, 길거리에 버려진 플라스틱 흔들목마를 가져와 올려두었다. 그녀의 고양이 두 마리와 토끼 한 마리가 뜰에서 이웃 아이들 몇 명을 피해 돌아다녔다. 리자와 대여섯 명쯤 되는 아이들이 깍깍 소리를 지르며 트램펄린 위에서 재미있게 놀고 있었다. 하지만 리자는 자기 신발을 찾아 순순히 우리 쪽으로 왔다.

리자는 윌의 새로 자른 머리를 마음에 들어하지 않았다. 잠시 사이를 두었다가 얼굴을 찡그리더니 이렇게 평가했다. "10대 아이들이 하는 머리처럼 보여요. 얼굴이랑 안 어울려요!"

윌이 웃었다. "솔직하게 말해줘서 고마워, 친구."

집으로 돌아와 과일과 아이스크림을 먹고 난 뒤, 리자가 목욕하고 나서 자기에게 책을 읽어줄 수 있느냐고 물었다. 책 읽어주는 저녁 시간의 부활은 윌과의 새로운 관계가 가져다준 뜻밖의 혜택이었다. 삶의 위기를 겪으면서 그런 작은 습관들이 잠시 중단되었다. 세탁을 해야 했고, 밀린 일을 끝마쳐야 했다.

나는 위층의 욕조에 물을 받았고, 리자는 아아아 소리와 함께 비누거품을 살살 헤치며 조심스럽게 물속으로 들어갔다. 윌과 나는 번갈아가며 책을 읽어주었다. 리자가 목욕하고 이를 닦은 뒤 우리 셋은 리자의 방 좁은 침대에 찌부러져 다시 책을 읽었다. 이윽고 나는 방의 불을 껐고, 윌은 욕실로 향했다. 리자와 나는 잠시 서로에게 바싹 파고들었다. 하루를 보낸 뒤 나는 피곤했고, 리자가 더 어렸을 때 그랬던 것처럼 리자 방에서 깜빡 잠이 들까 봐 두려웠다. 하지만 잠을 자기보다는 섹스를 더 하고 싶었다.

정신을 차리고, 아직 욕실에서 이를 닦고 있는 윌을 찾았다. 나도 이를 닦고 따뜻한 가운으로 갈아입은 다음, 윌이 몇 년 전 등을 다쳤을 때 추천받은 스트레칭을 하는 동안 이불 밑으로 들어갔다. 우리 집에서 처음 하룻밤을 보내는 거라는 사실을 그에게 상기시켰다. 다른 남자 같으면 내 옷을 벗기고 싶은 절박한 욕망을 느낄 만한 상황인데도 그가 운동을 빠뜨리지 않고 할 정도로 규율 잡힌 사람이라는 사실이 흐뭇했다. 나는 그가 운동하는 모습을 큰 매혹과 흥미를 가지고 관찰했다. 심지어 그날 밤 우리는 섹스를 하지 않았다. 상황을 천천히 진행하고자 하는 "더플랜"의 일부였다. 말하자면 우리는 노련한 사람들이었다.

리자가 나에게 와서 "박스카 칠드런" 시리즈의 18번 책을 다 읽었다고 말했다. 나는 리자를 축하해주고 잠들기 전 입맞춤을 한 번 더 해주었다. 윌은 리자에게 잘 자라고, 그리고 사랑한다고 말했다. 리자는 소리 죽여 대답했다. 이 새로운 상황에서 리자는 아직 방법을 찾고 있었다. 어떤 방법이 좋을지 리자가 찾아내기까지 시간이 걸릴 것이다.

리자를 침대에 다시 누이고 돌아와 내 침실 문을 닫았다. 그리고 따뜻한 침대 안으로 다시 들어갔다. 나는 항상 추웠고, 이불 밑에서 윌의 몸은 따뜻했다. 그의 체격은 나에게 딱 좋았다. 늘씬했지만 근육이 과하지 않았다. 사이클로 단련된 다리는 조각 같은 무릎에 이르기까지 부드럽게 가늘어졌다. 종아리의 비율이 훌륭했고, 발목이 가늘었으며, 발의 형태가 뚜렷했다. 상반신은 날씬했지만 어깨에는 살집이 있었다. 목이 가늘었고, 턱은 작고 움푹 들어가 있었다. 코는 넓적하고 각이 졌으며, 청소년 권투선수처럼 찌그러져 있었다. 눈이 무척 파랬고 요정 같은(혹은 불카누스 같은?) 귀를 갖고 있었다. 그리고 지금은 머리칼이 별로 없었다. 양팔은 가냘픈 체격을 생각하면 놀라울 정도로 힘이 셌다. 그가 나를 들어 올려 장난스럽게 던졌다. 짧은 순간 공중에 떠 있으니 흥분이 되었고, 튀어 오르며 침대에 단단하게 내려앉으니 마음이 편안해졌다.

이제 우리는 이불 밑에서 다리를 포갠 채 서로 마주 보고 있었다. 그는 티셔츠와 작은 순록들이 그려진 초록색 크리스마스 사각팬티 차림이었고, 나는 여전히 목욕가운을 입고 있었다. 그는 꿈을 꾸는 듯했고 피곤해 보였다. 나는 아마도 우리가 그냥 이 상황을 즐길 것이고 사랑을 나누지는 않을 거라고 생각했다. 우리는 포옹하고 서로를 더 꼭 끌어안았다. 그의 손이 이불 밑에서 방황하며 내 허리 그리고 허리 아래쪽과 엉덩이 사이를 만졌다. 우리는 키스했다. 그가 한숨을 쉬었고 나도 한숨을 쉬었다. 그는 내가 육감적인 여자라고 말했다. 여자가 마흔다섯 살에 그런 말을 듣는 것은 기분 좋은 일이었고, 나는 유대교 유월절 기도문의 후렴구인 *다야누*(그것으로 충분하다.)를 생각했다. 만약 신이 우리를 40년 동안 사막에 데려다놓고 만나를 내려주지 않는다 해도 그것으로 충분할 것이다. 하지만 신은 우리에게 만나를 주었다. 삶이란 좋은 것이다. 심지어 종교가 없는 유대인 여자에게도. 그 여자는 이 히브리어 기도문의 다른 구절을 전혀 기억하지 못한다. 우리는 플란넬 가운을 벗고, 티셔츠를 벗고, 크리스마스 사각팬티를 벗었다.

　우리는 따뜻한 이불을 젖힌 채 동면하는 짐승들처럼 따뜻하게 안고 잠이 들었다. 잠이 몰려왔고 눈이 감겼다. 내가 마지막으로 한 생각은 예스였다. 핫핑크, 레드, 오렌지색 그늘에 외곽선과 그림자가 있는 커다랗고 동글동글한 글자들이 등장하고, 존 레넌의 애니메이션 캐릭터가 페퍼랜드에서 껑충거리며 활보하고, 마비 상태였던 사람들이 잿빛 잠에서 깨어나고, 〈라 마르세예즈〉를 샘플링한 오프닝 트럼펫 연주가 쾅쾅 울려 퍼지며 결국 악당 블루 미니들은 기세를 누그러뜨린다. 그런 다음 음악 소리가 잦아들고, 글자들이 부드럽게 무너졌으며, 방은 평화로운 어둠에 잠겼다.

16
2005년부터 2007년까지

우리가 들어가지 말라는 방과 옷장과 숲과
심연 속에 들어가지 않았다면,
우리에게는 표현할 진실이 별로 없을 것이다.
—앤 라모트, 『쓰기의 감각』

완벽했던 그날 이후 한동안 어려움이 많았다. 2005년 봄의 어느
날 저녁, 어머니가 전화를 했다. 어머니는 몸이 좋지 않았다. 폐에
서 종양이 발견됐고, 아버지가 어머니를 병원에 데려가 조직검사
를 받게 했다.

"암입니다." 의사가 그녀의 트레이드마크인 솔직한 태도로 말
했다. 나는 엄청난 충격을 받았다. 부모님은 10년째 은퇴생활을
하다가, 오래전부터 계획해온 프랑스 여행을 떠나려던 참이었다.

그날 저녁 어머니는 길게 이야기하고 싶어 하지 않았다. 어머니
가 전화를 끊은 뒤, 나는 유용하다고 느껴지는 유일한 일을 했다.
"중피종中皮腫"이라는 익숙하지 않은 단어를 구글에서 주의 깊게
검색해보았고, BBC 웹사이트에 다다랐다. 30분 만에 중피종이

치료하기 어려운 암이라는 것을 알게 되었다. 소량이라도 석면에 노출되면 몇 년에 걸쳐 폐에 종양이 자란다. 그리고 대개 뒤늦게, 수술도 할 수 없는 단계에서 발견된다. 다른 폐암들이 화학요법에 반응하는 반면, 중피종은 대부분의 경우 반응하지 않는다. 진단 이후 기대수명은 12~18개월이다. 이 집중 조사 후 나는 가슴을 세게 걷어차인 기분을 느꼈다. 어머니는 이 병으로 돌아가실 것이다. 문제는 그게 언제인가 하는 것뿐.

어머니는 히틀러를 피해 오스트리아에서 도망쳐 나온 강인한 생존자였고, 커져가는 종양 때문에 쇠약해져 있었지만 치료 선택안을 놓고 단호하게 씨름했다. 부모님은 프랑스 여행을 취소하고 전문가들에게 자문했다. 수술은 가능성이 없는 것으로 판명되었고, 암 전문의는 화학요법을 받아보라고 권했다. 그는 생명 연장과 삶의 질에 관해 이야기했다. 나도 조사를 해보았고 확신을 얻지는 못했지만, 도움이 되는 치료라면 무엇이든 받아보고 싶다는 어머니의 소망을 받아들였다. 아버지가 몇 달 동안 어머니를 화학요법 치료에 데리고 다녔다. 하지만 기력만 대폭 쇠했을 뿐 종양을 줄이는 효과는 미미했다.

그러는 동안 나는 천천히 이삿짐을 챙기며 리자의 학년이 끝나기를 기다렸다. 이 시기에 어머니가 점점 쇠약해지는 모습을 지켜보면서 우리 가족은 더 가까워졌다. 7월 넷째 주 주말 연휴 동안 오빠와 내가 부모님 집을 방문했을 때, 우리의 두려움은 현실이 되었다. 어머니는 쇠약해졌고 창백했으며 스카프로 민머리를 감싼 채 손을 떨고 계셨다. 할아버지나 할머니가 멋진 잔디밭에서 손자를 쫓아 달리는 모습을 항오심제 광고에서 본 적이 있다. 어머니의 경우 항오심제가 대부분 효과가 있었다. 상태가 좋은 날에는 의자에 앉아 토하지 않고 음식과 차를 조금 넘겼으며, 허공을 응시하고, 책 몇 페이지를 읽고, 잠이 들었다 깨었다 했다.

화학요법을 받는 동안 어머니의 생명은 재난영화를 보다가 화장실에 가야 할 때 "멈춤" 버튼을 누르는 것과 같았다. 돌아와서 "작동" 버튼을 누르면 멈췄던 곳에서 다시 시작하는. 비행기는 계속 추락하고 있지만 잠시 동안 화면을 멈추었을 뿐이었다. 어머니의 시련을 목격한 우리 중 누구도 그것을 양질의 삶이라고 부르지 못했다. 어머니 자신조차도.

"내가 살면서 무슨 짓을 했길래 이런 일을 겪어야 하는 걸까요?" 어머니가 아버지에게 말했다. 아버지는 나중에, 모든 것이 거의 끝났을 때 이 말을 나에게 전했다.

2005년 6월 30일, 이러한 가족의 위기 한가운데에서 이삿날이 다가왔다. 내가 시도한 부동산 거래는 일정이 심각하게 꼬여버렸다. 그래서 우리는 다른 집을 찾아낼 때까지 월의 방 하나짜리 아파트에 들어가 살아야 했다. 이삿짐 트럭이 떠나고 빈집에 우리만 남자, 한 커플이 자녀들을 데리고 다가왔다. 그 장면이 그날 아침의 날카로움을 다소 누그러뜨렸다. 리자는 집 수영장에서 마지막으로 헤엄을 쳤다. 세 살 때 처음 개헤엄을 시도한 곳이었다. 나는 물에 흠뻑 젖은 리자의 모습을 카메라에 담았다. 물안경이 1차 세계대전 때의 비행용 안경처럼 리자의 이마에 걸쳐져 있었다. 그날 오후 우리가 새로운 삶을 향해 나아갈 준비를 하는 동안 리자의 용감하고 쾌활한 모습이 사진에 담겼다. 리자는 많은 것을 잃고 있었다. 친구들, 우리가 물려주어야 했던 소속감, 교육을 받아온 학교, 그리고 이제는 사랑하는 집까지. 리자는 이사 가는 것이 기쁘지 않다고 여러 번 밝혔다.

오후가 저물어갈 때, 우리는 마지막 짐을 윌의 혼다CR-V에 실었다. 불평하는 고양이 네 마리도 캐리어 안에 몰아넣었다. 루프탑까지 닿도록 짐을 싣고 마지막으로 진입로를 떠나 브루클린으로 향했다.

내가 바라던 명예로운 재입성은 아니었다. 내가 사려고 했던 새 아파트로 이사 가길 바랐는데. 하지만 뉴욕시는 늘 그렇듯 청명한 여름밤의 경이로운 모습을 보여주었다. 우리는 트라이버러브리지를 건넜고, 나는 맨해튼의 반짝이는 저녁노을을 보며 경탄했다. 실망감도 있었지만 집에 가니 기분이 좋았다. 7번가의 더러운 인도에 입맞춤이라도 하고 싶은 기분이었다.

윌의 아파트에 짐을 푼 첫날 밤부터 나는 캐시를 다시 보지 않아도 된다는 사실에 안도했다. 핼러윈 퍼레이드 이후 타운에서 그녀를 거의 보진 못했지만, 그녀의 존재가 얼마나 그곳의 생활 구석구석에 스며들어 있는지 미처 깨닫지 못했다.

이사하기 일주일 전, 나는 일부러 그녀의 집 옆을 운전해서 지나갔다. 그녀의 집 앞 도로로 진입할 때 내 옆에는 윌이 앉아 있었다. 7월 아침이면 늘 그랬듯이 그녀는 해먹에서 책을 읽고 있었다. 그녀가 고개를 들어 위를 올려다보았고, 우리의 눈이 마주쳤다. 그녀가 눈길을 돌렸다.

"저기 그 여자가 있네요." 내가 윌을 향해 뚱하게 말했다. 아마도 그녀는 이곳에 계속 머무를 거야. 하지만 이제 나는 그들이 내 뒤에서 저지른 추한 일에서 벗어날 수 있어. 그리고 언젠가는 매일 아침 잠에서 깨어날 때 그 일을 맨 처음 떠올리지 않게 될 거야.

그 여름의 나머지는 흐릿하게 지나갔다.

그해 가을 리자가 새 학교에 적응하는 동안 나는 아이 양육, 일, 아파트 찾기, 그리고 부모님 방문을 최대한 효율적으로 해내려고 애썼다. 하지만 계획이 틀어지는 경우가 허다했다. 때로는 최소한의 일을 하는 것조차 버거웠다. 인생에 그런 시금털털한 맛 말고 다른 맛도 있음을 상기하는 것이 도움이 되었다.

내가 가진 것은 동료애였다. 첫번째와 두번째 이사, 어머니의 투병 기간 동안 윌은 음울한 분위기에서 우리의 짐을 렌트한 밴에 실어 창고로 들이고 내오면서도 어떻게든 경쾌함을 찾아냈다. 그는 기꺼운 마음으로 열심히 부모 역할을 했으며, 학부모-교사 회의에 참석하고 리자의 수학 숙제를 도와주었다. 나는 주거가 안정되지 않은 상황에 기분이 상하면서도 동시에 지원받는다는 느낌을 받았다.

12월까지 어머니는 화학요법을 충분히 받았다. 어머니가 기분 좋지 않은 농담조로 의사를 밝혔다. "이 게임을 더는 하고 싶지 않구나. 정말 떠나고 싶지 않아. 하지만 떠날 준비가 됐어."

우리의 새 아파트에서 가족과 함께한 어머니의 마지막 크리스마스 만찬은 쓰라리면서도 달콤했다. 적어도 괴로운 화학요법 치료는 끝났다. 어머니는 내가 만든 양고기 스튜, 질 좋은 레드와인 한 잔, 초콜릿 트러플 약간을 즐겼다. 최근 몇 달 동안 어머니가 음식을 그토록 즐기는 모습은 본 적이 없었다.

마지막 쇠퇴를 앞두고 불가피하게 찾아온 유예기간 동안 어머니의 머리가 짧은 잿빛 솜털처럼 다시 자라나고 피부색도 생기를 되찾았다. 어머니는 간신히 동네 식당에 걸어가거나 주말별장의 베란다에 앉아 여름의 산들바람을 즐겼다. 그러나 7월 말에 어머니는 다시 쇠약해졌고, 8월 초에는 더는 침대 밖으로 나오지 못하게 되었다.

어머니는 2006년 10월 22일에 돌아가셨다. 마지막 석 달 동안 어머니는 호스피스 간호사 두 명에게 번갈아가며 보살핌을 받았다. 침대 속 어머니는 그냥 유령 같았다. 어머니는 평화롭게 떠나셨고, 우리는 그 사실에 감사했다. 그러나 나는 여전히 영화필름을 되감을 수 있기를 바랐다. 내가 상상한 영화에서 어머니는 화학요법을 거부하고 탑승교를 올라 밤 비행기를 타고 파리로 날아가서 59년을 함께한 파트너와 함께 마지막 모험을 즐긴다.

어머니가 돌아가신 뒤 며칠 동안 우리는 어머니의 서랍 속을 살펴보았다. 나는 많이 사용한 어린이용 칫솔, 기저귀용 옷핀 세 개, 그리고 내가 슬립어웨이 캠프에서 어머니에게 만들어드린 에나멜 액세서리 두 개를 발견했다. 내가 어렸을 때 사용하던 헤어 리본들과 콘서트나 링컨센터에 《호두까기 인형》을 보러 갈 때 끼라고 어머니가 나에게 만들어준 하얀 면장갑이 든 가방도 있었다. 오빠는 손가락장갑처럼 생기고 끈이 달린 가죽 케이스를 발견했다. 잠시 어리둥절한 순간이 흐른 뒤, 오빠는 그것이 1965년에 내가 "의도적인 사고"로 장난감 수납장 문에 오빠의 왼손 약지 손가락을 찌부러뜨린 뒤 그가 착용하던 보호용 커버라는 것을 알아차렸다. 그 일로 큰 곤욕을 치른 것이 나도 기억났다. 어머니의 외투 주머니 한쪽에는 내가 메인주 섬 해변에서 주워 모으던 것들과 같은 검은색 조약돌 하나가 들어 있었다. 나는 노란색 비닐봉지 안에서 어머니의 결혼식 부케로 보이는 것—손을 대자 부서져 버린 말린 장미들—과 오스트리아의 친구들과 가족으로부터 받은 독일어 메모들이 가득한 작은 기념품 책도 발견했다. 1938년에서 1940년 사이 암흑시대의 빈에서 쓴 것들이었다. 아버지와 나는 그렇게 많은 사람들이 살아남아 그 메모를 썼다는 사실에 놀랐다. 1940년에 어머니가 가족과 함께 그곳을 탈출한 것은 이미 위험하고 기적적인 일이었다. 아버지가 전에는 그 책을 한 번도 본 적이 없다고 말했다. 그 작은 책과 어머니의 어린 시절 친구들에 관해 어머니에게 물을 기회가 있었다면 좋았을 것이다. 하지만 그러지 못했다. 그건 어머니의 비밀이었던 것이다. 엄마로서 나는 어머니가 왜 자신의 어린 시절과 우리의 어린 시절을 여러 가지 기념품들로 간직했는지 알 수 있었다. 언젠가 리자가 말했듯이, 추억이란 고통스러울지언정 좋은 것이니까.

≡

어머니의 투병 마지막 몇 달 동안, 나는 부모님 아파트 근처 레스토랑에서 아버지와 함께 여러 번 식사를 했다. 아버지도 병간호에서 벗어날 시간이 필요했다.

아버지는 82세지만 정정하고 기억력도 또렷했다. 아버지는 75년 전 대공황기에 소풍에서 먹은 바싹 마른 샌드위치를, 1940년대의 노래와 CM송 들을, 1956년 혹은 다른 연도의 월드 시리즈 야구 경기 스코어를 기억했다. 그래서 저녁 식사를 하던 중 내가 까맣게 잊어버린 일을 아버지가 생생히 기억하고 계신 것을 알고도 나는 놀라지 않았다.

리자가 막 두 살 반이 되었을 때다. 우리는 브루클린을 떠나 이사한 뒤 부모님 집을 처음으로 방문했다. 부모님이 그랜드센트럴 역으로 우리를 마중 나왔다. 아버지는 그때 플랫폼에서 리자를 알아보고 느꼈던 기쁨을 떠올렸다. 리자가 아버지를 향해 경사로를 달려 올라갔고, 아버지는 리자 뒤에서 천천히 걸어오는 헨리와 나를 보았다.

"리자의 얼굴에 기쁨이 가득했어. 양팔을 벌리고 경사로를 달려 올라왔지. 하지만 너희 둘은 너무 침울해 보였어." 아버지가 말했다. "우린 무슨 일이 일어나고 있는지 알지 못했지. 하지만 그런 모습을 보니 참 속상하더구나."

아버지는 헨리가 길을 잃었고 우리의 결혼생활이 뭔가 잘못되어가고 있다고 느껴지던 의혹에 대해 나에게 말했다. 부모님은 당신들이 느끼는 두려움을 절대 직접적으로 이야기하지 않았다. 내 부모님처럼 오랫동안 행복하게 결혼생활을 해온 커플에게, 나의 불행한 모습을 보는 건 가슴 아픈 일이었다. 나는 이레나에게서 불행한 결혼생활 이야기를 듣기보다는 부모님 말씀에 귀 기울여야 했다고 생각했다.

아버지가 그날을 기억한다는 사실이 기뻤다. 아버지의 기억은 다시 나의 기억이 되었다. 나는 그날 시내로 오는 기차 안에서 헨리와 다퉜던 일을 기억하지 못했지만, 아버지의 이야기를 들은 뒤 그날을 떠올릴 수 있었다.

≡

기억에서 잊힌 다른 날들도 떠올릴 준비가 되었다. 나에게는 가족 영화 몇 편이 있었다. 헨리가 오래전에 없어진 Hi8 비디오카메라로 찍어 DVD에 옮겨놓은 것들이다. 그 시절을 그의 눈을 통해 다시 보고 싶었다. 리자에게 으깬 콩을 먹이는 내 모습, 리자를 목욕시키는 모습, 처음 부모가 된 사람들만 기록하고 다시 보는 재기 넘치는 자료를. 내가 본 적 없는 클립 하나에 캐시의 집에서 열린 에이미의 네 살 때 생일파티 장면이 나왔다. 케이크가 등장하고, 생일 축하 노래를 부르고, 에이미가 초를 불어 껐다. 지나치게 쾌활한 "오!" "아!" 하는 경탄 속에 곧 잊힐 선물 꾸러미들이 펼쳐졌다. 캐시가 카메라 뒤의 헨리를 향해 윙크하고 혀를 내밀었다. 그 보디랭귀지가, 도발적인 응시가, 그리고 헨리의 순진한 척하는 대꾸가 이제 이해가 되었다. 나는 때때로 화면에 등장했다. 리자에게만 집중한 채 다른 것에는 산만한 모습으로.

과거의 내 자아를 조우한다는 호기심으로 그 영상을 지켜볼 수 있었다. 파티용 드레스 차림의 리자가 보이자 나는 기분 좋게 미소를 지었다. 심지어 캐시의 모습도 상처받은 기분 없이 바라볼 수 있었다.

나는 헨리를 떠올리게 하는 물건들을 공공연히 배제하지는 않았다. 전경에 두 살 난 리자의 모습이 흐릿하게 찍혀 있고 헨리가 애정 가득한 눈으로 나를 보고 있는 사진 한 장은 내 수납장에 신중히 자리했고, 대부분의 사진들은 잘 봉해서 내가 치우려다 잊어버린 옷 무더기 뒤에 보관했다. 산호가 박힌 금반지와 결혼반지들도 내 보석함에 여전히 들어 있었다. 리자가 더 자랐을 때 자세히 들여다볼 물건들이다. 나는 살바도르 달리의 일러스트가 있는 『맥베스』를 무척 좋아했다. 그 특별한 작품의 가치를 더 많은 사람이 알 수 있도록 희귀본 도서관에 기증해야 하지 않을까 하는 생각이 들긴 했지만. 헨리가 내 마흔 살 생일파티를 위해 쓴 메뉴판도 냉장고 측면에 붙어 있었다. 나에 대한 그의 사랑이 어떤 성질의 것이었는지 궁금해지는 날들이면, 나는 잘 계획된 그 메뉴를 골똘히 들여다보았다. 헨리의 목적은 생일파티에 참석할 내 친구들에게 강렬한 인상을 주는 것이었고, 그가 모두와 시시덕거렸으며 그 파티에 캐시도 참석했지만, 나는 그가 그 식사 준비에 쏟은 노력이 지금 내가 괴로움 없이 인정할 수 있는 진정한 사랑을 상징한다고 믿었다.

≡

사귀기 시작한 지 얼마 안 되어 나와 긴 대화를 나누던 중 윌이 내가 알고 있지만 실행하기 어려운 것을 정확하게 말했다. "당신은 그를 용서해야 해요. 우리가 함께 앞으로 나아갈 수 있도록."

용서는 놀라운 것, 우리 자신을 산 채로 삼키고 우리가 사랑하는 모든 사람에게 해를 끼치지 않도록 우리를 구원해주는 유일한 진실이다. 나는 용서하려고 계속 노력했다. 하지만 그 무엇도 용서하고 싶지가 않았다.

헨리가 한 일이 잊히지 않았고, 그 여러 겹의 기만에 캐시가 일조한 부분도 잊을 수가 없었다. 어처구니없게도 그녀가 내 냉장고 안에 과일 샐러드를 넣어두고 간 일은 지금은 분노보다는 누그러진 어떤 감정을 불러일으키긴 했지만.

모든 여파 속에서, 내가 사람 보는 눈이 끔찍이도 없다는 결론을 내렸다. 내가 이런 말을 하면 친구들은 농담이라고 생각해 웃어넘긴다. 하지만 나에게 그건 웃을 일이 아니다. 문제는 때때로 내가 받은 첫인상을 흐리게 만드는 낙관주의의 발작들이었다. 내가 항상 아름다운 미소, 영리한 언급, 숙련된 몸짓을 간파하지는 못할 것이다. 사람 보는 눈을 기르기 위해 많은 사람을 만나볼 필요가 있다는 것을 깨달았다.

캐시와 헨리는 유해한 사람들로, 다시는 친밀하게 지내고 싶지 않은 사람들로 내 마음속에 남아 있다. 이제 나는 그런 사람들을 식별하는 법을 배웠다고 믿는다. 파티에서, 상점과 식당에서, 학교 모임에서 그런 사람들이 보인다. 나는 그들의 혼란을 관찰하고, 그것을 고군분투하는 다른 인간으로서 나 자신의 혼란과 연결 지어보려 한다. 필요할 경우 나는 예의 차린 대화를 통해 그런 사람들과 관계를 맺을 수 있다. 하지만 그들을 내 인생에 끌어들이고 싶진 않다.

크리스틴, 엘렌 그리고 특히 엘리아나를 생각하면 다양한 감정이 든다. 그녀들은 넘어서는 안 될 선을 잠시 넘었다. 헨리가 죽기 전에는 결코 알지 못했다. 그녀들은 내 집에서 식사를 하거나 친구인 척한 적이 없다. 그러나 나와 대면했을 때 도망치지 않았다. 우리는 최선을 다해 씨름했고 뭔가를 배웠다. 그리하여 우리의 삶에 변화를 가져올 수 있었다. 우리가 함께한 노력이 자랑스럽다.

좋은 날이 오면 캐시도 불완전한 인간이라고, 그녀에게 진심으로 연민을 느낀다고 스스로에게 말할 수 있을 것이다. 그런 날이 오면 헨리의 선택이 가져온 끝없는 비극을 떠올리고, 그가 나에게 다시 시작할 기회를 주지 못했다는 사실에 진심으로 슬픔을 느낄 것이다. 아주 좋은 날이면 캐시나 헨리 생각을 전혀 하지 않을 것이다. 나는 최선을 다할 것이고 현재의 내 삶을 살 것이다.

헨리에게 완벽한 날은 깨어나서부터 잠들 때까지 경주처럼 뭔가를 끊임없이 하는 날이었다. 헨리는 정기적으로 해야 하는 따분한 일들이 많은 지루한 일상을 두려워했다. 하지만 매일의 삶에는 불가피하게 지루한 부분이 어느 정도 존재한다.

나는 미친 듯이 정신 활동을 하거나 구두 쇼핑을 하면서 지루함을 해결하려고 분투해왔다. 드물게 축복받은 순간들도 있었지만, 인내심을 가져야 지루함이 고요함과 차분함으로 이어질 수 있음을 깨달았다. 차분함 속에서 명상을 하고 그 명상을 통해 내 진정한 자아를 만날 수 있었다. 상냥하게 나 자신과 인사하고 내 일, 육아, 그리고 따분한 일들로 돌아갈 수 있었다. 그런 전인미답의 순간을 경험할 때마다 마치 천국에 가까이 다가가는 기분이었다.

헨리는 결함, 모순 그리고 재능을 지닌 진정한 자아와의 만남을 모두 거부했다. 이제는 나를 위해서가 아니라 그 자신을 위해, 리자를 위해 그가 자기 자신을 직시하려고 했다면 좋았을 거라는 생각이 들었다.

브루클린에서 한창 집에서 일할 공간을 꾸미던 어느 날 오후, 나는 작업용 서랍에 보관해둔 대여섯 권의 노트 사이에서 헨리의 작은 검은색 노트와 다시 조우했다. 우마미 프로젝트에서 쓰던 노트였다. 나는 한 번도 그 노트들을 통독한 적이 없지만, 이번에는 그가 몹시 들떠서 쓴 듯한 손글씨들을 노력을 기울여 해독했다.

상징들은 최초의 경험 이후 기억 속 감각이 순간적이고 지속적으로 저하되면서 생겨난다.

거짓말을 하거나 미화하고 싶은 충동은 감각의 원래 강도를 재

창조하려는 시도다.

사과하고 잘못을 인정하는 남자만큼 여자에게 유혹적인 것은 없다.

모든 사람이 이 단계의 강박을 이해한다. 윌트 체임벌린이 (2만 5,000명의 여자와 잤다는 낙인 때문에 집을 팔지 못하게 된 일에 관한 기사에서) "우리는 우리가 하는 활동들에 중독되는 경향이 있습니다. 그러니 여러분이 하는 일을 사랑한다는 걸 확실히 해두는 것이 좋아요."라고 말한 것처럼.

모든 중요한 활동은 중독된다. 그렇지 않다면 그것들은 중요한 일이 아닐 것이다.

헨리는 극단으로 가기 위해, 최초의 경험을 매일 되찾기 위해 선택을 했다. 그러나 일상의 활동들, 진짜 사랑이 가져다주는 반짝이는 전율, 부모로서의 가슴 벅찬 즐거움, 일을 하다 때때로 경험하는 성공의 번득임에서 더 많은 기쁨을 누릴 수 있었다면, 그는 더 오래 살았을지도 모른다. 나는 "모든 중요한 활동은 중독된다."라는 헨리의 관점에 동의하지 않는다. 그가 사과하는 경우가 매우 드물다는 것은 말할 것도 없다. 매순간 우마미를 경험할 수는 없다. 그건 황홀함을 늘 유지하기 위해 신비의 묘약을 찾아 헤매는 헤로인 중독과 같을 것이다. 하지만 우리는 "완벽한" 순간들에 아직 열려 있을 수 있고, 그런 순간이 올 때 고마워할 것이다. 아마도 조용한 장소에서 훨씬 더 많이.

≡

2006년 1월 초 계절에 맞지 않게 날씨가 푹하던 어느 날, 윌과 리자는 리자의 새 학교 친구인 몰리와 그녀의 아빠와 함께 프로스펙트파크로 자전거를 타러 가기로 했다. 전화를 받았을 때 나는 요가 수업에서 막 돌아와 급히 만든 참치 샌드위치 첫입을 서둘러 삼키고 있었다.

"엄마." 리자가 놀라울 정도로 차분하게 말했다. "윌 아저씨가 자전거에서 넘어져서 앰뷸런스가 오고 있어요."

나는 샌드위치를 접시에 내려놓고 외투를 집어 든 뒤 늦지 않게 공원으로 달려갔다. 도착하니 구급대원 두 명이 윌을 앰뷸런스에 싣기 위해 준비하고 있었다. 윌의 몸이 들것에 묶여 있고, 목에는 플라스틱 부목이 받쳐져 있었다. 윌의 얼굴에 피와 흙이 잔뜩 묻어 있고 왼쪽 뺨의 상처에서 피가 2~3센티미터 정도 흘러 있었다. 머리가 멍하고 배 속이 메스꺼웠다. 점심을 먹다 말아서 그런 것이길 바랐다. 리자를 한쪽으로 데려가 안심시키고 무슨 일이 일어난 건지 좀 더 물었다.

"리자는 괜찮아요?" 윌이 계속 물었다.

"아이는 괜찮으니 걱정하지 마요." 내가 윌을 안심시켰다. 리자는 정말 놀라울 정도로 차분해 보였다.

리자가 말했다. "엄마, 윌 아저씨는 넘어진 후에 곧바로 나를 알아보지 못했어요. 땅바닥에 앉아서는 나에게 누구냐고 물었어요." 그건 뇌진탕 증세가 있었음을 암시했다. 그래도 지금은 그가 리자의 이름을 알고 있으니 다행이라고 나 자신을 위로했다.

몰리는 자기 아빠와 함께 자전거 도로 400미터 앞쪽에서 자전거를 타고 있었다. 그들은 윌과 리자가 따라잡도록 기다리며 멈춰서 있었다. 그런데 아무도 나타나지 않자 그들이 길을 되짚어 왔고, 내가 앰뷸런스에 함께 타고 가는 동안 리자를 집에 데려다줄 수 있었다. 몰리 엄마가 내 휴대폰으로 전화해 병원으로 나를 만나러 오겠다고 했다. 나는 앰뷸런스에 올랐다.

윌은 여전히 횡설수설하고 있었다. "리자는 괜찮아요?"

"아이는 괜찮아요. 제발 걱정하지 마요."

"리자는 괜찮아요?"

사이렌 소리가 울부짖듯 울려 퍼지더니, 앰뷸런스가 브루클린의 교통정체 속으로 밀고 들어갔다. 벽시계를 보니 오후 2시였다.

내가 문득 몸서리를 치며 구급대원에게 물었다. "저기, 오늘이 며칠이죠?"

"1월 8일입니다, 부인." 구급대원이 클립보드에 끼워진 서류 양식에서 눈을 들어 나를 올려다보며 대답하고는 덧붙여 물었다. "혹시 환자분의 사회보장번호를 아시나요?"

윌이 자신의 사회보장번호를 읊었다.

구급대원이 낄낄 웃으며 말했다. "환자분, 혹시 군대나 뭐 그런 곳에 계시나요?" 그는 윌에게 이름, 계급, 군번을 물었다. 윌은 사무실 전화번호를 기억해냈고 대부분의 것을 잘 대답했다. 하지만 우리의 새 아파트 주소를 말할 때 잠시 머뭇거렸다. 그것은 좋은 징후였다. 뇌진탕을 겪었을지는 몰라도 괜찮을 것 같았다. 나쁜 소식은 내가 날짜를 잊어버렸다는 사실이었다. 윌은 헨리가 세상을 떠난 세 번째 기일의 같은 시간에 자전거에서 넘어졌다. 이 사실에 나는 정말로 머리가 멍해졌다.

헨리가 죽고 그의 영혼과 몇 번 조우한 뒤, 나는 사후세계에 실용적으로 접근했다. 영혼이라는 것은 말이 되지 않을지도 모른다. 하지만 나는 그것을 실제로 충분히 느꼈다. 이번에 우리는 그의 기일을 잊었다. 이번에 헨리는 주방에서 요리하기 전 스테이크에 소금을 치라고 권하는 영혼이 아니었다. 화를 냈다.

왼쪽 콧구멍 근처, 광대뼈 아래, 그리고 아랫입술 안쪽을 스무 바늘 이상 꿰매고 경과를 살펴보며 병원에서 하룻밤을 보낸 뒤, 윌은 빠르게 회복하기 시작했다. 일을 쉰 사흘 동안 그는 집 주변을 살살 걸으며 쾌활함을 유지했다. 자전거에서 굴러떨어져 생긴 상처는 흉터 없이 아물라고 우리가 사다준,《오페라의 유령》에 나오는 가면처럼 생긴 요즘 유행하는 밴드 마스크에 덮여 있었다. 그 주가 끝날 때쯤 윌은 뺨에 밴드 하나를 붙이고 다시 사무실에 나갔다. 그는 사춘기 시절에 그랬듯이 혈기 왕성한 권투선수처럼 보였다. 타박상을 입었지만 다음 라운드에 나설 준비가 된.

사고 현장에 다시 가보았지만 그곳에는 아무런 문제가 없었다. 윌은 사이클 전문가였고, 수년 동안 프로스펙트파크에서 자전거를 탔다. 그 사고에 대해 다시 나에게 설명할 때 리자는 윌의 자전거가 막 멈춰 섰는데 윌이 앞으로 곧장 나아가려 했다고 말했다. 기계적인 실수였을 수 있다. 하지만 나에게는 나만의 견해가 있었다. 윌이 리자의 아빠 자리를 차지한 것을 헨리가 질투한 것이다.

윌은 나의 귀신 이론에 크게 개의치 않았다. 내 이야기를 듣고 그가 《고스트버스터즈》의 테마송을 부르기 시작해서 나는 웃고 말았지만, 그 사고에 대한 생각을 바꾸지는 않았다. 헨리가 화가 나서 저지른 일이라는 걸 나는 알고 있었다.

우리의 새 아파트에서 또 무슨 재앙이 일어날지 몰라 경계심을 느꼈다. 내가 싱크대에서 설거지를 할 때 헨리가 머리 위 선반에서 냄비를 떨어뜨리지는 않을까? 내가 계단에서 넘어지지는 않을까? 영혼의 대청소를 해줄 사람이 필요했다.

엘리아나에게 편지를 썼다. 그녀는 내가 미쳤다고 생각하지 않았다. 그런 종류의 "에너지" 문제에 도움을 줄 사람을 찾을 수 있을 거라고 했다. 나는 캘리포니아가 아니라 여전히 뉴에이지의 성지인 파크 슬로프에 살고 있었다. 여기에는 나를 비웃지 않는 사람이 있을 터였다.

이웃의 한 친구에게 내 고충을 소심하게 언급하자, 놀랍게도 그녀는 자기도 소위 "영적 청소"를 해줄 여성을 집에 오게 한 적이 있다고 말했다. 그녀가 이메일로 그 여성의 연락처를 알려주었다. 일주일 뒤 한 여성이 우리 집 문 앞에 나타났다. 그녀는 자신이 변호사 일을 하다가 영적 치유자가 되었다고 말했다. 그녀가 사려 깊고 납득이 가는 움직임으로 스프레이 병에 주방의 수돗물을 채운 뒤 기도문을 외웠다. 그런 다음 좀 더 나직한 소리로 기도문을 중얼거리고 스프레이 병 안의 물을 여기저기 뿌리며 아파트 안을 두루 걸어 다녔다. "그가 여기에 있었어요." 헨리가 더는 소파 뒤에 옹송그리고 있지 않다는 걸 확인하듯 거실 모퉁이를 유심히 들여다보며 그녀가 조용히 말했다. "그들이 오래 머무는 건 좋지 않아요. 다음 단계로 넘어가게 해주는 도움이 필요합니다."

그래, 그래, 넘어가. 제발 넘어가라고.

"이제 이 집이 새롭게 느껴지질 거고, 여기서 잘 일할 수 있을 거예요." 그녀가 말했고, 나는 그녀를 포옹했다. 내가 수표를 건네자 그녀는 감사를 표하고 떠났다. 무슨 일이 일어난 건지 확신하진 못했지만, 그녀가 현관 입구의 계단을 걸어 내려가는 모습을 보며 벌써 기분이 한결 나아진 것을 느꼈다.

2007년 1월 8일은 평화롭게 지나갔다. 나는 우리의 새집에서 행복과 생산성을 발견했다. 식료품점에서 추모용 양초를 사 오고 리자와 함께 고요한 시간을 가졌다. 헨리가 아스트랄계에서 우리를 찾아온다면, 우리 가족의 생활을 보고 우리를 평화롭게 놓아두길 바랐다.

17
현재

"필딩 씨, 천국을 믿으시는지 물어봐도 될는지요?"

그녀가 그를 바라보며 수줍게 말했다.

"믿지 않습니다. 하지만 정직이 우리를 거기로 데려간다는 건 믿어요."

—E. M. 포스터, 『인도로 가는 길』

정신없이 엄마 노릇을 하고 갱년기 건망증이 시작되기 훨씬 전이었던 스물두 살에도 나는 기억과 기억이 제대로 작동하도록 도와주는 감각을 잃을까 봐 걱정했다. 또렷하지만 부서지기 쉬운 사랑의 순간들을 보존하는 일에 관한 한 때때로 우리가 유지하는 유일한 것은 구불구불한 파도 위에 후두둑 떨어지는 빛처럼 빠르게 지나가는 이미지뿐이다.

나는 이탈리아 친퀘테레 지중해에서 내가 사랑하는 남자 파올로와 함께 배에 타고 있었다. 한 친구가 그를 일주일간의 항해에 초대했고, 그는 내가 아직 머물고 있던 동네로 돌아와 자기와 함께 가자고 설득했다. 그건 뉴욕으로 돌아가는 내 비행기 티켓을 바꿔야 한다는 걸 의미했다.

우리는 2년 전 내가 교환학생으로 프랑스에서 대학교를 다닐 때 만났다. 뭐라고 이름 붙일 수는 없었지만 즉각적으로 관계가 형성되었다. 그 학년 동안 나는 그와 함께 시간을 보냈고, 4학년을 마치기 위해 캠퍼스로 돌아가 그에게 편지를 썼다. 졸업하고 1년이 지난 뒤에는 그를 보기 위해 몇 주 동안 그곳으로 여행을 갔으며 그 여행은 이 항해 여행으로 끝났다.

한번은 우리가 형형색색으로 칠해진 집들과 흔들리는 야자수들이 줄지어 서 있는 굽은 해변을 걷고 있는데 그가 "치 스포시아모?"라고 말했다. 나는 그가 나를 놀리는 줄 알고 대꾸하지 않았다. 누가 그 말을 하는 것을 한 번도 들어본 적은 없었지만 그 말이 무슨 뜻인지 나는 알고 있었다. 스포사레, 결혼하다. *치*, 일인칭 복수 재귀대명사. "우리 결혼할까?"

결국 우리는 우리 관계의 본질에 관해 많이 이야기하지 않았다. 그의 진짜 여자친구가 토론토에 있었고, 그는 거기서 겨울을 보냈다. 당시 그가 아는 많은 남자들이 그런 식으로 행동했다. 그 주말이 지나가는 동안, 나는 이름 붙일 수 있는 뭔가를 위해 싸울 용기를 바랐다. 하지만 우리가 가진 부서지기 쉬운 것이 테라코타 타일 바닥에 떨어진 와인 잔처럼 산산이 깨질까 봐 두려웠다.

배 앞쪽 침대칸에서 자던 나는 돛대 위 핼리어드[52]가 철커덕거리는 소리와 부드럽게 흔들리는 배의 움직임에 일찍 잠에서 깨어났

---

52 항해할 때 깃발 또는 돛을 낮추거나 들어 올리기 위해 쓰는 밧줄.

다. 파올로는 여전히 내 옆에서 자고 있었다. 그의 몸이 반달 모양의 곡선을 이루고 있었다. 나는 그날 오후에 집으로, 뉴욕의 내 삶으로 돌아갈 예정이었다. 어떤 삶이 될지 모르겠지만. 파올로는 나에게 이탈리아에 남으라고 말하지 않았다. 그가 그러지 않을 거라는 걸 나도 알고 있었다. 또한 나는 이탈리아에 남는 것이 언어를 배우고 일자리를 찾는 것보다 더 힘들 거라는 걸 알고 있었다. 문화적 차이가 무척 커서 나를 완전히 압도할 수도 있었다. 이탈리아에서 산다는 건 나에게 늘 로맨틱한 일로 보였지만, 그해 여름에 이탈리아 남자들과 함께하면서 행복하지 않은 미국 여성들을 많이 보았고, 집에서 너무 멀리 떨어져서 고달프게 사는 삶이 내 경우가 될 수도 있었다. 과보호가 심한 파올로의 어머니가 미국 며느리를 반길 것 같지도 않았다. 나는 부모님 세대의 일부 사람들이 "빌어먹을 여성 해방 운동가"라고 부르는 존재였다.

파올로는 대부분의 여자들이 잘생겼다고 말할 부류의 남자는 아니었다. 야위고 강단 있는 몸매였으며 근육의 상태가 좋지 않았다. 체중을 유지하기 위해 고칼로리의 프로틴 셰이크를 마셔야 하는 부류의 남자였다. 나이 서른에 벌써 머리가 벗어지기 시작했고, 돌출된 이마 여기저기에 척박한 황갈색 사막처럼 짧은 회전초 모양의 곱슬머리가 늘어져 있었다. 그의 얼굴은 조각 같았다. 뺨이 홀쭉하고 코는 나이 든 남자처럼 매부리코였다. 짙은 색의 짧은 턱수염과 콧수염도 있어서 키스할 때 간지러웠다. 그와 손을 잡고 걸을 때면 근육질에 뼈가 앙상한 손가락 마디와 담배가 가까이에 없을 때 걱정되어 물어뜯은 손톱을 느낄 수 있었다. 그의 가장 친한 친구는 그를 "못생긴"이라는 형용사의 다정한 형태인 "브루티노^{bruttino}"라고 불렀다.

나는 자고 있는 그를 애정 어린 눈으로 바라보았다. 이 남자는 내가 원한 남자였다. 이유는 설명할 수 없었다. 스물두 살 때 나는 내가 어떤 일을 하는 이유를 제대로 설명할 수가 없었다. 하지만 가까운 미래를 상상할 만큼은 충분히 나이가 들었다.

오후에 파올로가 나를 몬테로소 기차역에 데려다줄 거고, 나는 여러 해 동안 간직해온 예약표로 거기서 종이 기차표를 구입할 것이다. 나는 혼자 산타마르게리타로 돌아가 짐가방을 꾸리고, 밤기차를 타고 파리로 가서, 다시 뉴욕의 집으로 날아갈 것이다. *우리는 다시는 한 침대에 있지 않을 거야.* 그는 토리노로, 학생들을 가르치는 그의 일로 돌아갈 것이다. 나는 일자리를 구할 것이고, 우리는 각자의 삶을 살아갈 것이다. 언젠가 그는 토리노에서 여자친구와 결혼할 것이고, 아마 나도 이 남자만큼 사랑하는 누군가를 만나 결혼할 것이다. 나는 이날 아침을, 이런 종류의 마지막 아침을 잊고 싶지 않았다.

태양이 떠올랐다. 노란 햇빛 한 줄기가 둥근 창을 뚫고 들어와 그의 등에 길쭉한 노란색의 삼각형 모양을 만들었다. *이 빛의 삼각형을 기억할 거야. 빛의 삼각형 속의 이 순간을 간직할 거야.*

파올로가 항구에서 기차역으로 나를 바래다주었다. 우리는 플랫폼에 조용히 서 있었다. 정각에 기차가 들어왔다. 저주받은 날이었다. 파올로가 내 쪽으로 몸을 돌리고는 나를 껴안고 키스했다.

나는 그의 목에 매달렸다가 그를 놓아주었다. 뭐라고 말을 할 수가 없었다.

"알로라, 치 센티아모."[53] 그가 말했다. 우리가 다음 날에도 수다를 떨 것처럼.

나는 그에게 사랑한다고 말했다.

"안키오 티 아모."[54] 그가 빙긋이 웃으며 말했다. 그의 입술이 내 입술에 지그시 포개졌고, 그의 턱수염이 내 입과 뺨을 간질였다.

그런 다음 나는 기차를 타고 떠났다.

26년이 지났지만 이 기억은 생생하게 남아 있고 잘 간직되어 있다.

헨리와 함께한 내 인생에도 간직하고 싶은 순간들이 있다. 그 빛의 삼각형과 같은, 진실이었던 순간들. 우리가 만나고 몇 달이 지난 어느 날 아침, 일을 하러 걸어가면서 내가 그를 사랑한다는 것 그리고 그가 나를 사랑한다는 것을 깨달았다. 우리가 말라위에서 니카고원을 함께 걸어 가로지를 때는 모든 것이 찬란하고 가능해 보였다. 리자를 낳느라 진이 다 빠져버린 날 아침, 리자의 조그맣고 완벽한 몸을 안으며 황홀해하던 그의 얼굴.

하지만 여러 날이 흐른 지금 나는 헨리를 잊었다. 내가 거의 매일 죽음이나 작별을 통해 잃은 사람들을 생각한다는 것을 알게 되었다. 내 어머니, 헨리의 고모 로즈, 내가 1980년대에 알고 지내

---

53 자, 우리 이야기하자.

54 나도 사랑해.

던 에이즈로 사망한 한 남자(가까운 친구는 아니었다), 메인주 섬 출신인 친구 짐, 그리고 수년 동안 이야기를 나누지 않고 지낸 에밀리. 헨리는 지나치게 자기 자신을 위해 살았던 탓에 다른 사람들을 위한 삶의 의미를 놓쳤다. 헨리가 매일의 삶에서 나를 통해 만족을 얻지 못한 것이, 딸아이 리자가 혼자서 조용히 짐을 짊어진 것이 나는 유감스럽다. 이 글을 쓰는 동안, 심지어 내가 타이핑을 할 때도 헨리가 동반자로서 자주 나를 지켜보긴 했지만.

나는 고기에 소금 치는 것을 절대 잊지 않는다. 하지만 그를 보낼 준비가 되었다.

지난여름 우리가 메인주에 있을 때 나는 적절한 기회를 잡아 리자에게 아빠의 외도에 관해 말했고, 리자는 조용히 들었다.

"아빠가 돌아가셔서 기분이 좋아요?" 리자가 물었다. 열한 살짜리 아이가 하기엔 엄청난 질문이었다. 하지만 응당한 대답이 명백히 존재하는 질문이었다.

"네 아빠에게 일어난 일은 비극이었어. 아빠는 인생에서 큰 실수 몇 가지를 했고, 더 잘할 기회, 사과할 기회를 갖지 못한 채 세상을 떠났지. 아빠는 너에게 그리고 나에게 큰 해를 끼쳤어. 그래도 아빠는 우릴 사랑했단다."

"아빠가 돌아가시지 않았다면 엄마가 이혼했을 거라고 생각해요?"

"엄마와 아빠가 결혼생활을 계속 유지할 수 있었을 것 같진 않아. 그래서 엄마는 우리가 새로운 인생을 살 기회를 갖게 되어 기쁘단다. 하지만 아빠가 그런 식으로 세상을 떠난 건 끔찍한 일이야." 내 말이 텔레비전 토론회에 나오는, 교묘하게 회피하는 정치가의 말처럼 들리지 않기를 바랐다. "이게 너의 질문에 답이 되면 좋겠구나."

리자가 생각에 잠겨 고개를 끄덕였다.

≡

최근에 나는 에이버리라는 여성으로부터 편지 한 통을 받았다. 그녀는 헨리가 자료조사 여행을 하던 해인 2002년 2월에 그를 만났다고 했다. 나는 그때 헨리와 함께 캘리포니아 북부에 머물렀던 친구를 통해 에이버리와 연락했다. 그 친구 말로는 나와 공유할 중요한 어떤 것을 에이버리가 알고 있다고 했다. 나는 전화로 에이버리와 이야기를 나누었고, 그녀는 한 디너파티에서의 헨리와 자신의 짧고 특별했던 만남을 묘사하는 이메일을 보내주었다.

그 파티는 즐거웠어요. 가족, 친구들, 웃음과 음악이 가득했죠. 나는 〈마이 로맨스〉를 부른 다음 나머지 시간 동안 거실에 앉아 있었어요. 헨리가 내 옆에 앉았어요. 헨리는 자리를 많이 차지하지 않았고, 검은 재킷의 지퍼를 턱까지 채우고 있었죠. 집 안이 그렇게 따뜻한데 이상하다고 생각했던 것이 기억나요. 답을 찾기 위해 기억을 더듬어볼 때 기억나는 것들은 재미있어요.

우리는 서로 통성명을 하고 악수를 나누었어요. 그리고 잠시 음악에 귀 기울였죠. 그가 자신은 작가이고 음식에 깊은 관심이 있다고 말했어요. 친구와 함께 여기에 왔고 샌프란시스코의 레스토랑들을 방문해 유명한 셰프들을 인터뷰하는 중이라고요.

나는 공손히 미소를 지었고, 가족에 관해 몇 가지 질문을 했어요. 그 사람의 인생과 가족에 관해 좀 더 알고 싶었어요. 내 경우 그것이 인생의 중심이었으니까요. 당시 나는 두 딸의 어머니로서 가족을 사랑하며 행복한 삶을 꾸려가고 있었어요. 그는 자신에게 아름답고 성공한 아내와 인생의 빛인 사랑스러운 어린 딸이 있다고 말했죠. 그런 다음 사진 몇 장을 보여주었어요. 우리는 계속 대화를 나누었고, 밖으로 나가 걸었죠. 나는 일찍 집에 돌아갈 계획이었어요. 헨리가 이 지역에 조깅하기 좋은 곳이 있냐고 묻더군요. 나는 내일 아침 저수지에서 조깅을 할 계획이니 함께하자고 대답했어요. 우리는 8킬로미터를 뛰기 위해 다음 날 아침 10시에 만났어요. 나는 그와 보조를 맞출 수 없었죠. 그래서 그는 두번째 바퀴에서 나를 따라잡기 위해 한 번 더 뛰었어요. 내가 속도를 조금 늦추었고, 우리는 함께 걸었어요.

바로 그때 그의 이야기가 흘러나오기 시작했어요. 그가 뭔가를 말하고 내 의견을 구해도 되느냐고 물었어요. 그는 아내를 사랑한다고 말했어요. 그런 다음 자신이 좋은 파트너인지는 확신하지 못하겠다고 덧붙이더군요. 하지만 자신이 좋은 아버지인 것은 알고 있었어요.

내가 '와우, 어떻게 반응해야 하지?' 하고 생각했던 것이 기억나요.

이윽고 그는 타운의 다른 여자 또는 친구에 대해 언급했어요. 그 여자는 그에게 아무런 압력도 주지 않고 자신을 내어줬고, 꽤 오랫동안 그 여자와 관계를 가지고 있다고 하더군요.

그에게 그 여자를 사랑하냐고 물었어요.

그가 대답했어요. "아뇨."

이런 비슷한 질문을 했어요. "생활 방식은 어때요……? 어떻게 지내고 밤엔 어떻게 자요?"

그가 자신은 수면에 문제가 있고 그 여자와 헤어지려고 한다고 말했어요. 하지만 최근에 상황이 악화됐고 그 여자가 폭력적이고 불안정하다는 걸 알게 됐다고요. 심지어 그 여자가 자신을 만나주지 않으면 그와 그의 가족에게 해코지를 할 거라고 위협했다고 하더군요.

"덫에 걸린 기분입니다." 그가 말했어요. "그 여자와 헤어지면 무슨 일이 일어날지 두려워요."

나는 아내가 그 관계에 대해 아느냐고 물었어요. 아내는 모를 거라고 대답하더군요. 나는 진실이 무엇이든 간에 용기를 가지고 그의 인생에서 가장 중요한 것을, 가정을 지키는 것이 중요하다고 말했어요. 아마도 그는 결심할 용기가 충분치 않았던가 봐요.

우리는 멈춰서 샌드위치를 먹었고, 나는 그에게 당신들 둘이 그런 도전을 극복할 특별하고 강력한 어떤 것을 공유하고 있다고 믿는다면 아내에게 모든 걸 털어놔야 한다고 말했어요. 또 변호사와 상의해보고, 필요하다면 자신과 가족을 보호하도록 변호인단과 함께 그 여자와 맞서라고 권했죠.

우리가 점심을 먹는 동안 그의 전화기가 두세 번 울렸어요. 그가 "그 여자"라고 말하더군요.

나는 그에게 지금 당장 그 여자에게 그녀가 원하는 사람이 되어줄 에너지가 없다고, 그녀와 관계를 가진 건 실수였다고, 그리고 고통을 준 걸 후회한다고 솔직하게 말하라고 했어요. 가정으로 돌아가야 한다고 말이에요.

그는 당신이 이해해주지 않을까 봐 그리고 자기를 다시 받아주지 않을까 봐 두렵다고 하더군요.

나는 아내를 믿으라고, 시도해보지 않으면 알 수 없는 거라고 격려해주었어요.

그러자 그가 말했어요. "스스로 친 거미줄에 걸려든 거미가 된 느낌이에요."

그러더니 근처에 상점이 있는지 물었어요. 딸아이에게 뭔가 사다 주고 싶다면서요. 나는 시간이 있다면 타운에 어린아이들을 위한 귀여운 상점들이 있으니 같이 차를 타고 가자고 제안했죠. 그래서 차 두 대에 타고 타운으로 갔어요. 그리고 당신의 딸아이를 위한 달콤한 간식들을 산 다음 옆에 있는 수공예 상점으로 걸어갔어요. 그가 차보라고 하면서 가느다란 은팔찌를 건네줬어요. 난 멈칫했지만, 그는 솔직한 친구가 되어준 것이 고마워서 그런다며 가지라고 강권했어요. 지금은 잠금쇠가 망가졌지만 그걸 버려서는 안 될 것 같았어요. 원한다면 그 팔찌를 기꺼이 당신에게 보내드릴게요.

　우리는 포옹을 나누었고 각자 갈 길로 갔어요. 그의 행운을 빌어주고 계속 연락하자고 했죠. 하지만 그에게서 다시 소식을 듣지는 못했어요. 나는 무슨 일이 있었는지 우리가 정말로 알지는 못할 거라고 생각하고, 당신의 상실에 안타까움을 느껴요. 하지만 그 역시 영혼과 마음이 찢어지는 고통을 느끼고 있었어요. 아마도 그의 영혼은 그가 그런 식으로 계속 살아갈 수는 없다는 걸 알고 있었을 겁니다.

　그를 알게 된 것, 그런 식으로 그를 "알게" 되도록 선택된 것이 얼마나 슬픈지…… 친구들이 어려움을 겪을 때 많은 질문을 하고 진실을 요구함으로써 더 나은 친구가 되는 법을 배우긴 했지만…….

　더 궁금한 것이 있으면 편하게 물어보세요. 나는 당신을 알고 싶고 당신의 친구가 되고 싶었어요. 그랬다면 내가 당신에게 전화할 수 있었을 거예요. 내 일에만 신경 쓰고 싶진 않았거든요. 아마 그건 결말이 다른 이야기일지도 모르죠. 가끔 우리가 왜 다른 인생의 조각들을 공유하는 일에 선택된 건지 궁금해요. 나를 믿고 이 이야기를 당신과 공유하게 해줘서 고마워요.

애정을 담아

A.

어느 금요일 아침, 윌과 나는 동거 파트너가 되기 위해 시청에 갔다. 우리가 그렇게 한 건 전적으로 실질적인 이유 때문이었다. 윌이 든 건강보험 혜택이 좋았고, 내 보험은 비용이 많이 들어서 매달 보험 부서의 친절한 직원들과 언쟁을 벌여야 했다. 말할 것도 없지만 부시 행정부는 이 문제에 관해 나를 도와주려 하지 않았다. 윌이 이성의 동거 파트너에게까지 보장 범위를 확대해달라고 자신의 보험 담당 직원을 설득했다.

우리는 곧장 시청 2층의 우중충한 형광빛 조명이 있는 대기실로 향했다. 서류 양식을 채운 뒤 눈을 들어 다른 커플들을 보았다. 그들은 우리와 달리(우리는 청바지 차림으로 왔다.) 결혼 예복—하얀 드레스, 부케, 턱시도, 코르사주 등등 모든 것—차림으로 중요한 순간을 준비하고 있었다. 직원이 우리를 작은 창구로 호출했고, 우리는 서류를 제출했다. 직원이 몇 가지 질문을 하고는 우리의 운전면허증과 공과금 납부 영수증을 훑어보았다. 그는 필요한 질문을 했다. "혹시 다른 동거 파트너가 있으신가요?" 우리는 이 질문에 웃은 다음 서류에 사인을 했다. 직원이 서류에 소인을 찍고, 우리의 새로운 관계를 증명하는 공식 서류를 건네주었다.

"끝난 건가요?" 좀 더 드라마틱한 뭔가를 기대하며 내가 물었다. "다 된 거예요?"

"다 된 겁니다." 직원이 미소 띤 얼굴로 대답했다.

하지만 놀랍게도 코트스트리트에서 신속히 점심 먹을 곳을 찾아 월과 함께 시청에서 걸어 나오는데 뭔가 변한 느낌이 들었다. 엉망인 상황과 불운을 많이 겪은 후 이제는 운이 좋다고 느껴졌다. 월도 부드럽고 쫄깃거리는 뜨거운 피자를 몇 입 먹으며 우리가 우리 자신의 행운을 만들고 있으며 그 자신도 그만큼 운이 좋다고 느낀다고 말했다. 아무튼 우리는 약속했다. 이제 우리는 진짜 가족이었다.

≡

어느 날 아침 지하철 열차 안에서 노랫소리가 들렸다. 애틀랜틱애버뉴에서 2번 열차가 출발했을 때, 《웨스트사이드 스토리》에 나오는 〈어딘가에〉의 간절한 심정으로 길게 끄는 첫 곡조를 분명히 알아차렸다.

나는 그 자리에 얼어붙은 채 그 퍼포먼스가, 한 번뿐인 우연이 나를 위한 것은 아닌지 궁금해했다. 다른 승객들은 아무도 알아차리지 못한 것 같았다. 나는 열차 안을 돌아다녔고, 그 노래가 다시 들렸다. 그 멜로디만큼 나에게 잘 맞는 노래가 없었기 때문에 미소가 절로 피어났다. 마침내 탕아가 집으로, 떠나려 했던 도시로 돌아온 것이다.

뉴욕시가 나의 귀가를 환영하는 매트를 펼쳐놓지 않은 것은 사실이었다. 나는 도시용 호신용구를 마련하고 제3의 눈을 일깨워야 했다. 요가 수업에서 듣는 그런 것이 아니라, 이마 한가운데에 있는 것, 머리 뒤쪽의 것 말이다. 몇 달 동안 나는 사람들과, 가로

등 기둥들과 계속 부딪쳤다. 세련된 맨해튼 보행자들의 움직임을 다시 배울 때까지. 유니언스트리트에서의 미친 듯한 교통정체에 대처할 수 있도록 리자에게도 도시생활의 지혜 몇 가지를 가르쳐야 했다.

하지만 도시는 다시 내 좋은 친구가 되었다. 마지막 순간에 나에게 구명구를 던졌고, 나를 비틀거리며 집으로 돌아오게 했다. 고와너스는 내가 떠나온 허드슨강의 전망만큼 멋지지는 않을지 모른다. 하지만 봄에 브루클린 시내에서 집을 향해 걷노라면 늦은 오후의 햇빛이 유니언앤드본드에 있는 창고 창문들을 두들기고 멀리서 켄틸 플로어스의 간판이 희미하게 빛을 내며 반짝인다. 리자와 나는 운하 위에 거짓말처럼 우거진, 꽃이 활짝 핀 참오동나무들에 감탄하며 손을 잡고 유니언스트리트 브리지를 건넌다. 머리 위 훨씬 높은 곳에서는 갈매기가 소금기 어린 산들바람 속에서 꽥꽥 울며 참견을 한다. 이런 날이면 나는 속으로 생각한다. *바로 여기가 우리를 위한 곳이야.*

토요일 밤, 호프앤드앵커에 와 있다. 레드후크 번화가에 있는, 약간 선원풍으로 꾸며진 레스토랑 겸 나이트클럽이다. 우리는 리자의 친구들과 그 부모들과 함께 시내에서 가족 단위의 단란한 시간을 보내고 있다. 아이들이 마카로니앤드치즈를 거의 다 먹었다. 우리 어른들은 뒤죽박죽 섞인 아시안 누들샐러드와 피에로기[55]를 재빨리 해치운다. 나는 악마의 초콜릿케이크 커다란 한 조각을 기대하고 있다. 내 코로나 병맥주 입구에 라임을 으깨어 첨

벙 빠뜨린다. 맥주병 안에서 라임이 마치 낚싯줄의 찌처럼 까닥거린다(위대한 코미디언 고故 미치 헤드버그가 즐겨 말했듯이, "감귤류의 부력이 나를 구원했다."). 내 아이는 이제 더는 충격받아 눈을 크게 뜨지 않는다. 우리 모임의 MC인 키가 2미터가 넘고(금발의 아프로 가발까지 포함해) 피부가 코코아빛인, 검은 스팽글 미니드레스 차림에 검은 플랫폼부츠를 신고 가라오케에서 성큼성큼 걸어 다니며 우리를 마이크로 인도하는 여장 남자 드롭시를 보며 흥미로워하고 즐거워할 뿐. 그는 숨소리가 섞인 팔세토로 〈만灣의 부두에 앉아서〉를 흥얼거리며 행사의 문을 열었다. 우리 아이들—드롭시는 그들을 "호프앤드앵커 어린이 합창단"이라고 불렀다.—은 최근에 좋아하는 노래인 퀸의 〈보헤미안 랩소디〉를 부르려고 기다리고 있었다. 청중이 동의하는 의미로 박수를 치고 와 하고 함성을 질렀다. 웨이터가 내 초콜릿 케이크 조각을 가지고 왔다. 상황이 이보다 훨씬 더 나아질 거라는 생각은 들지 않았다. 적어도 PG-13 등급[56]이 아니라면.

≡

몇 년 동안 소원하게 지낸 뒤, 이레나와 나는 겨우 다섯 블록 떨어진 곳에 살게 되었다. 예전에 헨리가 우리의 우정을 얄팍하게 만

---

55 동유럽식 만두. 효모를 넣지 않은 반죽으로 만든 피에 감자, 사우어크라우트, 다진 고기, 치즈, 과일 등을 넣어 만든다.

56 13세 미만은 보호자를 동반해서 관람해야 하는 영화 등급.

들려고 시도했음에도 좋았던 지난날과 거의 비슷해졌다. 오래전 우리가 브라운스톤 건물 가까이에 살던 때가 있었다. 우리의 뒤뜰은 울타리로 나뉘어 있었는데, 우리는 주방의 발판 사다리를 이용해 그 울타리를 뛰어넘곤 했다. 그 시절에 우리는 실내에서 종일 프리랜서로 일한 뒤 뜰에서 많은 시간을 보냈고, 냉장고에 무엇이 들어 있느냐에 따라 즉흥적으로 저녁 식사 계획을 짜곤 했다. 우리가 메뉴를 짜는 동안, 우리의 고양이들은 울타리 아래로 왔다 갔다 했다. 이레나의 여덟 살짜리 딸(지금은 대학에 다닌다.)이 유아였던 리자와 놀아주곤 했다. 결국 헨리가 스테이크를 굽고 주방을 뒤져 와인 한 병을 가져왔고, 이레나는 본격적인 파스타를 만들고 와인 한 병을 더 가져왔다. 냉장고 채소 보관실에 들어 있는 이런저런 채소들로 샐러드가 만들어졌다. 다른 친구들과 가족도 합류했다. 우리는 여기저기서 먹었고, 리자가 내 무릎 위에서 잠들 때까지 테이블 주위에 앉아 있었다.

가진 것 없고 젊었던 그 시절은 이미 지나갔다. 하지만 가끔 우리는 게으른 오후 시간을 함께 보냈다. 우리의 새 아파트가 고양이 네 마리를 키우기에는 너무 좁다고 판명됐을 때, 이레나와 그녀의 파트너는 자애롭게도 우리의 나이 든 고양이 케이티를 입양해주었다. 케이티는 세기 중반의 모던 덴마크 스타일로 마감한 우아하고 천국 같은 아파트에서 낮잠을 자며 황금 시기를 보냈다. 내가 이레나의 집을 방문할 때면 우리는 우리를 생존—나이 든 고양이 케이티의 생존과 우리의 생존—하게 하고 우리를 다시 함께하게 한 많은 우여곡절에 대해 곰곰 생각하곤 했다.

≡

"아니에요, 척척박사 씨." 내가 바삭바삭하게 잘 튀겨진 감자튀김으로 엘리엇의 활짝 웃는 얼굴을 가리키며 비꼬았다. "나는 우리가 딱 한 번 했던 데이트에 관해 쓰지 않을 거예요. 그러니 그렇게 상처받은 표정 하지 마요."

지금은 행복한 결혼생활을 하고 있는 내 친구 엘리엇이 몇 달에 한 번 일 때문에 도시로 출장을 오는 날이면, 나는 그를 만나 함께 점심을 먹곤 했다. 비스트로의 테이블에서는 모두가 평등하다.

오늘 나는 그가 패트릭 스튜어트(내가 푹 빠진 유명인사 중 한 사람)를 만났을 때의 일을 듣게 되었다. 패트릭 스튜어트는 어느 회사의 세일즈 프레젠테이션을 위해 내레이션 녹음을 끝마친 상태였다. 녹음이 끝난 뒤 스튜어트가 엘리엇을 《스타트렉: 더 넥스트 제너레이션》에서 한 것처럼 오후 다과회—차, 얼그레이, 따뜻한 음식으로 이루어진—에 초대했다고 한다.

나는 최근에 읽은 책에 대해 지껄여댔고 엘리엇은 귀 기울여 들었다. 나는 좋아하는 작가 E. M. 포스터의 소설들을 다시 읽고 있었다. 가장 최근에 읽은 것은 『인도로 가는 길』이었다. 이 책을 읽은 뒤 아델라 퀘스티드가 자기인식을 위협하는 번득임을 경험하는 동굴 속 어둠을 상상할 수 있었지만, 마라바 동굴은 나에게 항상 미스터리로 남을 것이다.

스트로베리앤드크림의 마지막 한 입을 먹으면서, 엘리엇과 나는 각자의 파트너십에 관한 의견들을 비교해보았다. 그가 나에게 자신의 장미 정원에 관해 이야기했고, 우리는 반려동물과 관련된 신기한 이야기들을 공유했다(당시 그가 키우는 개가 그의 턱을 뼈 위쪽까지 찌른 일이 있었다).

"그런데 줄리, 내가 당신의 다음번 책에 나올 수도 있나요?" 그가 물었다.

계산서가 도착했고, 우리는 절반씩 나눠 카드로 식사비를 지불했다. 이 점심 식사로 합법적인 세금공제를 받을 자격이 있다는 확신이 들었다.

≡

애너와 나는 브루클린의 몇 블록 떨어진 곳에 살고 있다. 우리는 잘생긴 치과의사를 포함해(끔찍한 치료용 의자에 앉아야만 한다면, 적어도 기분 좋게 바라볼 뭔가가 있어야 한다.) 여전히 많은 것을 공유한다. 직업적으로나 개인적으로 뭔가 문제가 생겼을 때, 혹은 일이 상상했던 대로 되어갈 때 우리는 서로의 집을 방문한다. 그녀의 단호한 "나 듣고 있어요, 언니!"라는 말은 항상 나를 우울감에서 끌어내준다. 뜻이 잘 맞는 날이면 우리는 요가 수업에서 만나 동네 식품점 밖 벤치에서 함께 커피를 마시거나 우리 아이들과 함께 그녀의 주방 테이블에서 함께 식사를 한다.

최근 그녀의 생일을 축하하기 위해 여자들 여덟 명이 맨해튼 레스토랑의 널찍한 원형 테이블에 모였는데, 그녀의 붉은 머리가 그때만큼 생기 넘쳐 보인 적이 없다. 거기서 우리는 사치스럽게도 디저트를 "모든 종류마다 하나씩" 거침없이 주문했다.

도시에서 사는 것은 결코 쉽지 않다. 하지만 우리 두 사람에게 그것은 의미가 있다. 적어도 지금으로서는. 우리가 삶을 사랑하고 각자의 일을 하면서 우리 아이들의 어려움과 성공들에 관해 이야기하고 미래의 계획을 세우는 데는 변치 않는 편안함이 있었다.

≡

나는 여전히 엘리아나와 편지를 교환한다. 그녀가 내 인생에 가진 관심이 진심으로 느껴졌고, 나도 시간이 날 때 자주 그녀 생각을 했다. 나는 그녀를 내가 잘 알지 못하고 알 수도 없는 매우 특별한 부류의 친구로 여겼지만 우리가 서로의 행복을 빌고 있다는 느낌이 강하게 들었다.

그녀가 보내준 최근의 사진을 보고 우리 둘 다 얼마나 변했는지 생각하지 않을 수 없었다. 그녀는 늘 입던 검은 옷 대신 좀 더 다채로운 색의 옷을 입었다. 그녀의 회색 눈은 이제 진한 화장 없이 반짝이며, 짧아지고 색이 연해진 머리카락이 바람에 흩날린다. 그녀는 편안하고 개방적으로 보인다. 그녀를 다시 만나게 될지 궁금하다. 그녀를 직접 만나 나에게 마음을 열어준 것에 대해 고마움을 전할 수 있으면 좋겠다.

엘리아나와 그녀의 파트너는 2007년 6월에 결혼했다. 그녀의 결혼식이 지루했을 것 같진 않지만, 적어도 우리 중 한 명이 전통적인 의례에 대해 그런 낙관적인 믿음을 가질 수 있어서 기쁘다.

리자는 윌과 내가 결혼해도 상관없다고 말한다. "괜찮을 것 같아요. 하지만 내가 엄마의 웨딩드레스를 고를 거고 신혼여행도 같이 갈 거예요." 이제 리자는 화동 역할을 하기에는 너무 많이 자랐다. 아마도 리자는 신부 들러리를 하겠다고 나설 것이고, 나는 그보다 더 좋은 선택을 상상할 수 없다.

≡

윌, 리자, 그리고 나는 멕시코의 툴룸으로 봄방학 휴가 여행을 떠났다. 그곳 국립공원에 가서 텐트에서 잠을 잘 예정이었다. 바람이 꾸준히 불어 일주일 동안 맑고 파란 하늘을 허락해주었다. 낮게 걸린 구름층에 땅거미가 지면서, 먹구름들이 안전한 거리를 유지하며 지평선 위를 맴돌았다.

그 한 주 동안 우리는 더그라는 이름의 남자와 그의 딸 서배너와 친해졌다. 그 두 사람은 우리가 처음에 겉으로 보인 모습처럼 완벽한 핵가족이 아닌 것을 알고 안도한 듯했다.

내가 윌을 내 "남자친구"라고 지칭하자, 일곱 살 소녀 서배너가 남부 억양으로 물었다. "그럼 여러분은 모두 함께 사는 거예요?"

"맞아." 내가 유쾌하게 대답했다. "우린 성姓이 다 다른 재미있는 소가족이야."

더그가 인생의 복잡하고 불행한 사건에 이미 얽힌 적이 있고 상처도 입었지만 그 손상이 남지는 않은 사람의 지혜로 고개를 끄덕였다. "살다 보면 무슨 일이든 일어날 수 있죠." 그가 말했다.

"맞아요." 내가 대꾸했다.

더그, 서배너, 윌, 그리고 리자는 서핑을 했다. 두 딸아이가 구불구불한 파도를 헤치고 커다란—물론 어린아이들에게 큰 거지 나에게는 그렇게 크지 않았다.—부기보드[57]를 타기에 좋은 지점을 찾도록 두 아빠가 도왔다. 나는 바람에 대비해 윗도리와 스커트, 심지어 스웨터까지 입고 내 용감한 딸아이와 서배너가 나를 겁먹게 하는 파도를 타며 연거푸 돌아오는 모습을 안전한 모래사장에서 기쁘게 지켜보고 있었다.

먹구름들이 더욱 가까이 내려앉았고, 야자수들이 바람에 휘어졌다. 그렇게 휘어진 형태의 나무들과 그렇게 거품이 나는 강렬한 색의 바다와 하늘을 본 적이 있었다. 윈슬로 호머의 그림 《다가오는 폭풍》에서.

나는 양팔을 세차게 휘저었다. 어머니들이 위험을 뜻할 때 쓰는 보편적인 신호였다. 윌이 내 쪽을 보고 미소 짓다가 나의 정신없는 엄마 제스처를 알아차렸다.

우리 아이들은 30분 만에 몸을 씻고 옷을 갈아입었다. 바다와 가까운 석호에 번갯불이 한낮처럼 밝게 번쩍였고, 굵은 빗방울들이 우리가 앉아 있는 레스토랑의 창문과 콘크리트 테라스를 두들겼다. 우리 어른들은 우리가 돌아갔을 때 방갈로 같은 텐트가 말라 있을지 궁금해하며(우리는 텐트 덮개를 닫아두는 것을 잊었다.) 신선한 마르가리타를 기분 좋게 마시고 있었다. 하지만 웨이터가 우리

---

57 누워서 타는 서프보드.

테이블로 가져온 신선한 생선 다고를 즐기는 마음이 희석될 정도로 걱정하지는 않았다. 그 지역의 황갈색 도마뱀들이 레스토랑의 안전한 곳에서 우리와 합류해 벽과 천장을 줄지어 기어다녔다. 안전하고 보살핌을 받는다고 느끼니 기분이 좋았다.

월과 나의 관계는 계속 발전했다. 그것은 그리움과 절망이 특징인 젊은 시절의 연애 같은 것이 아니었다. 헨리와 했던 결혼생활과도 달랐다. 우리가 얻으려고 애쓰는 것은 우리 각자가 소중히 여겨진다고 느끼게 해주고 명확히 생각하게 해주는, 그리고 가능하다면 적절한 선택을 하게 해주는 친절하고 사랑스러운 포옹이었다. 일상생활의 체계를 유지하도록 해주는 수많은 순간들 중에서, 나는 지하철 통로를 걸어갈 때, 식료품점에서 오렌지를 살펴볼 때, 혹은 아침에 일어나 월의 파란 눈이 내 눈을 들여다보는 것을 발견할 때, 풍미 있는 레드와인의 첫 한 모금을 마시는 순간처럼 갑작스럽게 나를 사로잡는 사랑과 욕망의 감정을 반갑게 맞이했다. 이것이 바로 내가 생각하는 *우마미*의 개념이다.

≡

리자가 자신은 "어렸을" 때(그 애는 이제 그렇게 어리지 않으니까.) 엄마가 CD플레이어에 CD를 넣을 때마다 그 뮤지션들이 오로지 엄마를 위해 라이브로 연주한다고 생각했다고 소심한 어조로 내게 말했다. 그런데 자신이 네 살이었을 때 나와 함께 비틀스의《서전트 페퍼스 론리 하츠 클럽 밴드》를 듣던 중 내가 존 레넌이 죽어서 얼마나 안타까운지 모르겠다고 말하는 바람에 그런 생각이 바뀌었다고 털어놓았다.

상당수의 어른들은 물론이고 어린아이들의 마술적 사고와 자기중심성을 이해하는 데 유용한 순간이었다. 그러나 때때로 우리는 라이브 공연을 한다고 느낄 필요가 있다. 할 수 있는 최선의 선택을 하기 위해 무대를 접수해야 할 때가 있다. 청중 2만 명이 매디슨 스퀘어 가든에서 함성을 지르든, 소규모의 가족 혹은 나 자신만 외롭게 나를 관찰하든 노력해야 한다.

나는 예기치 않은 데서 지혜를 얻을 수 있음을 경험해왔다. 딸아이의 정직과 통찰로부터 배웠다. 내 가족, 오랜 친구들, 그리고 이 여정 동안 사귄 새로운 친구들의 인도에 감사한다. 또한 나는 잠을 자는 동안 꿈에서 보는 초현실적이고 코믹하고 에로틱하고 심지어 섬뜩한 이미지들이 내 인생의 주요 관심사들을 놀라울 정도로 선명하게 드러낸다는 사실을 발견했다. 최근에 꾼 다음과 같은 꿈은 변화를 끌어안고 싶은 나의 강렬한 욕망과 그렇게 하는 것에 대한 두려움을 표현하는 듯하다.

나는 맨해튼 어퍼웨스트사이드의 내 오랜 이웃의 집에 있었다. 거리들이 그곳처럼 보이지 않았고 도로명 표지판도 없었지만 그렇게 알고 있었다. 나는 어린 시절에 그랬던 것처럼, 웨스트엔드 애버뉴처럼 느껴지는 돌이 깔린 길을 걷고 있었다. 어머니를 만나기 위해 어딘가로 가는 중이었다. 신경 써서 차려입은 옷차림이었다. 가장자리를 다른 색으로 두른 갈색 스커트에 갈색 재킷, 그리고 갈색 가죽 구두 차림이었다. 또한 숙녀다운 갈색 핸드백을 들고 있었다. 모든 것이 잘 어울렸다.

갑자기 돌로 포장된 확 트인 광장이 나타났다. 그곳에는 커다란 종이 상자들이 가득 줄지어 놓여 있었다. 줄 하나하나가 끝없이 뻗어나가 있었다. 상자들에는 구두가 수북이 담겨 있었다.

손이 떨리고 손바닥에 땀이 났다. 그 구두들을 갖고 싶었다. 어머니가 기다릴까 봐 걱정되긴 했지만 유혹이 너무나 컸다. 수백 가지의 선택안이 있었다. 셀 수 없이 많은 색의 많은 구두들이 있었기 때문이다. 태닝된 따뜻한 가죽 냄새가 느껴졌다. 나는 단색 갈색 가죽 펌프스를 벗고 핸드백을 바닥에 놓아둔 채 줄지어 놓인 상자들로 용감하게 달려갔다. 그리고 열에 들떠 구두들을 신어보기 시작했다. 처음에는 짝을 잘 맞춰 신어보았지만, 나중에는 서두르느라 부주의하게 각기 다른 왼쪽과 오른쪽 구두를 집어 들었다.

그러다가 깜짝 놀라 핸드백을 찾아야 한다는 걸 기억해냈고, 구두 상자들은 나타났을 때처럼 갑자기 모두 사라져 버렸다. 내 핸드백과 원래 신고 있던 갈색 구두까지 모두 사라졌다. 나는 구두를 짝짝이로 신은 채 텅 빈 광장에 혼자 서 있었다. 굽 높이까지 다른 전혀 어울리지 않는 구두들이었다. 한쪽은 청록색의 높은 샌들이었고, 다른 쪽은 코가 지나치게 뾰족한 사프란 오렌지색 펌프스였다. 나는 자식으로서 불안을 느꼈다. 그건 예상하지 못한 일이었다. 엄마에게 전화를 걸 휴대폰도 없었다. 나는 엄마와의 약속에 늦은 채 우스꽝스러운 모습을 하고 있었다. 그리고 엄마는 걱정하고 있거나 제정신이 아니거나, 아니면 둘 다일 터였다. 나는 그 모습 그대로 엄마를 만나러 가야 한다고, 한쪽으로 기울어진 광대처럼 보이는 모습으로 약속 장소에 늦게 도착할 거라고 생각했다. 나중에 신용카드를 정지시키고 새 지갑을 사면 될 것이다. 일상생활에서 경험하는 낙담들(컴퓨터에 생기는 문제, 일 마감 시간, 집주인과의 언쟁)로 압도되는 느낌을 받을 때, 나는 윌이 나에게 해주는 말로 나 자신을 안심시키려 했다. "다음에 일어날 수 있는 최악의 일이 뭐지?" 이에 대한 짧은 답변은 생명을 위협하거나 재정적으로 감당할 수 없거나 심지어 무서운 일은 일어나지 않는다는 것이었다.

내가 처한 터무니없는 상황에 대해 곰곰이 생각하면서, 파란색과 오렌지색 구두들이 변모하는 모습을 놀란 채 지켜보았다. 그것들은 빛을 받아 어른거리며 빙글빙글 돌다가, 둘 다 숙성되고 즙이 많고 풍미가 좋은 갓 딴 올리브 같은 색깔의 그림자가 되었다. 하나는 여전히 샌들이었고, 다른 하나는 발등과 뒤꿈치 부분이 막힌 구두였다. 그러나 굽 높이는 대충 비슷했다. 바닥이 포장된 확 트인 광장을 건너가려고 불안정하게 애쓰는 동안 내 발자국 소리가 들렸다. 좀 더 자신 있게 걷는 동안 구두들은 계속 모양이 변했다. 난 할 수 있어. 지금 어머니를 만나러 갈 수 있어. 그렇게 나쁘지 않을 거야. 난 내 졸렬함을 끌어안을 거야.

내 발가락들 위에서 샌들의 끈이 길게 늘어났다. 눈꺼풀이 활짝 열리고, 꿈이 미끄러져 멀어져갔으며, 졸음에 겨운 내 눈이 익숙한 침실의 차갑고 차분한 하얀색의 천장을 올려다보고 있었다.

윌이 내 옆에서 한숨을 쉬며 몸을 뒤척이고는 베개를 다시 고쳐 벴다. 리자가 문 앞에 나타났다. 리자는 가까이 다가와 나를 껴안았다. 그런 다음 아침 만화 보기와 팬케이크 먹기, 그리고 우리가 토요일 아침에 하는 나머지 것들을 하려고 쏜살같이 달아났다. 나는 조금 더 침대 속에 머물면서 윌이 내 몸을 팔로 감싸안는 동안 따뜻함을 만끽했다. 이 새 구두는 아직 잘 어울리지는 않지만 마술적으로 변하고 있고, 마침내는 완벽하게 어울리는 것으로 판명 날 것이다.

감사의 말

다음의 사람들에게 감사의 마음을 전하고 싶다.

—내 가족 그리고 오래되었거나 새로 사귄, 가까이 있거나 멀리 있는 모든 친구들, 그들은 내가 삶을 다시 시작하는 동안 나를 지켜봐주었다.

—애너, 이 여정을 공유해주었다. 사라와 이레나, 함께한 오랜 세월에 감사한다. 토마스, 그 자리에 있어주었다. 엘리엇, 나를 웃게 해주었다. 엘리아나와 에이버리, 그들의 신뢰에 감사한다.

—나의 놀라운 에이전트 일레인 마크슨, 처음부터 변함없는 애정과 확신을 가지고 나를 받아준 것에 감사한다.

—보이스/하이페리온에서 함께 일한 모든 사람들: 엘렌 아처, 패멀라 도먼, 바버라 존스, 사라 랜디스, 로라 클린스트라, 수전 M. S. 브라운, 클레어 매킨, 크리스틴 라가사, 그리고 인테리어 디자이너 수월시, 그녀의 열정과 나를 대신한 헌신적인 작업이 나에게 영감을 주었다.

—제프리 데이비스, 체계를 세워준 것에 대해 감사한다.

—《글래머》의 질 허지그, 나를 일하게 해주었다(마감 시간에 맞춰 글 쓰는 법을 배우는 것만큼 좋은 일은 없다).

—도널드 시먼스 박사님, 우리가 나눈 대화, 서신 교환 그리고 그의

수준 높은 유머감각에 감사한다.

—조피 페라리-아들러, 그의 지원에 감사한다.

—신시아, 『제인 에어』에 관해 함께 나눈 대화에 감사한다.

—엘리자베스 길버트, 그녀의 후한 도움과 조언에 감사한다.

—스콧 애드킨스 그리고 브루클린 라이터 스페이스에서 함께한 다른 동료들.

—클라크, 모든 원고마다 용감하게 2B 연필을 효율적으로 사용해준 것에 대해 감사한다. 레아, 리, 수잔, 많은 수정본들을 읽어준 것에 대해 감사한다. 다른 훌륭한 독자들, 시간을 들여 생각을 공유해주어서 감사한다.

—모니카, 이 책을 쓰는 동안 모든 여러 가지 일을 동시에 관리하고 조절하도록 도와준 것에 대해 감사한다.

—사라 T., 내가 두 발로 땅을 디디게 해준 것에 대해 감사한다.

—요가 선생님들, 이 변화의 시간을 지나오는 동안 나를 이끌어준 것에 대해 감사한다. *나마스테.*

—나의 지혜롭고 참을성 있는 딸, 매일 새로운 것을 나에게 가르쳐준 것에 대해 감사한다.

—클라크(다시), 훌륭한 아버지이자 진정한 동반자가 되어준 것에 대해 감사한다. 나는 우리의 훌륭한 새 가정을 사랑한다. 마지막으로 매우 귀중한 동료애를 제공해준 맥도웰 콜로니에게 감사의 마음을 전하고 싶다. 우드 스튜디오에서 나는 진정으로 나만의 방을 발견했다.

옮긴이의 말

여자가 한 남자를 만났다. 연말 파티에서 처음 만났을 때부터 눈에 들어온 남자. 진한 갈색 머리에 올리브빛 피부, 아몬드 모양의 진한 갈색 눈, 섬세하고 우아한 손을 가진 남자, 웃는 모습이 매력적인 남자다. 남자 쪽에서 여자에게 먼저 말을 걸어오고 둘이 같은 동네에 산다는 것도 알게 되지만, 여자는 전 남자친구와의 이별의 아픔에서 아직 벗어나지 못했고 남자에게는 사귀는 여자친구가 있다.

얼마 뒤 두 사람은 마치 운명처럼 다른 파티에서 또 마주친다. 사랑에 푹 빠진 두 사람은 약간의 우여곡절을 거친 뒤 결혼에 골인한다. 예쁜 딸아이가 태어나고, 두 사람은 뉴욕 교외의 멋진 집에서 행복한 결혼생활을 꾸려간다. 남자는 주위 사람들의 마음을 끄는 빛나는 매력을 지닌 완벽해 보이는 사람이다. 특히 미식에 일가견이 있어 "완벽한 맛"을 추구한다. 집에 손님들을 초대해 한 스푼의 모자람도 더함도 없는 완벽한 음식을 만들어 대접하는 것을 즐기는, "삶의 멋"을 아는 사람이기도 하다.

그랬던 남자가 어느 날 갑자기 쓰러져 여자와 여섯 살 난 딸아이를 남겨두고 세상을 떠난다. 여자는 사별의 충격에서 채 벗어나기도 전에 남들의 부러움을 사던 결혼생활의 수면 아래 도사리고 있던 고통스러운 비밀과 오점들을 마주한다. 그리고 그것들을 파헤치고 이해하고 극복하는 긴 여정에 돌입한다.

결혼생활의 본질은 과연 무엇일까. 한 남자와 여자가 만나 사랑을 하고 가정을 이루고 함께 잘 살아가려면 어떤 자질을 갖춰야 할까. 불완전한 존재인 우리 인간들은 나와 잘 맞는 이상적인 배우자를 만나 조금이나마 완벽에 가까워지려 하고, 그와 함께 완벽을 향한 삶을 꾸려가길 원한다. 하지만 나에게 잘 맞는 이상적인 배우자가 과연 존재할까? "완벽한 결혼생활"이라는 것이 가능하긴 한 걸까? 결혼한 사람이라면, 결혼을 앞두고 고민하는 이들이라면 누구나 이런 의문을 한 번쯤 가져보았을 것이다.

불타는 사랑에 빠지고 그 사람이 옆에 없으면 죽을 것 같아서 결혼했지만 얼마 가지 않아 그 사람과 함께하는 삶이 지옥 같아서 헤어지기도 하고, 결혼 바로 전날까지 이 사람과 결혼하는 것이 과연 옳은 선택인지 고민하며 확신 없는 결혼생활을 시작했지만 큰 문제 없이 오랫동안 안정적인 삶을 살아가기도 한다. 그래서 흔히들 사랑은 교통사고, 결혼은 도박이라는 말을 하는 것일 게다.

물론 어떤 경우든 자잘한 다툼과 갈등들은 기본적으로 일어난다. 그 다툼과 갈등을 조정하고 해결해가는 과정이 결혼생활이다. 어쩌면 우리는 결혼생활을 통해 나와 상대방의 불완전함, 존재의 불완전함, 더 나아가 삶의 불완전함을 하나하나 깨달아가는 것인지도 모르겠다.

이 책의 주인공 줄리가 죽은 남편과의 결혼생활에 숨겨져 있던 고통스러운 현실을 마주하고, 그것을 힘겹게 극복하고, 새로운 삶의 국면을 열어가는 과정을 함께하면서 독자들은 롤러코스터를 탄 듯한 놀라움과 충격을 느끼는 동시에 삶과 결혼에 대한 그녀의 고민과 성찰에 깊은 공감을 경험할 것이다. 그리고 삶의 2장을 열어가려는 그녀의 용감한 도전을 응원하게 될 것이다.

2024년 여름

최정수

옮긴이 **최정수**

연세대학교 불어불문학과와 동 대학원을 졸업하고 전문번역가로 활동하고 있다. 파울로 코엘료의 『연금술사』, 『오 자히르』, 『마크툽』, 아니 에르노의 『단순한 열정』, 프랑수아즈 사강의 『한 달후, 일 년 후』, 『신기한 구름』, 『잃어버린 옆모습』, 기 드 모파상의 『기 드 모파상-비곗덩어리 외62편』, 아모스 오즈의 『시골 생활 풍경』 외에 『역광의 여인, 비비안 마이어』, 『노 시그널』, 『나는 죽음을 돕는 의사입니다』, 『우리가 작별 인사를 할 때마다』 등 백여 권의 책을 우리말로 옮겼다.

내겐 너무 완벽한 남편

1판 1쇄 찍음 2025년 3월 14일
1판 1쇄 펴냄 2025년 3월 21일

지은이   줄리 메츠
옮긴이   최정수
펴낸이   정성원·심민규
펴낸곳   도서출판 눌민

출판등록   2013. 2. 28 제25100-2017-000028호
주소   서울시 강북구 인수봉로37길 12, A-301호 (01095)
전화   (02) 332-2486   팩스   (02) 332-2487
이메일   nulminbooks@gmail.com
인스타그램·페이스북 nulminbooks

한국어판 ⓒ 도서출판 눌민 2025

Printed in Seoul, Korea

ISBN 979-11-87750-75-8 03840